DuMont's Kriminal-Bibliothek

Charlotte Matilde MacLeod wurde 1922 in Kanada geboren und wuchs in Massachusetts, USA, auf. Sie studierte am Boston Art Institute und arbeitete danach kurze Zeit als Bibliothekarin und Werbetexterin. 1964 begann sie, Detektivromane für Jugendliche zu veröffentlichen, 1978 erschien der erste »Balaclava«-Band, 1979 der erste aus der »Boston«-Serie, die begeisterte Zustimmung fanden und ihren Ruf als zeitgenössische große Dame des Kriminalromans festigten.

Von Charlotte MacLeod sind in dieser Reihe bereits erschienen: »Schlaf in himmlischer Ruh'« (Band 1001), »...freu dich des Lebens« (Band 1007), »Die Familiengruft« (Band 1012), »Über Stock und Runenstein« (Band 1019), »Der Rauchsalon« (Band 1022), »Der Kater läßt das Mausen nicht« (Band 1031), »Madam Wilkins' Palazzo« (Band 1035), »Der Spiegel aus Bilbao« (Band 1037), »Kabeljau und Kaviar« (Band 1041), »Stille Teiche gründen tief« (Band 1046), »Ein schlichter alter Mann« (Band 1052) und »Wenn der Wetterhahn kräht« (Band 1063).

Herausgegeben von Volker Neuhaus

Charlotte MacLeod

Eine Eule kommt selten allein

DUMONT

Für Elizabeth Walter
mit großem Respekt, aufrichtigem Dank
und liebevoller Zuneigung

Die Deutsche Bibliothek – CIP-Einheitsaufnahme

MacLeod, Charlotte:
Eine Eule kommt selten allein / Charlotte MacLeod.
[Aus dem Amerikan. von Beate Felten]. – Köln: DuMont, 1997
   (DuMont's Kriminal-Bibliothek; Bd. 1066)
   Einheitssacht.: An owl too many <dt.>
   ISBN 3-7701-3188-6
NE: GT

Umschlagmotiv von Pellegrino Ritter
Aus dem Amerikanischen von Beate Felten

© 1991 by Charlotte MacLeod
© 1997 der deutschsprachigen Ausgabe by DuMont Buchverlag, Köln
Alle deutschsprachigen Rechte vorbehalten
Die der Übersetzung zugrundeliegende englischsprachige Originalausgabe
erschien 1991 unter dem Titel »An Owl Too Many« im Verlag The Myste-
rious Press, Warner Books, New York, N. Y.
Satz, Druck und buchbinderische Verarbeitung:
Clausen & Bosse GmbH, Leck

Printed in Germany   ISBN 3-7701-3188-6

Kapitel 1

Professor Peter Shandy erspähte sie als erster, was niemanden sonderlich wunderte. Es gab so gut wie nichts, was dem berühmten Experten für Nutzpflanzenzucht am Agricultural College von Balaclava entging. »Sägekauz«, flüsterte er.

»Zwergohreule.« Selbst das leiseste Raunen von Doktor Thorkjeld Svenson erinnerte bereits an das Grollen wütender Trolle in unermeßlich tiefen Berghöhlen, in die kein Sterblicher je einen Fuß gesetzt hatte.

»Zu klein. Keine Ohrbüschel.« Professor Winifred Binks, die erst seit kurzem den Lehrstuhl für hiesige Fauna innehatte, ließ sich auch vom College-Präsidenten höchstpersönlich nicht einschüchtern. Sie nahm zum ersten Mal an der traditionellen Eulenzählung in Balaclava teil und sah darin eine willkommene Gelegenheit, dem Namen Binks, der ohne ihr Verschulden eine grünliche Patina bekommen hatte, wieder ein wenig aufzupolieren.

»Vielleicht ist es eine junge Zwergohreule, der noch keine Ohrbüschel gewachsen sind?« Emory Emmerick gehörte nicht zur Fakultät, und niemand wußte so recht, wie er es geschafft hatte, sich ausgerechnet dieser erlauchten Eulenzählmannschaft anzuschließen. »Oder vielleicht auch ein Rauhfußkauz?«

Seine Bemerkung wurde mit dem gebührenden Schweigen quittiert. Der kleine Vogel klärte die Angelegenheit schließlich selbst, indem er statt des jammernden Klagelauts der Zwergohreule oder der eigenartigen Rufe des Rauhfußkauzes, die an tropfendes Wasser erinnerten, einen leisen, rauhen, zweisilbigen Schrei ausstieß. Svenson gab klein bei.

»Schon gut, Binks, Sägekauz. Schreiben Sie es auf, Shandy. Jessas, schaut euch das an!«

Der strahlend blaue Oktobertag war einer frischen Herbstnacht gewichen. Hier in den Wäldern hinter dem Campus lag das herabgefallene Eichen- und Ahornlaub knöchelhoch. Tief am Himmel stand der schon nicht mehr ganz volle Herbstmond, der immer wieder von tief treibenden grauen Wolkenfetzen verdeckt wurde. Momentan war die riesige orangefarbene Scheibe jedoch klar zu sehen, genau wie das gefiederte Wesen in geisterhaftem Weiß, das riesig und lautlos vor dem Antlitz des Nachtgestirns herumflatterte.

»Nyctea scandiaca«, krächzte Professor Stott, seines Zeichens Leiter des Fachbereichs Haustierhaltung und größter Eulenspezialist von allen.

»Präsident, das ist doch völlig unmöglich! Die Schnee-Eule ist ein arktischer Tagvogel und lebt für gewöhnlich in Sümpfen und Wiesengebieten. In den Wintermonaten kann man Schnee-Eulen vielleicht in Maine oder Minnesota finden, doch so weit südlich wie bei uns nur in Ausnahmefällen, beispielsweise wenn sie durch sinkende Lemmingpopulation in ihren natürlichen Jagdgebieten gezwungen sind, sich in andere Regionen zu begeben. Und ich weiß aus sicherer Quelle, daß es in diesem Jahr in Kanada Lemminge im Überfluß gibt.«

»Dann war das, was wir gerade gesehen haben, vielleicht lediglich die weiße Unterseite einer besonders großen Schleiereule?« mutmaßte Professor Binks.

Stott schüttelte den Kopf, langsam und bedächtig, denn er ließ sich mit seinem Urteil gern etwas Zeit. »Eine Schleiereule war es auf keinen Fall. Eine Schleiereule hätte ich sofort erkannt. Schließlich sind Scheunen und Ställe auch mein natürliches Biotop.« Gelegentlich konnte selbst Stott einen Anflug von Humor entwickeln.

»Könnte es nicht vielleicht eine Sumpfohreule sein?«

Auch dieser unqualifizierte Einwurf stammte natürlich wieder von Emmerick und wurde mit Mißachtung gestraft, denn erstens war der Vogel viel zu groß und zweitens viel zu weiß gewesen.

»Vielleicht war es Loki.«

Dr. Svenson hegte eine große Leidenschaft für altnordische Mythologie, was seine Scherze oft rätselhaft und obskur erscheinen ließ. Emmerick, der gerade erst die Bekanntschaft der prächtigen College-Zugpferde gemacht hatte, die samt und sonders nach altnordischen Göttern und Göttinnen benannt waren, verstand ihn prompt falsch.

»Ich dachte, Loki sei einer Ihrer Balaclava Blacks.«

Wieder wurde er vom Rest der Gruppe ignoriert. »Interessante Idee, Präsident«, murmelte Winifred Binks. »Loki konnte seine Gestalt verändern, nicht wahr? Hat er sich nicht sogar einmal in eine Frau verwandelt?«

»In eine Stute. Ist dabei von einem Hengst namens Svadilfari gebumst worden, als er versucht hat, einen Felsenriesen zu beschwatzen, damit dieser die Mauer von Asgard umsonst wiederaufbaute. Geschah ihm recht. Hat ein achtbeiniges Fohlen geboren und es Odin geschenkt... Da ist sie wieder! Mir nach!«

Sie legten einen Schritt zu, immer noch in einer Reihe hintereinander marschierend, wie es das Eulenzählprotokoll vorschrieb. Präsident Svenson bildete selbstverständlich die Spitze. Daniel Stott, enthusiastischster Eulenfan von ganz Balaclava, folgte ihm auf dem Fuße, die kenntnisreiche Winifred Binks direkt hinter sich. Der Vierte im Bunde war ärgerlicherweise der unberechenbare Neuling Emory Emmerick, das Schlußlicht bildete Peter Shandy.

Jeder wollte das geheimnisvolle Tier unbedingt zu Gesicht bekommen. Die Regeln verlangten, daß jeder Vogel von mindestens zwei Mitgliedern eines Teams eindeutig identifiziert wurde. Aber wer würde ihnen schon glauben, daß sie im Oktober in Massachusetts eine Schnee-Eule entdeckt hätten, ohne einen in Blut geschriebenen Eid der gesamten Gruppe oder irgend etwas in dieser Art?

»Irgendwas an dem Vogel kommt mir fast schon unheimlich vor.« In Waldkunde war Winifred Binks ihren Begleitern weit überlegen. Sie war wachsam wie ein Fuchs und so scharfsichtig, daß ihr selbst die kleinste Bewegung zwischen den Baumkronen nicht entging. »Sie fliegt so langsam, daß man beinahe annehmen könnte, sie wolle uns zum Narren halten. Wirklich äußerst merkwürdig!«

»Möglicherweise ist die Eule verwundet oder einfach nur verwirrt«, meinte Professor Stott. »Das würde auch erklären, warum sie sich so ungewöhnlich weit von ihrem natürlichen Lebensraum entfernt hat.«

Professor Stott war in derselben Eulenzählkluft erschienen, die er seit zwei Jahrzehnten jedes Jahr anhatte. Er trug knöchelhohe Stiefel, einen flachen grünen Filzhut, dessen Band die Feder eines gesprenkelten Perlhuhns zierte, riesige braune Knickerbocker und eine dazu passende bequeme Tweedjacke. Ein dunkelgrünes Flanellhemd und dicke Strümpfe mit einem Rhombenmuster in Braun- und Grüntönen, die seine verstorbene Gattin Elizabeth ihm vor Jahren gestrickt hatte und die von der jetzigen Mrs. Stott liebevoll instand gehalten wurden, vervollständigten das Ensemble. Iduna Stott, geborene Bjorklund, war nach der nordischen Göttin benannt, die bekanntlich die goldenen Äpfel der ewigen Jugend hütete. Sie fütterte womöglich ihren Gatten mit den ihr anvertrauten Früchten, denn für sein reifes Alter und seine beträchtliche Leibesfülle glitt Stott mühelos hinter seinem Anführer her, ohne auch nur ein einziges Mal nach Luft zu schnappen.

Winifred Binks hatte erst vor kurzem das Vermögen ihres Großvaters geerbt und war immer noch damit beschäftigt, ihre ständig wachsenden Millionen zu zählen. Trotzdem machte sie von ihrem Reichtum keinerlei Aufhebens. Ihre normale Arbeitskleidung bestand aus einfachen grauen oder braunen Hosen und gestrickten Pullovern in Naturtönen oder dezenten Pastellfarben, wie es sich für eine Dame unbestimmten Alters geziemte. Heute nacht allerdings hatte sie die Männer überrascht, indem sie in einer abgetragenen langen Jacke mit passender Hose und Mokassins erschienen war, die sie sich in schlechteren Zeiten aus selbstgegerbtem Hirschleder genäht hatte.

Kopf und Schlußlicht der Gruppe waren weniger exotisch gewandet. Thorkjeld Svenson, noch größer und zudem bedeutend muskulöser als Stott, hätte in seinem grauen Flanellhemd und der grauen Arbeitshose durchaus selbst als Felsenriese durchgehen können, hätte er nicht dazu eine rote Wollmütze mit einem riesigen weißen Bommel getragen, der aussah wie die überdimensionale Blume eines Kaninchens. Peter Shandy, der mit Bestimmungsbuch, Klemmbrett, Erste-Hilfe-Kasten, Taschenlampe und einer Flasche Brandy für eventuelle Notfälle die Nachhut bildete, war ähnlich wie der Präsident gekleidet, trug allerdings statt der Bommelmütze einen unförmigen alten Tweedhut.

Emory Emmerick, in eleganten Flanellhosen und einem Pullover mit Norwegermuster, der Miss Binks bestimmt besser gestanden hätte als ihm, ähnelte viel zu sehr einem Dressman aus einem Versandhauskatalog, um in diese Gruppe aus Individualisten zu passen. Zudem fiel er durch sein Verhalten völlig aus dem Rahmen. Obwohl das Eulenzählprotokoll verlangte, daß die Mitglieder jedes Teams geschlossen in einer Reihe hintereinander zu gehen hatten, raste Emmerick urplötzlich nach vorn, wobei er zur

8

allgemeinen Entrüstung auch noch mit dem Fuß auf einen Zweig trat, und machte Anstalten, sich an die Spitze der Gruppe zu setzen. Ein Benehmen, das praktisch an Majestätsbeleidigung grenzte, für wen hielt sich dieser verdammte Schwachkopf eigentlich?

Peter konnte sich sowieso nicht erklären, warum in aller Welt Emmerick sich ihnen heute abend angeschlossen hatte. Der Mann war Ingenieur oder bezeichnete sich zumindest als solcher, verstand offenbar nicht das geringste von Eulen und besaß leider auch nicht das nötige Gespür, zu gegebener Zeit sein großes Maul zu halten. Jedesmal, wenn Peter ihm während der letzten Woche in der Station begegnet war, hatte er ungefragt seine Meinung zu allem und jedem zum besten gegeben.

»Station« war ein Kurzwort, das sowohl die neue Forschungsstation des Colleges draußen an der Westgrenze von Balaclava County als auch die kleine Fernsehstation bezeichnete, die unter Emmericks Leitung dort gebaut werden sollte. Das dreißig Hektar große Areal gehörte zum alten Binks-Besitz und war ebenso wie das geplante Gebäude ein Geschenk der Erbin. Professor Binks und ihr großes Vorbild, der inzwischen emeritierte Professor John Enderble, Spezialist für die hiesige Fauna (Verfasser der Werke *Das Leben der Säugetiere in Höhlenbauten, Verdamme nie einen Biber, Unsere Freunde, die Reptilien* u. a.) hatten in einem Fertighaus, in dem sie inzwischen auch schon Naturkundeseminare abhielten, ein Museum für hiesige Flora und Fauna eingerichtet. Ihr eigenes Haus hatte Winifred höchstpersönlich aus Fertigteilen gebaut. Bei Sendestationen, so wurde ihr mitgeteilt, liege die Sache allerdings völlig anders, da diese bedeutend komplizierter zu bauen seien, selbst wenn von dort lediglich umweltorientierte Beiträge gesendet werden sollten.

Peter war Mitglied des Planungsausschusses und hatte bereits seinen alten Freund Timothy Ames für ein spannendes, ergreifendes Epos über Bodenverbesserung gewinnen können. Emmerick äußerte die Ansicht, das Programm müsse unbedingt mit ein wenig Sex und Gewalt aufgelockert werden, woraufhin Tim sich bereiterklärte, einen Regenwurm mit Hilfe eines Springmessers in zwei Hälften zu schneiden. Damit hätte er nicht etwa einen toten, sondern vielmehr zwei lebendige Würmer geschaffen, und das ohne den ganzen lästigen Aufwand, den die Säugetiere, inklusive des sogenannten Homo-angeblich-sapiens, treiben. Emmerick hatte eingewandt, unter Sex und Crime habe er sich eigentlich etwas anderes vorgestellt. Peter hatte die leise Ahnung, daß er Emmerick, wenn er ihn erst einmal näher kennengelernt hatte, schon sehr bald feuern und durch jemanden ersetzen mußte, dessen Gehirn nicht an eine Elektrodenröhre angeschlossen war.

Doch alles zu seiner Zeit. Momentan erlaubte ihnen der merkwürdige große Vogel immer noch, hin und wieder durch die Bäume einen flüchtigen Blick auf seine weiße Federpracht zu erhaschen. Falls es überhaupt jemandem gelingen sollte, dieses Wesen – Schnee-Eule, Geist oder was auch immer es sein mochte – richtig zu Gesicht zu bekommen, wollte Peter Shandy unbedingt einer dieser Glücklichen sein.

Natürlich war Svensons Gruppe nicht die einzige Eulenzählmannschaft. Diverse andere Fakultätsmitglieder, die Vogelfans unter den Studenten und einige interessierte Bürger von Balaclava Junction waren ebenfalls auf Eulenzähljagd und bereit, so lange durch Wald und Feld zu streifen, bis sie vor Müdigkeit nicht mehr weitergehen konnten. Das Gebiet war aufgeteilt und den verschiedenen Gruppen zugewiesen worden, die in der Regel aus jeweils acht Eulenmeldern bestanden. Svenson hatte darauf bestanden, das schwierigste Gebiet und die wenigsten Begleiter zu bekommen, hatte sich aber dafür die Elite herausgepickt: nämlich Stott, Binks und Shandy, und zwar in genau dieser Reihenfolge. Emmerick war der Gruppe möglicherweise als eine Art Buße auferlegt worden, vermutete Peter, denn der Präsident hatte es nicht gern, wenn alles zu leicht ging.

Was zum Henker hatte dieses verflixte Federvieh bloß vor? Peter hatte noch nie zuvor eine Eule zu Gesicht bekommen, die sich so untypisch verhielt; allmählich wurde ihm das Ganze richtig unheimlich. Möglicherweise hatte Miss Binks – sie hatte ihm angeboten, sie Winifred zu nennen, doch bis jetzt hatte er sich dazu noch nicht überwinden können, da sie ihn allzu sehr an seine ehemalige Volksschullehrerin erinnerte – gar nicht einmal so unrecht mit ihrer Vermutung, das Tier wolle sie alle zum Narren halten. Allem Anschein nach war dieses Wesen weniger ein Vogel als ein Schreckgespenst. Wenn sie erst einmal die Stelle erreicht hatten, zu der es sie hinzulocken versuchte, würde es sicher einen schrecklichen Schrei ausstoßen und in einer Schwefelwolke entschwinden. Vielleicht tat er gut daran, eine zweite Liste für das Aufspüren von Waldgeistern anzulegen. In solcherart Gedanken versunken, stolperte er über eine Wurzel oder etwas ähnliches und ging in die Knie.

Die Laubschicht war dick und weich, und Peter war kein besonders großer Mann. Er fiel so leise, daß seine Begleiter vor ihm es nicht einmal bemerkten. Glücklicherweise hatte er sich weder verletzt noch sein Klemmbrett fallen lassen oder den Brandy verschüttet. Er rappelte sich gerade wieder hoch und war noch damit beschäftigt, sich die Hosenbeine abzuklopfen, als plötzlich um sie herum die Hölle losbrach.

»Alle Mann runter!« brüllte Svenson. Peter spürte, wie das Erdreich bebte, als der Präsident sich zu Boden warf, wobei er Winifred Binks mit nach unten riß. Selbst Dan Stott bewegte sich erstaunlich schnell, aber eine Salve von Schüssen war schließlich Ansporn genug. Peter ließ sich zur Seite rollen und duckte sich hinter einem Findling. Wer in Dreiteufelsnamen versuchte da wohl, sie alle miteinander abzuschlachten? Es klang wie eine ganze Schwadron Maschinengewehre.

Oder vielleicht doch nicht? Er hörte die Schnellfeuersalven, sah die kurzen, hellen Blitze und die plötzlichen Rauchwölkchen, roch sogar das Schießpulver. Doch wo blieb das Pfeifen der Kugeln? Jetzt vernahm er ein neues Geräusch, ein merkwürdiges Zischen oben in der Luft. Peter sah hoch, gerade rechtzeitig, um am Himmel drei Raketen in einer Kaskade aus roten, weißen und blauen Funken explodieren zu sehen.

Er sprang auf die Füße. »Emmerick! Sie verrückter Mistkerl, Sie haben gerade alle Eulen in Balaclava County aufgeschreckt!«

Mittlerweile war auch Thorkjeld Svenson wieder auf den Beinen und rüttelte am Baum wie ein wütender Gorilla. »Komm sofort runter, du Frettchen! Ich will dir den Arm ausreißen!«

»Eine hervorragende Idee, Präsident.« Dan Stott, normalerweise ein äußerst friedfertiger Mann, nickte begeistert. »Wenn Sie erlauben, würde ich Ihnen gern dabei helfen.«

Winifred Binks blieb als einzige ruhig. »Peter, funktioniert Ihre Taschenlampe noch?«

»Ehm –« Er drückte auf den Knopf, sie funktionierte tatsächlich. In diesem Moment bemerkte er, daß er sich mitnichten hinter einem Findling in Sicherheit gebracht hatte.

»Allmächtiger! Emmerick, wie sind Sie denn bloß in dieses Netz geraten?«

Emmerick sagte nichts und bewegte sich auch nicht.

»Er ist plötzlich nach vorne gestürmt«, sagte Winifred, »und hat versucht, mich mit sich zu reißen. Und dann ist er auf einmal nach oben in den Baum geschnellt. Ich glaube, er hat noch versucht, etwas zu rufen, aber dann ging die Knallerei los, und er ist wieder nach unten gestürzt. Wahrscheinlich ist ihm die Luft weggeblieben. Was dann passiert ist, konnte ich nicht mehr erkennen, weil Präsident Svenson – dessen Ritterlichkeit und Mut ich nicht genügend –«

»Urrgh!«

»Ja, natürlich. Das Wichtigste zuerst.« Sie sprang auf und kletterte behende den Baum hoch.

»Binks!« Falls sich zufällig doch noch eine letzte einsame Eule in ihrem Gebiet aufhielt, hatte Svensons Gebrüll sie jetzt todsicher auch vertrieben. »Kommen Sie sofort wieder runter!«

»Ich schaue mich nur kurz um.«

Ihre Stimme drang von hoch oben zu ihnen herab. Der Baum, so stellte Peter Shandy fest, war eine Eiche, die immer noch an ihren Blättern festhielt und dies auch noch tun würde, lange nachdem Ahorn und Birke ihr Laub abgeworfen hatten. Da er Miss Binks in der Spitze einer anderen Rieseneiche zum ersten Mal begegnet war, überraschte es ihn ganz und gar nicht, daß sie auch dieses Exemplar mühelos erklettert hatte. Was ihn allerdings wirklich erstaunte, war das Netz.

Er richtete den Strahl seiner Taschenlampe auf Emmerick, der verpackt wie ein Truthahn im Supermarkt dalag. Der Ingenieur hatte inzwischen wirklich Zeit genug gehabt, sich von seinem Schreck zu erholen, warum atmete er also nicht? Doch dann begriff Peter, daß der Mann für immer aufgehört hatte zu atmen. Und Miss Binks befand sich mutterseelenallein oben im Baum. Oder auch nicht. Peter griff nach demselben Ast wie sie, zog sich hoch und kletterte ihr nach.

Der Mond tat ihnen den Gefallen, hinter seinem Wolkenschleier hervorzulugen, so daß sie die Eiche relativ sorgfältig absuchen konnten. Sie entdeckten die behelfsmäßige Vorrichtung, von der aus die Raketen hochgeschossen worden waren, und fanden Rauchspuren sowie einige Fetzen Papier, die von den Feuerwerkskörpern stammten, doch das war alles.

Das unheimliche Geisterwesen war also gar keine Schnee-Eule gewesen, sondern nur ein Köder, mit dem man sie hergelockt hatte.

12

Und Emmericks ungewöhnliches Verhalten auf dem Herweg erklärte sich aus der Tatsache, daß er von dem Streich gewußt hatte, den man einer Gruppe von eingebildeten Wichtigtuern vom College zu spielen gedachte. Es war sogar durchaus möglich, daß er selbst die Feuerwerkskörper hier aufgestellt hatte.

Doch wenn er tatsächlich eingeweiht gewesen war, warum war er dann in dem Netz gefangen? Allem Anschein nach hatte er hier oben im Baum einen Komplizen gehabt, der die Eröffnungssalve abgefeuert hatte. Hatte dieser beschlossen, seinem Partner Emmerick den Streich zu spielen? Es war verdammt merkwürdig, daß das Netz nur eine Person erfaßt hatte, denn immerhin hatten zu dem betreffenden Zeitpunkt vier Menschen recht nahe beieinander gestanden. War es von oben ausgeworfen worden, oder hatte es auf dem Boden gelegen? War Emmerick aus dem Baum gefallen, weil die Seile gerissen waren, oder hatte man ihn absichtlich fallen lassen? Und hatte es sich tatsächlich um einen Streich gehandelt?

Es mußten sich hier oben im Baum Spuren befinden, die Aufschluß über diese Fragen geben konnten, wenn sie nur genug Licht gehabt hätten. Die Taschenlampe war ungefähr so nützlich wie ein Glühwürmchen. Peter knipste sie aus und steckte sie in seine Tasche.

»Am besten wir steigen wieder nach unten, bevor der Präsident einen Schlaganfall bekommt. Hier verschwenden wir nur kostbare Zeit, wir müssen die Polizei benachrichtigen, damit sie die Gegend mit Scheinwerfern absuchen kann. Falls es sich hier tatsächlich um einen Streich gehandelt hat, hat er jedenfalls ein tragisches Ende gefunden. Ich bin mir ziemlich sicher, daß Emmerick tot ist.«

Kapitel 2

Du liebe Zeit«, sagte Winifred, »wie furchtbar. Mr. Emmerick war zwar kein besonders angenehmer Mensch, wenn ich ehrlich sein soll, aber ich hätte ihm niemals ein so groteskes und vorzeitiges Ende gewünscht. Ich wüßte nur gern, was in aller Welt diese hochexplosive Netzspinne zu fangen glaubte. Das Netz muß mit einem automatischen Auslösemechanismus versehen gewesen sein, meinen Sie nicht?«

»Möglich wär's schon«, sagte Peter. »Ich hoffe nur, daß ich nicht der Auslöser war.«

Zu weiteren Ausführungen blieb keine Zeit. Svenson brüllte immer noch, sie sollten endlich herunterkommen, vielleicht war er wütend, daß sie ihm keinen Schuldigen heruntergeworfen hatten, den er in Stücke reißen konnte. Für einen College-Präsidenten hatte er einen recht ausgeprägten berserkerhaften Zug. Doch im Grunde konnten sie sowieso nichts mehr ausrichten, bevor sie genügend Licht hatten, und taten daher gut daran, umgehend die Polizei zu rufen.

Winifred war die Flinkste von ihnen, aber Peter wollte sie auf keinen Fall allein gehen lassen, solange sich die Netzspinne noch im Wald herumtrieb. Er selbst war der Zweitschnellste, verspürte jedoch wenig Lust, sich vom Tatort zu entfernen. Dan Stott war absolut ungeeignet für diese Aufgabe, er würde vom Weg abkommen, sich tiefsinnigen Überlegungen hingeben und dabei völlig vergessen, was man ihm aufgetragen hatte. Präsident Svenson würde als Miss Binks' Leibwache fungieren müssen, er war wie geschaffen dafür. Peter glitt die letzten drei Meter am Stamm hinab und kam sofort auf den Punkt.

»Präsident, Sie laufen zurück und informieren die Staatspolizei. Und Sie, Miss Binks, gehen am besten mit und zeigen ihm den Weg. Sie kennen als einzige alle Abkürzungen. Sagen Sie ihnen, sie sollen Suchscheinwerfer und eine Trage mitbringen und auf keinen Fall ihre verfluchten Sirenen einschalten. Für diese Nacht haben wir schon genug Lärm gehabt.«

»Ottermole?« bellte Svenson.

Peter schüttelte den Kopf. »Den finden wir nie, er ist längst weg und zählt Eulen. Außerdem verfügt er nicht über die Ausrüstung, die wir benötigen.«

Fred Ottermole, Polizeichef von Balaclava Junction, verkörperte bereits höchstselbst fünfzig Prozent der Polizeigewalt, Teilzeitkräfte und gelegentliche unbezahlte Hilfssheriffs, zu denen auch Peter Shandy zählte, einmal ausgenommen. Peter konnte sich nicht erinnern, für welches Gebiet man den Polizeichef eingeteilt hatte, und es tat eigentlich auch nichts zur Sache. Ottermole war ein guter Mann, wenn es zu handfesten Auseinandersetzungen kam, doch wenn es um Detektivarbeit ging, waren eher Eulen und Umweltsünder seine Stärke. Er konnte genausogut im Wald bleiben und Eulen aufspüren.

»Hier lang, Dr. Svenson.«

Winifred Binks schoß zwischen den Bäumen in eine Richtung davon, die falsch schien, es aber ganz gewiß nicht war. Der Präsident folgte ihr ohne Widerrede, denn er wußte sehr wohl, daß sie sich in diesem Wald nicht einmal verirren konnte, wenn sie es darauf angelegt hätte. Professor Stott hatte sich nicht vom Fleck gerührt, seit er mitansehen mußte, wie Emmerick zwischen den Ästen der Eiche verschwunden war. Nach reiflicher Überlegung brach er schließlich sein Schweigen.

»Peter, ich glaube, wir können inzwischen mit Sicherheit sagen, daß die geheimnisvolle Schnee-Eule nichts weiter war als ein Lockvogel, der unsere oder vielleicht auch nur Emmericks Aufmerksamkeit auf sich ziehen sollte. Auch wenn dieses Abenteuer ein weitaus traurigeres Ende gefunden hat, als ich erwartet habe, muß ich gestehen, daß ich nie ernsthaft damit gerechnet habe, diese besondere Eulenart in unseren Breiten zu sichten. Bei den gewöhnlichen Beutetieren der *Nyctea scandiaca* kommt es in zyklischen Abständen zu einem Populationsschwund, in der Regel etwa alle fünf bis sieben Jahre. Soweit ich mich erinnere, sind erst etwa dreieinhalb Jahre ins Land gezogen, seit ein gewisser Mr. Wendell White aus Durham im Bundesstaat Maine eine Schnee-Eule dabei beobachtet hat, wie sie auf einer Verbindungsstraße zwischen der Route 9 und der Route 136 einen Raben angegriffen hat. Mr.

White stieg aus seinem Pickup und rettete den Raben vor der Eule, und zwar mit der Begründung, daß Raben hiesige Vögel seien und er dagegen sei, wenn Auswärtige ungefragt in fremde Jagdgründe einfielen und versuchten, die Macht an sich zu reißen. Ein schlagendes Argument, würde ich sagen.«

»Viele Bürger von Balaclava County teilen sicher diese Meinung«, sagte Peter. »Ich vermute sogar, daß unsere vermeintliche Eule nichts weiter war als ein Bündel weißer Federn an einer Angelrute. Vielleicht ist irgendein Spaßvogel neben uns hergelaufen und hat sie immer wieder kurz in die Luft gehalten, um uns auf diese Weise zum Netz zu locken.«

»Ihr Verstand ist flinker als meiner, alter Freund, auf die Angel wäre ich nie gekommen. Der Läufer selbst muß übrigens auch außerordentlich flink gewesen sein, wenn er in der Lage war, ein so unebenes Terrain zu durchqueren, ohne von uns entdeckt zu werden. Immerhin verfügen Sie über ein ausgezeichnetes Gehör, Peter, und auch Ihr Wahrnehmungsvermögen ist ausgesprochen scharf. Das unserer geschätzten Kollegin Winifred Binks ist sogar noch schärfer, da werden Sie mir sicher zustimmen.«

»Auf jeden Fall, Dan, und damit haben Sie gerade einen interessanten Punkt angesprochen. Ich vermute, daß der Köder an einem Drahtseil befestigt gewesen war, wie man es für Oberleitungen benutzt, und gerade schnell genug gezogen wurde, um knapp vor unserer Gruppe zu schweben. Oder der Läufer hielt eine gewisse Distanz zu uns, warf den Köder ab und zu wie eine Forellenfliege aus und zog ihn dann wieder zurück.«

»Das wäre hier im Wald recht schwierig gewesen«, widersprach Dan Stott. »Hätte in diesem Fall nicht das Risiko bestanden, daß sich die Schnur an einem Ast verfängt oder der Köder im Gebüsch hängenbleibt?«

»Vielleicht waren an verschiedenen Stellen Leute postiert, die jeweils ihre eigene Angel auswarfen? Verflixt noch mal! Die Leute mit den Suchscheinwerfern lassen sich ganz schön Zeit.«

Peter wußte, daß er viel zu ungeduldig war. Der Präsident und Miss Binks hatten nicht einmal genug Zeit gehabt, den Wald zu verlassen, geschweige denn, ein Telefon zu finden, um die Polizei zu benachrichtigen. Er und Stott würden sicher noch mindestens eine Stunde allein hier verbringen müssen, wahrscheinlich sogar noch länger. Am besten, sie vertrieben sich die Zeit mit etwas Nützlichem.

»Dan«, sagte er, »würden Sie bitte die Taschenlampe für mich halten? Ich möchte mir Emmerick einmal genauer ansehen.«

»Selbstverständlich«, pflichtete ihm sein Freund bei. »Der arme Kerl, was für ein beklagenswertes Schicksal, einen so frühen Tod zu finden, und dann noch durch einen mißglückten Halloween-Streich.«

»Meinen Sie wirklich?« Peter kniete sich neben das groteske, netzverschnürte Bündel und versuchte, einen genaueren Blick darauf zu werfen, ohne die Leiche zu berühren. »Leuchten Sie bitte mal hierhin. Hmja, genau so, jetzt kann ich besser sehen. Das wäre wirklich ein verteufelt schlechter Halloween-Streich, Dan. Auf dem Pullover ist Blut zu sehen. Scheint ganz so, als habe jemand Emmerick die Spitze eines verdammt großen Jagdmessers in den Nacken gerammt.«

»Unmittelbar unterhalb des Schädels, wodurch sein sofortiger Tod bewirkt wurde«, stimmte Stott nach eingehender Betrachtung der häßlichen Wunde zu. »Wir sollten dankbar sein, daß der arme Kerl nicht gelitten hat. Sie sprechen von einem Jagdmesser, Peter. Das hätte einen heftigen Stoß durch eine starke Hand erfordert. Sollten wir nicht auch die Möglichkeit eines Jagdpfeils in Betracht ziehen? Oder vielleicht war es auch ein Speer oder der Bolzen einer Art Harpunengeschütz, wie es Sporttaucher häufig verwenden?«

»Schon möglich«, meinte Peter. »Obwohl es reichlich schwierig ist, im Mondschein ein Ziel, das in einem Netz in einem Baum hängt, so genau zu treffen. Es sei denn, es war ein reiner Glückstreffer.«

»Diese Möglichkeit sollte man auf keinen Fall unterschätzen, Peter. Außerdem ist ein Harpunenbolzen mit einer Leine verbunden, so daß man ihn selbst aus einiger Entfernung zurückziehen kann. Das gleiche ließe sich auch mit einem Pfeil oder einem Speer bewerkstelligen, meinen Sie nicht?«

»Möglicherweise.« Peter konnte sich jedoch weder für die Pfeiltheorie noch für die Bolzen- oder Speerhypothese sonderlich erwärmen, was Dan Stott nicht entging.

»Auf jeden Fall sind wir doch einer Meinung, was den Tatvorsatz und die Wahrscheinlichkeit eines menschlichen Täters betrifft, nicht wahr? Es sei denn, in diesem Baum befand sich eine geradezu teuflische Vorrichtung, die durch Emmericks plötzliches Hochschnellen ausgelöst wurde. Halten Sie das für möglich?«

Peter zuckte mit den Achseln. »Miss Binks und ich haben nichts gefunden, aber wir könnten es auch genausogut übersehen haben. Mir ist der Gedanke, daß es sich um eine Höllenmaschine gehandelt hat, allerdings bedeutend lieber als die Möglichkeit, daß sich hier jemand in den Büschen versteckt hält und gerade mit seiner Harpune auf uns zielt.«

»Erwägen Sie etwa allen Ernstes diese Möglichkeit?« Daniel Stott stellte diese Frage erst nach längerem Nachdenken. »Es scheint mir ganz so, daß der mögliche Täter, wenn er tatsächlich weitere Angriffe geplant hätte, diese wahrscheinlich ausgeführt hätte, als unsere Gruppe noch vollzählig war, denn er konnte sicher nicht im voraus wissen, wer von uns Hilfe holen und wer hierbleiben würde. Wäre es sein Plan gewesen, uns alle auszulöschen, hätte er doch in diesem Fall sicher Kugeln anstelle von harmlosen Krachern benutzt.«

»Nicht schlecht kombiniert, Dan!«

»Vielen Dank, Peter. Ich bin jedoch immer noch höchst verwundert über die Tatsache, daß Mr. Emmerick erst erstochen wurde, als er sich bereits im Netz verfangen hatte. Obwohl«, fügte er nach einigem Nachdenken hinzu, »ich auch nicht wüßte, warum man ihn vorher hätte erstechen sollen.«

»Das wüßte ich auch nicht. Außerdem paßt es so gar nicht zu dem, was Miss Binks mir erzählt hat. Sie behauptet, Emmerick sei an die Spitze gestürmt unmittelbar bevor die Kracher losgingen und habe dabei versucht, sie mit sich zu reißen. Sie müssen es doch gesehen haben, Dan, Sie waren doch genau hinter dem Präsidenten.«

»Das ist richtig, doch ich muß gestehen, daß ich dem Vorfall keine Beachtung geschenkt habe. Ich war viel zu sehr mit dem untypischen Verhalten der Schnee-Eule beschäftigt, von deren Existenz ich zu diesem Zeitpunkt immer noch ausging. Ich glaube mich zu erinnern, daß ich gerade die Möglichkeit erwog, ob es sich nicht vielleicht um eine Albinovariante der Schleiereule, *Tyto alba pratincola*, handeln könne, auch wenn ich keine wirklichen Gründe für diese Annahme hatte. Sich bei einer Eulenzählung vor den Exkursionsleiter zu drängen stellt einen groben Regelverstoß dar. Hat denn niemand Mr. Emmerick über das Protokoll unterrichtet?«

»Selbstverständlich wurde er informiert. Bevor wir losgegangen sind, habe ich ihm sämtliche Regeln sehr sorgfältig erklärt, in möglichst einfachen Worten, soweit sich dies machen ließ. Mir war ohnehin schleierhaft, warum er überhaupt mitgehen wollte. Inzwischen weiß ich natürlich, daß er von dem geplanten Streich mit dem Netz und den Krachern wußte und sich den Spaß auf keinen Fall entgehen lassen wollte.«

»Peter, Sie sagten eben, Miss Binks habe Ihnen erzählt, daß Emmerick plötzlich vorgeprescht sei. Haben Sie selbst es denn nicht gesehen? Sie gingen doch unmittelbar hinter ihm, oder?«

»Ich habe nicht mitbekommen, wie er den Präsidenten überholt hat, da ich zu diesem Zeitpunkt flach auf dem Boden lag. Ich bin dummerweise über eine Wurzel gestolpert. Wenigstens habe ich das bisher angenommen. Im nachhinein frage ich mich allerdings, ob es nicht Emmericks Fuß gewesen sein könnte.«

»Eine hochinteressante Hypothese, wenn Sie mich fragen. Ich muß zugeben, ich fand Mr. Emmericks Verhalten mehr als ungewöhnlich, schließlich war er weder Mitglied unserer Fakultät noch Bürger unserer Stadt. Seine absurden Äußerungen verrieten zudem seine erschreckende Unwissenheit, was die Strigiformes betrifft, und seine Dreistigkeit grenzte bisweilen fast an Unverschämtheit. Können Sie sich erklären, warum er sich uns aufgedrängt hat, Peter?«

»Dan, ich tappe völlig im dunkeln, was die Ereignisse dieser verdammten Nacht angeht. Was sollen wir jetzt bloß machen?«

»Da wir hier sowieso nicht wegkönnen, bevor unsere Verstärkung eingetroffen ist, bleibt wohl nur eins zu tun.« Stott begann, in den riesigen Taschen seiner Tweedjacke zu wühlen, und brachte mehrere dickliche quadratische Päckchen zum Vorschein, sorgsam in Alufolie eingewickelt. »Hier, alter Freund, nehmen Sie sich ein Sandwich.«

Iduna Stotts Sandwiches waren immer wundervoll belegt und ernährungsmäßig ausgewogen. Das Paket, das Peter als erstes auswickelte, enthielt Scheiben selbstgebackenes Roggenbrot, die mit Schinken in Honigkruste, geräuchertem Truthahn, Salbeikäse, frischen Tomaten, Gurkenscheiben, Salatblättern und Luzernensprossen belegt waren, das Ganze verfeinert mit einem raffinierten Senf-Dressing, dessen Geheimrezept Iduna im Falle ihres Ablebens der Abteilung für regionale Künste des Colleges zu hinterlassen gedachte.

Zu Dans Verpflegung gehörte außerdem eine Thermosflasche mit heißem Tee. Zusammen mit den Sandwiches und diversen Feigenstückchen, Äpfeln und Schokoladenplätzchen und, nicht zu vergessen, gelegentlichen Schlucken aus Peters Brandyflasche als Digestif, verbrachten die beiden Freunde eine recht angenehme Zeit miteinander, auch wenn Emmericks inzwischen immer starrer werdender Körper nicht gerade die Gesellschaft darstellte, die sie normalerweise für ein Picknick unter freiem Himmel gewählt hätten. Sie schafften es sogar, ihre Liste um ein Streifenkäuzchenpaar und eine bedeutend interessantere langohrige Variante der Waldohreule, *Asio otus wilsonianus*, zu bereichern, bevor Miss Binks und Dr. Svenson schließlich mit einem reichlich langen Arm des Gesetzes im Schlepptau zurückkehrten.

»Haben Sie an die Suchscheinwerfer gedacht?« wurden sie von Peter begrüßt.

»Wir haben Handstrahler mitgebracht.« Der Anführer des Trupps zeigte ihm einen der Strahler, mit denen sie sich den Weg ausgeleuchtet hatten. Es war ein recht beeindruckendes Exemplar mit einer Glühbirne, die ungefähr halb so groß war wie ein Autoscheinwerfer. »Man hat uns mitgeteilt, daß es hier einen unglücklichen Zwischenfall gegeben hat.«

»Hmja, so könnte man es auch ausdrücken. Ich heiße übrigens Shandy, und das hier ist Professor Stott. Ich nehme an, Professor Binks und Dr. Svenson haben Ihnen bereits erklärt, daß wir mitansehen mußten, wie ein Mitglied unserer Gruppe sich in einem Netz verfing, in einen Baum gezogen und dann wieder auf den Boden geworfen wurde. Er wurde außerdem mit einem Stich in den Nakken getötet.«

»Also, das ist ja eine interessante Neuigkeit. Ich bin Sergeant Haverford. Ist das der Mann? Sie haben ihn doch hoffentlich nicht bewegt?«

»Natürlich nicht, er liegt noch genauso da wie nach seinem Sturz. Wir haben nur – ehm – mit einer Taschenlampe unter das Netz geleuchtet.«

»Verstehe. Dann wollen wir mal noch ein paar Handstrahler herholen.«

Zwei von Haverfords Männern traten vor. Die Strahler machten viel aus, jetzt konnte man das getrocknete Blut und die klaffende Wunde deutlich erkennen.

»Das waren Profis«, bemerkte Haverford. »Saubere Arbeit. Wir haben von Dr. Svenson erfahren, daß sein Name Emory Emmerick ist und daß er als Ingenieur bei Ihnen beschäftigt war, um bei der

Einrichtung der Sendestation für das College zu helfen. Kennen Sie Mr. Emmerick schon lange, Professor Shandy?«

»Nein, ich habe ihn erst kennengelernt, als er vorige Woche hier ankam und sich dem Planungsausschuß als zuständiger Ingenieur vorstellte. Ehrlich gesagt waren wir ziemlich überrascht, denn es gibt momentan gar nichts für ihn zu tun, und das wird sicher noch eine ganze Weile so bleiben, bis die Subunternehmer das Fundament gegossen haben. Emmerick schien großen Wert darauf zu legen, trotzdem schon vor Ort die Lage zu sondieren, wie er sich ausdrückte. Wir sind davon ausgegangen, daß er es wohl selbst am besten wissen mußte.«

»Mit ›wir‹ meinen Sie demnach den Planungsausschuß, den Sie eben erwähnt haben? Wer gehört noch dazu?«

»Aus unserer Gruppe hier nur Professor Binks und ich. Dazu kommen natürlich noch ein paar andere Fakultätsmitglieder.«

»Auch Dr. Svenson?«

»Selbstverständlich. Als Präsident des Colleges gehört Dr. Svenson schon von Amts wegen jedem Ausschuß an.«

»Verstehe. Wie gut sind Sie und Ihre Kollegen mit Mr. Emmerick klargekommen?«

»Es ging so, würde ich sagen.«

»Sehr enthusiastisch klingen Sie aber nicht.«

»Das kommt vielleicht daher, daß er sich ein wenig zu sehr mit der Arbeit anderer beschäftigt hat, da er mit der seinen noch nicht anfangen konnte«, erwiderte Peter.

»Wie genau sah das aus?«

»Er hat sich beispielsweise selbst eingeladen, uns heute nacht zu begleiten«, warf Winifred Binks ein. »Mr. Emmerick schien Eulenzählen eher für einen besonderen College-Jux zu halten als für eine ernstzunehmende ornithologische Forschungsarbeit. Schon vor dem fürchterlichen Finale mit den Feuerwerkskrachern hat er viel zu oft und viel zu laut seine Meinung kundgetan und dumme Bemerkungen gemacht, die eindeutig verrieten, daß er von Eulen nicht das geringste verstand. Hab' ich nicht recht, Professor Stott?«

»Es widerstrebt mir zwar, schlecht über einen Verstorbenen zu sprechen, doch bleibt die Tatsache, daß er einen *Aegolius acadicus* mit einem *Aegolius funereus richardsoni* verwechselt hat«, bestätigte Stott in einem Ton, der deutlich seine Mißbilligung verriet.

»Da ich selbst nicht zu den Mitgliedern des Planungsausschusses zähle, hatte ich vor dem heutigen Abend nur sehr wenig mit Mr. Emmerick zu tun. Mein erster Eindruck war der, daß seine Bekanntschaft keinen freundschaftlichen Verkehr lohnte.«

»Mit anderen Worten hat Mr. Emmerick es bereits nach so kurzer Zeit geschafft, sich am College Feinde zu machen. Können Sie mir irgendwelche Namen nennen, Professor Shandy?«

»Natürlich nicht.« Peters Geduld begann allmählich nachzulassen. »Emmerick hatte keine Feinde bei uns. Er ist uns lediglich auf die Nerven gegangen. Wir wußten erstens, daß er nicht ewig bleiben würde, und zweitens, daß es im Rahmen unserer Möglichkeiten lag, ihn kurzerhand zu seinen Arbeitgebern zurückzuschicken, wenn er uns zu sehr belästigte, und sie zu bitten, uns jemand anderen zu schicken, der sich um seine eigenen Angelegenheiten kümmern würde, statt ständig seine Nase in unsere Arbeit zu stecken. Genau das hätten wir sicherlich getan, wenn er diesen tragischen Zwischenfall heute nacht überlebt hätte. Eh – da wir gerade von Arbeit sprechen, ich nehme an, Professor Binks hat Ihnen bereits mitgeteilt, daß wir gemeinsam den Baum nach Spuren untersucht haben?«

»Sie hat es erwähnt. Ich nehme an, sie hat damit gemeint, daß Sie mit der Taschenlampe nach oben in die Äste geleuchtet haben.«

»Keineswegs. Wir sind den Baum hochgeklettert und haben mit der Taschenlampe – eh – nach allen Seiten geleuchtet.«

»Sie sind den Baum hochgeklettert?« Haverford war schätzungsweise fünfunddreißig Jahre alt und ungefähr einsfünfundachtzig groß. Er lächelte nachsichtig und schaute auf ihre ergrauenden Häupter herab. »Wie haben Sie das denn angestellt?«

»Nichts einfacher als das.« Winifred Binks griff nach demselben Ast, den sie auch beim ersten Mal benutzt hatte, schwang sich mühelos hinauf und befand sich bereits zehn Meter über ihnen, noch bevor Haverford Zeit genug hatte, mit Grinsen aufzuhören. »Wenn Sie auch hochkommen wollen, Peter«, rief sie nach unten, »bringen Sie am besten einen von den Strahlern mit, damit wir uns diesmal genauer umsehen können.«

Peter streckte die Hand aus. »Sie erlauben, Sergeant?«

»Sie wollen mit ihr da hoch? Einfach so?«

»Das machen wir für gewöhnlich so. Ich darf Sie vielleicht darauf hinweisen, daß Miss – eh – Professor Binks und ich nicht nur geübte Kletterer sind, sondern auch erfahrene Naturkundler. Wir hätten

beide sofort ungewöhnliche Veränderungen am Baum erkannt und sorgfältig darauf geachtet, sie nicht noch schlimmer zu machen. Leider konnten wir nicht allzuviel sehen, da wir nicht genug Licht hatten, aber wir haben die Stelle gefunden, wo das Netz durch die Äste gefallen ist, auch wenn uns dies herzlich wenig weiterhilft. Falls Sie selbst hinaufsteigen möchten oder einen Ihrer Männer hochzuschicken gedenken, sind wir gern bereit, Ihnen die Stelle zu zeigen.«

»Vielen Dank, Professor.« Haverford war das Grinsen inzwischen gründlich vergangen. »Ich denke, es wäre am besten, wenn wir zunächst nur eine Wache am Baum zurücklassen und morgen früh mit unseren Spürhunden und ein paar Leitern zurückkommen. Können Sie Ihre Kollegin ohne Hilfe wieder nach unten holen?«

»Kein Problem.« Peter erhob seine Stimme ein wenig. »Sie können wieder runterkommen, Miss Binks. Der Sergeant hat beschlossen, daß er warten will, bis es hell wird.«

Nach weniger als einer Minute stand Winifred Binks wieder vor ihnen. »Damit haben Sie wahrscheinlich eine weise Entscheidung getroffen, Sergeant Haverford, obwohl ich sicher bin, daß Professor Shandy und ich es mit Ihren hervorragenden Strahlern ganz gut geschafft hätten. Ich habe eben ein kleines Stückchen transparenter Angelschnur entdeckt, die an einem der Äste befestigt war.«

Haverford gab einen merkwürdigen Gurgellaut von sich, Professor Stott nickte.

»Das würde Ihre Theorie erhärten, Peter. Professor Shandy«, erklärte er dem Sergeant, »hat nämlich die Hypothese aufgestellt, daß jenes Wesen, von dem wir zunächst hofften, es sei eine Schnee-Eule, in Wirklichkeit nichts weiter war als ein weißes Federbündel, das mit Hilfe eines Mechanismus, der in etwa nach dem Prinzip einer Oberleitung funktionierte, vor uns herbewegt wurde. Eine interessante Theorie, finden Sie nicht, Professor Binks?«

»O ja, höchst interessant. Eine andere Möglichkeit wäre, daß jemand mit einem Köder an einem Stock neben uns her gelaufen sein könnte. Doch es ist sehr schwierig, sich nachts im Wald zu bewegen, ohne ein verräterisches Geräusch zu verursachen, es sei denn, man befindet sich auf einem gut markierten Weg, wie in unserem Fall. Und selbst dort wäre dies so gut wie unmöglich, wenn man in Eile ist. Wir gingen relativ schnell, weil wir uns die vermeintliche Eule natürlich auf keinen Fall entgehen lassen wollten.

Eine Schnee-Eule wäre der absolute Höhepunkt unserer Exkursion gewesen. Wirklich schade, aber es läßt sich nun einmal nicht ändern. Sie haben doch hoffentlich nicht vor, den armen Mr. Emmerick hier bis zum Morgengrauen liegen zu lassen?«

»Nein, nein«, versicherte der Sergeant. »Wir nehmen ihn mit, wenn wir gehen. Erklären Sie mir doch bitte noch einmal die Sache mit dem Netz. Wer von Ihnen war Mr. Emmerick am nächsten, als er sich darin verfing?«

Thorkjeld Svenson, der eine Handvoll Studentenfutter kaute, schluckte und brummte: »Das war ich.«

»Können die anderen das bestätigen?«

»Selbstverständlich können wir das.« Winifred Binks klang, als fände sie Sergeant Haverford ein wenig schwer von Begriff. »Dr. Svenson ist unser Exkursionsleiter, sein Platz ist also immer an der Spitze der Gruppe. Emmerick war darüber unterrichtet worden, bevor wie losgingen, aber entweder hat er diese Regel vergessen oder absichtlich mißachtet. Wenn er nicht plötzlich vorgeprescht wäre – gar nicht auszudenken!«

Haverford stürzte sich auf diese Information wie ein Habichtkauz auf eine Maus. »Einen Moment, Professor Binks. Sie sagten gerade, Dr. Svenson wäre normalerweise ganz vorn gewesen. Wollen Sie damit andeuten, daß er derjenige war, den man in das Netz locken wollte?«

Peter unterdrückte ein Schnauben. Wenn jemand beabsichtigt hätte, Svenson zu fangen, hätte er besser eine Tigergrube ausgehoben.

Winifred Binks hegte anscheinend ganz ähnliche Gedanken, denn sie schüttelte heftig den Kopf. »Ich wollte damit gar nichts andeuten, Sergeant, ich versuche lediglich, die Fakten klarzustellen. Das Netz war groß genug für eine Person. Die Frage ist, ob die Täter – ich gebrauche den Plural, obwohl es natürlich genausogut nur ein Mann oder eine Frau hätte sein können – es auf ein bestimmtes Mitglied unserer Gruppe abgesehen hatten oder einfach nur auf den erstbesten, der sich darin verfing. Sie sehen ja, wieviel abgefallenes Laub sich in dem Netz befindet. Ich kann mich zwar irren, aber dies läßt meiner Meinung nach darauf schließen, daß jemand das Netz auf den Weg gelegt und getarnt hat, damit es keiner von uns entdecken konnte, bevor er darauf trat. Wie allerdings jemand Mr. Emmerick mit Dr. Svenson verwechseln konnte, kann ich mir wirklich nicht erklären.«

»Vielleicht wußten die Täter nicht, wie Dr. Svenson aussieht, sondern nur, daß er die Gruppe anführt«, warf ein anderer Beamter ein.

»Das würde bedeuten, daß wir es mit gedungenen Mördern zu tun haben«, sagte Peter. »Fällt Ihnen spontan jemand ein, der einen professionellen Killer auf Sie ansetzen würde, Präsident?«

»Jeder.«

Svenson übertrieb maßlos. Auch wenn er angsteinflößend wirken mochte, wurde er von vielen bewundert, von einigen verehrt und von einer erstaunlichen Anzahl geradezu geliebt, zu der unter anderem auch Peter Shandy und Daniel Stott zählten. Was sie allerdings beide nie freiwillig zugegeben hätten, weil es ihnen fürchterlich peinlich wäre. In guten und in schlechten Tagen, bei Sonnenschein und Regen, inmitten aller menschlichen Schwächen standen sie in fester brüderlicher Treue zu ihm wie Damon zu Pythias, Roland zu Oliver, Freimaurer zu Freimaurer, Malteser zu Malteser. Die bloße Vorstellung von Svensons Körper in jenem Maschengewirr erschütterte Peter mehr, als ihm guttat. Er wünschte sich, er hätte nicht so leichtfertig von einem mutmaßlichen Mordauftrag gesprochen.

Das Schlimme daran war, daß der tödliche Stich sehr wohl Sinn machte, wenn man davon ausging, daß die Fallensteller geglaubt hatten, daß ihnen Svenson ins Netz gegangen war. Thorkjeld Svensons Ruf als Krieger in der Tradition der Berserker war so weit verbreitet, daß sogar eine Truppe angeheuerter Riesennetzspinnen todsicher gewußt hätte, was ihnen mit diesem Gegner bevorstand. Aber warum dann die Feuerwerkskörper? Warum überhaupt das Netz? Warum der tödliche Stoß mit dem Messer? Wäre es nicht viel einfacher gewesen, sich mit einer Elefantenbüchse in sicherer Distanz auf die Lauer zu legen?

Aufgrund diverser merkwürdiger Zufälle war Peter Shandy inzwischen so etwas wie Balaclava Countys ureigener Gemeindedetektiv geworden. Früher oder später, so flüsterte ihm seine innere Stimme leise zu, würde er bis zum Hals in diesem verteufelten Fall stecken.

Das Problem war, daß die Staatspolizei zwar nichts dagegen hatte, den Fall weiter zu verfolgen, aber nur wenn Polizeichef Ottermole dies ausdrücklich wünschte. Ottermole war jedoch kein Mann, der freiwillig anderen Lorbeeren überließ, mit denen er genausogut sich selbst schmücken konnte. Sobald er herausfand, was geschehen war, würde er darauf bestehen, die Nachforschungen selbst zu übernehmen, und sich dabei voll und ganz auf die Hilfe seiner genialen Mitbürger verlassen. Und wenn Fred Ottermole an geniale Mitbürger dachte, dann dachte er als erstes an Peter Shandy.

Doch noch war es nicht soweit. Momentan hatte er es mit Haverford zu tun, der gerade sagte: »Ich weiß zwar, daß Sie alle lieber zurück nach Hause gehen würden, aber ich würde gern Ihre Aussagen zu Protokoll nehmen, solange die Erinnerungen noch frisch sind.«

»Das ist doch selbstverständlich, Sergeant«, meinte Winifred Binks, an die Haverfords schüchterne Entschuldigung hauptsächlich gerichtet war. »Wir wollten sowieso die ganze Nacht draußen bleiben. Präsident, möchten Sie als erster aussagen?«

»Machen Sie das lieber, Binks, schließlich war Emmerick Ihr Mann.«

Das Leben in freier Natur ist zwar gut für die Seele, dem Teint dagegen eher abträglich. Haverford starrte zuerst auf den jugendlichen, elegant gekleideten Männerkörper, den man inzwischen von seinem Netz befreit und auf die Trage verfrachtet hatte, und dann auf die magere, grauhaarige Frau, deren gegerbtes Gesicht beinahe genauso dunkel war wie ihr schlecht gemachter Hirschlederanzug. »Sie und er sind – eh – äh –?«

Winifred Binks ertrug seine Stotterei mit Fassung. »Präsident Svenson meint damit, daß ich verantwortlich dafür bin, daß Mr. Emmerick zu uns nach Balaclava gekommen ist, Sergeant. Es war meine Idee, hier eine Sendestation aufzubauen.«

»Und auch Binks' Geld«, bellte Svenson.

»Binks? Sie sind – Sie sind doch nicht etwa die verschollene Erbin des Binks-Vermögens?«

Winifred schüttelte den Kopf. »Verschollen war ich noch nie, Sergeant. Man hat sich lediglich lange Zeit nicht für mich interessiert. Das hat sich erst geändert, als die Medien entdeckten, daß mein Großvater tot war und ich sein Geld geerbt habe. Daß ich dadurch interessanter geworden sein soll, wage ich allerdings zu bezweifeln. Ich kann Ihnen leider auch nicht viel mehr sagen, das Wichtigste wissen Sie ja bereits, nur daß Emmerick versucht hat, mich mit sich zu reißen, als er so plötzlich nach vorne gestürmt ist.«

»Wie hat sich das abgespielt?«

»Zuerst ist er die ganze Zeit hinter mir hergegangen. Als er neben mir war, hat er meinen Arm gepackt und versucht, mich nach vorn zu drängen.«

»Hat er dabei etwas gesagt?«

»Ich glaube, er hat so etwas wie ›Kommen Sie mit‹ gesagt. Ich nahm an, er habe sich die kindische Idee in den Kopf gesetzt, die Schnee-Eule als erster zu melden und mich als Zeugin dabei zu haben. Eine Eule muß immer von mindestens zwei Personen identifiziert werden, wissen Sie, das ist bei Eulenzählungen unbedingt zu beachten. Da Mr. Emmerick wußte, daß es auch meine erste Eulenzählung war, hat er offenbar angenommen, daß ich gewillt war, gemeinsam mit ihm die Experten zu übertrumpfen.«

»Haben Sie etwas zu ihm gesagt?«

»Nein. Ich habe ein paar Schritte vorwärts gemacht, um mein Gleichgewicht wieder zurückzugewinnen. Er hätte mich fast umgerissen, als er versuchte, mich nach vorne zu drängen. Ich brauche ja wohl nicht zu sagen, daß ich mit diesem Unsinn nicht das geringste zu tun haben wollte, daher habe ich mich losgerissen und bin wieder an meinen Platz hinter Professor Stott zurückgekehrt. Es ging alles sehr schnell, wissen Sie. Ich bin mir nicht einmal sicher, ob Mr. Emmerick überhaupt gemerkt hat, daß ich nicht mehr bei ihm war. Als er an Dr. Svenson vorbeistürmte, sah ich noch, wie er suchend den Kopf bewegte, als wolle er sich vergewissern, wo ich war. Doch dann wurde er bereits hochgerissen.«

»Einfach so?«

»O ja. Einen Augenblick lang war ich völlig verdattert. Doch dann war mir klar, daß er in eine Falle geraten sein mußte, weil dies die einzige Erklärung war. Ich hörte ihn schreien – wir alle haben ihn gehört –«

»Was hat er gerufen, Professor Binks?« Haverford legte ihr gegenüber inzwischen ein beinahe ehrfürchtiges Verhalten an den Tag. »Können Sie sich daran vielleicht noch erinnern?«

»Nein. Man konnte sein eigenes Wort nicht verstehen, weil die Knallfrösche in dem Moment losgingen. Sie machten einen Höllenlärm, und wir dachten, es würde auf uns geschossen, daher warfen wir uns alle zu Boden, um den Kugeln auszuweichen. Kurze Zeit später – es schien mir wie eine Ewigkeit, doch es waren wahrscheinlich nur ein paar Sekunden – begriff Peter – Professor Shandy –, daß es gar keine Schüsse waren. Inzwischen waren bereits die ersten Raketen abgeschossen worden, daher wußten wir, daß es nur ein Streich sein konnte. Wir nahmen an, daß Mr. Emmerick an allem schuld war, weil er sich die ganze Zeit so albern benommen hatte, was ich, glaube ich, bereits erwähnt habe.«

»Ja, Sie sagten, er habe Sie alle dauernd gestört.«

»Er war eine ausgesprochene Nervensäge. Wir waren sehr verärgert, aber nicht etwa, weil man uns zum Narren gehalten hatte, obwohl sich wohl niemand gern nur so zum Spaß zu Tode erschrecken läßt, sondern vor allem deshalb, weil der Lärm die Eulen vertrieben und unsere Zählung ruiniert hatte. Es war wirklich eine bodenlose Unverschämtheit, egal wer es auch getan hat.«

»Ich bin voll und ganz Ihrer Meinung, Professor Binks. Und was ist dann passiert?«

»Gute Frage. Peter, was ist dann passiert?«

»Nun ja – eh – ein paar von uns begannen, mit Emmerick zu schimpfen, wir nahmen schließlich an, er sei immer noch oben im Baum. Dann schwante mir allmählich, daß der vermeintliche Findling auf dem Weg in Wirklichkeit Emmerick war, der sich in einem Netz verfangen hatte, genau wie Sie ihn vorhin vorgefunden haben. Das wiederum erinnerte mich an den dumpfen Aufprall, den ich in dem Augenblick hörte, als der Höllenlärm losbrach, und ich schloß daraus, daß es Emmerick gewesen sein mußte, der entweder vom Baum gefallen oder heruntergeworfen worden war. Zuerst dachte ich, er bekäme keine Luft mehr, doch dann begriff ich, daß er tot war. Also sind Miss Binks und ich den Baum hochgeklettert, um nach Spuren zu suchen.«

Kapitel 3

Den Baum hochgeklettert?«
      Haverfords Stimme war ebenfalls einige Tonlagen höher
geklettert. »Der Mann verfängt sich in einem Netz, wird in den
Baum gezogen und erstochen. Und Sie klettern so einfach da
rauf?« Am Ende überschlug sich seine Stimme.

»Zu diesem Zeitpunkt wußten wir ja noch nicht, daß man ihn
erstochen hatte«, sagte Peter. »Der dicke Kragen von Emmericks
Pullover scheint das meiste Blut aufgesogen zu haben. Ich habe die
Stichwunde erst entdeckt, als Miss Binks und der Präsident schon
fort waren, um Hilfe zu holen, und ich und Stott als Wache bei der
Leiche zurückblieben. Was die Untersuchung des Baumes betrifft,
haben wir vielleicht ein wenig unüberlegt gehandelt, aber ich
glaube nicht, daß wir sonderlich leichtsinnig waren. Sie dürfen
nicht vergessen, daß inzwischen schon eine geraume Zeit vergangen war. Als die Kracher losgingen, haben wir genauso reagiert,
wie die – eh – Täter es zweifellos erwartet haben, indem wir zuerst
versuchten, uns vor den vermeintlichen Kugeln in Sicherheit zu
bringen, und danach unsere Aufmerksamkeit auf Emmericks Leiche richteten. Wer auch immer oben im Baum war, hatte auf jeden
Fall genug Zeit, herunterzusteigen und sich aus dem Staub zu machen, ohne von uns gesehen zu werden.«

»Mit dem Fahrrad«, sagte Winifred Binks.

»Mit welchem Fahrrad? Wie meinen Sie das, Professor Binks?
Haben Sie etwas gesehen?«

»Nein, das ist lediglich eine Annahme von mir. Ein Rad ist
schnell, läßt sich leicht verstecken, macht keinen Lärm und wäre
für einen Weg wie diesen einfach ideal. Ich hätte in so einem Fall
ein Fahrrad benutzt. Aber das tue ich eigentlich immer.«

»Tatsächlich?« Das entsprach offensichtlich nicht Haverfords
Vorstellungen von einer Multimillionärin, doch er nickte trotz-

29

dem. »Da könnte was dran sein. Edwards, schauen Sie sich zusammen mit Andrews mal hier um. Vielleicht können Sie irgendwo Fahrradspuren entdecken.«

Die beiden Männer machten sich mit ihren Handstrahlern auf Spurensuche. Sie fanden zwar keine Fahrradspuren, doch dafür ungefähr sechs Meter von der Eiche entfernt einen Riesenberg schwarzer Plastikfolie, die nagelneu aussah.

»Sehr interessant«, sagte Peter. »Das war heute morgen noch nicht hier.«

»Woher wissen Sie das?« wollte Haverford wissen.

»Der Präsident hat mich gebeten, die ganze Strecke vorher abzugehen und nach etwaigen Hindernissen Ausschau zu halten. Wir mußten uns ja schließlich aus Rücksicht auf die Eulen im Dunkeln bewegen. Sie mögen kein Licht, es stört sie bei der Jagd.«

»Verstehe. Und Sie sind sich ganz sicher, daß hier kein Plastik gelegen hat?«

»Allerdings. Ich bin mehrfach um den Baum herumgegangen. Mächtige alte Eichen wie diese haben oft Löcher, in denen möglicherweise Eulen nisten. Außerdem habe ich den Boden nach Gewöllen abgesucht, diesen kleinen Klumpen aus Fell und Knochenstückchen, die sie herauswürgen, wenn sie eine Maus oder so etwas gefressen haben. Ich hätte so einen großen Plastikhaufen auf gar keinen Fall übersehen und ihn entweder selbst beseitigt oder einen der College-Wachmänner hergeschickt, um ihn wegzuschaffen. Was natürlich nicht heißen soll, daß dieses Zeug nicht doch irgendwo hier gelegen hat, denn ich hätte es natürlich nicht sehen können, wenn es noch aufgerollt unter dem Laub versteckt gewesen wäre.«

»Was meinen Sie mit noch aufgerollt?«

»Nun, es scheint nagelneu zu sein und sieht aus wie die Art Plastikfolie, die normalerweise in Rollen verkauft wird. Gärtner und Landschaftsarchitekten benutzen sie zum Abdecken, zum Schutz gegen Unkraut und als Wärmereflektor. Außerdem bewirkt sie, daß keine Feuchtigkeit in die Erde eindringt, was Ihren Garten unter Umständen in eine Wüste verwandeln kann, wenn Sie nicht aufpassen, aber diesen Vortrag erspare ich Ihnen lieber. Könnten wir das Zeug nicht einfach ausbreiten und uns näher ansehen?«

»Ich denke schon, wenn wir vorsichtig sind.«

Sie achteten sorgfältig darauf, die Folie nicht mit bloßen Händen zu berühren, sondern nur mit Hilfe der Papierservietten, die von

Idunas Verpflegung übriggeblieben waren, einigen herausgerissenen Seiten aus Sergeant Haverfords Notizbuch, Präsident Svensons roter Mütze und allem, was sie sonst noch finden konnten, damit die Oberfläche vor neuen Fingerabdrücken geschützt und mögliche Spuren unversehrt blieben, und breiteten sie vorsichtig auf dem Weg aus. In voller Länge und von Peter abgeschritten, maß die Folie stolze dreißig Meter, was sie allerdings leider keinen Schritt weiterbrachte.

»Vielleicht wurde sie nur benutzt, um das Fahrrad darin einzuwickeln«, mutmaßte einer der Polizisten.

Haverford warf ihm einen tadelnden Blick zu. »Mit Vermutungen ist niemandem gedient. Am besten, wir rollen die Folie wieder zusammen und bringen sie ins Polizeilabor. Vorsichtig, achten Sie darauf, daß Sie dabei keine Blätter oder Zweige aufheben!«

»Was ist mit dem Seil, das an dem Netz befestigt gewesen sein muß?« erkundigte sich Peter.

»Auf dem Boden haben wir nichts gefunden, vielleicht ist es immer noch oben im Baum. Fragen Sie aus einem besonderen Grund, Professor?«

»Mich würde lediglich interessieren, ob es durchgeschnitten wurde oder gerissen ist. Daraus könnten wir schließen, ob Emmerick zufällig gefallen ist oder ob man ihn absichtlich losgelassen hat. Ich habe vergessen nachzusehen, bevor die Leiche weggebracht wurde.«

Haverford hatte anscheinend ebenfalls nicht daran gedacht. »Wir werden es erfahren, wenn wir die Laborberichte erhalten«, meinte er ausweichend. »Vielen Dank, Professor Shandy. Könnten Sie uns jetzt vielleicht sagen, was Sie gesehen haben, Dr. Svenson?«

Er bekam eine Antwort, die aus gerade mal sieben Worten bestand, und mußte daraufhin eine Menge Zeit und Energie für den Versuch opfern, dem Präsidenten die Namen der Personen zu entlocken, die sowohl das Bedürfnis als auch die finanziellen Mittel gehabt hätten, einen bezahlten Killer auf ihn anzusetzen. Als Haverford sich endlich Professor Daniel Stott zuwenden konnte, machte er einen sichtlich mitgenommenen Eindruck. Und als Stott auch noch sagte, er habe nicht mitbekommen, wie Emmerick sich in dem Netz verfangen habe, weil er zu tief in Gedanken versunken gewesen sei, wurde der Sergeant ausgesprochen gehässig. Peters Versuch, ihn davon zu überzeugen, daß Professor Stott tatsächlich

31

die Wahrheit sagte, da er fast immer tief in Gedanken versunken war, traf auf wenig Verständnis. Da jedoch alle übereinstimmend aussagten, Stott habe seinen Platz zu keinem Zeitpunkt verlassen, blieb Haverford nichts anderes übrig, als aufzugeben.

»In Ordnung, das wäre dann wohl alles für heute. Es hat nicht zufällig einer von Ihnen die Absicht, die Stadt zu verlassen?«

»Besser nicht«, knurrte der Präsident. »Müssen schließlich unterrichten.«

»Oh, verstehe. Dann werden wir Sie ja wohl im College finden, falls Polizeichef Ottermole um unsere weitere Mithilfe bitten sollte.«

Peter sagte, er freue sich schon darauf, und man verabschiedete sich voneinander. Die meisten Polizisten gingen wieder dahin zurück, woher sie auch gekommen waren, zwei wurden zur Bewachung des Baumes zurückgelassen. Die Eulenzähler machten sich wieder auf den Weg, um die Eulenzählung fortzuführen, konnten aber nicht einmal ein ausgewürgtes Bällchen Mäusefell finden, und weit und breit war kein Eulenruf zu vernehmen. Nach einer Weile sprach Dr. Svenson das aus, was die Gruppe dachte.

»Zum Teufel mit den Eulen. Wir gehen jetzt nach Hause.«

Niemand sprach, als sie von Winifred Binks zu der Stelle geführt wurden, wo Peters Wagen parkte. Er fuhr automatisch zurück zum College, da die meisten seiner Fahrgäste in dieser Gegend wohnten, stellte dann jedoch fest, daß er sich damit dem einzigen weiblichen Mitglied der Gruppe gegenüber höchst unritterlich verhielt, denn Winifred Binks wohnte schließlich weit außerhalb der Stadt. Um seinen *Fauxpas* zu kaschieren, sagte er: »Ich setze die anderen nur schnell ab, Miss Binks, danach fahre ich Sie zur Station zurück.«

»Das werden Sie schön bleibenlassen«, protestierte Winifred. »Ich werde einen Wachmann bitten, mir die Turnhalle aufzuschließen, und mache es mir auf einer der Matten gemütlich.«

Nach einigem Hin und Her akzeptierte sie schließlich das Ausziehsofa im Arbeitszimmer der Shandys im ersten Stock. Ehrlich gesagt, war Peter nicht nur dankbar, daß ihm die weite Fahrt somit erspart blieb, sondern auch heilfroh, daß er Miss Binks sicher unter seinem Dach wußte, statt draußen auf einem riesigen Areal fernab von jeder Zivilisation. Nachdem es ihm auch noch gelungen war, sie im Zimmer unterzubringen, ohne dabei seine Frau aufzuwecken, kroch er erleichtert in sein Ehebett.

32

Wenn man bedachte, wie spät es war, hätte Peter eigentlich schlafen müssen wie einer der Steine, über die er die halbe Nacht geklettert war. Doch er lag hellwach im Bett und dachte an die vielen Menschen, die immer noch draußen herumliefen und Eulen zählten. Er hoffte inständig, daß keiner von ihnen dem Phantom ins Netz gegangen war.

Oder den Phantomen. Wie viele Helfer waren wohl nötig gewesen, um diese Operation durchzuführen? Vielleicht war es auch nur eine einzige Person, sie mußte nur stark genug sein. Emmerick nach oben in den Baum zu hieven war sicher die schwierigste Aufgabe gewesen. Vielleicht hatte man ihn nur deshalb so schnell fallen lassen, weil der Netzzieher ihn nicht länger hatte festhalten können? Konnte man daraus schließen, daß der Täter eine Frau oder ein Jugendlicher war? Oder daß der Täter das Netz nur mit einer Hand gehalten hatte, um sein Opfer mit der anderen zu erstechen?

Emmerick war nicht besonders groß gewesen, sogar noch etwas kleiner als Peter, und Peter war beileibe kein Riese. Emmerick war etwa ein Meter siebzig, schätzte er, ungefähr so groß wie Winifred Binks. Allerdings wog er bestimmt zwanzig oder dreißig Pfund mehr als sie, denn ihre zumeist vegetarische Lebensweise hielt sie schlank, auch wenn die Muskeln, die sie ihren Kletterübungen verdankte, sie weitaus kräftiger aussehen ließen, als sie in Wirklichkeit war. Emmerick wirkte nicht sonderlich muskulös, wahrscheinlich wäre er gar nicht in der Lage gewesen, sich großartig zu wehren, selbst wenn er sich nicht in dem Netz verfangen hätte. Leicht zu erstechen, dafür aber vielleicht schwer zu halten.

Und wenn schon? Peter schlief schließlich doch noch ein und hatte einen unangenehmen Traum, in dem Emory Emmerick in Miss Binks' Hirschlederkluft von einem nicht identifizierbaren geistesabwesenden Professor mit einem Elritzenmesser durch die Wälder gejagt wurde. Er wachte mit verquollenen Augen und brummendem Schädel auf und fragte sich, warum die Sonne so hoch stand und Helen nicht neben ihm lag. Dann hörte er sie unten im Haus mit jemandem reden und erinnerte sich wieder.

Es war erst halb neun, wenigstens hatte er nicht den ganzen Morgen verschlafen. Nicht daß es sonderlich schlimm gewesen wäre, schließlich war Samstag, doch er würde jetzt trotzdem aufstehen. Glücklicherweise fühlte er sich nicht gezwungen, Miss Binks beeindrucken zu müssen, denn sie hatte ihn bereits in bedeutend schlechterer Verfassung gesehen. Vier Minuten später saß er unrasiert, aber frisch geduscht und mehr oder weniger ordentlich angezogen unten bei den beiden Frauen, trank seinen ersten Kaffee und kehrte allmählich wieder zu den Lebenden zurück.

Normalerweise machte Peter immer das Frühstück, heute jedoch übernahm Helen das Regiment am Herd. »Soll ich dir ein Ei pochieren, Schatz?« erkundigte sie sich. »Winifred und ich essen auch eins. Pro Person, meine ich natürlich. Vielleicht solltest du besser zwei essen, um dich für den Tag zu wappnen.«

»Warum das?«

»Keine Ahnung, aber es wird sicher nicht lange dauern, bis man dich wieder eingespannt hat. Mich wundert nur, daß Thorkjeld noch nicht angerufen hat, um sich zu beschweren, daß du noch nicht herausgefunden hast, wer Mr. Emmerick erlegt hat. Was für eine absurde Art, jemanden umzubringen! Hältst du es für möglich, daß es sich dabei um einen Streich gehandelt hat, der außer Kontrolle geraten ist?«

»Ein schöner Streich! Jemandem ein Jagdmesser mitten in die *Medulla oblongata* zu bohren.«

»Du kannst nicht mit Bestimmtheit sagen, daß es ein Jagdmesser war. Könnte es nicht sein, daß die Person, die das Netz hochzog, zufällig einen scharfen Gegenstand in der Hand hielt, etwa einen – «

»Stockdegen?« schlug Peter vor.

»Genau! Ich sehe schon, du bist heute wieder einmal in Hochstimmung.«

»Ganz wie du meinst, Liebste. Dürfte ich dich um die Marmelade bitten? Und die Butter?«

»Aber natürlich, mein Herz. Hättest du vielleicht gern auch noch ein Scheibchen Toast als Unterlage?«

»Nach dem Toast wollte ich gerade fragen«, sagte Peter mit dem letzten Rest von Würde, den er in seinem gegenwärtigen Zustand aufbringen konnte. »Ich bitte darum. Um auf die Frage zurückzukommen, warum Emmerick erstochen wurde: Ich würde vorschlagen, wir warten den Obduktionsbericht ab. Verflixt und zugenäht! Ich hätte mir gern den Baum noch einmal angesehen, aber ich befürchte, daß Haverford, oder wer auch immer ihn abgelöst hat, schon längst mit einem ganzen Aufgebot draußen ist. Ich wüßte nur gern, ob schon jemand daran gedacht hat, die Meadowsweet Construction Company davon in Kenntnis zu setzen, daß sie einen ihrer Ingenieure verloren hat.«

»Ist es dazu nicht noch ein wenig früh?« fragte Miss Binks. »Sind die Büros nicht erst ab neun Uhr geöffnet?«

»Ich glaube, das hängt ganz vom jeweiligen Unternehmen ab. Bauarbeiter fangen immer schon recht früh an, vielleicht sind die Büros dort daher auch schon früher besetzt? Wie dem auch sei« – Peter warf einen Blick auf die Küchenuhr –, »es ist schon fast neun, möglicherweise ist ja schon jemand da. Bleibt nur zu hoffen, daß sie samstags morgens überhaupt arbeiten.«

»Aber es ist doch gar nicht deine Aufgabe, dort anzurufen«, protestierte Helen. »Sollten wir das nicht Ottermole überlassen?«

»Finde ich nicht. Wir sind schließlich Kunden von Meadowsweet. Oder etwa nicht? Zumindest Miss Binks. Warum sollte sie daher nicht dort anrufen und ihnen die Nachricht übermitteln?«

»Und du hängst dich oben an den Zweitanschluß und hörst mit, nehme ich an. Iß wenigstens erst deine Eier. Haben Sie eine Ahnung, wer Emmericks Vorgesetzter sein könnte, Winifred?«

»Ich nehme an, Mr. Gyles ist der richtige Ansprechpartner. Er hat damals auch den Kostenvoranschlag für uns gemacht. Es macht mir übrigens wirklich nichts aus, ihn anzurufen, und ich bitte Sie sogar ausdrücklich darum, mitzuhören, Peter, für den Fall, daß ich mich nicht klar genug ausdrücke. Sie wissen ja, was für eine Ignorantin ich bin. Mal schauen, ich bin mir ziemlich sicher, daß die Geschäftsnummer irgendwo in meinem Terminkalender steht. Heutzutage muß man wirklich hervorragend organisiert sein.«

Jetzt wo Winifred Binks eine begüterte Frau, Fakultätsmitglied am College und treibende Kraft hinter der Forschungsstation war, hatte sie sich einen großen Lederbeutel zugelegt, von dem sie sich nur im Notfall trennte. Neben zahlreichen anderen Dingen enthielt dieser Beutel ein dickes Ringbuch, in das Winifred gewissenhaft jede Kleinigkeit eintrug, die sie oder die anderen Personen, die mit dem Projekt zu tun hatten, möglicherweise irgendwann einmal brauchen könnten. Sie fischte das Buch heraus und fuhr mit dem Daumen rasch über das umfangreiche Register.

»Da ist es ja schon. Adressen und Telefonnummern. E-F-G – Golden Apples. Ich muß unbedingt daran denken, dort – J-K-L –, a ja. M wie Meadowsweet. Ich glaube, ich laufe schnell nach oben, richte das Sofa wieder her und telefoniere von eurem Arbeitszimmer aus. Bis ich die Laken abgezogen und Mr. Gyles erreicht habe, haben Sie Ihre Eier gegessen, Peter. Es sei denn, Sie würden lieber warten, bis Sie noch eine Tasse Kaffee getrunken haben?«

»Nein, nein, machen Sie ruhig.«

Peter rechnete damit, daß Miss Binks mit ihrem vornehmen Bostoner Akzent jede Empfangsdame oder Telefonistin, die normalerweise mühelos Anrufer abwimmelte, einschüchtern würde, womit er vollkommen richtig lag. Um drei Minuten nach neun hatte Miss Binks Mr. Gyles an der Strippe und unterrichtete ihn über das Dahinscheiden seines Angestellten. Sie machte ihre Sache ausgezeichnet, wählte genau die richtigen Worte und klang angemessen betroffen. Wer falsch reagierte, war Mr. Gyles.

»Einen Moment, bitte, Miss Binks. Sie sagten, der Name des Mannes sei Emory Emmerick, und unsere Firma habe ihn als den zuständigen Ingenieur zu Ihnen geschickt?«

»Ja.«

»Hätten Sie die Freundlichkeit, sich einen Augenblick zu gedulden?«

»Aber natürlich.«

Peter, der unten mithörte, zog die Augenbrauen hoch und sah Helen erstaunt an.

»Was ist los?« murmelte sie.

»Weiß der Himmel. Vielleicht will er vorher noch schnell eine Sammlung für den Trauerkranz veranstalten. Er scheint ziemlich lange zu brauchen.«

Womit er absolut recht hatte. Es dauerte in der Tat sehr lange, bis Mr. Gyles wieder zurückkam.

»Entschuldigen Sie bitte, daß Sie so lange warten mußten, Miss Binks, aber wir haben hier ein kleines Problem. Der für Sie zuständige Ingenieur heißt Patrick Henry O'Gorman und sollte erst Dienstag in einer Woche zu Ihnen kommen. Wir haben niemanden mit dem Namen Emory Emmerick auf der Gehaltsliste. Ich habe eigens im Personalbüro nachgefragt, aber ein Herr dieses Namens hat noch nie bei uns gearbeitet.«

Kapitel 4

A ber wer war er dann?«
Das hätte nicht nur Viola Buddley gern gewußt. Seit Winifreds schockierendem Telefonat mit dem Mann von Meadowsweet stellte sich jeder diese Frage, doch bisher war es niemandem gelungen, eine Antwort darauf zu finden. Sofort nachdem er den Hörer aufgelegt hatte, rief Peter zuerst bei Dr. Svenson und danach im Büro der Staatspolizei an, um die merkwürdige Neuigkeit weiterzugeben, dann kutschierte er Winifred Binks mitsamt Fahrrad zurück zur Forschungsstation. Im Moment war sie in ihrem neuen Haus, um sich ihrer Hirschlederkluft zu entledigen, während Peter den beiden Ganztagskräften der Station die Neuigkeiten über Emmerick mitteilte.

Viola Buddley war Empfangsdame, Sekretärin und auch Assistentin, was so gut wie alles umfassen konnte, angefangen vom Abstauben der Ausstellungsstücke bis hin zum Sammeln von Kamillenblüten für Winifreds Tee. Da der Name Viola an eine gertenschlanke, verträumte Person denken ließ, hätten Mrs. Buddleys Eltern wahrscheinlich besser daran getan, ihrer Tochter einen anderen Blumennamen zu geben, beispielsweise Heliantha, dachte Peter. Die dralle junge Dame hatte eine verblüffende Ähnlichkeit mit dem roten, runden, fröhlichen Mr. Sun aus den Geschichten von Thornton Burgess, die seine Volksschullehrerin ihnen immer vorgelesen hatte, wenn sie artig gewesen waren, was in seiner Kindheit noch recht häufig vorkam.

Da ihr Aufgabengebiet in der Hauptsache aus Sekretariatsarbeiten bestand, konnte Peter nicht genau nachvollziehen, warum sie ausgerechnet in Wanderstiefeln und Khaki-Shorts zum Dienst erschien. Und das hautenge grüne T-Shirt mit der Aufschrift »Heute schon einen Baum umarmt?« unmittelbar über ihrem üppigen Busen brachte Violas Engagement für Umweltschutz ein klein wenig

37

zu gewagt zum Ausdruck, doch wenn es Miss Binks nicht störte, daß Viola es im Büro trug, sollte es ihm eigentlich auch egal sein. Die junge Dame besaß außerdem eine Unmenge Sommersprossen, rötlichblondes, widerspenstiges Kraushaar und ein strahlendes Lächeln, das ihr im Moment jedoch gänzlich vergangen war, nachdem sie die Neuigkeit über Emory Emmerick erfahren hatte.

»Die Staatspolizei überprüft gerade, ob er vorbestraft war«, erklärte Peter. »Wenn er nicht identifiziert werden kann, wird man wohl Fotos von ihm an die Presse und ans Fernsehen geben. Es reicht bestimmt nicht, sich einfach nur umzuhören. Wir wissen nicht einmal, woher er kam, und vielleicht war Emmerick gar nicht sein richtiger Name.«

»Mir hat Emory erzählt, er sei aus New Jersey«, sagte Viola.

»Wann hat er das gesagt?«

»Donnerstag abend. Er hat mich ausgeführt, wir waren im ›Bursting Bubble‹. Kennen Sie es?«

»Hmja, könnte man sagen.« Anfang des Jahres hatte Peter mitansehen müssen, wie der einzige und noch dazu recht armselige Nachtclub von Lumpkin Upper Mills zusammen mit den Gebäuden der alten Lumpkiner Seifenfabrik bis auf die Grundmauern abgebrannt war. »Ich habe gehört, das ›Bubble‹ hat drüben im ehemaligen Kegelcenter in der Clavaton Road wieder aufgemacht?«

»Stimmt, und jetzt ist es wirklich spitzenmäßig. Es gibt eine kleine Drei-Mann-Band, und zwei Kegelbahnen sind zu Tanzflächen umgebaut worden. Es ist einfach toll dort, solange es einem nichts ausmacht, schnurgerade hin und her zu tanzen. Emory und ich haben uns hervorragend amüsiert. Ich hatte schon gehofft, es wäre der Beginn einer wunderbaren Freundschaft, aber nachdem Sie mir das jetzt alles erzählt haben, weiß ich wirklich nicht, ob ich traurig oder erleichtert sein soll.«

»Sie wären viel zu schade für ihn gewesen!«

Dieser leidenschaftliche Ausbruch aufgestauter Gefühle stammte von Knapweed Calthrop, Forschungsstipendiat der Station und derzeit Lehrbeauftragter am College. Knapweed schrieb gerade seine Doktorarbeit über das Echte Labkraut und die Krappgewächse, die er persönlich stets *Rubiaceae* nannte. Wie seine Lieblingspflanzen konnte auch er kratzig und stachelig sein, allerdings niemals gegenüber Viola.

Die beiden mußten ungefähr im gleichen Alter sein, vermutete Peter, obwohl man das bei Frauen nie so genau sagen konnte. Emmerick dagegen war bestimmt schon gut in den Dreißigern gewesen, vielleicht sogar noch älter. Warum hatte Viola ihn wohl einem jüngeren Mann vorgezogen? Knapweed sah auf seine unscheinbare Art nicht schlecht aus und war sehr tüchtig, was die *Rubiaceae* betraf.

Aber vielleicht genügte das nicht? Bei genauerem Nachdenken konnte Peter sich durchaus vorstellen, daß die pikaresken Züge, die Emmerick zweifellos besessen haben mußte, wenn er dreist genug gewesen war, sich hier einfach einzuschleichen, und der unbeschwerte Enthusiasmus, mit dem er sich ohne viel Überlegen kopfüber in ein Abenteuer hineingestürzt hatte, ohne zu wissen, was ihn erwartete, die extravagante Viola sicher sehr viel stärker beeindruckt hatten als der Hang ihres Kollegen, auf verrotteten Baumstümpfen zu hocken und über Labkrautrispen zu meditieren. Im Grunde war die *Rubiaceae*-Familie wirklich nicht sonderlich charismatisch, mußte Peter zugeben, auch wenn das Engelsauge auf seine bescheidene Art recht ansehnlich war und das Gemeine Labkraut immer noch mehr Pep hatte als die Gewöhnliche Pechnelke.

Nun ja, so war nun mal das Leben. Peter vermutete, daß er sich allmählich wieder auf den Weg zum College machen sollte, auch wenn er nicht genau wußte, warum. In dieser Woche fanden keine Tutorien statt, und Svenson hatte auch keine Fakultätssitzung einberufen. Trotzdem wurde er das unangenehme Gefühl nicht los, daß er noch etwas erledigen wollte. Hatte er Helen versprochen, sie heute irgendwohin zu fahren? Nein, das war es nicht. Helen, die sowohl Bibliothekarin als auch eine erfolgreiche Schriftstellerin war, hatte sich vorgenommen, an ihrem neuesten Artikel für das Wilson's Library Bulletin zu arbeiten, während Peter sich zuerst von den Strapazen der Eulenzählung erholen sollte, um danach den Rest des Tages mit Korrekturen zu verbringen.

Der Eingangsbereich der Forschungsstation hatte auf beiden Seiten große Panoramafenster, daher konnte Peter genau sehen, wie Winifred Binks aus ihrem Blockhaus trat. Diesmal trug sie eine sorgfältig gebügelte Flanellhose und einen himmelblauen Pullover und sah einer Professorin bedeutend ähnlicher als einer Pionierin. Als sie die Station betrat, fragte sie: »Hätten Sie Lust, eine Tasse Kaffee mit mir zu trinken, Peter?«

Kaffee war in diesem Fall eine etwas irreführende Bezeichnung, denn Winifred stellte ihr Gebräu aus getrockneten Zichorien und Löwenzahnwurzeln her, die sie mit einem Stein und auf einem harten Untergrund gemahlen hatte. Eigentlich konnte er das Angebot

ruhig annehmen, dachte Peter, vielleicht würde das gesunde Gebräu seinem Gedächtnis ja wieder auf die Sprünge helfen. Er trank
aus einem etwas windschiefen handgetöpferten Becher und
lauschte Violas traurigen Erinnerungen darüber, was für ein toller
Tänzer Emory doch gewesen sei, als ein rotes 1976er Dodge Sport-
coupé, dessen Seiten weiße Streifen zierten und dessen Tür die
beeindruckende Aufschrift *ALL-WOECHENTLICHER GE-
MEINDE- UND SPRENGEL-ANZEYGER FÜR BALA-
CLAVA* trug, auf den Parkplatz schoß.

»Ah«, sagte Winifred. »Unser Freund Mr. Swope in seinem
neuen Dienstwagen. Ich habe mich schon gefragt, warum er sich
noch nicht gemeldet hat.«

»Grundgütiger, jetzt fällt es mir wieder ein! Ich wollte Cronkite
benachrichtigen!« rief Peter. »Swope weiß noch gar nicht, was uns
gestern nacht zugestoßen ist, weil er über die Eulenzählung hinter
Walhalla berichten sollte.«

Cronkite Swope, Starreporter beim *All-woechentlichen Ge-
meinde- und Sprengel-Anzeiger für Balaclava*, war seine Nacht-
ruhe noch nie wichtiger gewesen als eine gute Story. Was für ein
schreckliches Pech, daß er sich entschlossen hatte, eine Gruppe
Studenten zu begleiten, zu der auch zwei von Dr. Svensons hübschen Töchtern gehörten, statt beim Team des Präsidenten zu bleiben und Augenzeuge von Emmericks groteskem Ende zu werden.
Höchstwahrscheinlich platzte er vor Wut.

Fehlanzeige, Cronkite war munter und fidel wie ein Fisch im
Wasser. »Mann! Das war vielleicht eine Nacht! Ich habe ein tolles
Portrait von Gudrun Svenson geschossen, im Profil, als sie gerade
zu einer großen Ohreule hochschaute, direkt vor dem Vollmond,
mit ein paar kleinen Wolkenfetzen im Hintergrund. Der Chef will
es auf die Titelseite setzen.«

»Hmja, vielleicht sollten Sie Ihren Chef kurz anrufen und ihn
bitten, die Druckerpressen anzuhalten.« Peter kam sich nieder-
trächtig vor, daß er Swope nicht früher benachrichtigt hatte, nach
allem, was sie in der Vergangenheit schon zusammen durchge-
macht hatten. »Ich vermute, Sie haben noch nicht gehört, was
Emory Emmerick gestern nacht zugestoßen ist?«

»Emmerick? Sie meinen Ihren Ingenieur?«

»Dafür haben wir ihn gehalten, aber anscheinend war er es gar
nicht.«

»Höh? Wie meinen Sie das?«

»Laut Mr. Gyles von der Meadowsweet Construction Company war Emmerick weder dort angestellt noch hatte irgend jemand jemals von ihm gehört. Ich wähle deshalb die Vergangenheitsform, weil er gestern nacht jemandem ins Netz gegangen ist.«

»Ins Netz gegangen?«

»Sehr richtig. Haben Sie was zum Schreiben dabei?«

Die Frage erübrigte sich, denn Cronkite Swope hatte seinerzeit den Großen Fernkurs für Journalisten nicht umsonst *summa cum laude* abgeschlossen. »Schießen Sie los, Professor!«

Peter schoß los. Er hatte Emmerick kaum aus dem Baum fallen lassen, als Swope sich bereits ans Telefon gehängt hatte, um bei seiner Zeitung anzurufen und lautstark nach einem Redakteur zu verlangen.

»Hier, Professor.« Er drückte Peter den Hörer in die Hand. »Erzählen Sie es ihnen. Ich muß schleunigst zur Staatspolizei sausen und versuchen, ob ich denen ein Foto abluchsen kann. Verdammter Mist, warum bin ich bloß mit Gudrun gegangen statt mit Ihnen?«

»Sie können ja nicht überall gleichzeitig sein, Cronkite«, tröstete ihn Winifred Binks. »Hier.« Sie kramte in ihrer Riesentasche und fischte eine kleine Kamera heraus. »Zufällig habe ich selbst ein paar Bilder geschossen, und zwar ein paar von Mr. Emmerick im Netz und einige von der Polizei auf der Spurensicherung rund um die Leiche. Es müßten auch noch ein oder zwei dabei sein, wie sie Emmerick auf der Bahre wegtragen. Die Polizei hatte Handstrahler dabei, und ich habe einen hochempfindlichen Film benutzt, weil ich hoffte, ein paar Eulen bei Mondschein fotografieren zu können, daher stehen die Chancen gut, daß wenigstens einige von den Aufnahmen brauchbar sind.«

»Miss Binks, ich liebe Sie!« Swope griff nach der Filmrolle, die sie aus ihrer Kamera genommen hatte, verpaßte ihr einen Kuß, der die Fensterscheiben erzittern ließ, und raste zurück zu seinem Wagen.

»Wow!« Viola Buddley hatte die Kußszene mit unverhohlenem Neid beobachtet. »Wieso hat er Sie geküßt und nicht mich, Professor?«

Miss Binks warf den Kopf leicht zurück und fuhr sich mit den Fingern durch ihr kurzes graues Haar. »Es gibt eben Frauen, die sich vor Männern nicht retten können, meine Liebe, auch wenn Sie sich noch so viel Mühe geben. Noch etwas Kaffee, Peter?«

»Nein danke, ich muß mich unbedingt auf den Weg machen. Ich komme mir vor wie ein Stinktier, daß ich Swope nicht früher benachrichtigt habe, und jetzt habe ich auch noch Gewissensbisse wegen Ottermole.«

»Du liebe Zeit, natürlich, Polizeichef Ottermole muß unbedingt informiert werden. Aber vielleicht hat sich die Staatspolizei bereits mit ihm in Verbindung gesetzt.«

»Das hat seine Frau möglicherweise zu verhindern gewußt.«

Edna Mae Ottermole neigte dazu, ihren Gatten, den sie als eine Art Kreuzung zwischen Sir Lancelot und Eliot Ness zu betrachten schien, ein wenig zu sehr zu bemuttern. Wenn Fred bis nach Tagesanbruch bei seiner Eulenzählgruppe geblieben war, was höchstwahrscheinlich der Fall war, es sei denn, er hatte vorzeitig Wind davon bekommen, was Präsident Svensons Gruppe zugestoßen war, lag er sicher noch schlummernd im Bett, und Edna Mae bewachte seinen Schlaf. Peter beschloß, kurz bei Ottermole anzurufen, bevor er sich auf den Weg machte, und mußte feststellen, daß er mit seiner Vermutung richtig lag.

»Ich hasse es, Fred zu wecken, wenn es nicht furchtbar dringend ist, Professor.«

»Es ist zwar furchtbar, aber nicht dringend. Ich komme später bei Ihnen vorbei, lassen Sie ihn bis dahin ruhig weiterschlafen.«

»Ich glaube, Ottermole weiß noch nichts von Emmericks Schicksal«, sagte Peter zu Miss Binks, nachdem er den Hörer aufgelegt hatte.

»Der Glückliche. Ich befürchte, Sie werden ihn wohl wecken müssen.«

»Dem Protokoll nach hätte er eigentlich die Staatspolizei hinzuziehen müssen.«

»Aber wir konnten unmöglich so lange warten, bis wir ihn gefunden hätten«, protestierte Winifred.

»Ich weiß. Wir haben das Richtige getan. Er hätte es sowieso nicht allein schaffen können. Aber wir müssen ihm unbedingt Bescheid sagen. Der einzige Weg, von der Staatspolizei Informationen über Emmerick zu bekommen, geht nur über Ottermole. Immerhin sieht er aus wie ein richtiger Bulle.«

»Stimmt. Er trägt immer eine perfekt gebügelte Uniform und dann noch die schwarze Lederjacke mit den vielen Reißverschlüssen. Obwohl es heute für die Jacke vielleicht doch ein klein bißchen zu warm ist. Die Luft ist lau und der Himmel leicht verhangen, man könnte fast meinen, der Große Geist rauche gerade seine Friedenspfeife. Zumindest hoffe ich, daß es der Große Geist ist und nicht das Kraftwerk in Clavaton, das mal wieder verrückt spielt. Was will denn der Mann in dem Auto hier? Ach herrje, jetzt hat sich das schreckliche Eichhörnchen wieder in unserem Vogelfutterspender verfangen. Kommen Sie, Viola. Am besten, Sie sprechen mit ihm, Peter. Mit dem Mann, meine ich.«

Winifred eilte hinaus, Viola und Knapweed im Schlepptau. Peter ging zur Tür. »Guten Tag, Sir«, sagte er, »was kann ich für Sie tun?« Sein Gegenüber schien sich für etwas ganz Besonderes zu halten, denn er war geschniegelt und gestriegelt wie ein Dreijähriger beim Derby, auch wenn er augenscheinlich kein Füllen mehr war. Eher um die Fünfzig als um die Vierzig, und wahrscheinlich auf dem Weg zum Golfspielen in irgendeinem Country Club, vermutete Peter.

Der Besucher erwiderte Peters bewundernden Blick mit einem strahlenden Dale-Carnegie-Lächeln. »Ich bin auf der Suche nach unserem Ingenieur. Ist Emory Emmerick zufällig in der Nähe?«

Er blickte suchend zu den großen Fenstern hinüber, die sich über die gesamte Rückwand des Empfangsbereichs erstreckten, und bemerkte das Eichhörnchenrettungskomitee, das gerade mit Winifred an der Spitze in Richtung Lichtung eilte. »Oh, da ist er ja. Warum läuft er denn fort? Würde es Ihnen etwas ausmachen, kurz nach draußen zu gehen und ihm auszurichten, Mr. Fanshaw sei da?«

Peter stellte interessiert fest, daß Mr. Fanshaw sich davon hatte täuschen lassen, daß Winifred von hinten eine gewisse Ähnlichkeit mit dem verstorbenen Mr. Emmerick aufwies. »Sie verfolgen gerade ein Eichhörnchen«, sagte er unverbindlich und griff nach einem Seil, das zufällig nur so herumlag, aber sicher, wie alles andere hier, bei Gelegenheit seinen Zweck erfüllen würde, und knüpfte langsam das eine Ende zu einer Schlinge. »Bei welcher Firma sind Sie denn beschäftigt, Mr. Fanshaw?«

»Bei der Meadowsweet Construction Company natürlich. Sie arbeiten doch hier, oder?«

»Ich denke schon.« Peter probierte die Schlinge aus und befand sie für gut.

»Sehen Sie, ich habe einiges mit Emmerick zu besprechen und nur wenig Zeit. Könnten Sie nicht einfach das Fenster öffnen und ihn rufen?«

»Tut mir leid, Mr. Fanshaw, das wäre zwecklos.«

»Wie meinen Sie das? Er ist doch wohl nicht plötzlich stocktaub geworden?«

»Hmja, könnte man sagen. Sie sind verhaftet, Mr. Fanshaw.«

»Was bin ich?«

Fanshaw war so überrascht, daß er einen Augenblick zu lange wie angewurzelt dastand und sein Gegenüber anstarrte. Peter hatte genug Zeit, ihm die Schlinge überzuwerfen, seine Arme an den Körper zu fesseln und ihm die Füße unter dem Bauch wegzutreten.

Fanshaw trat um sich, stieß mit dem Kopf und versuchte sogar, Peter in die Nase zu beißen. Ein dummer Fehler, denn die Haftcreme seines Gebisses war dieser Belastung nicht gewachsen. Peter war nicht umsonst ein Mann der Rübenfelder, denn als Miss Binks schließlich zurückkehrte und ihm mitteilte, sie habe die restliche Arbeit den anderen überlassen, hatte er den Besucher bereits fein säuberlich zu einem Bündel verschnürt. Er hatte sogar den Zahnersatz gefunden und wieder auf Fanshaws entblößten Kiefer gedrückt, doch leider wurde seine ganze Mühe lediglich mit einem Fluch belohnt.

Winifred Binks war eine Dame der alten Schule und aus diesem Grunde durch nichts zu erschüttern. Sie hob nicht einmal eine Augenbraue, als sie den gefesselten Gefangenen auf dem Fußboden entdeckte.

»Ach herrje, jetzt hat der arme Cronkite schon wieder eine Exklusivmeldung verpaßt. Einen Moment, Peter, irgendwo muß ich noch einen Film haben. Ah, da ist er schon. Wenn wir die Außentür öffnen und das Licht anschalten, könnte es mit der Belichtung klappen, denke ich. Meinen Sie, ein leichter Schlag auf den Hinterkopf könnte den Gentleman veranlassen, sich ein wenig ruhiger zu verhalten, damit mein Bild nicht verwackelt?«

Fanshaw begann zu brüllen: »Das können Sie nicht machen!« Doch ein taxierender Blick von Peter und die Tatsache, daß Miss Binks ihrem Kollegen einen ausgefallenen Messinghammer reichte, den ein großzügiger Spender der Forschungsstation aus bisher unerfindlichen Gründen gestiftet hatte, schien den Gefangenen auf wunderbare Weise zu beruhigen. Er versuchte zwar, den Kopf wegzudrehen, als Miss Binks ihr Foto schoß, doch sie benutzte wieder einen hochempfindlichen Film und ließ sich daher nicht aus der Ruhe bringen.

»Das hätten wir«, sagte sie schließlich. »Ich denke, Cronkite wird sich freuen. Was schlagen Sie vor, was wir als nächstes mit Ihrem Vogel machen, Peter?«

»Am besten, ich nehme ihn mit zu Ottermole, den wollte ich sowieso gerade besuchen. Jammerschade, daß Sie den interessantesten Teil verpaßt haben. Er ist hier hereingeschneit und hat sich als Mr. Fanshaw von der Meadowsweet Construction Company vorgestellt. Er wollte unbedingt etwas mit Emory Emmerick klären.«

»Wie interessant«, meinte Winifred. »Und was genau wollten Sie klären, Mr. Fanshaw?«

»Können Sie Mr. Emmerick nicht endlich holen?« Der Mann hatte sich aufs Bitten verlegt, sein Kampfgeist schien gebrochen.

»Nein, ich fürchte, das können wir nicht. Es tut mir sehr leid, aber ich muß Ihnen mitteilen, daß Mr. Emmerick tot ist. Außerdem hatte er offenbar mit der Meadowsweet Construction Company nicht das geringste zu tun. Woraus wir logischerweise schließen, daß Sie ebenfalls nicht dort arbeiten. Aus genau diesem Grund hat Professor Shandy Sie wohl auch gefesselt. Ist meine Annahme richtig, Peter?«

»In allen Punkten, Miss Binks.«

Fanshaw hatte bis zu diesem Zeitpunkt völlig bewegungslos dagelegen, den Blick auf den Hammer gerichtet. Jetzt reagierte er, als habe man ihm eine Dosis Strychnin verabreicht: Sein Gesicht verfärbte sich purpurrot, sein Rücken bog sich, bis nur noch Kopf und Fersen den Boden berührten. Zum Schluß fiel er in sich zusammen und gab keinen Muckser mehr von sich.

Wortlos beobachteten Peter und Winifred die dramatische Einlage. Nach einer Weile fragte Winifred: »Soll ich jemanden holen, damit er uns helfen kann, ihn ins Auto zu verfrachten?«

Peter schüttelte den Kopf. »Ich glaube, das schaffen wir auch allein. Seine Füße sind gefesselt, wegrennen kann er also nicht, aber mit ein wenig Überredungskunst müßte er eigentlich in der Lage sein, selbst zu laufen, auch wenn er nur kleine Schritte machen kann. Ich wollte sowieso gerade los. Würde es Ihnen etwas ausmachen aufzustehen, Mr. Fanshaw, oder muß ich Sie erst dazu überreden?«

Ohne die Antwort abzuwarten, riß Peter den Gefangenen hoch, stellte ihn auf die Füße, drehte ihn um und ließ ihn in Richtung Tür trippeln. »Kommen Sie auch mit, Miss Binks?«

»Natürlich, das will ich mir auf keinen Fall entgehen lassen. Mr. Fanshaw und ich werden es uns auf dem Rücksitz bequem machen. Wenn wir ihm den Sicherheitsgurt angelegt haben, springe ich kurz noch mal ins Haus und schreibe Viola und Knapweed eine Nachricht. Bei der Gelegenheit könnte ich auch den Hammer holen, meinen Sie nicht? Sie möchten doch sicher nicht Ihre hübschen Sitzpolster mit häßlichen Kugeleinschüssen verschandeln. Wie dumm, daß ich den Hammer nicht eben schon mitgenommen habe.«

»Aber das macht doch nichts, Miss Binks. Ich könnte mir auch vorstellen, daß unserem Polizeichef ein durchgeklopfter Fanshaw lieber ist als ein durchlöcherter.«

Peter stellte erleichtert fest, daß bereits die bloße Erwähnung einer Schußwaffe genügte, um Fanshaw gefügig zu machen. Dabei besaß er gar keine, und die einzige gefährliche Waffe, die er bei sich trug, war ein Taschenmesser mit Horngriff, das ihm sein Vater zum zehnten Geburtstag geschenkt hatte. Er fuhr so schnell nach Balaclava Junction, wie es sein Mut zuließ, und lenkte den Wagen in die Auffahrt vor das schmucke weiße Holzhaus mit den blauen Verzierungen und den ausgesägten Sternmustern in den Fensterläden, in dem Edna Mae und Fred ihr kleines straff geführtes Zuhause hatten. Eine halbe Sekunde später fuhr auch Cronkite Swope vor.

»Hi, Professor! Ich hab' eben hier angerufen, und Mrs. Ottermole hat mir erzählt, Sie seien schon auf dem Weg, da hab' ich mir gedacht, am besten, ich sause auch schnell her und schau mir an, was sich inzwischen getan hat. Der Typ, der für uns die Filme entwickelt, hat gesagt, Ihre Fotos seien toll geworden, Miss Binks. Hey, was haben Sie denn da in Ihrem Wagen?«

»Ein Geschenk für Ottermole«, sagte Peter. »Mit uns spricht Mr. Fanshaw nicht, aber vielleicht redet er ja mit Ihnen. Warum leisten Sie ihm nicht ein wenig Gesellschaft und halten sich bereit, ihm mit dem Hammer eins überzuziehen, falls er irgendwelche Dummheiten versuchen sollte, während ich zur Tür gehe. Hätten Sie Lust, mich zu begleiten, Miss Binks?«

»Mit Vergnügen. Ich habe noch ein Rezept für Sassafraskonfitüre, das Edna Mae gern ausprobieren möchte.« Winifred griff nach ihrer Riesentasche und verschwand mit Peter im Haus, während der begeisterte Swope diverse Nahaufnahmen von dem Mann auf dem Rücksitz machte.

Fred Ottermole war inzwischen aufgestanden, saß in einem bunten Bademantel im Sessel, von seiner hingebungsvollen Gattin mit Kaffee und Jelly-Doughnuts umsorgt, und las seinen vier kleinen Söhnen die Comics aus der Zeitung vor: Ein Sprößling saß auf seinem Schoß, zwei hockten auf den Sessellehnen, und einer übte hinter dem Sessel Handstand. Peter störte die Familienidylle nur ungern, doch leider zwang ihn die Pflicht dazu.

»Tut mir leid, daß ich hier so hereinplatze, Ottermole, aber ich habe draußen im Wagen ein Paket für Sie. Ist Ihr Gefängnis empfangsbereit?«

»Denke schon. Wie viele haben Sie denn letzte Nacht erspäht, Professor?«

Peter konnte sehen, daß Fred darauf brannte, mit seinen Eulenzählergebnissen zu prahlen, aber dazu war jetzt nicht der geeignete Zeitpunkt. »Darüber wollte ich eigentlich mit Ihnen reden, Ottermole. Ich vermute, Sie haben noch nichts von Emory Emmerick gehört?«

»Von welchem Emmerick? Hey, meinen Sie etwa den Kerl, der seit kurzem bei Ihnen in der Forschungsstation arbeitet? Was ist denn mit ihm?«

»Er ist jemandem ins – eh – Netz gegangen. Am besten, Sie ziehen sich rasch an und rasieren sich, Ottermole. Ich glaube, Swope wartet darauf, ein Foto von Ihnen zu machen.«

Kapitel 5

Was glauben Sie, was er jetzt tun wird?« fragte Miss Binks. Gemeinsam mit Peter hatte sie Ottermole dabei geholfen, den angeblichen Mr. Fanshaw ins Dorfgefängnis zu schaffen. Jetzt waren sie auf dem Heimweg mit der Absicht, Helen von ihren literarischen Studien fortzulocken und zu einem Mittagessen im ›Plucked Chicken‹ einzuladen, einem ziemlich gepflegten neuen Restaurant, das Bathsheba Monk und ihre Schwägerin Gert dort eröffnet hatten, wo sich bis vor kurzem ›Betty's Beauty Barn‹ befunden hatte.

»Fanshaw?« erkundigte sich Peter. »Der wird nach seinem Anwalt schreien.«

»Ach herrje!« Miss Binks' ohnehin schon langes Gesicht wurde noch länger. »Ich habe heute um halb zwölf einen Termin mit Mr. Debenham – meinem Anwalt, wissen Sie – und einigen Herren von Großvaters Treuhandgesellschaft in meinem Büro. Das war mir vollkommen entfallen. Verständlicherweise, würde ich sagen, aber sie sind sicher schon längst da und fragen sich, wo ich bleibe.«

»Vielleicht haben sie es auch vergessen«, versuchte Peter sie zu trösten.

»Ganz bestimmt nicht. Anwälte lassen keinen Termin platzen, wenn die Mandantin so reich ist wie ich. Das mag zwar ein wenig zynisch klingen, aber genau das sollte es auch. Könnten wir bei Ihnen zu Hause vorbeifahren, damit ich schnell anrufe und Bescheid sage, daß ich so schnell wie möglich komme? Das heißt, wenn Sie so lieb sind, mich hinzufahren. Vielleicht hat Helen Lust, uns zu begleiten, dann können Sie anschließend zusammen essen gehen. Auf mich brauchen Sie nicht zu warten, Sie wissen ja, wie Anwälte sind.«

Der Gedanke, ihrerseits den Termin abzusagen, kam Winifred Binks überhaupt nicht in den Sinn, stellte Peter fest. Mr. Debenham und die Herren von der Treuhandgesellschaft opferten ihr schließlich ihren Samstag, wo sie doch genausogut draußen Croquet spielen oder zu Hause am Schreibtisch über schweren Rechtsproblemen brüten konnten. Da auch Peter aufgrund seiner Erziehung stets die Pflicht vor das Vergnügen stellte, willigte er ohne Murren ein und fuhr zu dem rosafarbenen alten Backsteinhaus auf dem Crescent, wo er allerdings feststellen mußte, daß seine Frau sich mit einem anderen Mann beschäftigte.

»Freut mich, daß Sie hier sind, Präsident«, log er. »Es hat einige interessante Entwicklungen gegeben. Am besten, Sie tätigen schnell Ihren Anruf, Miss Binks. Sagen Sie den Herren, wir würden uns umgehend auf den Weg machen. Helen, hast du Lust, mit uns zur Forschungsstation zu fahren? Eigentlich wollten wir dich zum Lunch ausführen, aber Miss Binks ist gerade siedendheiß eingefallen, daß sie sich mit ihren Anwälten treffen wollte. Vielleicht könnten wir beide danach ja –«

»Shandy!« brüllte Svenson. »Entwicklungen!«

»Ach so, ja. Kurz gesagt, Emmerick war ein Betrüger. Bei der Meadowsweet Construction Company hat man noch nie etwas von ihm gehört. Als ich Miss Binks heute morgen zurück zur Forschungsstation brachte, ist noch so ein Mensch aufgetaucht. Er nannte sich Fanshaw und behauptete, Emmericks Vorgesetzter zu sein. Als er hörte, daß Emmerick tot ist, wurde er stumm wie ein Fisch, daher haben wir ihn festgenommen und zu Ottermole gebracht.«

»Und ihr habt überhaupt nichts aus ihm herausbekommen?« wollte Helen wissen.

»Keinen Ton. Fanshaw fiel aus allen Wolken, als er von Emmericks Tod erfuhr, darauf verwette ich meine Sonntagsstiefel. Cronkite Swope hat ihn fotografiert, wir werden ein paar Abzüge zur Staatspolizei bringen, vielleicht können die ihn identifizieren. Aber das fällt in Fred Ottermoles Aufgabenbereich. Vielleicht sollten Sie ihn auf dem Revier besuchen und nachfragen, ob er schon etwas herausgefunden hat, Präsident.«

Peter hatte sich bereits mit Officer Dorkin in Verbindung gesetzt und nachgefragt, ob sich die Staatspolizei schon gemeldet habe. Dorkin, der am Schreibtisch die Stellung hielt, während sein Chef ein Nickerchen machte, konnte ihm jedoch nur mitteilen, daß der angebliche Emmerick in der Tat durch einen Stich in den Nacken ums Leben gekommen war, was ihnen auch nicht viel weiterhalf.

Peter hatte den Vorschlag hauptsächlich gemacht, um Svenson loszuwerden, doch er hätte eigentlich wissen müssen, daß sich der Präsident so leicht nicht abschütteln ließ.

»Ich komme mit«, knurrte der Hüne. »Vielleicht schnappen wir noch mehr Betrüger.«

»Das kann ich mir kaum vorstellen«, versuchte Peter ohne viel Hoffnung auf Erfolg einzuwenden.

Am Ende beschloß Helen, zu Hause zu bleiben und an ihrem Artikel zu arbeiten, da ihr Lektor allmählich nervös wurde. Miss Binks merkte schüchtern an, sie hoffe, man werde bald losfahren, da die Herren sich bereits seit einer halben Stunde in der Station die Beine in den Bauch standen. Mr. Sopwith und seine Mannen waren ihr zwar ziemlich gleichgültig, doch sie hatte Mitleid mit ihrem Anwalt. Mr. Debenham hatte sie stets respektvoll behandelt, selbst in Zeiten, als sie noch keinen roten Heller besessen hatte.

Thorkjeld Svenson bot an, sie zu fahren, doch Peter setzte sich energisch zur Wehr. »Auf gar keinen Fall, Präsident. Meine Haare fallen auch so schon schnell genug aus. Lehnen Sie sich lieber zurück, und entspannen Sie sich ein bißchen.«

Als sie endlich die Forschungsstation erreicht hatten, konnte Peter recht gut nachempfinden, wie sich der Fahrer eines Reisebusses am Ende eines harten Arbeitstages fühlen mußte, obwohl dieser Tag gerade erst angefangen hatte. Wenigstens waren die Besucher noch da, genau wie Miss Binks prophezeit hatte. Sie ging raschen Schrittes, aber ohne unnötige Hast in den Empfangsraum und hielt sich nicht lange mit Entschuldigungen auf. Danach wandte sie sich an den jungen Calthrop, der an dem langen Tisch saß und mit einer spitzen Pinzette eine exotische Berg-Flockenblume malträtierte.

»Wo ist Viola?«

»Sie hat gesagt, sie hätte Lust auf einen Spaziergang. Wenn sie zurückkommt, will sie die Regenmesser kontrollieren und die Futterhäuschen für die Vögel auffüllen.«

»Gut, das ist auch nötig. Du liebe Zeit, das schreckliche Eichhörnchen steckt ja schon wieder in dem großen Futterspender fest. Am besten, Sie suchen sie und helfen ihr, das kleine Biest zu befreien, bevor es versucht, allein herauszukommen, und dabei alles in Stücke reißt. Also, Gentlemen, worüber wollten Sie mit mir reden? Ich möchte nicht zuviel von Ihrer Zeit verschwenden.«

»Ah, könnten wir vielleicht in Ihr Büro gehen?«

Der Vorschlag stammte von Mr. Sopwith, der erst vor kurzem von seinem inzwischen pensionierten Vorgesetzten die treuhänderische Verwaltung des riesigen Vermögens übernommen hatte, das der verstorbene Jeremiah Binks seiner Enkelin hinterlassen hatte. Auf Peter wirkte er wie die Sorte Banker, bei denen man eine Goldkette über dem dicken Bauch und die Daumen in den Armlöchern der Weste erwartet. Wie schade, daß er Flanellhosen und ein Sportjackett mit dezentem Karomuster trug. Peter vermutete, daß Sopwith absichtlich in dieser Aufmachung erschienen war, um Miss Binks daran zu erinnern, daß er ihr seinen freien Samstag opferte. Debenham dagegen trug einen dunklen Geschäftsanzug, der den Anzügen glich, die Peter im allgemeinen trug, wenn Arbeitshose und Flanellhemd nicht ganz angebracht waren.

Sopwith hatte ein kleines, mageres, schweigsames Individuum mitgebracht, das einen unvorteilhaften braunen Anzug und eine unauffällige Krawatte trug. Es handelte sich dabei um einen gewissen Mr. Tangent, den Wirtschaftsprüfer der Gesellschaft. Mr. Tangent trug ein Hauptbuch, mehrere Aktenordner und eine jener farbigen Mappen mit Klarsichthüllen, in denen man wichtigen Klienten gern ihre Unterlagen präsentiert. Miss Binks' Mappe war grün, vielleicht aus Rücksicht auf ihr Engagement in Umweltfragen, vielleicht, um die Größe ihrer Erbschaft zu dokumentieren, vielleicht auch aus Respekt für ihren verstorbenen Großvater. Vielleicht aber auch nur, weil zufällig gerade nur eine grüne Mappe im Büro herumgelegen hatte, dachte Peter, der gern alle Seiten eines Problems beleuchtete.

Apropos Büro, Sopwith' Vorschlag, sich in Miss Binks' Büro zurückziehen zu dürfen, zielte eindeutig darauf ab, Dr. Shandy und Präsident Svenson von ihren weiteren Gesprächen auszuschließen. Doch da kannte er Winifred schlecht. Sie setzte sich an den Tisch vor den großen Fenstern, der normalerweise zum Überprüfen der Bauzeichnungen, Präparieren von Objekten für das Museum, Trinken von Löwenzahnwurzelkaffee, Essen von Taglilienpollen-Muffins und diversen anderen Aktivitäten benutzt wurde, und bedeutete den Männern, ebenfalls Platz zu nehmen.

»Bleiben wir doch direkt hier. Warum sollen wir erst unnötig Stühle hin und her schleppen? Dr. Svenson, Sie setzen sich am besten neben mich und leihen mir ein paar Ihrer Finger zum Zählen. Ich bin ein absolut hoffnungsloser Fall, wenn es um rechnerische

Probleme geht. Also dann, Mr. Sopwith, was haben Sie auf dem Herzen?«

»Es geht um Ihr Kapital.«

»Ich dachte immer, daß mit meinen Kapitalanlagen alles in bester Ordnung sei.«

»Im großen und ganzen ist dies auch der Fall«, gab Sopwith zu. »Tangent, zeigen Sie Miss Binks die Aufstellungen.«

Der Buchhalter reichte ihr wortlos die inzwischen geöffnete grüne Mappe. Miss Binks ließ ihren Blick über die Seite mit den Zahlen gleiten und nickte Dr. Svenson zu. »Im großen und ganzen zufriedenstellend, finden Sie nicht auch, Präsident?« meinte sie. »Allerdings gibt es hier ein Objekt, das ich gern sofort abstoßen möchte.«

»Ah ja«, erwiderte Sopwith. »Sie meinen natürlich Golden Apples. Bestimmt erinnern Sie sich, daß ich Ihnen gegenüber vor einiger Zeit erwähnt habe, daß die Firma während der letzten Jahre zwar stabil geblieben ist und eine kleine Dividende ausgeschüttet hat, andererseits ihre Gewinne nicht steigern konnte. Eine sehr bedenkliche Situation, Miss Binks. Ich möchte Ihnen daher raten, Golden Apples unbedingt abzustoßen, bevor das Unternehmen Konkurs anmeldet, und den Erlös in eine Firma zu investieren, die bessere Rendite abwirft.«

»Tatsächlich?« sagte Winifred. »Und an welche Firma hatten Sie gedacht?«

»Nun ja, ich habe mir dieses Problem sorgfältig durch den Kopf gehen lassen. Wenn man bedenkt, daß Golden Apples Nahrungsmittel anbietet und vertreibt, die man als – ah – Naturkost bezeichnen könnte, und wenn man zudem das momentane Interesse für diese Art von gesunder Ernährung in Betracht zieht, würde ich vorschlagen, Ihre Gewinne in ein ähnliches Unternehmen zu reinvestieren, an dem Sie bereits eine relativ kleine Beteiligung haben. Lackovites ist eine jüngere, dynamischere Firma, die Golden Apples während der letzten Jahre weit hinter sich gelassen hat. Zeigen Sie Miss Binks bitte die Zahlen von Lackovites, Tangent.«

Wortlos öffnete der Buchhalter einen seiner Ordner und reichte Winifred Binks eine Bilanz von Lackovites. Sie warf einen kurzen Blick darauf und reichte sie weiter an Svenson.

»Sehr beeindruckend, aber ich vermisse darin einen Aspekt, der Ihnen ebenfalls entgangen zu sein scheint, Mr. Sopwith. Golden Apples haben Sie mir gegenüber schon einmal erwähnt. Daraufhin habe ich mich selbst eingehend mit der Materie beschäftigt. Ich habe festgestellt, daß die Produkte von Golden Apples von Ernährungsexperten aufgrund ihrer herausragenden Qualität und ihres exzellenten Geschmacks hochgeschätzt werden. Verpackung, Vertrieb und Marketing der Produkte sind allerdings sehr verbesserungsbedürftig. Das scheint mir daran zu liegen, daß Golden Apples, um das hohe Qualitätsniveau erhalten zu können, nur einwandfreie Zutaten einkauft, die ihre Betriebskosten in die Höhe treiben und ihre Gewinnspanne schmälern, so daß sie nicht die nötigen Mittel haben, um offensiv am Wettbewerb teilzunehmen. Infolgedessen halten sie zwar ihre Stammkunden, gewinnen jedoch nicht genügend neue hinzu.«

»Genau das habe ich ja auch –«

»Lassen Sie mich bitte zu Ende reden, Mr. Sopwith. Lackovites dagegen kann sich extensive Werbekampagnen leisten und besitzt zudem eine hervorragende Verpackungsabteilung und einen extrem offensiven Vertrieb. Die Firma hat sich das wachsende Interesse an Naturprodukten zunutze gemacht, von dem Sie eben sprachen, und zahlreiche neue Kunden gewonnen, verdankt allerdings ihren Erfolg nur der Tatsache, daß die Menschen leider nur zu oft bereit sind, sich von marktschreierischen Methoden einwickeln zu lassen. Doch inzwischen ist man Lackovites auf die Schliche gekommen und hat herausgefunden, daß ein Großteil der sogenannten magischen Geheimzutaten lediglich aus Maisstärke und Sägemehl besteht. Und selbst das Sägemehl ist von niedrigster Qualität.«

»Aber Miss Binks –«

»Kurz und gut, Mr. Sopwith, die Lackovites-Leute sind nichts als ein Haufen von Opportunisten, die einzig und allein auf das große Geld aus sind. Sie locken zwar neue Kunden an, können sie jedoch nicht halten, weil ihre Produkte erbärmlich schlecht sind, und ich schäme mich in Grund und Boden, daß ich jemals etwas mit dieser Firma zu tun hatte. Ich wünsche daher, daß Sie am Montagmorgen als allererstes sämtliche Lackovites-Aktien, die ich noch besitze, abstoßen, bevor der Marktwert fällt, und jeden Penny davon in Golden Apples investieren.«

»Aber das können Sie doch nicht machen!«

Winifred richtete sich auf und blickte ihn genauso herablassend an wie eine Großherzogin einen unverschämten Lakaien. »Und was sollte mich Ihrer Meinung nach davon abhalten?«

»Es ist unmöglich!«

»Miss Binks, ich glaube, Mr. Sopwith meint damit, daß Golden Apples Ihnen sowieso schon mehr oder weniger gehört«, unterbrach Anwalt Debenham. »Die Firma ist nie in eine Aktiengesellschaft umgewandelt worden, wissen Sie, daher wurde sie auch nie in den Börsenberichten aufgeführt. Vor etwa zwanzig Jahren – das genaue Datum müßte ich erst nachschauen – ist nämlich folgendes passiert: Ein völlig mittelloses Ehepaar namens Compote hat sich mit einer damals ungewöhnlichen Idee an ihren Großvater gewandt. Die beiden wollten eine Firma für Nahrungsmittel gründen, die nur aus natürlichem Anbau stammen und besonders hochwertig und gesund sein sollten. Ich brauche sicher nicht eigens zu erwähnen, daß die Allgemeinheit zum damaligen Zeitpunkt weit weniger an ökologischen Produkten interessiert war als heute und die sogenannte Naturkost meist als Marotte von Spinnern und Eigenbrötlern abgetan wurde.«

Winifred lächelte. »Aber da Großvater selbst ein Spinner und Eigenbrötler war, ist er sofort darauf angesprungen, genau wie es die beiden klugerweise auch erwartet hatten. Obwohl ich sicher bin, daß er die Idee auch ausgezeichnet gefunden hätte, wenn die beiden genauso verrückt gewesen wären wie er selbst, was aber nun einmal nicht der Fall war.«

Mr. Debenham lächelte zurück. »Vielleicht sollte ich Sie daran erinnern, Miss Binks, daß Ihr Herr Großvater zwar ein wenig – ähm – abenteuerlustig gewesen ist, aber dennoch ein hervorragender Geschäftsmann war. Er hat sich nur unter der Bedingung auf die Finanzierung eingelassen, daß er siebzig Prozent der Anteile besaß. Die restlichen dreißig Prozent behielten die Compotes, jedoch unter der Bedingung, daß sie die Möglichkeit hatten, einundzwanzig Prozent zurückzukaufen, falls sie den Hauptanteil an Golden Apples besitzen wollten. Bisher haben sie von diesem Recht allerdings keinen Gebrauch gemacht.«

»Das könnten sie nicht einmal, wenn sie es wirklich wollten«, brummte Sopwith. »Sie haben nämlich nicht genug Geld.«

»Dazu kann ich nichts sagen«, meinte Debenham. »Es gibt allerdings ein anderes Problem, dessen Sie sich bewußt sein sollten, Miss Binks. Sie und die Compotes haben jeweils das Vorkaufsrecht auf die Anteile der anderen Partei, was bedeutet, daß Sie, falls Sie zu verkaufen wünschen, Ihre Anteile zuerst den Compotes anbieten müßten, was natürlich auch für den umgekehrten Fall gilt. Das könnte zu einem Dilemma führen.«

»Dazu sehe ich keinen Anlaß«, sagte Winifred. »Wir brauchen doch lediglich ein wenig frisches Kapital in die Firma zu pumpen, um den Vertrieb von Golden Apples anzukurbeln und die Verpak-kung zu verbessern, und können dann selbst ein paar offensive Werbekampagnen starten. In diesem Punkt haben wir einen gro-ßen Vorteil gegenüber Lackovites, weil wir nämlich die Wahrheit sagen. Da ich immerhin der Senior-Partner dieser Firma bin, kön-nen die Compotes eine Einmischung meinerseits gar nicht ableh-nen, oder? Bitte vereinbaren Sie für Anfang nächster Woche einen Termin mit ihnen, Mr. Debenham, und erklären Sie ihnen, daß ich unser neues Verkaufsprogramm mit ihnen absprechen möchte. Hätten Sie vielleicht Zeit, mich zu begleiten?«

»Aber selbstverständlich, Miss Binks. Sie wissen ja, daß Sie bei mir immer an erster Stelle stehen.«

Rechtsanwalt Debenham war Peter bisher eigentlich eher un-scheinbar vorgekommen, bis er das Lächeln sah, das er Winifred Binks schenkte. Der alte Kauz war tatsächlich in sie verliebt, ver-flucht noch eins! Und Winifred Binks errötete prompt, auch wenn sie so tat, als könne sie kein Wässerchen trüben.

»Sehr freundlich von Ihnen. Dann erwarte ich also Ihren Anruf. Und Sie, Mr. Sopwith, kontaktieren mich bitte sofort, nachdem Sie verkauft haben, und teilen mir mit, wieviel wir für die Lackovi-tes-Aktien bekommen haben, damit ich weiß, was ich sonst noch verkaufen muß, um unsere Werbekampagne zu finanzieren. Gibt es sonst noch etwas, über das irgend jemand mit mir reden möchte? Mr. Sopwith? Mr. Tangent?«

Beide schwiegen.

»Mr. Debenham? Peter? Dr. Svenson?«

»Alles erfundene Zahlen.«

Während die anderen sich unterhielten, hatte Thorkjeld Sven-son die Lackovite-Bilanz genau studiert und am Rand in seiner erstaunlich kleinen sauberen Handschrift diverse Berechnungen angestellt. Nun zeigte er Mr. Debenham, was er herausgefunden hatte.

»Das darf doch nicht wahr sein!« rief der Anwalt. »Mr. Tangent, wie konnten Sie diese eklatanten Abweichungen übersehen?«

»Ich – ich hatte nicht genug Zeit, alles genau zu überprüfen«, stammelte der Buchhalter. »Mr. Sopwith – ich meine, ich habe den Ordner erst bekommen, als wir unser Büro verließen. Ich hätte doch niemals – ich kann mir gar nicht vorstellen, warum die

Zahlen –« Ein wütender Blick seines Vorgesetzten brachte ihn zum Schweigen.

»Machen Sie sich bitte keine Vorwürfe, Mr. Tangent«, sagte Winifred. »Die Zahlen sind sowieso vollkommen egal, da wir mit Lackovites schon bald nichts mehr zu tun haben werden. Ich hoffe, das überzeugt Sie endlich, Mr. Sopwith, daß ich sehr wohl wußte, wovon ich sprach, als ich die Leute vorhin als einen Haufen Opportunisten bezeichnet habe. Wahrscheinlich wäre die Bezeichnung Schurken noch zutreffender gewesen.«

»Ich – ah –«

»Ja, Mr. Sopwith, ich verstehe Sie sehr gut. Sie sind erst seit der Pensionierung Ihres Vorgängers für die Verwaltung des Treuhandvermögens verantwortlich, und ich bin sicher, Sie mußten eine Unmenge von Papierkram bewältigen, als Sie Großvaters Vermögen auf mich überschrieben haben. Man kann also kaum erwarten, daß Sie jetzt schon mit allen Details vertraut sind. Als nächstes setzen Sie sich am besten gemeinsam mit Mr. Tangent, Mr. Debenham und unserer eigenen Buchhalterin Miss Chilicothe zusammen und überprüfen sorgfältig jeden einzelnen Posten, der zum Treuhandvermögen gehört.«

»Aber das würde mehrere Wochen dauern«, protestierte Sopwith. »Oder noch länger. Vielleicht sogar mehrere Monate. Oder Jahre!«

»Ich bezahle Sie schließlich für Ihre Zeit, Mr. Sopwith«, erwiderte Winifred freundlich. »Ich nehme nicht an, daß Sie es vorziehen würden, wenn ich mit dem Finanzamt Probleme bekäme, bloß weil mir jemand falsche Zahlen untergeschoben hat. Dr. Svenson, ich weiß zwar, daß Ihre Zeit kostbar ist, aber da Sie die Finanzen des Colleges so meisterhaft zu verwalten verstehen und da der Erfolg unserer Forschungsstation momentan von meiner persönlichen Solvenz abhängt, könnten Sie es vielleicht auf sich nehmen, den Vorsitz im Prüfungskomitee zu übernehmen?«

»Mit Vergnügen.«

Selbst wenn er sein liebenswürdigstes Gesicht aufsetzte, sah Svenson immer noch furchteinflößend aus. Sopwith wirkte mehr als verblüfft, Tangent schien sogar zu Tode erschrocken.

Die falschen Zahlen bedeuteten nicht unbedingt, daß die beiden die Bücher frisiert hatten, versuchte Peter sich einzureden. Vielleicht waren sie wirklich unschuldig. Sopwith verdächtigte möglicherweise seinen Vorgänger und befürchtete, die Sache könnte so hohe Wellen schlagen, daß seine Bank das Binks-Vermögen verlieren könnte. Vielleicht war er auch nur ein fauler Mistkerl, der seine Arbeit schlampig ausführte, in der Annahme, daß eine Frau, die nicht an den Umgang mit großen Geldsummen gewöhnt war, sich leicht übers Ohr hauen ließ und alles glaubte, was man ihr erzählte. In diesem Fall hatte er seine Lektion jetzt weiß Gott gelernt. Peter fragte sich, wie viele Überstunden Sopwith und Tangent wohl am Wochenende über dem Konto von Miss Binks brüten würden.

Kapitel 6

Ich befürchte, Mr. Sopwith ist momentan nicht gut auf mich zu sprechen«, meinte Winifred Binks ein wenig schuldbewußt. »Besonders taktvoll war ich ja nicht gerade, oder?«

»Dummköpfe verdienen keinen Takt«, knurrte Svenson.

»Sie haben ihn genau richtig behandelt«, fügte Peter hinzu. »Natürlich ist Sopwith sauer, weil er wie ein Trottel dagestanden hat, aber es ist ja nicht Ihre Schuld, daß er tatsächlich einer ist. Ich vermute, was ihn wirklich aufgeschreckt hat, ist die Tatsache, daß Sie angefangen haben, Ihr Aktienkapital zu verringern. Das Binks-Vermögen ist zweifellos das wichtigste Konto der Bank, und er wird scharfe Kritik ernten, wenn er nicht dafür sorgt, daß dies auch so bleibt. Sie haben bereits ohne Aussicht auf große Gewinne eine beträchtliche Geldsumme in die Forschungsstation gesteckt. Wenn Sie erst einmal anfangen, Golden Apples finanziell zu unterstützen, werden Sie – zumindest vorübergehend – ein weiteres Loch in Ihre Finanzen reißen.«

»Und wenn schon? Meine persönlichen Bedürfnisse sind minimal. Ich brauche für niemanden aufzukommen, also habe ich die Freiheit, mein Geld zu meinem Vergnügen anzulegen. So hat Großvater es immer gehalten, und bei ihm hat es auch funktioniert. Mit Ausnahme seines letzten abenteuerlichen Unterfangens, aber Gott sei Dank bin ich noch nicht senil genug für solche Späßchen. Oder nehme es zumindest an.«

»Sind Sie wirklich sicher, daß Golden Apples eine gute Investition ist?« fragte Peter ein wenig nervös.

»So sicher, wie man überhaupt nur sein kann. Ich bin sämtliche Fragen gemeinsam mit Mr. Debenham und Miss Chilicothe sorgfältig durchgegangen. Wir haben vor, etwa drei Millionen Dollar in die Modernisierung zu investieren. Abschreibungen und so weiter eingerechnet, müßten wir in der Lage sein, den gesamten Betrag innerhalb von fünf bis sechs Jahren wieder einzubringen. Es ist nicht schwer, Golden Apples auf die Sprünge zu helfen, denn die Firma ist bereits auf dem besten Weg. Wir beabsichtigen schließlich nicht, das Geld sinnlos zu verschwenden. Beispielsweise habe ich vor, der Firma eine Menge Werbezeit in unserem Fernsehprogramm zu überlassen, wenn wir erst einmal losgelegt haben. Nicht direkte Werbespots, wissen Sie, sondern subtile Hinweise wie leere Golden Apples-Dosen mit gut sichtbarem Etikett, die wir als Behälter für unsere Wildpflanzen benutzen. So etwas ist bei kommerziellen Sendern gang und gäbe, habe ich mir sagen lassen. Peter, Sie haben doch immer so viele wunderbare Ideen, könnten Sie sich nicht vielleicht ein paar hübsche Kampagnen für einen guten Zweck ausdenken?«

»Mit Vergnügen«, versicherte Peter. »Wie lange braucht man übrigens, um ein Eichhörnchen aus einem Futterspender zu befreien?«

»Wie bitte? Ach so, Sie meinen Viola und Knapweed, die hatte ich ganz vergessen. Sie scheinen sich wirklich reichlich Zeit zu nehmen, da haben Sie recht. Mein Gott, sie werden doch wohl niemandem ins Netz gegangen sein?«

»Hoffentlich nicht. Eine andere mögliche Erklärung wäre, daß sie ein gemütliches Nest aus Blättern gefunden haben und sich – eh – ein kleines Schäferstündchen gönnen.«

»Wie scharfsinnig von Ihnen, Peter. Ich muß gestehen, an diese Möglichkeit hatte ich noch gar nicht gedacht. Das liegt wohl daran, daß ich von einer unverheirateten Tante großgezogen wurde, nehme ich an. Vielleicht sollten wir zum Waldrand gehen und uns mit lauter Stimme über die Schönheiten der Natur unterhalten.«

Thorkjeld Svenson hatte anscheinend gegen diesen Vorschlag nichts einzuwenden, er schoß bereits nach draußen und galoppierte auf den Wald zu. Winifred war verblüfft.

»Glaubt er wirklich, daß die beiden in Gefahr sind?«

»Nein«, sagte Peter. »Er hat Angst um sich selbst. Sieglinde Svenson vertritt – eh – kompromißlose Vorstellungen, was Knutschen auf dem Campus betrifft, und die Forschungsstation gehört immerhin auch zum College.«

»Verstehe. Falls Knapweed Viola auf dem Rücken hat, hat Thorkjeld Sieglinde auf dem Hals. Du liebe Zeit, genau wie bei Rabelais! Kommen Sie, wir spielen besser schnellstens Anstandswauwau.«

59

Sie eilten an dem Futterspender vorbei, wobei sie feststellten, daß er wieder eichhörnchenfrei, immer noch funktionstüchtig, aber leider vollkommen leer gefressen war. Am Waldesrand fanden sie schließlich den Präsidenten, neben einem Baumstumpf hockend, auf dem ein unglücklicher Botaniker thronte, der freudlos an einem Stengel Labkraut schnüffelte.

»Das Eichhörnchen wollte mich beißen«, teilte Knapweed dem Präsidenten gerade mit. »Da habe ich meine Hand weggezogen, und sie hat mich einen Versager genannt. Also habe ich es kurzerhand am Schwanz gepackt und herausgezogen, aber ich wollte ihm nicht weh tun, daher konnte es sich befreien, ist ihr auf die Schulter gesprungen und hat sie ein bißchen gekratzt, da hat sie sofort geschrien, ich hätte es mit Absicht getan. Das Eichhörnchen ist fortgesprungen und den Baum hochgelaufen, und dann hat sie mich – na ja, sie wollte, und ich habe ihr gesagt, ich wollte nicht.«

»Wollte was nicht?« fragte Miss Binks. »Oh, schon verstanden. Ein kleines Schäferstündchen.«

»Ich finde es nun einmal nicht gut, wenn jemand von einem erwartet, daß man sofort – außerdem wollte ich ja wirklich nicht«, murmelte Knapweed mit düsterer Miene. »Ich bin schließlich so gut wie verlobt, verflixt noch mal. Na ja, mehr oder weniger jedenfalls. Der Vater meiner Freundin ist Vertreter für Urnen und Särge und ziemlich puritanisch, da kann ich doch nicht einfach hingehen und mich – aber ich hätte es sowieso nicht getan, weil ich finde, daß so etwas viel zu wichtig ist, nicht wie bei den Eichhörnchen oder irgendwelchen Tieren. Ich will damit nichts gegen Eichhörnchen sagen, dazu kenne ich sie gar nicht gut genug. Vielleicht sind sie ja genauso puritanisch wie Sargvertreter. Aber Viola ist so verdammt – na ja, ich sollte eigentlich nicht schlecht über sie reden. Vielleicht hat sie nur versucht, meine Stimmung zu heben.«

»Hmja«, meinte Peter. »Das hat sie zweifellos. Wo ist sie dann hingegangen?«

»Keine Ahnung. Ich habe zufällig dieses *Galium triflorum* hier entdeckt und versucht, sie damit abzulenken, aber sie hat nur gesagt, ich soll es mir sonstwo hinstecken, und ist wütend davongerauscht.«

»Nun ja, das Leben kann grausam sein«, seufzte Winifred. »Zu einigen Menschen jedenfalls. Warum gehen Sie nicht wieder zurück ins Haus, Knapweed? Es scheint heute einen ziemlichen Zustrom an Besuchern zu geben, wir sollten die Station daher nicht unbeaufsichtigt lassen. Wir können in der Zwischenzeit nachschauen, wo Viola steckt. Ich glaube, wir gehen am besten hier lang.«

Winifred Binks, die Spuren lesen konnte wie ein Indianer, hatte eine kaum erkennbare Veränderung an einem Blatt oder einen schwachen Abdruck im weichen Waldboden entdeckt und tauchte zielstrebig ins Unterholz ein. Unter normalen Umständen wäre es weder ihr noch den Männern in den Sinn gekommen, der jungen Frau nachzuspionieren, doch heute war eben kein normaler Tag.

Es war nicht schwer, der Spur zu folgen, Viola war schließlich keine Indianerin. »Sie ist in Richtung Straße gelaufen«, stellte Winifred fest, nachdem sie etwa eine viertel Meile gegangen waren. »Dem Himmel sei Dank. Inzwischen müßte sie den Wald längst verlassen haben.«

»Urrgh!«

Dr. Svenson hätte seine Meinung nicht deutlicher kundtun können. Die Spurensucher befanden sich inzwischen tatsächlich ganz in der Nähe der Straße, so daß sie bereits den Asphalt zwischen den Bäumen durchschimmern sehen konnten. Doch viel deutlicher sahen sie direkt vor sich ein Szenarium, das Schlimmes ahnen ließ: abgerissene Farnwedel, aufgewühlter Waldboden, abgebrochene Zweige und ein Fetzen aus hellgrünem Baumwollstoff, der an den Dornen eines Brombeerbusches hängengeblieben war.

Winifred war entschlossen, sich nicht aus der Ruhe bringen zu lassen. »Vielleicht ist sie über ein Wespennest im Boden gestolpert und hat sich dann in einer Ranke verfangen, als sie weitergelaufen ist. Das ist mir auch schon einmal passiert, und es ist wirklich nicht angenehm, das kann ich euch sagen. Man kann nur noch wie verrückt herumtanzen, was natürlich genau das Falsche ist. Sehen Sie, hier ist sie durch den Farn gerannt.«

»Dann muß sie dabei aber einen zentnerschweren Felsblock geschleppt haben«, meinte Peter. »Schauen Sie sich bloß mal an, wie tief die Fußabdrücke sind.«

»Viola ist ein kräftiges Mädchen, und sie trägt schwere Stiefel«, insistierte Winifred. »Aus diesen Fußabdrücken läßt sich leider nicht viel erkennen, hier liegen zu viele Kiefernnadeln. Aber sie sehen tatsächlich ein wenig unheimlich aus – sehen Sie, sie führen direkt zur Straße. Ach herrje.«

Die schwarzen Reifenspuren auf dem Straßenbelag erzählten ihre eigene Geschichte. »Jemand muß sie aus dem Wald gezerrt und in einem Auto weggefahren haben, aber warum bloß?«

»Anrufen!« bellte Svenson.

»Ja, die Polizei. Schnell!«

Winifred begann, zurück zur Forschungsstation zu rennen. Diesmal war Peter schneller als sie, er war in seiner Jugend ein hervorragender Läufer gewesen und konnte auch heute noch einen ordentlichen Spurt einlegen, wenn es nötig war. Knapweed saß allein im Empfangsraum und war damit beschäftigt, sein Labkraut in eine Blumenpresse zu legen. Er schaute hoch und machte Anstalten, etwas zu sagen, doch Peter ignorierte ihn und eilte zum Telefon. Inzwischen kannte er die Nummer der Staatspolizei auswendig, und der Officer in der Zentrale erkannte sogar seine Stimme.

»Was ist passiert, Professor Shandy?«

»Ich befinde mich in der Forschungsstation des Balaclava College in der Whittington Road. Wir möchten eine junge Mitarbeiterin namens Viola Buddley als vermißt melden. Sie ist etwa ein Meter siebzig groß, kräftig, schätzungsweise fünfundsiebzig Kilo schwer, trägt Wanderstiefel, Khaki-Shorts und einen zerrissenen grünen Pullover mit der Aufschrift ›Heute schon einen Baum umarmt?‹ auf der Vorderseite. Außerdem hat sie rotblondes Haar und ziemlich viele Sommersprossen. Den Spuren nach zu urteilen, wurde sie während der letzten Viertelstunde nicht weit von hier im Wald gekidnappt und in einem Fahrzeug weggeschafft. Was die Automarke betrifft, habe ich keinen blassen Schimmer. Wir nehmen an, daß die Entführung etwas mit dem Mord an Emory Emmerick gestern nacht zu tun hat. Er hat sich die ganze letzte Woche hier in der Forschungsstation aufgehalten, und Miss Buddley ist am Abend vor seiner Ermordung mit ihm ausgegangen. Bitte informieren Sie die Streifenwagen hier in unserer Gegend. Sobald ich mehr erfahre, werde ich mich bei Ihnen melden.«

Peter hatte sein Telefonat gerade beendet, als der Präsident und Winifred hereinkamen. »Die Staatspolizei ist in Alarmbereitschaft«, teilte er ihnen mit.

»Nicht genug«, bellte Svenson. »Shandy, Auto holen! Binks, hierbleiben!«

»Aber ich – «, begann sie zu protestieren.

»Stellung halten. Telefonanrufe entgegennehmen. Calthrop, Wache halten!«

»Jawohl, Sir!«

Der junge Botaniker versuchte, besonders beherzt zu wirken, zweifellos aus dem Bedürfnis heraus, die nicht sehr glückliche Szene mit dem Eichhörnchen vergessen zu machen. Peter nickte Knapweed ermunternd zu und flitzte zu seinem Wagen, bevor Svenson ihm zuvorkommen und auf dem Fahrersitz Platz nehmen konnte.

Den Reifenspuren auf der Straße nach zu urteilen, hatte der Wagen des Kidnappers, falls es sich tatsächlich um einen solchen handelte, Lumpkinton verlassen und war in Richtung Whittington gefahren. Die Straße war relativ einsam, meilenweit nichts als Wälder, soweit sich Peter erinnerte. »Wir versuchen es einfach«, sagte er. Svenson war ganz seiner Meinung.

Sie begegneten nur wenigen langsam dahinkriechenden Fahrzeugen mit Touristen, die sich an den letzten Resten des leuchtenden Herbstlaubes erfreuten. Inzwischen war davon allerdings nur noch so wenig übrig, daß man ziemlich weit in den Wald hineinsehen konnte. Es war Svenson, der schließlich den smaragdgrünen Fleck entdeckte.

»Anhalten!«

»Grundgütiger!«

Peter fuhr auf den Seitenstreifen, hielt an, steckte sich die Wagenschlüssel in die Tasche und war einige Zeit damit beschäftigt, sich von seinem Sicherheitsgurt zu befreien. Svenson raste bereits wie ein kampflustiger Keiler durch das Gebüsch. Zu seinem maßlosen Bedauern war jedoch weit und breit kein potentieller Gegner in Sicht. Nachdem sie Viola die Augenbinde abgenommen hatten, war diese zwar überglücklich, sie zu sehen, jedoch unfähig, ihrer Freude Ausdruck zu verleihen, da sie immer noch einen Knebel im Mund trug. Beide Stoffstücke stammten vom unteren Teil ihres grünen T-Shirts, von dem inzwischen nur noch ein trauriger Rest übrig war, dafür sah man um so mehr von Viola. Sie hatte sich weder von ihrem Knebel noch von der Augenbinde befreien können, da sie mit Händen und Füßen an einen Baum gefesselt war.

Ein Eschenahorn, wie Peter feststellte. Die Tatsache, daß die Kidnapper einen Baum mit glatter Rinde gewählt hatten, bewies vielleicht, daß sie zumindest einen Funken Mitgefühl für ihr Opfer empfunden hatten, da eine rauhere Oberfläche für Violas mehr oder weniger entblößten Rücken recht unangenehm und möglicherweise auch noch von Ameisen übersät gewesen wäre. Doch vielleicht hatten sie den Eschenahorn auch nur gewählt, weil er günstig gestanden hatte. Peter begann, sich an den Knoten zu schaffen zu machen, und stellte voll Verachtung fest, daß sämtliche Knoten Altweiberknoten waren, die sich leicht lösen ließen.

»Schauen Sie sich das an, Präsident«, sagte er. »Das Seil sieht genauso aus wie die Stücke an Emmericks Netz.«

Der Präsident dachte anscheinend gerade intensiv an Sieglinde, denn er wollte partout nicht schauen. Er knurrte nur ein lautes »Ungh« und machte sich daran, das Unterholz nach möglichen Spuren zu durchforsten.

»Ganz meine Meinung«, fauchte Viola, inzwischen vom Knebel befreit. »Wären Sie wohl so nett, Ihre Sherlock-Holmes-Untersuchungen zu verschieben, bis Sie mir die Hände losgebunden haben, Professor? Falls ich überhaupt noch welche habe.«

»Oh, Verzeihung. So, ist es jetzt besser?«

»Kann ich noch nicht sagen. Meine Hände sind völlig taub.« Sie versuchte, ihre Finger zu bewegen, was ihr recht gut gelang. »Das wird schon wieder, denke ich. Aber ich bin wirklich stinksauer!«

Peter zog sein Flanellhemd aus und half der Entblößten galant hinein. Glücklicherweise hatte er eine Windjacke im Wagen, so daß das Gefühl des Präsidenten für dezente Kleidung nicht allzusehr erschüttert wurde. »Können Sie uns schildern, was passiert ist?« fragte er Viola, nachdem sie beide wieder anstandsgemäß verhüllt waren.

»Ich weiß nur, daß ich durch den Wald gegangen bin. Knapweed und ich wollten das Eichhörnchen befreien, wie Sie sich vielleicht erinnern.«

»Urr«, meinte Svenson ermutigend.

»Na ja, da hat Knapweed plötzlich die Kontrolle über sich verloren. Mein Gott, diese Botaniker! Wenn man ihn so sieht, würde man ihm so was überhaupt nicht zutrauen, ich vermute, das kommt davon, wenn man sich unablässig mit Vögeln und Bienen und Blumen beschäftigt. Jedenfalls habe ich ihm ein oder zwei Ohrfeigen verpaßt und ihm gesagt, er soll sich zum Teufel scheren. Aber nach allem, was passiert ist, hatte ich natürlich keine Lust, allein mit ihm zurück zur Station zu gehen und ihn mir die ganze Zeit vom Leib halten zu müssen, bis Professor Binks wieder zurückkam. Also habe ich beschlossen, einen kleinen Spaziergang zu machen. Ich hab' angenommen, daß mir nichts passieren kann, solange ich mich in der Nähe der Straße aufhalte, was sich leider schon bald als falsch herausgestellt hat. Ich schlendere also nichtsahnend vor mich hin, als sich plötzlich jemand von hinten heranschleicht und mir einen Strumpf über den Kopf stülpt.«

»Einen Strumpf?« fragte Peter.

»Ich weiß auch nicht, was es war. Jedenfalls hat es sich angefühlt wie ein dicker Strumpf, wie man ihn in Wanderstiefeln trägt. Ich habe versucht, das Ding herunterzureißen, aber der Mann – ich nehme mal an, es war ein Mann – hat mich festgehalten. Ich konnte überhaupt nichts machen. Ich erinnere mich nur noch, daß er mir eine Waffe in den Rücken gebohrt hat und gesagt hat, ich soll schön brav sein, wenn ich will, daß mir nichts passiert. Und das wollte ich nun wirklich nicht, also hab' ich aufgehört, gegen sein Schienbein zu treten, und er hat gesagt, ich soll mich gefälligst in Bewegung setzen. Wie haben Sie mich bloß gefunden?«

»Wir haben Kampfspuren im Wald entdeckt und Reifenabdrücke auf der Straße und haben uns – eh – auf die Suche nach Ihnen gemacht.«

»Ein Glück! Ich weiß nicht, was ich getan hätte –« Viola schluckte mehrmals, zog Peters Hemd enger um ihren Körper und sprach weiter. »Jedenfalls hat er mir die Hände gefesselt, mich in den Wagen verfrachtet und ist losgefahren. Er hat mir immer wieder mit der Waffe gedroht und mich gewarnt, bloß keine Dummheiten zu machen.«

»Und es war nur ein einziger Mann?«

»Soweit ich weiß, ja. Vielleicht hat noch jemand auf dem Rücksitz gesessen. Ich konnte ja nichts sehen, weil ich immer noch das Ding über dem Gesicht hatte. Wissen Sie, es könnte eigentlich auch eine Skimaske gewesen sein, die er mir falsch herum aufgesetzt hat. Ich habe einigermaßen gut Luft bekommen, aber ich konnte absolut nichts sehen. Das Ding saß ganz fest auf meinem Gesicht.«

»Würden Sie die Stimme des Mannes wiedererkennen?«

»Bestimmt nicht. Er hatte seine Stimme verstellt, es klang so, als hätte er Murmeln oder so was im Mund.«

»Hat er denn gesprochen? Hat er gesagt, warum er Sie gekidnappt hat?«

»Er hat immer nur gebrüllt: ›Was zum Teufel hat er Ihnen gesagt?‹ Ich hab' gesagt: ›Von wem reden Sie?‹, und er hat gesagt, ich wüßte verdammt gut, von wem er rede, und ich solle gefälligst aufhören, mich dumm zu stellen, sonst würde er mich fertigmachen.

Dann ist mir Emory eingefallen, und ich hab' gefragt, ob er vielleicht den meint, und er hat gesagt, da läg' ich verdammt richtig, und was zum Teufel der Kerl mir nun gesagt hätte. Er sagte: ›Hat er gesagt, wo er es hingetan hat?‹, und ich hab' gesagt, ich wüßte nicht, wovon er redet, und ob er mir nicht freundlicherweise sagen wolle, was zum Teufel er überhaupt meint? So ging es eine Zeitlang hin und her, dann hat er den Wagen angehalten, mich gezwungen auszusteigen und mich in den Wald gebracht und gefesselt, genau wie Sie mich gefunden haben.«

»Aber Sie hatten die – eh – Maske nicht mehr um, als wir Sie gefunden haben«, erinnerte sie Peter. »Was hat er damit gemacht? Konnten Sie sein Gesicht erkennen, als er sie Ihnen abgenommen hat?«

»Nein«, sagte Viola. »Er hat mich zuerst an den Baum gefesselt, dann hat er die Stücke von meinem T-Shirt abgerissen, danach ist er hinter den Baum getreten und hat mir die Maske vom Gesicht gezogen. Ich hab' bloß das Stück von meinem T-Shirt gesehen. Ich hab' noch versucht, den Kopf zu drehen und ihn zu beißen, aber da hat er mich ins Gesicht geschlagen und gesagt, ich soll bloß keinen Unsinn machen. Dann hat er mir den Knebel in den Mund gesteckt und gesagt, daß ich vielleicht mehr Lust hätte zu reden, wenn ich erst mal ein paar Tage ganz allein hier draußen gestanden und über alles nachgedacht hätte. Dann habe ich gehört, wie er durch das Gebüsch gelaufen ist, das Auto angelassen hat und losgefahren ist. Und ich – o Gott! Ich dachte, ich sterbe! Ich hatte furchtbare Angst, irgendein Tier würde kommen und mich – mich – fressen.«

Sie war nahe daran, in Tränen auszubrechen, was Svenson auf keinen Fall zulassen konnte.

»Sie können später weinen. Was hat Emmerick Ihnen gesagt?«

»Er hat mir überhaupt nichts gesagt!«

»Hat er todsicher. Das reinste Waschweib. War oft mit Ihnen zusammen. Arbeit? Hobby? Familie?«

»Ach so, das meinen Sie. Stimmt, Emmerick hat wirklich viel geredet. Ich dachte, Sie meinten irgendwelche Geheimnisse.«

Svenson wartete. Viola zuckte mit den Schultern. »Na ja, chinesisches Essen hat er nicht gemocht, aber er war verrückt nach italienischem Essen. Meinen Sie so was?«

»Weiter.«

»Er hat behauptet, er sei geschieden, und hat mir mehr oder weniger zu verstehen gegeben, daß er keine Lust hätte, noch mal zu heiraten, aber daß er trotzdem an Sie-wissen-schon-was interessiert wäre. Leider hab' ich eine furchtbar neugierige Vermieterin – es ist so gut wie unmöglich, hier in der Nähe eine Wohnung zu finden, daher mußte ich ein Zimmer mieten –, und Emory wohnte im Gasthof drüben in Balaclava Junction, was nicht viel anders ist als eine Klosterzelle, so wie er es mir beschrieben hat, daher hätte es mit uns sowieso nicht geklappt. Was mir ganz recht war, denn so toll fand ich ihn nun auch wieder nicht.«

Peter stürzte sich auf die einzige Information, die wirklich wichtig war. »Im Gasthof, sagen Sie? Ich frage mich, ob Ottermole das schon weiß. Er muß sich das Zimmer unbedingt ansehen. Fahren Sie fort, Miss Buddley, hat Emmerick je mit Ihnen über seine Kollegen bei der Meadowsweet Construction Company gesprochen?«

»Nicht daß ich wüßte. Aber er hat eine Menge Fragen über Professor Binks gestellt.«

»Hat er je einen gewissen Mr. Fanshaw erwähnt?«

»Ob das wohl Chuck ist? Emory hat häufig von einem Mann namens Chuck gesprochen, aber nie seinen ganzen Namen genannt.«

»Jammerschade. Und was hat er über diesen Chuck gesagt?«

»Er hat gesagt, daß Chuck ihm Geld schuldet.«

»Tatsächlich? Und wie kam er dazu, Ihnen das zu erzählen?«

»Wahrscheinlich weil er ein bißchen beschwipst war. Dann hat er gesagt, Chuck sei ein unheimlich netter Kerl und daß er sich um das Geld keine Sorgen macht. Ich hatte den Eindruck, daß es ziemlich viel war, aber vielleicht hat Emory auch nur versucht, mich zu beeindrucken. Müssen wir eigentlich die ganze Zeit hier draußen herumstehen? Es könnte doch sein, daß der Kerl mit der Waffe zurückkommt.«

»Urrgh!« Zum ersten Mal an diesem Tag huschte ein Lächeln über das Gesicht des Präsidenten.

Kapitel 7

Sollen wir Sie zu Ihrer Pension fahren, Miss Buddley?« Peter hoffte, daß sie ja sagen würde, doch die Exgefangene schüttelte den Kopf.

»Lieber nicht. Fahren Sie mich bitte zurück zur Station, wenn es Ihnen nicht zuviel Mühe macht. Ich möchte gern meinen Wagen holen.«

»Sind Sie sicher, daß Sie sich dazu schon stark genug fühlen?«

»Bis wir dort ankommen, habe ich mich bestimmt längst erholt. Ich konzentriere mich einfach darauf, wie schön es sein wird, ein heißes Bad zu nehmen und ein ganzes T-Shirt anzuziehen.«

Für Peter wäre es schön gewesen, nicht schon wieder zur Forschungsstation fahren zu müssen, allmählich wurde es wirklich langweilig. Doch wie gewöhnlich rief die Pflicht, und er mußte gehorchen. Er brachte Viola wohlbehalten ins Haus, und Dr. Svenson eilte schnurstracks zum Telefon. Während er die Staatspolizei darüber informierte, daß man die Vermißte gefunden hatte, und die genauen Umstände des Fundes schilderte, wurde Viola von Winifred Binks mit einer dampfenden Tasse Kamillentee versorgt.

»Trinken Sie das, und dann fahren Sie nach Hause und bleiben dort, bis Sie sich vollständig von Ihrem Schock erholt haben. Um die Station brauchen Sie sich keine Sorgen zu machen, wir schaffen es auch ein paar Tage ohne Sie. Peter, sind Sie so lieb und fahren ihr nach, damit wir auch wirklich sicher sind, daß man sie auf dem Heimweg nicht schon wieder entführt?«

»Aber natürlich.« Genau das hatte Peter sowieso vorgehabt, hatte jedoch erwartet, daß sich der junge Calthrop vielleicht dafür anbieten würde.

Doch Knapweed bekam die Zähne nicht auseinander und schien eher überrascht als bestürzt, als Viola in ihrem zerrissenen Aufzug

68

auftauchte. Peter fragte sich immer noch, welche der beiden Eich-hörnchengeschichten er nun glauben sollte, aber vielleicht lag die Wahrheit wie so oft irgendwo in der Mitte. Wenn man Knapweed so in sich zusammengesunken an seinem Arbeitstisch sitzen und lustlos auf seine Blumenpresse starren sah, traute man ihm den verwegenen Mädchenschänder wirklich nicht zu.

Aber man konnte schließlich nie wissen. Peter verschob das Problem auf später und wandte sich Dr. Svenson zu. »Haben Sie der Polizei alles erklärt, Präsident?«

»Allerdings. Sie sind schon unterwegs. Wollen sehen, wo Miss Buddley entführt wurde und wo wir sie gefunden haben. Viel-leicht gibt es ja Spuren. Sie bringen sie nach Hause, Shandy. Ich schnorre 'ne Fahrt in der Grünen Minna. Sieglinde findet das be-stimmt komisch.«

Peter befürchtete, daß Sieglinde eher einen Wutanfall bekom-men würde, war jedoch erleichtert, daß er nicht derjenige war, der die Staatspolizisten begleiten mußte. Er konnte es kaum er-warten, zurück nach Balaclava Junction zu fahren. Er hatte noch mehr Sehnsucht nach einem frischen Hemd als Viola, denn sie trug schließlich seins, und er konnte sie unter den gegebenen Um-ständen kaum bitten, es ihm zurückzugeben. Er beabsichtigte, Ottermole mitsamt Durchsuchungsbefehl für Emmericks Zimmer im Gasthof abzuholen, bevor ihnen jemand zuvorkommen konnte.

Falls dies nicht längst schon geschehen war. Wie dumm, daß er nicht eher daran gedacht hatte. Hauptsächlich wohl deshalb nicht, weil er gar nicht gewußt hatte, wo Emmerick wohnte, bis Viola es ihm mitgeteilt hatte, vermutete er. Das war vielleicht eine Erklä-rung, aber noch lange keine Entschuldigung.

Wenn man so viele Kühe gemolken hatte wie Peter, wußte man, daß es wenig Sinn hatte, sich über verschüttete Milch aufzu-regen, also versuchte er lieber, sich auf den komischen Vogel zu konzentrieren, der sich selbst Fanshaw nannte. Ob Ottermole es wohl geschafft hatte, ihn zum Reden zu bringen? Der Polizeichef würde sich zwar hüten, einen Gefangenen zu mißhandeln, doch er konnte auch so ganz schön bedrohlich wirken, wenn er mit grim-miger Miene auf sein Opfer herabschaute und immer wieder die diversen Reißverschlüsse seiner schwarzen Lederjacke auf und zu zog. Peter beschloß, daß er Ottermole genausogut jetzt anrufen konnte, solange Viola noch damit beschäftigt war, ihre Nerven mit Kamillentee zu beruhigen und Winifred Binks ihr schreckliches Erlebnis zu schildern.

Als er die Sprache auf Emmericks Zimmer im Gasthof brachte, lachte Ottermole. »Ich bin Ihnen um Längen voraus, Professor. Ellie June Freedom, die Besitzerin des Gasthofs, hat sich bereits vor zwei Stunden bei mir gemeldet. ›Chief Ottermole‹, hat sie mit ihrer schrillen Stimme gesagt, die genauso klingt, als würde 'ne Katze 'ne Gummimaus zum Quietschen bringen, ›ich vermisse einen meiner Gäste. Mr. Emory Emmerick ist nicht zum Frühstück erschienen und hat auch nicht in seinem Bett geschlafen.‹

›Miz Freedom‹, hab' ich zu ihr gesagt, ›am besten, Sie essen sein Frühstücksei selbst. Sie haben nämlich einen Ihrer Gäste verloren.‹

Als sie mich endlich wieder zu Wort kommen läßt, sag' ich ihr, was passiert ist, und sie kriegt direkt 'nen Wutanfall. ›Fred Ottermole‹, sagt sie, ›kommen Sie auf der Stelle her, und holen Sie die Sachen des Verstorbenen ab. Anständige Gäste treiben sich nicht mitten in der Nacht draußen herum und lassen sich in Bäume hochziehen und die Kehle durchschneiden. Hätten Sie wohl die Güte, mir zu sagen, wofür ich eigentlich noch meine Steuern bezahle?‹«

Peter schmunzelte. »Hat sie wirklich ›hätten Sie wohl die Güte‹ gesagt?«

»Worauf Sie Gift nehmen können. Ich hab' mich dazu nicht geäußert, weil sie 'ne Cousine zweiten Grades von der Schwiegermutter von Edna Maes Schwester ist, und ich hab' es für klüger gehalten, mich auf keine Diskussion mit ihr einzulassen, Sie wissen ja, wie so was ist. Jedenfalls mußte ja schließlich früher oder später sowieso jemand Emmericks Zeug abholen, also bin ich hin und hab' es persönlich geholt. Wenn Sie wollen, können Sie jederzeit vorbeikommen und es sich ansehen.«

»Liebend gern. Wer hat die Sachen eingepackt?«

»Das hab' ich selbst übernommen. Mir ist nichts besonders Interessantes aufgefallen, aber man kann schließlich nie wissen.«

»Völlig richtig«, meinte Peter. »Besteht Grund zu der Hoffnung, daß Mrs. Freedom das Zimmer vielleicht noch nicht geputzt und aufgeräumt hat?«

»Das soll wohl 'n Witz sein! Sie ist die ganze Zeit hinter mir hergelaufen, den Staubsauger in der einen Hand und 'nen Eimer mit heißer Seifenlauge in der anderen, und hat mir die Hölle heiß gemacht, damit ich mich beeile, weil sie den Raum desinfizieren

70

und ausräuchern wollte. Es ist mir zwar gelungen, unter das Bett und hinter die Kommode zu schauen, weil ich ihr erzählt hab', ich wollte auch ganz sichergehen, daß nichts von Emmericks Sachen zurückbleibt und die Luft verpestet, aber ich habe weder falsche Bärte noch verräterische Briefe gefunden. Bloß einen dieser Kitschromane, über 'nen bösen Baronet mit 'nem schrecklichen Geheimnis und 'ne wunderschöne verwaiste Gouvernante, die in Wirklichkeit die Erbin eines Riesenvermögens ist, das ein Herzog ihr hinterlassen hat. Edmund hat ein oder zwei Seiten davon gefressen, als ich es hier auf der Wache hatte. Ihm ist speiübel davon geworden.«

»Mhmja«, meinte Peter. »Das kann ich mir lebhaft vorstellen.«

Er blickte rasch hinüber zu Winifred Binks. Auch sie war Waise und seit frühester Jugend von einer strengen Tante erzogen worden. Sie hätte bestimmt eine treffliche Gouvernante abgegeben, und er zweifelte keinen Augenblick daran, daß sie selbst den finstersten Baronet mit dem nötigen Raffinement und mit Selbstsicherheit behandelt hätte, wenn sich ihr diese Möglichkeit je geboten hätte. Wahrscheinlich hätte sie sogar wunderschön sein können, wenn sie es nur versucht hätte.

Die wahre Schönheit von Seele und Verstand besaß sie bereits, zudem verfügte sie über Unmengen von Geld. War es möglich, daß Emmericks plötzliches Ableben etwas mit einem eifersüchtigen Nebenbuhler zu tun hatte? Eigentlich recht unwahrscheinlich, aber man konnte schließlich nie wissen. Peter verabschiedete sich herzlich von der hypothetischen Sirene, nickte dem düsteren Knapweed kurz zu und machte sich auf, um die immer noch sichtlich verstörte Viola zu ihrer Drachenburg zu eskortieren.

Glücklicherweise residierte das in Bedrängnis geratene Burgfräulein im Nachbarort Lumpkin Corners, der mehr oder weniger auf Peters Heimweg lag. Er übergab sie wohlbehalten ihrer Pensionswirtin, stellte fest, daß er allmählich dem Hungertod nahe war, da er seit dem Frühstück nur ein Taglilienpollen-Muffin verzehrt hatte, und erörterte im stillen, ob er nicht vielleicht doch eine Kleinigkeit im ›Plucked Chicken‹ zu sich nehmen sollte.

Nein, er wollte lieber warten, bis er zu Hause war. Er brauchte dringend ein Hemd, er sehnte sich nach der Geborgenheit seiner eigenen Küche, am meisten jedoch sehnte er sich nach Helen. Wie groß war daher seine Enttäuschung, als er Jane Austen allein zu Hause vorfand und den Zettel auf dem Küchentisch las, auf dem ihm mitgeteilt wurde, daß sich seine Gattin oben in der College-Bibliothek befand und für ihren Artikel recherchierte.

Einsam und verlassen machte sich Peter ein Salami-Sandwich, nahm sich eine Flasche Bier aus dem Kühlschrank und trug beides nach oben, um wenigstens etwas Gesellschaft zu haben, während er in ein dunkles braun-graues Flanellhemd schlüpfte, das seiner momentanen Stimmung entsprach, und einen dicken grauen Pullover überzog, um sich ein wenig aufzuwärmen. Inzwischen war es merklich kühler geworden. Dank seiner Ritterlichkeit war er ganz schön durchgefroren, und selbst die Heizung im Wagen hatte gegen seine Gänsehaut nicht viel ausrichten können. Er kritzelte ein Postskriptum auf Helens Zettel und teilte ihr mit, er sei im Kittchen, für den Fall, daß sie Lust bekäme, ihn mit einer heißen Suppe nebst Feile zu erfreuen, und machte sich auf den Weg zum Polizeirevier.

Officer Dorkin, den Peter nur als Budge kannte, aus der Zeit, als dieser noch ein kleiner Junge gewesen war, der den Rasen der Shandys gemäht hatte, war zwar momentan offiziell gar nicht im Dienst, wollte sich das Abenteuer aber auf keinen Fall entgehen lassen. Fred Ottermole und der große getigerte Kater Edmund, der eigentlich Miss Lomax gehörte und um die Ecke wohnte, aber mit Vorliebe seine Zeit mit den Jungs in Blau verbrachte, erwarteten Peter ebenfalls und begrüßten ihn, als sei er einer von ihnen.

»Fanshaw ist mit seinem Anwalt da drin.«

Ottermole wies mit dem Kopf auf die andere Hälfte des Reviers, einem kleinen Raum hinter seinem Büro, der als städtisches Gefängnis diente und Gitterstäbe aus der Zeit des amerikanischen Bürgerkriegs besaß. Die Zellenverriegelungen waren aber erst während der Coolidge-Ära in den zwanziger Jahren angebracht worden. Die innere und äußere Holzverkleidung des kleinen Backsteingebäudes war im Rahmen einer Arbeitsbeschaffungsmaßnahme unter der Schirmherrschaft von Franklin D. Roosevelt frisch gestrichen worden. Daher besaß das Polizeirevier von Balaclava Junction sozusagen eine gewisse historische Bedeutung, auch wenn Fanshaws Anwalt davon nicht sonderlich beeindruckt schien, als man ihn schließlich aus der Zelle ließ.

»Hier würde ich nicht mal einen Hund einsperren«, bemerkte er unwirsch.

»Ich auch nicht«, versicherte Ottermole. »Was haben Sie denn jetzt vor? Wollen Sie versuchen, ihn auf Kaution freizubekommen, oder sollen wir den Kerl ins Bezirksgefängnis überführen lassen?«

»Sie haben nichts gegen Mr. Fanshaw in der Hand, um ihn hier festzuhalten.«

»Und ob wir das haben.« Ottermole tastete nach einem seiner Reißverschlüsse.

Der Anwalt machte einen Riesenschritt zurück. »Das ist Nötigung!«

»Was soll denn das schon wieder heißen? Sie nennen es Nötigung, wenn ich mir ein Taschentuch nehme, damit ich Ihnen nicht ins Gesicht niese?« Der Polizeichef zog in der Tat ein blütenweißes, frisch gebügeltes Leinentaschentuch hervor, das in einer Ecke sein Monogramm aufwies, liebevoll aufgestickt von Edna Mae, ganz in Blau, mit einem kleinen Paar Handschellen darunter. »Tut mir leid, aber liegt am Kater, auch wenn ich es ungern vor Edmund sage. Er ist so sensibel.«

»Das ist mein Mandant auch.« Der Anwalt war ein Kämpfer, entschied Peter, das mußte man ihm lassen. »Warum mußten Sie sämtliche Kinder der Stadt anschleppen, um meinen Mandanten anzustarren?«

»Das waren meine Kinder.«

»Alle siebzehn?«

»Nur die ersten vier«, mußte Ottermole zugeben. »Die restlichen stammen aus meiner Sonntagsschulklasse. Sie haben eine Exkursion gemacht, um zu lernen, was mit Leuten passiert, die herumlaufen und falsches Zeugnis ablegen, wie beispielsweise Ihr sogenannter Mr. Fanshaw da drinnen. Nur zu Ihrer Information: Die Meadowsweet Construction Company beabsichtigt, Fanshaw zu verklagen, weil er sich als Angestellter ihrer Firma ausgegeben hat, sobald wir selbst damit fertig sind, ihn für das zu verklagen, was er sonst noch angestellt hat, beispielsweise Beihilfe zum Mord. Ich habe jedes Recht, ihn in Untersuchungshaft zu behalten, und genau das tue ich auch. Das schreiben Sie sich am besten gleich in Ihre Habeaskorpusakte, Mister!«

»Aber war es denn notwendig, ihm auch noch seinen Gürtel und seine Schuhriemen abzunehmen?«

»Und ob es das war. Irgendwie müssen wir uns schließlich unsere Gürtel und Schuhriemen organisieren. Wenn man an den richtigen Stellen spart, hat man zum Schluß auch ein nettes Sümmchen zusammen. Sehen Sie, wir müssen heute noch eine Menge Arbeit erledigen. Warum kommen Sie nicht morgen gegen Mittag noch mal vorbei und bringen ein paar Portionen chinesisches Essen mit?

Edmund steht tierisch auf Bohnensprossen. Hab' ich nicht recht, mein Guter?«

Ottermole streichelte den imposanten Katerkopf, Edmund streckte eine Pfote vor und fuhr seine Krallen aus. Der Anwalt wollte etwas sagen, Edmund fauchte. Der Anwalt sah das kräftige Katergebiß und bewegte sich rückwärts in Richtung Tür.

»Wir sehen uns noch«, knurrte er.

»Dann ziehen Sie am besten vorher Ihre Schienbeinschoner an, Edmund krallt sich unheimlich gern in Hosenbeine.«

Die Tür wurde zugeschlagen, Fred Ottermole grinste. »Mann, wenn ich nicht selbst Polizeichef wäre, würde ich mich glatt wegen ordnungswidrigem Verhalten verhaften. Schauen Sie sich Emmericks Gepäck ruhig an, Professor, es steht hier neben meinem Schreibtisch. Edmund wird Sie im Auge behalten. Budge und ich überprüfen am besten mal schnell den Gefangenen, vielleicht muß er aufs Katzenklo oder so was. Aber selbst das würde er uns wahrscheinlich nicht verraten, er will nämlich immer noch nicht sprechen.«

»Auch nicht mit seinem Anwalt?«

»Doch, mit dem wahrscheinlich schon. Budge und ich hatten kein Recht zu lauschen, also haben wir den Fernseher eingeschaltet und uns 'ne Zeitlang ein Karambolagerennen angesehen. Es war furchtbar deprimierend. Selbst bei den total demolierten Autos gab es keines, das noch schlimmer aussah als unser Streifenwagen.«

»Hey, Chief, wie wär's, wenn ich mich mit unserem Streifenwagen für das nächste Rennen anmelde, vielleicht gewinne ich ja, und wir kaufen uns von dem Geld 'nen neuen?« erbot sich Budge Dorkin.

»Warum nicht? Das ist unsere einzige Hoffnung. Irgendwas gefunden, Professor?«

»Kann ich noch nicht sagen. Kümmern Sie sich ruhig zuerst um Ihren Gefangenen.«

Ottermole und sein Hilfssheriff verschwanden im Gefängnis, Peter hockte sich auf den Boden und öffnete Emmericks Koffer Sie waren vollgestopft mit Kleidungsstücken, die Peter für die tägliche Garderobe eines angeblichen Bauleiters reichlich mondän erschienen. Unter anderem entdeckte er einen eleganten türkischen Bademantel mit dem aufgestickten Monogramm eines Luxushotels, auf den Ottermole einen Stapel Papiere gelegt hatte.

Die meisten davon waren Publikationen über das Bauwesen, die zweifellos dem Zweck gedient hatten, Emmericks Rolle glaubhaft zu untermauern. Besonders auffällig war eigentlich nur ein einzelnes Blatt, nicht wegen des Inhalts, denn es handelte sich lediglich um eine Werbung für einen teuren Herrenausstatter, sondern wegen einer Kritzelei am Rand.

Irgend jemand, wahrscheinlich war es Emmerick selbst gewesen, hatte einen Gegenstand gezeichnet, den Helen wohl vornehm als *Compotier*, Mr. Lomax dagegen schlicht und einfach als Kompottschale bezeichnet hätte. Er hatte sie mit grob skizzierten Äpfeln gefüllt und jeden Bleistiftkreis sorgfältig mit einem jener gelben Marker ausgemalt, die Peters Studenten immer benutzten, um die Abschnitte in ihren Lehrbüchern zu kennzeichnen, von denen sie annahmen, daß sie in der nächsten Prüfung vorkommen würden. Peter war von dieser Angewohnheit alles andere als begeistert, zu seiner Zeit hatten Studenten ihre Lehrbücher stets sauber und ordentlich gehalten, um sie am Ende des Semesters zu einem guten Preis weiterverkaufen zu können. Mit dem Geld konnte man dann wiederum selbst dem nächsthöheren Semester die Lektüre abkaufen.

Doch zurück zum eigentlichen Problem. Nach allem, was geschehen war, konnte die Zeichnung einer Kompottschale, noch dazu wenn sie mit Äpfeln gefüllt war, nur eines bedeuten, dachte Peter. Aber was konnte ein Mann, der sich als Mitarbeiter eines Bauunternehmens ausgab, mit einer Naturkostfirma wie Golden Apples zu tun haben, die von einer Familie namens Compote geführt wurde?

Peters verbliebene Nackenhaare begannen zu kribbeln. Wer war dieser Emmerick wirklich gewesen? Konnte es Zufall sein, daß Sopwith seinen freien Samstag geopfert hatte, um Miss Binks' Aktienbeteiligung an Golden Apples zu besprechen, ausgerechnet am Morgen nach dem bizarren Mord an dem Mann, von dem diese Kritzelei höchstwahrscheinlich stammte? Oder daß der komische Vogel, der jetzt nebenan in seinem Käfig saß, ausgerechnet an diesem Tag nach Emmerick gesucht hatte?

Doch man sollte keine voreiligen Schlüsse ziehen. Vielleicht war Emmerick bloß ein zwanghafter Kritzler von Kompottschalen mit goldenen Äpfeln gewesen. Es gab schließlich genug Leute, die eine ausgeprägte Vorliebe für ein bestimmtes Motiv hatten. Peter kritzelte beispielsweise am liebsten dicke Kaninchen. Kaninchen waren nicht schwer, man brauchte nur einen großen Kreis für den Körper und einen kleineren für den Kopf zu zeichnen und Ohren, Schnurrhaare und zwei Punkte für die Augen hinzuzufügen. Manchmal gab er den Tierchen Beine, manchmal auch nicht, je nachdem, in welch kreativer Stimmung er sich gerade befand. Manchmal zeichnete er die Kaninchen auch von hinten, dann ließ er die Augen aus und plazierte ein wuscheliges Schwänzchen an die richtige Stelle.

Helen malte meistens Gänseblümchen auf einer Wiese, über die kleine Sommerwölkchen zogen, oft fügte sie auch noch Schmetterlinge mit dreieckigen Flügeln und langen gebogenen Fühlern hinzu. Gelegentlich malte sie sogar Hummeln, die allerdings für gewöhnlich unverhältnismäßig groß ausfielen, damit auch genug Platz für die großen runden Augen und waagerechten Streifen blieb. Mit den Fühlern mit ihren kleinen verdickten Spitzen und den herabhängenden pelzigen Beinchen gab sich Helen immer besonders viel Mühe. Sie geriet regelrecht in Verzückung, wenn es um Hummeln ging, dachte Peter liebevoll.

Doch dann ermahnte er sich, daß es hier mitnichten um Hummeln, sondern vielmehr um Kompottschalen ging. Aber selbst das sorgfältigste Durchstöbern von Emmericks Habseligkeiten förderte keinerlei weitere Hinweise darauf zutage, daß der Mann ein zwanghafter Kritzler von Kompottschalen gewesen war. Im großen und ganzen schien er kein sehr phantasievoller Männchenmaler gewesen zu sein, denn alles, was Peter sonst noch finden konnte, waren simple Vierecke, Rhomben und gleichschenklige Dreiecke, wie man sie bei einem Bauingenieur auch erwartete, selbst wenn er kein echter Bauingenieur war. Emmerick hatte sie sorgfältig aufgezeichnet und liebevoll ausgemalt, meist sogar mit einer anderen Farbe. So paßte das Gelb der Äpfel in der Schale durchaus ins Bild, vermutete Peter.

Leider fand Peter nur einen roten und einen blauen Stift. Rot und Blau waren auch tatsächlich die Farben, die bei den Vierecken, Rhomben und Dreiecken am häufigsten benutzt worden waren, selbst wenn einige Bildchen rot und schwarz und ein oder zwei blau und schwarz ausgemalt waren. Emmerick hatte möglicherweise den schwarzen Stift zum Niederschreiben seiner Notizen mit auf die Eulenzählexpedition genommen. Es war jedoch recht unwahrscheinlich, daß er auch einen gelben Marker mitgenommen hatte, es sei denn, er hatte ihn aus Versehen eingesteckt, in dem irrigen Glauben, es handle sich um eine Rolle Drops mit Zitronengeschmack.

Peter durchsuchte alles, was Ottermole vom Gasthaus mitgebracht hatte, noch ein weiteres Mal, konnte jedoch keinen gelben Stift finden. Bei keiner der anderen Zeichnungen war diese Farbe benutzt worden. Man konnte daraus schließen, daß Emmerick die Schale mit den goldenen Äpfeln gemalt hatte, bevor er unter falschem Namen nach Balaclava gekommen war, ergo waren die goldenen Äpfel der eigentliche Grund für sein Kommen gewesen. Vielleicht traf diese Schlußfolgerung tatsächlich zu, vielleicht war sie aber auch völlig falsch. Es war dringend erforderlich, Emmericks wahre Identität aufzudecken, bevor man überhaupt anfing, irgendwelche Schlußfolgerungen zu ziehen.

Peter konnte über den Mann lediglich sagen, daß er in bezug auf Kleidung einen sehr teuren, wenn auch etwas extravaganten Geschmack und eine heimliche Leidenschaft für Drops gehabt hatte, obwohl sein Lieblingsgeschmack nicht etwa Zitrone, sondern der von Kräutern gewesen war. Peter förderte nicht weniger als achtzehn Rollen aus den diversen Taschen zutage, wobei die meisten angebrochen und mehr oder weniger leer waren. Emmerick hatte auch eine Flasche Bourbon besessen, ohne Zweifel aus medizinischen Gründen, was Peter wiederum gar nicht extravagant vorkam.

Was seinen Wagen betraf, hatte Emmerick übrigens gelogen. Er war weder Eigentum der Meadowsweet Construction Company noch sein persönlicher Dienstwagen. Die gefundenen Dokumente enthüllten, daß er das Fahrzeug beim Happy-Wayfarer-Autoverleih drüben in Clavaton gemietet hatte, und zwar genau einen Tag, bevor er in der Forschungsstation aufgetaucht war.

Wie Emmerick nach Clavaton gekommen war, ließ sich im nachhinein nur schwer herausfinden, Möglichkeiten gab es jedenfalls mehr als genug. Vielleicht war er per Flugzeug nach Boston oder zum Hartford-Springfield Airport gelangt und hatte von dort aus einen Bus oder ein Taxi genommen. Vielleicht hatte ihn ein gutgläubiger Autofahrer mitgenommen. Theoretisch hätte er sogar ein Motorrad mit Beiwagen für sein Gepäck stehlen können. Oder er hätte sich unbemerkt im Schutze der Dunkelheit von einem düsteren, einäugigen Komplizen mit einer häßlichen Narbe in einem Lastwagen herkutschieren lassen können. Oder man hatte ihn an einem langen Seil von einem Hubschrauber heruntergelassen. Er hätte in seinem kleinen roten Kanu den Connecticut River hochpaddeln und es danach huckepack zum Clavaclammer, dem einzigen befahrbaren Wasserweg in ganz Balaclava County, tragen können, aber das schien Peter nun doch ein wenig unwahrscheinlich.

Der Autoverleiher hatte als Emmericks Wohnsitz New York City eingetragen. Peter nahm an, daß die Staatspolizei neben den anderen Utensilien aus Emmericks Taschen auch seinen Führerschein sichergestellt hatte, bevor er im Krankenwagen abtransportiert worden war. Vielleicht hatte man sogar seinen gelben Marker gefunden. Am besten, Ottermole ernannte Peter Shandy wieder einmal kurzerhand zu seinem Hilfssheriff, damit er befugt war, die Sachen abzuholen, denn es war sicher besser, sie gemeinsam mit den anderen Habseligkeiten aufzubewahren. Es war immerhin möglich, daß man die Sachen schon bald einem Angehörigen, dem Staatsanwalt oder sonst wem aushändigen mußte. Allerdings nicht vor Montag, es sei denn, Ottermole war es schon vorher leid, die Koffer in seinem Büro herumstehen zu haben.

Apropos Ottermole, was taten er und Budge eigentlich so lange in Fanshaws Zelle? Ob sie etwa versuchten, dem Gefangenen ein Flohband zu verpassen? Peter stand auf, strich die Bügelfalten seiner Hose glatt und steckte seinen Kopf in den Nebenraum. Die Zellentür stand sperrangelweit offen, das Badezimmerfenster ebenfalls. Auf der Eisenpritsche, dem einzigen Möbelstück in der Zelle, saßen Fred Ottermole und Budge Dorkin einträchtig nebeneinander. Sie starrten gebannt auf ein Stück Schnur in ihren Händen und schienen in eine Art Fadenspiel vertieft zu sein. Viel Talent hatten sie offenbar nicht. Der Gefangene war nirgends zu sehen.

Kapitel 8

»Was in Dreiteufelsnamen macht ihr beiden Spaßvögel denn da?«

»Höh?« Mit einem Gesichtsausdruck, der so vielsagend war wie ein leeres Vorstrafenregister, schaute Fred Ottermole zu Professor Shandy hoch. »Oh, Sie sind es, Professor. Was ist denn los?«

»Wo ist Fanshaw?«

»Wer?«

»Ihr Häftling, verflucht noch mal.«

»Welcher Häftling?«

»Grundgütiger! Ottermole, wissen Sie eigentlich, was Sie hier machen?«

»Na klar doch, Dame spielen. Machen wir öfter. Ist doch nichts dabei, oder?«

»Das soll ein Damespiel sein?«

»Etwa nicht?« Die Stimme des Polizeichefs verriet einen Anflug von Zweifel. Er starrte auf seine Hände, hakelte an den Fäden, die Budge Dorkin immer noch geduldig und ohne jedes System um ihre völlig verwirrten Finger wickelte. »Menschenskind! Budge, was soll der Quatsch?«

»Höh?«

Der junge Officer hatte genau den gleichen leeren Gesichtsausdruck wie Ottermole. Er hörte auf, weiter zu versuchen, was er bis jetzt versucht hatte, und tat gar nichts mehr. Peter griff beherzt in das Fadengewirr und machte sich daran, die verhedderten Polizistenhände zu befreien.

»Nicht zu glauben! Merkt ihr denn nicht, was mit euch los ist?«

»Höh?«

»Ihr seid hypnotisiert worden, verdammt noch mal! Wacht auf! Abrakadabra! Presto! Na los! Um Himmels willen, kommt endlich wieder zu euch!«

»Höh?« sagte Budge Dorkin.

Fred Ottermole war einen Hauch weniger benebelt. Er versuchte, Peter beim Entwirren der Schnur zu helfen, und schuf dabei einen gordischen Knoten, der nur nach Alexanderart mit Peters Taschenmesser gelöst werden konnte.

Peter hatte die vage Hoffnung gehabt, daß die Durchtrennung des Knotens möglicherweise eine gewisse exorzistische Wirkung haben würde, was leider nicht der Fall war. Ottermole war immer noch reichlich benebelt, Budge schwebte in anderen Sphären. Peter nahm an, daß der Zauber irgendwann von selbst nachlassen würde, aber vielleicht konnte man den Vorgang mit einer Tasse Kaffee beschleunigen.

Das Innere der polizeilichen Kaffeemaschine hatte im Laufe der Jahre eine tiefbraune Farbe angenommen. Peter versuchte, nicht hinzusehen, als er sie über dem Waschbecken, das ebenfalls Spuren der Zeit aufwies, mit Wasser füllte. Er löffelte so viel Kaffee auf den Boden, wie dieser fassen konnte, und stellte die Kanne auf eine Heizplatte, die so aussah, als könne sie unmöglich funktionieren, dies aber erstaunlicherweise dennoch tat. Als die Brühe zur Farbe und Dichte von Melasse eingekocht war, füllte er zwei große Becher damit und trug sie in die Gefängniszelle.

»Herrgott, das ist ja ekelhaft!« Nach ein paar Schlucken klang Ottermole fast wieder normal. »Was haben Sie damit gemacht, Professor? Etwa Batteriesäure reingekippt?«

»Ich habe ihn absichtlich so stark gemacht, in der Hoffnung, Sie endlich aufzuwecken«, erklärte Peter. »Ottermole, können Sie sich überhaupt noch an etwas erinnern?«

»Klar kann ich mich erinnern. Was soll die ganze Fragerei überhaupt? Sie sind hergekommen, um sich die Sachen von diesem Emmerick anzusehen, die wir vom Gasthof hergeholt haben. Ich hab' gesagt, Sie sollten ruhig schon mal anfangen, dann sind Budge und ich – also, wir sind hier reingegangen und –« Er starrte auf das Knäuel auf seinem Schoß, als habe er es nie zuvor gesehen. »Wozu ist denn diese Schnur hier? Warum zum Teufel hocke ich überhaupt hier auf der Pritsche? Wir sitzen doch sonst nie in der Zelle. Das bringt Unglück.«

»Da könnten Sie durchaus recht haben. Ottermole, hören Sie mal genau zu. Sie wissen doch, wer ich bin, oder?«

»Natürlich, verdammt noch mal. Sie sind Lizzie Borden. Was ist heute bloß mit Ihnen los, Professor? Sie benehmen sich verflixt merkwürdig, selbst für Ihre Verhältnisse. Was ist passiert? Sind Sie etwa gestern nacht von 'ner Eule in den Kopf gehackt worden, oder was? Hey, hab' ich Ihnen übrigens schon erzählt, daß unsere Gruppe –«

»Ottermole, halten Sie endlich den Mund und hören Sie mir zu! Heute morgen, als Sie noch zu Hause waren, habe ich Ihnen einen Gefangenen von der Forschungsstation mitgebracht. Er ist dort aufgekreuzt und hat behauptet, er sei Emmericks Vorgesetzter bei der Meadowsweet Construction Company und sein Name sei Fanshaw. Können Sie sich daran erinnern?«

»An Emmerick erinnere ich mich. Das ist doch der Kerl, der letzte Nacht auf der Strecke geblieben ist, als ihr draußen Eulen gezählt habt. Aber was diesen Fanshaw betrifft – wollen Sie mich etwa auf den Arm nehmen, Professor?«

»Ottermole, ich werde mich hüten, Sie auf den Arm zu nehmen. Fragen Sie doch Ihre Frau. Oder Cronkite Swope. Er war auch bei Ihnen zu Hause und ist dann mit hierher aufs Revier gekommen. Er hat sogar fotografiert, wie Sie Fanshaw in die Zelle verfrachtet haben.«

»Tatsächlich? Hat er mich gut getroffen?«

»Keine Ahnung, ich habe die Abzüge noch nicht gesehen. Wichtig ist einzig und allein, daß die Fotos existieren. Sie beweisen eindeutig, daß Sie Fanshaw, falls dies wirklich sein richtiger Name sein sollte, tatsächlich eingelocht haben. Vor einer halben Stunde war er noch hier und hat seinen Anwalt oder jemanden, der sich als sein Anwalt ausgegeben hat, empfangen. Der Anwalt war bereits in Fanshaws Zelle, als ich hier eingetroffen bin. Sie haben es mir selbst erzählt. Sie und Budge saßen mit Edmund draußen im Büro und haben darauf gewartet, daß der Anwalt wieder herauskam.«

»Edmund? Menschenskind, ist Edmund was passiert?«

»Er hat sich wie üblich auf Ihrer Aktenablage zusammengerollt und macht ein Nickerchen. Vergessen Sie Edmund, Ottermole. Versuchen Sie, sich auf das zu konzentrieren, was ich sage. Der Anwalt kam heraus, und Sie hatten einen kleinen Disput über die Unterbringung seines Mandanten mit ihm. Sie haben ihn mit ein paar scharfen Formulierungen in seine Schranken verwiesen.«

»Ach ja? Was hab' ich denn gesagt?«

»Lassen Sie mich bitte zuerst ausreden. Dann haben Sie mir erlaubt, Emmericks Koffer genauer zu inspizieren, während Sie und Budge hier hereingegangen sind, um nach dem Gefangenen zu sehen. Ich habe mich voll und ganz auf die Koffer konzentriert, bis mir plötzlich auffiel, daß Sie und Budge verdammt lange wegblieben und außerdem auffallend leise waren. Also habe ich nachgeschaut und Sie beide allein auf der Pritsche vorgefunden. Sie hielten ein Stück Schnur in der Hand und spielten Abnehmen. Und Sie haben sich dabei verdammt ungeschickt angestellt, möchte ich hinzufügen. Ich habe Sie gefragt, was Sie da machen, und Sie haben geantwortet, Sie würden Dame spielen.«

»Na und? Vielleicht habe ich Ihnen nur ein paar kesse Antworten gegeben.«

»Ottermole, Sie konnten gar keine kessen Antworten von sich geben, Sie waren komplett ausgeklinkt. Der Mistkerl hat Sie und Budge hypnotisiert und in zwei Zombies verwandelt. Aber nur vorübergehend, hoffe ich. Sie scheinen allmählich mehr oder weniger wieder zu sich zu kommen, aber schauen Sie sich nur mal Budge an. Budge, wissen Sie, wer ich bin?«

»Höh?« sagte Budge.

»Da, sehen Sie jetzt, was ich meine, Ottermole? Trinken Sie Ihren Kaffee, Budge. Vielleicht weckt Sie das aus Ihrer Trance. Hier, trinken Sie einen ordentlichen Schluck.«

»Igitt!«

War dies vielleicht der erste Funke seines erwachenden Bewußtseins? Peter überredete ihn zu einem weiteren Schluck.

»Muß das sein?« Die Worte kamen langsam und schwerfällig, aber wenigstens kamen sie.

»Allerdings!« schrie Ottermole. »Das ist ein Befehl, Dorkin.«

Schaudernd gehorchte der junge Polizist. Zuerst blieben seinen Augen noch glasig, dann wurden sie plötzlich wieder klar. »Polizeibrutalität! Meine Mutter liegt mir ständig in den Ohren, ich solle mich um eine Stelle in der Kartonagenabrik bewerben. Da gibt es günstigere Arbeitszeiten, und die Bezahlung ist auch besser. Warum sitzen wir denn hier in der Zelle, Chef? Und wo ist Mr. Fanshaw? Hat der Anwalt ihn auf Kaution freibekommen?«

»Fanshaw?« Ottermoles Gesicht wurde wieder ausdruckslos, was er jedoch heldenhaft zu überspielen versuchte. »Sagen Sie es ihm, Professor.«

Peter sagte es ihm. Budge war entsetzt.

»Wow! Das war ja ein richtiger Meisterverbrecher. Hey, jetzt erinnere ich mich auch wieder! Fanshaw hat so ein glänzendes Ding aus der Tasche genommen und es hin und her pendeln lassen.

Man konnte gar nicht anders als hinsehen, es hat so geglänzt und – ich weiß! Es war eine Goldmünze, eine große Goldmünze mit 'nem Adler darauf. Sie hing an einer Goldkette, die an einem kleinen goldenen Ring befestigt war. Und sie ist immer hin und her gependelt, hin und her, hin und her, hin und her –«

»Budge! Aufwachen!«

»Höh? Oh, ach herrje, Professor, einen Moment lang hatte ich fast das Gefühl, ich würde das Ding wieder – hin und her, hin und her, hin –«

Peter beugte sich nach vorn und gab Dorkin eine kräftige Ohrfeige. »Budge, schlafen Sie bloß nicht wieder ein! Wachen Sie auf, hören Sie mich? Aufwachen, verdammt noch mal!«

»Aua. Okay, Professor, wie Sie meinen. Sehen Sie, schon bin ich hellwach. Wo ist Fanshaw denn hin? Wir müssen ihn unbedingt wieder schnappen. Hin und her –«

»Budge!«

»Trink deinen Kaffee aus«, knurrte Ottermole. »So ein Mist, ich kann mich an nichts erinnern. Wie lange sind wir hier drin gewesen, bevor Fanshaw angefangen hat, dieses Ding hin und her, hin und –«

»Schluß jetzt, Ottermole, Sie schaffen es noch, Budge wieder einzuschläfern«, sagte Peter. »Budge, können Sie diese Frage vielleicht beantworten?«

»Ich glaube, es war unmittelbar nachdem wir hier reingekommen sind. Ich erinnere mich noch, daß er diese – Sie-wissen-schon-was, ich sag' es besser nicht noch mal – in der Hand hielt. Er öffnete die Hand, und es fiel herunter und hat angefangen zu pendeln und – und ich will endlich hier raus.«

»Gute Idee.«

Peter faßte sowohl Dorkin als auch Ottermole am Arm und zog sie von der Pritsche, auf der sie wie festgewachsen gesessen hatten. Fanshaws Befehle wirkten anscheinend immer noch, dachte Peter, obwohl der Zauber gebrochen schien, als die beiden wieder im Büro waren. Ottermole überflog seinen Tagesbericht und fand ihn randvoll mit Einzelheiten über einen gewissen Francis Fanshaw, der von Hilfssheriff P. Shandy verhaftet und ihm übergeben worden war. Bis der Tod von Emory Emmerick geklärt war, hatte besagter Fanshaw in Haft zu verbleiben.

»Okay, Professor, der Bericht ist in meiner Handschrift abgefaßt, mir bleibt also nichts anderes übrig, als Ihnen zu glauben.

Dann kann ich ja genausogut den Rest der Geschichte dazuschreiben. Mit wieviel Ps schreibt man übrigens ›hypnotisiert‹?«

»Ich weiß, wie man es schreibt, Chef.« Budge Dorkin hatte vor kurzem oben auf dem Speicher seiner Großmutter ein Versteck mit Charlie-Chan- und Dr.-Fu-Manchu-Taschenbüchern entdeckt. Er las sie mit dem Ziel, seine polizeilichen Fähigkeiten zu vervollkommnen, und hatte inzwischen in der Tat erstaunlich viel dazugelernt. »Wenn Sie wollen, schreibe ich den Bericht weiter. Soll ich auch erwähnen, daß Mrs. Ottermole Bohnen und Hot dogs gebracht hat?«

»Na klar, warum nicht? Die Öffentlichkeit soll ruhig erfahren, daß wir den Mistkerl ordentlich behandelt haben, obwohl er sich uns gegenüber so unfair und undankbar verhalten hat«, bemerkte Ottermole bitter. »Na egal, ich geh' jedenfalls jede Wette ein, wir sind die einzigen Cops in Balaclava County, die je von 'nem Meisterverbrecher hypnotisiert wurden.«

»Sehen Sie das Ganze einfach als eine weitere Anekdote für Ihre Memoiren, Ottermole«, sagte Peter. »Mal sehen, wie spät es – Herr des Himmels, schon halb sechs! Wo ist der Tag bloß geblieben? Meine Frau ist bestimmt schon aus der Bibliothek zurück.«

»Du liebe Zeit«, rief Budge, »meine Tante Maude kommt ja heute mit ihrem neuen Freund zum Abendessen. Kann ich vielleicht schon nach Hause, Chef? Meine Mutter bringt mich um, wenn ich nicht erscheine.«

»Ich dachte, ihr wärt alle so scharf darauf, unseren Meisterverbrecher zu fangen?«

»Bin ich ja auch, aber meine Mutter – «

»Fanshaw ist sowieso bereits über alle Berge, befürchte ich«, warf Peter ein. »Bestimmt hat dieser Anwalt mit einem Fluchtwagen an der Ecke auf ihn gewartet, während ich Emmericks Habseligkeiten durchsucht habe. Apropos Wagen, Ottermole, Fanshaw mußte seinen an der Forschungsstation stehenlassen, als ich ihn festgenommen habe, und Emmerick muß seinen auch irgendwo hier abgestellt haben. Soweit ich mich erinnere, hat er gestern nachmittag Miss Binks von der Forschungsstation hergefahren, aber ich habe sie erst an Charlie Ross' Tankstelle getroffen, und von dort aus sind wir dann alle gemeinsam zu unserem Waldabschnitt gefahren. Ich war verdammt sauer, als er so urplötzlich erschienen ist, sollte ich hinzufügen. Ich hatte nicht erwartet, daß Emmerick als ungebetener Gast an unserer Eulenzählung teilnehmen würde. Er war nicht nur als Eulenzähler ein hoffnungsloser Fall, wegen ihm mußten wir uns auch noch zu dritt auf den Vordersitz quetschen. Dan Stott und der Präsident haben natürlich den gesamten Rücksitz belegt, wie Sie sich denken können. Hat Mrs. Freedom Ihnen gegenüber Emmericks Wagen erwähnt?«

»Mit keinem Wort, soweit ich mich erinnere«, antwortete der Polizeichef. »Du kannst ruhig nach Hause gehen, Budge. Frank Lomax müßte jeden Moment hier eintrudeln. Am besten, ich rufe Mrs. Freedom kurz an und erkundige mich, was sie zu dem Wagen zu sagen hat.«

Was Mrs. Freedom zu sagen hatte, war kurz und schrill. Sie wußte nicht das geringste über Emmericks Fahrzeug, und damit basta. Sie hatte Gäste zu versorgen. Sie teilte Fred Ottermole mit, er solle sich gefälligst selbst um seine Angelegenheiten kümmern und sie bitte schön nicht von der Arbeit abhalten.

»Das bedeutet, daß der Wagen nicht auf ihrem Parkplatz steht«, deutete Ottermole. »Sonst hätte sie mir bestimmt schon längst die Hölle heiß gemacht, damit ich ihn wegfahre. Mal sehen, was Charlie Ross weiß.«

Charlie war nach Hause gegangen und nahm dort gerade sein Abendessen ein, wie er von einem treuen Adlatus erfuhr, der die Stellung hielt und sich um die Zapfsäulen kümmerte. Auf dem Parkplatz standen mehrere Wagen. Die meisten gehörten Peters Nachbarn, da es auf dem Crescent nur wenige Parkmöglichkeiten gab; es gab nicht einen Wagen, dessen Eigentümer der treue Mitarbeiter nicht nennen konnte.

»Vermute, Sie haben nicht zufällig Lust, ein bißchen herumzufahren und nachzusehen, ob Emmericks Wagen irgendwo an der Straße geparkt steht?« erkundigte sich Ottermole bei Peter. »Ich könnte mich natürlich auch selbst auf die Suche machen, sobald Frank eingetroffen ist. Aber der Streifenwagen macht in der letzten Zeit wieder so scheußliche Geräusche, und ich hatte eigentlich gehofft, ich könnte heute abend mit Edna Mae und den Jungs essen, aber...«

Peter unterdrückte ein Seufzen. »Schon gut, Ottermole. Es macht mir wirklich nichts aus, nach dem Wagen zu suchen.« Das war eine verdammte Lüge. »Ich müßte vorher nur noch schnell telefonieren.«

Peter rief in der Forschungsstation an. Knapweed Calthrop ging an den Apparat und war zwar nicht gerade begeistert, doch zumindest willig, ihm einen Gefallen zu tun. Ja, Mr. Fanshaws Wagen stehe immer noch auf dem Parkplatz. Ja, es sei in der Tat ein grauer 1989er Chevy. Ja, die Nummernschilder seien identisch mit den Angaben, die Professor Shandy ihm gerade vorgelesen habe. Ob der Herr Professor wünsche, daß er mit dem Wagen irgend etwas machen solle?

»Nein, vielen Dank. Ich werde mich selbst darum kümmern.«

Peter wandte sich wieder an Ottermole. »Eine interessante Neuigkeit. Der Rechnung nach zu urteilen, die ich in Emmericks Gepäck gefunden habe, ist der Wagen, mit dem Fanshaw heute morgen zur Forschungsstation gefahren ist, genau derselbe, den Emmerick letzte Woche beim ›Happy Wayfarer‹ in Clavaton gemietet hat.«

»Ach ja? Warum auch nicht? Sie haben schließlich beide für dieselbe Firma gearbeitet, oder?«

»Eh – bei Meadowsweet weiß man davon nichts, aber ich vermute, wir können mit ziemlicher Sicherheit davon ausgehen, daß die beiden in der Tat gemeinsame Sache gemacht haben. Ich dachte dabei lediglich an die Transportfrage. Wie Sie wissen, gibt es keine direkte Bus- oder Bahnverbindung nach Balaclava Junction. Die Taxis von Clavaton sind erstens verdammt teuer und zweitens genauso selten wie Hühnerzähne, doch es sieht ganz so aus, als habe Fanshaw sich eines genommen, es sei denn, es gibt noch einen Komplizen. Am besten, Sie bitten die Polizei, in Clavaton nachzufragen, ob einer der dortigen Taxifahrer gestern oder heute morgen einen Fahrgast hierher befördert hat.«

»Könnte es nicht sein, daß Emmerick Fanshaw gestern irgendwann abgeholt hat?«

»Höchstens in aller Herrgottsfrühe. Er war den ganzen Tag damit beschäftigt, den Leuten in der Forschungsstation auf die Nerven zu gehen, wie ich von Miss Binks erfahren habe, und danach ist er hergefahren und hat ungebeten an der Eulenzählung teilgenommen. Falls er Fanshaw wirklich abgeholt haben sollte, hätte Fanshaw hier irgendwo übernachten müssen, eine Frage, der wir ebenfalls nachgehen sollten.«

»Vielleicht hat er im Gasthof gewohnt, und Emmericks Wagen stand deshalb nicht dort auf dem Parkplatz, als ich da war.«

»Das wäre zwar möglich, aber dort kann er den Wagen nicht übernommen haben. Emmerick ist geradewegs zu Charlie Ross' Tankstelle gefahren, hat Miss Binks abgesetzt, ein Stückchen weiter an der Straße geparkt und ist dann in meinen Wagen umgestiegen. Woher soll Fanshaw gewußt haben, wo er den Mietwagen finden würde? Und wie in aller Welt ist er an die Schlüssel gekommen? Emmerick wußte todsicher nicht, daß er umgebracht werden würde, sonst wäre er vorige Nacht bestimmt nicht herumgehüpft wie ein durchgedrehter Affe. Entweder er hat vorher mit Fanshaw abgesprochen, daß er den Wagen mit den Schlüsseln an der Straße abstellen würde, oder man hat ihm die Schlüssel aus der Tasche genommen, als er oben in dem Baum hing und sich umbringen ließ.«

»Es sei denn, beim Autoverleih hat man ihm einen Zweitschlüssel gegeben«, schlug Ottermole vor.

»Mmja, das könnte natürlich möglich sein, obwohl man dort normalerweise nicht so kulant ist. Vielleicht hat Emmerick sich auch einen Nachschlüssel machen lassen. Haben Sie übrigens schon seine restliche Habe von der Staatspolizei bekommen?«

»Noch nicht, aber jemand hat mir die Liste am Telefon durchgegeben. Mach mal ein bißchen Platz, Edmund. So, da ist sie schon. Tut mir leid wegen der Pfotenabdrücke.«

»Macht überhaupt nichts, das bin ich von unserer Jane schon gewöhnt. Mal sehen: Brieftasche mit Kreditkarten und einem Führerschein, der in New York auf den Namen Emory Emmerick ausgestellt wurde, Bargeld im Wert von – meine Güte! Warum hat er Ihrer Meinung nach wohl zweitausend Dollar bei sich gehabt, wenn er so viele Kreditkarten hatte? Taschenkamm und Spiegel, na ja. Zwei Rollen Kräuterdrops, eine komplett, die andere angebrochen. Ein Taschenkompaß, eine wasserdichte Streichholzschachtel, ein zusammenklappbares Jagdmesser, ein batteriegetriebener Handwärmer, ein Schuppenschaber, ein versenkbares Teleskop, Entsalzungstabletten – wozu hat er das bloß alles mitgenommen? Keinerlei Schlüssel, auch keine Wagenschlüssel. Ich glaube, wir sollten Mrs. Freedom noch einmal anrufen.«

»Das machen Sie dann aber«, sagte Ottermole. »Auf mich ist sie nämlich stinkwütend.«

Peter rief die Dame an. Sein Anruf wurde nicht sehr freundlich entgegengenommen. Selbstverständlich habe Mrs. Freedom den Wagen von Mr. Emmerick gestern morgen noch auf ihrem Parkplatz gesehen. Sie habe immer ein wachsames Auge auf ihren Parkplatz, darauf lege sie großen Wert. Nein, heute morgen habe sie den Wagen nicht gesehen. Warum sollte sie auch? Mr. Emmerick

87

sei schließlich nicht mehr dagewesen, oder? Und werde schließlich auch nicht wiederkommen, oder? Ihre Kellnerin sei heute auch nicht erschienen, doch um Ellie June Freedoms Probleme schere sich ja sowieso keiner. Sie legte auf, ohne sich zu verabschieden, und irgendwie konnte Peter sie sogar verstehen. Ihm war gerade ein völlig neuer Gedanke gekommen.

»Ottermole«, sagte er. »Wie würden Sie Fanshaw beschreiben?«

»Höh? Was meinen Sie mit ›wie‹?«

»Größe, Gewicht, Alter, Teint, Augenfarbe, Kleidung, das Übliche. Würden Sie ihn beispielsweise als groß bezeichnen?«

»Eigentlich nicht. Ich meine, nicht richtig groß. Eher klein als groß, nehme ich mal an. Wie wär's mit durchschnittlich?«

»Hm. Ist er eher kräftig oder schlank?«

»Ach herrje, ich hab' nicht darauf geachtet. Irgendwie dazwischen, finden Sie nicht?«

»Ich glaube, da könnten Sie recht haben, ich kann mich nämlich auch nicht erinnern. War sein Teint hell oder dunkel oder auch irgendwie dazwischen?«

»Na ja – irgendwie, ich weiß es auch nicht. Irgendwie durchschnittlich eben.«

Peter schenkte sich die Frage nach der Augenfarbe. »Können Sie sich an irgendein besonderes Merkmal erinnern?«

»Na ja, er hatte jedenfalls keinen buschigen roten Bart und auch keine lange Narbe im Gesicht, an so was hätte ich mich erinnert, glaube ich. Irgendwie kommt mir alles ziemlich komisch vor, Professor. Jetzt wo ich meine Notizen gelesen habe und so, kann ich mir Fanshaw eigentlich wieder ganz gut vorstellen, aber irgendwie schaffe ich nicht, mich an genaue Einzelheiten zu erinnern. Glauben Sie, das hat was mit der Hypnose zu tun?«

»Das weiß ich nicht, Ottermole, aber mich hat der Kerl nicht hypnotisiert, und ich kann mich auch nicht mehr erinnern. Ich rufe mal Miss Binks an, sie hat schließlich Augen wie ein Luchs.«

Winifred Binks war zu Hause und in der Lage, eine gute Allgemeinbeschreibung von Mr. Fanshaw zu liefern, doch sobald es um Einzelheiten ging, litt auch sie merkwürdigerweise an Gedächtnisschwund. Sie suchte Hilfe bei Knapweed Calthrop, doch er war genauso ratlos wie sie. Winifred fand dieses Phänomen höchst bemerkenswert, und Peter konnte ihr nur zustimmen.

Kapitel 9

Hypnotisiert?«

Die Seemuschel auf der Etagere vibrierte hörbar. Jane Austen, die friedlich auf dem Knie des Präsidenten geschlummert hatte, sprang vor Schreck einen halben Meter in die Höhe und brachte sich schnellstens bei Peter in Sicherheit. Dr. Svenson, der sehr wohl wußte, wie man sich sensiblen Katzendamen gegenüber zu verhalten hatte, entschuldigte sich. »Tut mir leid, Jane. Hätte nicht so brüllen sollen. Aber Gottverdammich, Shandy!«

»Ich bin vollkommen Ihrer Meinung, Präsident. Selbstverständlich erwartet man melodramatische Zwischenfälle dieser Art am allerwenigsten im eigenen Amtsbezirk. Auch ich war ziemlich verblüfft.«

»Und du läßt dich wirklich nicht leicht verblüffen, Darling«, sagte Helen Shandy. »Soll ich dir einen Bumerang mixen?«

»Bleib sitzen, geliebtes Wesen. Das erledige ich schon selbst.«

»Nein, du warst die halbe Nacht auf den Beinen und bist den ganzen Tag herumgelaufen und hast Leute enthypnotisiert. Ich dagegen habe nichts Aufreibenderes vollbracht, als den Kartenkatalog der Bibliothek zu durchforsten.«

Helen stellte ihr Glas, aus dem sie bisher kaum etwas getrunken hatte, zurück auf den Tisch. Wie sie sehr wohl wußte, war ein Balaclava Bumerang ein Getränk, das langsam genossen werden sollte. Ein Bumerang bestand in der Hauptsache aus heimischem Kirschbrandy und heimischem Apfelwein. Nur Kirschen und Äpfel, die in Balaclava County gereift waren, konnten die gewünschte Wirkung hervorrufen, daher waren Bumerangs ausschließlich in ihrer Ursprungsheimat erhältlich. Und selbst dort waren sie nur den wenigen Auserwählten vorbehalten, die erstens in der Lage waren, sich die nötigen Bestandteile zu beschaffen, und zweitens über das Geheimrezept verfügten.

Helens Nachforschungen in den Annalen der Familie Buggins hatten den Verdacht bestätigt, daß der Bumerang eine Erfindung von Belial Buggins, einem Neffen von Balaclava Buggins, dem Gründer des Colleges, gewesen war. Angeblich war Belial außerdem der Vater von Hilda Horsefall, der Gattin von Dr. Svensons Onkel Sven. Dr. Svenson hatte daher inzwischen verständlicherweise eine Art Familieninteresse an dem Getränk entwickelt. Daraus erklärte sich wohl auch seine ausdrückliche Bereitschaft, Peter bei einem zweiten Bumerang Gesellschaft zu leisten. Da die Wirkung von Alkohol auf den menschlichen Körper in direkter Proportion zur Größe desselben steht, hätte Svenson leicht ein halbes Dutzend trinken können, doch er trank grundsätzlich nie mehr als zwei. Der Präsident war sich seiner besonderen Stellung und der Verpflichtung, seinen Schutzbefohlenen stets mit gutem Beispiel voranzugehen, vollstens bewußt. Und falls er es jemals vergessen hätte, wäre sicher seine Gattin zur Stelle gewesen und hätte ihn daran erinnert.

Sieglinde wäre normalerweise ebenfalls unter den Anwesenden gewesen, denn sie und Helen waren eng miteinander befreundet. An diesem Wochenende spielte sie jedoch den Babysitter bei ihren Olafssen-Enkeln, während Tochter Birgit und deren Ehemann Hjalmar außer Haus waren, um einen Preis in Empfang zu nehmen, den ihnen der nationale Himbeerzüchterverein als Auszeichnung für ihre herausragenden Beiträge im Bereich der Himbeerforschung verlieh. Da sowohl Birgit als auch Hjalmar Balaclava-Absolventen und ehemalige Studenten von Peter Shandy waren, hätte dieses Ereignis eigentlich das vorrangige Gesprächsthema sein sollen, doch Peter hatte heute einfach zuviel anderes im Kopf.

»Ich habe Cronkite Swope wegen der Fotos angerufen, die er von Fanshaw gemacht hat, und er sagt, es sei keins dabei, auf dem man sein Gesicht klar erkennen könne. Irgendwie sei es dem Kerl gelungen, seinen Kopf jedesmal von der Kamera wegzudrehen. Und das Unheimlichste an der ganzen Sache ist, daß keiner von uns in der Lage ist, eine genaue Beschreibung von Fanshaw für die Fahndung der Staatspolizei abzugeben, weil wir uns alle nicht erinnern können, wie der Mistkerl wirklich ausgesehen hat.«

Peter schüttelte den Kopf. »Swope ist dazu auch nur eingefallen, daß der Kerl ihn an eine Statistik erinnert. Wie zweiundvierzigeinhalb Prozent der Bevölkerung sozusagen. Er sagte, Fanshaw sähe aus wie das halbe Prozent. Und mich erinnert er irgendwie an den

Mann, der zuerst in den *Neununddreißig Stufen* Tennis spielt und dann später in *Mr. Standfast* wieder auftaucht.« Peter war ein großer Fan von John Buchans Werken. »Der Kerl, bei dem sich immer wieder herausstellt, daß er eigentlich jemand anders ist, wißt ihr. Er hat genauso ein ausdrucksloses, nichtssagendes Gesicht, das gleichzeitig jedem und niemandem ähnlich sieht. Er braucht nur seine Kleidung zu verändern oder sich einen falschen Schnäuzer anzukleben –«

»Meistens brauchen solche Menschen nicht einmal auf Hilfsmittel zurückzugreifen«, meinte Helen. »Sie denken sich nur in die Rolle hinein, und schon klappt alles wie am Schnürchen. Du solltest vielleicht einmal herauszufinden versuchen, ob Buchans Graf von Schwabing während seiner frühen Phase, als er all die unsagbaren Verbrechen beging, die schließlich zu seiner Verbannung aus Deutschland geführt haben, zufällig ein paar uneheliche Söhne gezeugt hat.«

»In diesem Fall könnte Fanshaw höchstens ein Enkel von ihm sein«, meinte Peter. »Außerdem wurden Mitglieder des Adelsstandes nicht verbannt, weil sie uneheliche Kinder zeugten. Er hätte etwas wirklich Schändliches tun müssen, beispielsweise Karten zinken oder einen Fuchs erschießen.«

»Ungh«, knurrte Dr. Svenson. »Klingt mir eher wie ›Der Schatten‹.« Der zweite Bumerang machte Dr. Svenson zwar nicht gerade gesprächig, lockerte jedoch für gewöhnlich seine Stimmbänder ein wenig. »Hatte die Fähigkeit, anderen den Geist zu vernebeln. Männern, meine ich natürlich. Der Geist einer Frau läßt sich nicht vernebeln.«

»Manchmal schon«, klärte ihn Helen freundlich auf. »Bei Winifred Binks kann ich mir eine Vernebelung allerdings auch nicht vorstellen. Und du sagst, sie kann sich ebenfalls nicht erinnern, Peter? Das ist ja richtig unheimlich. Es sei denn, ihr wart alle völlig erschöpft von euren Erlebnissen bei der Eulenzählung.«

»Ottermole war gar nicht in unserer Gruppe«, widersprach Peter. »Obwohl er natürlich die ganze Nacht auf den Beinen war. Aber Budge Dorkin hat gar nicht an der Eulenzählung teilgenommen und kann sich genausowenig erinnern. Bei ihm und Ottermole handelt es sich möglicherweise um posthypnotische Suggestion, was allerdings auf alle anderen Personen nicht zutrifft. Verflixt und zugenäht, es ist so demütigend, feststellen zu müssen, wie leicht sich unsere geistigen Fähigkeiten betäuben lassen.«

»Verwirren, würde ich es nennen«, modifizierte Helen. »Wie bei einem Zauberer, der dem Publikum seinen Hut zeigt, der ganz leer aussieht, und doch ist das Kaninchen, das er gleich herausziehen wird, bereits darin. Was meinst du, benutzt man dazu eigentlich männliche oder weibliche Kaninchen?«

»Ich vermute, man benutzt ausgesprochen dumme Kaninchen, die keine Ahnung haben, was mit ihnen geschieht, denn die Biester sollen ja schließlich nicht anfangen zu quieken, wenn man sie unter den doppelten Boden quetscht. Kannst du das nicht irgendwo nachschlagen? Bibliothekarinnen wissen doch angeblich alles.«

»Mach ruhig weiter so, bring du mich nur vor Thorkjeld in Verlegenheit, damit er mich feuert und ich dann zu Hause deine Socken stopfe. Glaub bloß nicht, daß ich deine chauvinistischen Tricks nicht durchschaue, Peter Shandy. Thorkjeld, haben Sie Lust, noch ein wenig zu bleiben und eine Kleinigkeit mit uns zu essen?«

»Geht leider nicht. Gudrun und Frideswiede kochen heute abend. Wünscht mir lieber viel Glück.«

Dr. Svenson leerte sein Glas und verabschiedete sich. Peter, der inzwischen bemerkt hatte, wie hungrig er war und welch köstlicher Bratenduft aus der Küche herüberzog, machte Anstalten, den Tisch zu decken. Helen verstand den Wink.

»Du Ärmster, du bist sicher völlig ausgehungert. Hast du wenigstens zu Mittag gegessen?«

»Eine verschimmelte Brotkruste und ein Schlückchen Wasser. Brackwasser mit Kaulquappen drin.«

»Köstlich. Kaulquappen sind äußerst nahrhaft, soweit ich weiß. Sollen wir uns die Abendnachrichten anschauen?«

Peter stöhnte. »Lieber nicht. Ich glaube, ich habe für heute genug von Katastrophen. Verflixt, ob es wohl richtig war, Miss Binks heute nacht so ganz allein da draußen zu lassen?«

»Aber Winifred ist doch gar nicht allein, oder? Ich dachte, dieser junge Botaniker genießt das besondere Vorrecht, in ihrem Büro campieren zu dürfen?«

»Man könnte es eher als eine Alternative zur Bezahlung des Minimallohns bezeichnen, wenn du mich fragst. Wir wollen schließlich nicht die ganzen kostbaren Millionen von Grandsire Binks für üppige Stipendien von schmächtigen Akademikern verschleudern. Calthrop wird seine Habilitation von uns bekommen, wenn er so weitermacht, und vielleicht sogar eine Festanstellung als Dozent, falls er sich dessen als würdig erweist. Bisher deutet zwar wenig darauf hin, aber man kann schließlich nie wissen. Miss Buddley behauptet, er habe heute morgen versucht, sich ihr gewaltsam zu nähern.«

Helen hob eine Augenbraue. »Stimmt das denn?«

»Gute Frage, Calthrop zufolge soll Miss Buddley bei der Geschichte tonangebend gewesen sein. Die Episode gipfelte schließlich darin, daß die Dame von dannen stolziert ist und entführt wurde.«

»Peter! Das hast du mir ja noch gar nicht erzählt!«

»Ich bitte vielmals um Verzeihung, mein Herz, aber ich hatte angenommen, der Präsident sei mir zuvorgekommen.«

»Keine sonderlich gute Entschuldigung, wenn du mich fragst. Du weißt doch genau, wie prüde Thorkjeld ist. Er war übrigens noch gar nicht lange da, als du nach Hause gekommen bist. Wir haben uns lediglich über Emory Emmerick unterhalten. Aber was ist aus Miss Buddley geworden? Ist sie immer noch verschwunden?«

»Nein, wir haben sie gefunden.« Peter setzte Helen über die Einzelheiten der Entführung und das Ende der Suche ins Bild. »Sie war ziemlich mitgenommen, immerhin hatte man sie mit einem Fetzen ihres eigenen T-Shirts geknebelt und ihr mit einem anderen die Augen verbunden. Ich mußte ihr mein Hemd leihen, um den Präsidenten nicht noch mehr in Verlegenheit zu bringen.«

»Wie nobel von dir! Ich hoffe, sie besitzt genug Anstand, es dir wieder zurückzugeben. Hat Miss Buddley eine Vorstellung davon, warum sie gekidnappt wurde?«

»Sie ist der Meinung, daß es nur ein Kerl war. Anscheinend glaubt er, Emmerick habe ihr etwas verraten, und versuchte, sie gewaltsam zum Reden zu bringen. Was jedoch nicht funktionierte, da sie keine Ahnung hatte, wovon er sprach. Er wiederum legte ihr Verhalten als Verstocktheit aus, fesselte sie an einen Baum und ließ sie an der Whittington Road zurück, damit sie in Ruhe nachdenken und sich erinnern konnte.«

Helen erschauerte. »Die arme Frau, sie muß ja starr vor Schreck gewesen sein. Geht es ihr inzwischen wieder etwas besser?«

»Sie hat über Ameisenbisse und nervöse Erschöpfung geklagt, ansonsten scheint ihr das Abenteuer nicht sonderlich viel ausgemacht zu haben, wenn man von dem zerrissenen T-Shirt einmal absieht.«

»Weißt du, Peter, ich finde es reichlich sonderbar, daß Miss Buddley rein zufällig genau in dem Moment durch den Wald spa-

ziert oder gestürmt ist, als gerade ihr Kidnapper dort herum-
strolchte. Kommt dir das nicht auch ein wenig merkwürdig vor?«

»Die ganze Geschichte kommt mir sogar äußerst merkwürdig
vor«, antwortete er. »Man kann daraus eigentlich nur schließen,
daß der Kidnapper nicht zufällig strolchte, sondern vielmehr auf
der Lauer lag und auf eine günstige Gelegenheit wartete.«

»Aber woher hätte er wissen können, daß sie genau an der Stelle
auftauchen würde?«

»Vielleicht hatte er einen kleinen Sender in ihren Wanderstiefeln versteckt. Hältst du es für möglich, daß sich noch ein winziges
Stückchen Rübe im Topf befindet?«

»Aber sicher doch, Darling. Darf ich dir noch etwas nachlegen?«

»Ich bitte darum.« Peter holte das Gläschen mit Meerrettich-
sauce etwas näher zu sich heran und löffelte sich einen Nachschlag
auf den Teller. »Im Grunde wäre es sogar möglich, daß Miss Buddley, zumindest aus ihrer Sicht, tatsächlich die Wahrheit sagt, was
ihr Abenteuer betrifft. Sie war mit Emmerick befreundet. Er hat
sie vorletzte Nacht ins ›Bubble‹ eingeladen. Sie sind die Bowling-
bahnen rauf und runter getanzt, hat sie mir erzählt. Falls dieser
andere Mensch ihnen nachspioniert hat, konnte er durchaus den
Eindruck bekommen, daß Emmerick die Gelegenheit nutzte, um
seiner Begleiterin etwas anderes in ihr hübsches muschelförmiges
Ohr zu flüstern als süße Nichtigkeiten.«

»Sind ihre Ohren tatsächlich muschelförmig?« Als echte Bibliothekarin ging Helen den Fakten immer gern sofort auf den Grund.

»Nicht ablenken, geliebte Gattin. Vielleicht führen uns diese
Überlegungen ja auf die richtige Spur, wie immer die auch aussehen mag. Emmerick muß in eine ziemlich üble Sache verwickelt
gewesen sein, glaubst du nicht? Warum hätte sich sonst jemand die
Mühe gemacht, ihn umzubringen? Warum man ihn allerdings auf
so groteske Weise aus dem Weg geräumt hat, verstehe ich immer
noch nicht, aber es gibt sicher eine gute Erklärung dafür.«

»Etwa, daß derjenige, der ihn in dem Netz gefangen hat, sonst
keine Möglichkeit hatte, in seine Nähe zu kommen?« schlug Helen
vor.

»Grundgütiger, an diese Möglichkeit hatte ich noch gar nicht
gedacht! Du meinst, der arme Mensch leidet vielleicht an wahnsin-
nigem Mundgeruch? Oder er hat eine Allergie gegen Emmericks
Schuppen und hätte sich durch seine lauten Niesanfälle verraten,
noch bevor er überhaupt eine Chance gehabt hätte, ihm die töd-

liche Waffe, wie immer sie auch ausgesehen haben mag, in den Leib zu bohren?«

»Genau das meine ich, Liebster. Schließlich ist das die einzig logische Erklärung.«

»Welche von beiden?«

»Das kannst du dir aussuchen«, schloß Helen großzügig. »Obwohl ich, ehrlich gesagt, eher an eine Prothese oder einen verknacksten Fuß gedacht hatte.«

»Womit du natürlich durchaus recht haben könntest. Aber wie konnte ein Mensch mit Prothese oder verknackstem Fuß es schaffen, den Baum herunterzuklettern und sich aus dem Staub zu machen, bevor Winifred und ich ihn erwischen konnten? Warum hat er es nicht vorgezogen, Emmerick aus sicherer Entfernung zu erschießen oder sich in sein Zimmer zu schleichen und seine Zahnpasta mit Strychnin zu versetzen?«

»Vielleicht, weil der Mörder nicht besonders gut zielen konnte und ihm gerade das Strychnin ausgegangen war? Oder weil er einen abgrundtiefen Haß gegen Emmerick hegte und die Befriedigung brauchte, ihm Auge in Auge gegenüberzustehen? Oder in diesem Fall vielmehr Messer in Nacken. Liebster Peter, ich weiß, daß du heute schon so oft zur Station gegondelt bist, daß sie dir bestimmt schon zum Hals heraushängt, aber meinst du nicht auch, wir sollten noch einmal hinfahren und Winifred fragen, ob sie nicht doch lieber bei uns übernachten möchte? Das mag dir vielleicht ängstlich und typisch weiblich vorkommen, aber –«

»Ich bin genauso ängstlich wie du, wenn ich ehrlich sein soll«, gab Peter zu. »Und habe ich je etwas gegen weibliche Intuition einzuwenden gehabt? Sollen wir sofort losfahren?«

»Vielleicht möchtest du vorher noch deinen Nachtisch essen? Es ist allerdings bloß Obst und Käse.«

»Heben wir es für Miss Binks auf.«

»Darling, warum sagst du eigentlich nicht Winifred zu ihr? Es wäre ihr sicher viel lieber.«

»Das weiß ich, Helen. Nur erinnert sie mich leider viel zu sehr an meine Grundschullehrerin. Aber ich werde meine Lenden gürten und versuchen, mich davon nicht einschüchtern zu lassen.«

»Tu das. Du bist doch schließlich ein großer Junge, oder? Komm, wir spülen noch schnell das Geschirr weg.«

Gemeinsam schafften sie es, die Küche innerhalb kürzester Zeit wieder in Ordnung zu bringen. Jane Austen gab ihrem verständlichen Unmut darüber, allein gelassen zu werden, so lautstark Ausdruck, daß sie beschlossen, sie mitzunehmen. Diesmal fuhr Helen, und Peter beschäftigte sich eingehend mit Jane, die eine ausgesprochene Schwäche fürs Autofahren entwickelt hatte. Am liebsten saß sie dabei auf Peters Schulter, ringelte ihren Schwanz um sein Gesicht wie einen gestreiften Schnurrbart und kommentierte die Aussicht.

»Ich vermute, wir hätten besser vorher angerufen, um ihr zu sagen, daß wir kommen«, bemerkte Helen, während sie das Dorf hinter sich ließen und auf die Straße in Richtung Lumpkinton fuhren.

»Dann hätte sie sicher gesagt, wir sollten uns die Mühe sparen«, meinte Peter. »Du weißt doch, wie unabhängig Winifred ist. Na, wie war das für den Anfang?«

»Gut gemacht, Darling. Aber du mußt versuchen, es auch zu sagen, wenn sie es hört. Ich weiß, daß Winifred unabhängig ist, aber draußen auf der Forschungsstation ist sie sehr viel ungeschützter als dort, wo sie vorher gewohnt hat. Und es ist inzwischen schon soviel über das Geld ihres Großvaters geredet worden, daß die Leute allmählich glauben, sie hätte es wie Feuerholz in den Ecken gestapelt. Am besten wäre es wohl, wenn sie sich einen riesigen scheußlichen Wachhund zulegen würde. Oder wenigstens einen kleinen frechen.«

»Sie hat Angst, ein Wachhund könnte die hiesige Fauna verschrecken.«

»Soweit ich sehe, scheint das tatsächlich ihre einzige Angst zu sein. Winifred vertritt die These, daß Angst so ungefähr das Gefährlichste ist, das einem zustoßen kann.«

»Ich glaube, damit hat sie sogar recht.«

»Kann schon sein.« Helen klang ein bißchen gereizt. »Für ihre Freunde ist diese Einstellung jedenfalls verflixt schwierig. Und bei Viola Buddley hat es heute ja auch nicht funktioniert. Die wenigen Male, die ich sie getroffen habe, ist sie mir ausgesprochen furchtlos vorgekommen. Weiß der Himmel, wie sie sich jetzt fühlt! Ich hoffe, du wirst keine Probleme damit haben, deinen Studenten draußen in der Station zu lassen.«

»Das hoffe ich auch, jetzt wo du es – puh! Jane, versuch doch bitte, deinen Schwanz nicht immer in meinen Mund zu stecken. Also, wie ich gerade sagen wollte, jetzt wo du es erwähnt hast. Wir müssen einfach abwarten und sehen, wie sich alles entwickelt. Falls es wirklich nötig sein sollte, können wir immer noch eine Gruppe Studenten als Bodyguards oder Hausmeister einsetzen. Aber dazu müßten wir ihnen zuerst eine Art Schlafbaracke bauen.«

»Zwei Schlafbaracken«, korrigierte Helen. »Eine für die Herren und eine für die Damen der Schöpfung. Du kennst ja Sieglinde.«

»Allerdings. Oder wir erweitern die Sendestation mit ein paar Flügeln. Das wäre wahrscheinlich billiger als ein völlig neues Gebäude, auch wenn mir bei dem Gedanken, mich weiter mit den verfluchten Bauplänen herumschlagen zu müssen, die Haare zu Berge stehen. Sag mal, Helen, was meinst du wohl, wo Emory Emmerick die Chuzpe hergenommen hat, sich als Angestellter der Meadowsweet Construction Company auszugeben? Woher konnte er wissen, daß der echte Ingenieur nicht eines schönen Morgens auftauchen und seine Vorstellung runinieren würde?«

»Die Frage ist meiner Meinung nach leicht zu beantworten. Offensichtlich war Emmerick genauestens darüber informiert, wann der echte Ingenieur bei euch auftauchen würde. Wie er das herausgefunden hat, ist eine Frage, die sich weniger leicht beantworten läßt. Hat man dich und Thorkjeld denn nicht darüber informiert?«

»Nein, mein Herz, bei diesen langwierigen Bauprojekten entwickelt man wohl mit der Zeit eine Art Schicksalsergebenheit. Man ist bereits froh und dankbar, wenn die Arbeit Fortschritte macht, statt auf rätselhafte Weise stillzustehen oder unterbrochen zu werden. Für die genaue Planung und Organisation sind die Personen verantwortlich, die dafür bezahlt werden, den Laden zu schmeißen. Bisher sind die Angestellten von Meadowsweet stets erschienen und haben sich als arbeitswillig und fleißig erwiesen, also haben wir uns mit dem Kleinkram gar nicht erst abgegeben.«

Jane zeigte sich geneigt, von Peters Schulter auf sein Knie zu wechseln. Er war ihr bei ihrem Abstieg behilflich und sorgte dafür, daß sie es sich auf ihrem neuen Platz gemütlich machte.

»Bist du jetzt endlich zufrieden, du kleiner Störenfried? Ich glaube nicht, daß es für einen Betrüger schwer ist, einem Angestellten von Meadowsweet, der Zugang zu den Terminplänen hat, eine Information zu entlocken, die noch nicht mal top-secret ist, Helen. Man lernt jemanden kennen, gibt ein paar Drinks aus, verteilt ein paar Schmeicheleien oder ein bißchen Schmiergeld, das hängt ganz von den Umständen und der betreffenden Person ab. Das würde sogar ich schaffen, wenn ich müßte. Obwohl du zweifellos schneller und effektiver wärst.«

»Das glaube ich auch.« Helen hielt wenig von falscher Bescheidenheit. »Aber warum?«

»Tja, schwer zu sagen. Verdammt. Ich wünschte, wir könnten jetzt einfach in die Station marschieren und Winifred würde uns mit einem geheimnisvollen schwarzen Notizbuch entgegeneilen, in das der verstorbene Emory Emmerick seine chiffrierten Notizen eingetragen hat, und darin einen dicken fetten Hinweis finden.«

»Wie mich das an Franklin Scudder erinnert! Träumen Sie weiter, General Hannay!«

Peter nahm diesen Vorschlag seiner Gattin wörtlich, indem er es Jane gleichtat und einnickte. Er erwachte etwas gestärkter und ausgeruhter genau in dem Moment, als Helen von der Straße abbog und den Wagen auf den Parkplatz der Forschungsstation lenkte.

Sie hatten erwartet, Winifred Binks und Knapweed Calthrop im Haus über einer Tasse Löwenzahnkaffee oder einem Glas mit einem von Winifreds kräftigeren Getränken vorzufinden. Tatsächlich brannte im Empfangsraum noch Licht, und man konnte die beiden am Tisch sitzen sehen, anscheinend völlig vertieft in etwas, das vor ihnen auf dem Tisch lag. Sie schauten auf, als die Scheinwerfer des Wagens sie blendeten. Winifred Binks erhob sich und kam zur Tür. Knapweed folgte ihr auf dem Fuße, den Hammer kampfbereit in der Hand.

Kapitel 10

Na so was, Peter! Haben Sie denn für heute immer noch nicht genug von uns? Und Helen und Jane sind auch mitgekommen! Was für eine nette Überraschung. Schön, euch zu sehen, ich hoffe nur, es ist kein Pflichtbesuch. Sie können den Hammer ruhig wieder weglegen, Knapweed, die Shandys werden uns sicher nicht angreifen. Knapweed und ich haben eine Art Hausfriedensbruch begangen, Peter, auch wenn ich nicht weiß, als was genau man es bezeichnen sollte. Vielleicht als vorsätzlichen Einbruch und bewußtes Eindringen. Wir wußten, daß wir das Auto eigentlich der Polizei überlassen sollten, doch die kamen und kamen nicht. Schließlich konnten wir es nicht mehr aushalten, haben uns Plastiktüten über die Hände gestülpt, um keine Fingerabdrücke zu zerstören, und uns selbst an die Suche gemacht. Und raten Sie mal, was wir hinter dem Fahrersitz gefunden haben? Ein kleines schwarzes Notizbuch! Es scheint in einer Art Geheimschrift verfaßt zu sein, aber vielleicht liegt das auch nur an unserer Unkenntnis. Möchten Sie es mal sehen?«

»Da fragen Sie noch?« sagte Peter. »Vielleicht ist es genau das, worauf wir die ganze Zeit gehofft haben. Haben Sie beim Umblättern der Seiten die – eh – Tüten anbehalten?«

»Das war gar nicht nötig. Knapweed hatte die glorreiche Idee, sie mit der Pinzette umzudrehen, die er immer für das Ordnen seiner botanischen Prachtstücke benutzt. Ich kann damit nicht umgehen, aber er benutzt sie wie ein Chirurg sein Operationsbesteck.«

Der junge Stipendiat errötete. »Reine Gewohnheitssache. Labkraut kann verteufelt aggressiv sein. Aber wenn man es erst mal genauer kennt, ist es eigentlich ganz angenehm im Umgang. Tag, Kätzchen.«

Jane, die sich die ganze Zeit an Knapweeds linkem Hosenbein gerieben hatte, nahm die Begrüßung zum Anlaß, an dem freundlichen Bein hochzuklettern. Der junge Mann stellte den Hammer ab, pflückte die Katze von seiner Jeans und nahm sie vorsichtig auf den Arm. »Jane? So heißt du also? Halt mal einen Moment still, ja? Ich würde gern deine Schnurrhaare zählen.«

»Grundgütiger, Helen, er ist einer von uns!« rief Peter. »Ich sollte Ihnen vielleicht erklären, Calthrop, daß meine Frau und ich ebenfalls die Gewohnheit haben, alles zu zählen. Jane hat haargenau – Entschuldigung, Calthrop, ich möchte Ihnen den Spaß nicht verderben, es selbst herauszufinden.«

»Deine Zählung ist wahrscheinlich sowieso nicht mehr auf dem aktuellen Stand, Darling«, meinte Helen vorsichtig. »Gestern habe ich beim Aufräumen ein einsames Schnurrhaar auf dem Wohnzimmersofa gefunden. Ich weiß gar nicht, warum ich mir überhaupt die Mühe gemacht habe, Mrs. Lomax macht wirklich immer – warum reden wir eigentlich die ganze Zeit über Janes Schnurrhaare? Laß uns lieber einen Blick in das Notizbuch werfen.«

»Versuchen Sie ruhig Ihr Glück«, sagte Miss Binks. »Wir sind nämlich mit unserem Latein am Ende, und Sie sind schließlich eine Expertin, was Schriften betrifft.* Hier, setzen Sie sich. Ist das Licht hell genug?«

»Das Licht genügt vollkommen, aber das hilft mir leider auch nicht weiter. Knapweed, würden Sie bitte die Seiten für mich umblättern? Peter, was hältst du davon? Kurzschrift ist es jedenfalls nicht, oder wenigstens kein System, das mir bekannt ist. Auch keine griechische, arabische oder hebräische Schrift, kein Sanskrit und kein Kyrillisch, kein demotisches Ägyptisch, und Hieroglyphen sind es ganz bestimmt auch keine. Ich denke, wir können ruhig auf das bewährte Verfahren der relativen Häufigkeit für Anfänger zurückgreifen. Ich wünschte nur, ich hätte den fünften Band der *Encyclopaedia Britannica* mitgebracht.«

»Woher hätten Sie wissen sollen, daß Sie ihn brauchen würden?« erkundigte sich ihre Gastgeberin. »Was sollen wir denn jetzt Ihrer Meinung nach tun?«

»Ich glaube, wir sollten das Notizbuch dahin zurücklegen, wo Sie es gefunden haben«, meinte Helen. »Aber vorher kopieren wir es erst mal Seite für Seite durch. Selbstverständlich mit Hilfe von

---

* Wenn der Wetterhahn kräht, DuMont's Kriminal-Bibliothek Band 1063

Mr. Calthrops Pinzette, damit wir keine Fingerabdrücke zerstören. Tut mir schrecklich leid, daß ich Sie so ans Arbeiten bringe,
Mr. Calthrop.«

»Meine Güte, das macht doch nichts, aber warum nennen Sie
mich nicht Knapweed? Das tun alle anderen auch. Jedenfalls alle,
die überhaupt mit mir reden. Meinen Sie, es wäre möglich, zwei
Kopien zu machen? Ich würde mich gern selbst ein bißchen damit
beschäftigen, ich habe noch nie versucht, eine Geheimschrift zu
knacken.«

»Ich auch nicht«, sagte Winifred Binks. »Eine hervorragende
Idee, Knapweed. Je mehr von uns es versuchen, desto größer ist
die Wahrscheinlichkeit, daß es einem von uns gelingt. Glauben Sie
nicht, Peter?«

Peter wußte nicht, was er glauben sollte und was nicht. Da Knapweed das Notizbuch bereits in die Pinzette genommen hatte und
gerade dabei war, es zum Kopierer zu transportieren, sah er wenig
Sinn darin, jetzt noch Einspruch zu erheben. Knapweed konnte es
sich sowieso jederzeit nehmen und Kopien machen, nachdem Miss
Binks zu Bett gegangen war. Peter hatte keine Lust, die ganze
Nacht hier draußen mit den Stinktieren und Waschbären zu verbringen und den Leihwagen zu bewachen. Er bezweifelte sehr, daß
Fanshaw versuchen würde, sich heimlich herzuschleichen, um damit fortzufahren. Er wäre ein ausgesprochener Dummkopf, wenn
er sich noch einmal in die Nähe der Forschungsstation wagen
würde, es sei denn, das Notizbuch gehörte ihm und er wollte auf
keinen Fall, daß jemand die Notizen entschlüsselte.

»Ich wüßte nur zu gern, wer von den beiden dieses Ding verloren
hat«, sagte er zu Miss Binks. »Wir können zwar davon ausgehen,
daß Emmerick und Fanshaw gemeinsame Sache gemacht haben,
aber woran – eh – zum Teufel haben sie gearbeitet?«

»Gute Frage«, antwortete sie. »Wenn man bedenkt, was Viola
heute morgen zugestoßen ist, müssen wir wohl davon ausgehen,
daß die Sache noch nicht ausgestanden ist, auch wenn Mr. Emmerick inzwischen nicht mehr unter uns weilt. Was mir am meisten
Sorgen macht, Peter, ist die Art und Weise, wie diese Betrüger hier
auftauchen. Zuerst schneit Emmerick herein und gibt vor, jemand
zu sein, der er in Wirklichkeit gar nicht ist. Dann stirbt Emmerick,
Mr. Fanshaw erscheint auf der Bildfläche und weiß anscheinend
nicht einmal, daß Emmerick tot ist. Wir schaffen es, ihn sicher hinter Schloß und Riegel zu bringen, da kommt schon wieder jemand

und kidnappt Viola. Und schließlich erscheint auch noch dieser Rechtsanwalt und holt Fanshaw aus dem Gefängnis. Ich frage mich allmählich, wie das bloß enden soll!«

»Sie haben vollkommen recht, Winifred.« So, jetzt hatte er es endlich doch noch geschafft! »Ich habe Ihnen zwar erzählt, daß Fanshaw aus dem Gefängnis verschwunden ist, aber nicht, wie. Folgendes ist passiert: Als ich im Gefängnis eintraf, war Fanshaws Anwalt bei seinem Mandanten in der Zelle. Er kam heraus, und Ottermole hatte einen kleinen – eh – Wortwechsel mit ihm, woraufhin der Anwalt verschwand und Ottermole und Dorkin nachschauen gingen, ob Fanshaw vielleicht aufs – eh – kurz seine Zelle verlassen mußte. Ich war die ganze Zeit so sehr damit beschäftigt, Emmericks Sachen durchzusehen, daß ich nicht weiter auf sie geachtet habe. Nach einer Weile schien es mir jedoch im Gefängnis verdächtig still geworden zu sein, daher beschloß ich, lieber kurz nachzusehen. Ich fand die Käfigtür offen, der Vogel war ausgeflogen, und Ottermole und Dorkin saßen zusammen auf der Pritsche. Sie waren in ein Fadenspiel vertieft und glaubten, sie würden Dame spielen.«

»Wie das?«

Peter zuckte mit den Achseln. »Da bin ich völlig überfragt. Wir haben nur herausfinden können, daß Fanshaw sie hypnotisiert hat, indem er eine Goldmünze vor ihren Nasen hin und her pendeln ließ.«

»Das ist ja unglaublich. Sind Sie ganz sicher, daß die beiden nicht nur so getan haben?«

»Daran besteht kein Zweifel. Ich kenne Fred und Budge gut genug, die beiden waren völlig weg vom Fenster. Es hat mich einige Mühe gekostet, sie wieder wach zu bekommen, und ich befürchte, sie stehen vielleicht immer noch unter dem Einfluß einer Art posthypnotischen Suggestion. So etwas halte ich durchaus für möglich. Das Opfer verhält sich tagelang unauffällig und beginnt plötzlich, auf den Händen zu laufen oder Erbsen mit dem Messer zu essen.«

»Ugh! Was für ein abscheulicher Gedanke. Meinen Sie denn, es war richtig, die beiden allein zu lassen?«

»Das habe ich ja gar nicht. Der Officer, der Nachtdienst hat, ist gekommen, und die beiden sind nach Hause gegangen. Budge Dorkin wollte den neuen Freund seiner Tante treffen, und Ottermole hatte vor, wie jeden Abend mit seinen Kindern Räuber und

Gendarm zu spielen. Wir werden einfach abwarten müssen, wie sich die Dinge entwickeln.«

»Genau wie Cronkite Swope mit seinen Fotos.«

»Ein guter Vergleich, Winifred.« Jetzt hatte er es sogar ein zweites Mal geschafft! Diesmal war es schon einfacher gewesen, ihr Name war ihm wirklich sehr viel leichter von den Lippen gekommen. »Ich habe Swope bereits angerufen, aber er hat mir gesagt, daß Fanshaw leider auf keinem einzigen Bild deutlich zu erkennen ist. Entweder er ist unscharf oder hat sich gerade von der Kamera weggedreht.«

»Wie unheimlich!«

»Oder heimlich, je nachdem, wie man die Sache betrachtet. Meiner Meinung nach muß Fanshaw eine Menge Erfahrung in diesen Dingen haben, sonst hätte er nicht diese Geistesgegenwart an den Tag gelegt. Wie läuft's denn so, Calthrop?«

»Ich glaube, ich bin soweit fertig. Ich schau' das Buch zur Sicherheit nur noch mal durch.«

Der Botaniker war immer noch mit dem Pinzettieren von Seiten beschäftigt, die jedoch alle leer waren, erst auf dem letzten Blatt wurde er wieder fündig. Diesmal handelte es sich allerdings nicht um rätselhafte Symbole, sondern um die grobe Skizze einer Schale auf einem Fuß, in der sich einige runde Kritzeleien befanden, die man sehr wohl für Äpfel halten konnte.

»Da schau mal einer an«, rief Peter.

»Was sollen wir uns denn anschauen?« verlangte Helen zu wissen.

»Na das hier!«

Er zeigte auf die Zeichnung, die Knapweed gerade kopiert hatte. Helen rümpfte die Nase.

»Künstlerisch nicht gerade überzeugend, wenn du mich fragst. Gehe ich recht in der Annahme, daß es sich dabei um eine wichtige Symbolik handelt?«

»Es wird dich sicher interessieren, daß Winifred, wie sie heute erst erfahren hat, die Mehrheitsbeteiligung an einer Firma namens Golden Apples hat, die einem Ehepaar namens Compote gehört und von diesem geleitet wird. Was ich besonders interessant finde, ist die Tatsache, daß ich eine ganz ähnliche Zeichnung zwischen Emmericks Papieren gefunden habe.«

»Du meinst, das läßt darauf schließen, daß Emmerick der Besitzer dieses Notizbuchs war?«

»Ich glaube nicht, daß wir zu diesem Zeitpunkt schon ganz sicher sein können, aber wenigstens ist es ein Anhaltspunkt. Gute Arbeit, Calthrop. Kann ich einen Satz Kopien haben?«

Knapweed reichte sie ihm. »Soll ich das Notizbuch wieder dort hinlegen, wo wir es gefunden haben?«

»Wenn Sie so freundlich sein wollen«, erwiderte Peter. »Am besten fassen Sie es nur mit Ihrer Pinzette an, aber das brauche ich Ihnen sicher gar nicht zu sagen.«

»Aber wenn dieser Fanshaw tatsächlich wieder auf freiem Fuß ist, was sollte ihn dann davon abhalten, herzukommen und es sich wiederzuholen?«

»Erstens hat das Büchlein ja wahrscheinlich Emmerick gehört, wie wir aufgrund der Kritzelei annehmen dürfen, also weiß Fanshaw vielleicht gar nichts von seiner Existenz. Und falls dies nicht zutreffen sollte, geht er vielleicht zweitens davon aus, daß es sich unter Emmericks persönlichen Habseligkeiten befindet, die er bisher noch nicht durchsuchen konnte. Ottermole hat einiges aus Emmericks Zimmer im Gasthof geholt, und die Staatspolizei hat im Leichenschauhaus die restlichen Sachen aus Emmericks Taschen genommen. Und falls drittens das Notizbuch wider Erwarten doch Fanshaw gehören sollte und er dafür sogar das Risiko in Kauf nimmt, sich herzuschleichen, um es zu holen, wissen wir mit Sicherheit, daß es sich um etwas sehr Wichtiges handelt.«

»Hey, da haben Sie recht! Vielleicht sollte ich heute nacht Wache halten, für den Fall, daß er aufkreuzt.«

»Lieber Sie als ich, junger Mann. Jetzt, wo wir die Kopien haben, wäre es ja nicht mehr so schlimm, wenn Fanshaw sich das Ding zurückholen würde. Wissen Sie, ich frage mich, ob dieser angebliche Code nicht vielleicht in Wirklichkeit so etwas wie eine Kurzschrift für Ingenieure ist, die Symbole sehen genauso aus, als hätte sie ein Rohrleger ausgearbeitet. Ich werde einen unserer Jungs aus der technischen Abteilung bitten, einen Blick darauf zu werfen.«

»Sie könnten vielleicht auch versuchen herauszufinden, ob es nicht eine Art Computersprache ist«, schlug Winifred Binks vor. »Das ist heutzutage meistens so.«

»Wie wahr!«

Peters Antwort wurde von einem Gähnanfall gestört, der so stark war, daß er ihn unmöglich unterdrücken konnte. Helen reichte ihm seinen berüchtigten Tweedhut und seinen geliebten

Plaidmantel, den er nach ihrer Ankunft auf einem Stuhl abgelegt hatte.

»Komm schon, Liebling, du kannst dich ja kaum noch auf den Beinen halten. Winifred, Sie sind sicher auch todmüde. Hätten Sie nicht Lust, mitzufahren und bei uns zu übernachten? Sie sind auch herzlich eingeladen, Knapweed, wenn es Ihnen nichts ausmacht, auf dem Wohnzimmersofa zu nächtigen.«

»Vielen Dank, Mrs. Shandy. Ich könnte sogar auf einer Hutablage schlafen, wenn es sein müßte, aber ich denke, ich bleibe lieber hier und halte die Stellung, für den Fall, daß etwas passiert. Außerdem erwarten wir morgen Besuch.«

»Sehr lobenswerte Einstellung, Knapweed«, sagte Winifred. »Vielen Dank für das reizende Angebot, Helen, aber wir bleiben heute nacht wirklich besser unter unseren eigenen flauschigen Federbetten. Wir hatten eigentlich schon heute abend eine Pfadfindergruppe aus Lumpkin Upper Mills erwartet, die hier draußen campieren und ihre eigene Eulenzählung durchführen wollte, aber der Führer hat angerufen und gesagt, es sei ihnen doch zu kalt. Im Klartext heißt das wohl, daß die Eltern Angst haben, ihre Sprößlinge ziehen zu lassen, nachdem die Sache mit Emmerick passiert ist.«

»Kann man ihnen kaum verübeln.«

»Ganz meine Meinung. Jedenfalls wollen sie morgen in aller Frühe herkommen. Ich soll ihnen zeigen, was man tun muß, um die Bitterstoffe aus Eicheln herauszuziehen, danach wollen wir sie zusammen über einem Lagerfeuer rösten. Eigentlich sollten sie selbst Eicheln sammeln, aber Knapweed und ich haben heute nachmittag schon einen ganzen Eimer gesammelt, damit es morgen schneller geht. Ohne einen nennenswerten Zwischenfall, wie ich zu meiner Erleichterung sagen kann. Wir haben sie schon geschält und im Bach ausgewaschen.«

»Viola hat vorhin angerufen, um uns mitzuteilen, daß sie sich wieder besser fühlt und morgen für ein Weilchen herkommen könne, falls wir sie bräuchten«, warf Knapweed ein. »Aber wir haben gesagt, wir schaffen es schon allein, daher wird sie sich statt dessen die Haare waschen.«

»Ihr seht also, es ist mehr oder weniger wieder alles beim alten«, sagte Winifred. »Ich würde euch ja gern eine Tasse Kamillentee als Wegstärkung anbieten, aber ihr seht nicht so aus, als ob ihr scharf darauf wäret. Viel Glück mit dem Code oder was immer es auch sein mag, und vielen Dank, daß ihr an uns gedacht habt. Schlaf schön, kleine Jane. Komm bald mal wieder vorbei.«

Peter sagte »Gute Nacht, Winifred«, um in Übung zu bleiben. Jane leckte kurz, aber zärtlich Knapweeds Hand, was ihn sehr beglückte. Helen kramte nach den Wagenschlüsseln und sorgte dafür, daß sie alle sicher nach Hause kamen. Sowohl Peter als auch Jane mußten geweckt werden, als sie auf Charlie Ross' Parkplatz fuhr. Jane machte Anstalten, den kurzen Weg nach Hause zu Fuß zurückzulegen. Helen protestierte.

»Das hast du dir wohl so gedacht, junge Dame. Kommt gar nicht in Frage, daß du mir anfängst, die Straßen unsicher zu machen wie dein Vetter Edmund.«

Edmund war zwar in Wirklichkeit nur ein Vetter um sechs Ekken, aber in Balaclava County war das bereits verwandt genug. Peter beendete die Diskussion, indem er Jane auf den Arm nahm, damit sie ihren Unmut an seinem Mantel auslassen konnte, dem inzwischen sowieso nichts mehr etwas anhaben konnte.

»Jetzt werden wir alle einen schönen, ruhigen Sonntag verbringen«, entschied Helen, als sie hügelan stiegen. »Wir schlafen bis in die Puppen, und ich mache uns ein schönes großes Frühstück, sobald uns nach Essen ist.«

»Schade, daß wir nicht daran gedacht haben, ein paar Eicheln von Winifred zu schnorren«, sagte Peter. »Dann könnten wir im Garten ein Lagerfeuer machen und die Dinger rösten.«

»Wirklich jammerschade, Schatz.« Helen blickte hinauf zum mondlosen, sternlosen Firmament. »Ich befürchte, die Pfadfinder werden morgen auch nicht allzu viele Eicheln rösten, es sei denn, sie setzen sich an das Kaminfeuer in der Forschungsstation. Was immer der Wetterbericht auch vorhergesagt hat, ich bin sicher, wir bekommen morgen einen schlimmen Sturm.«

Wie so oft behielt Helen natürlich recht. Der Sonntagmorgen tat sich äußerst schwer. Der Himmel blieb bleigrau, der Regen schlug wütend gegen die Fenster, trommelte aufs Dach und sickerte zweifellos durch die Schutzwand in den Keller. Doch keiner der drei Shandys ging nachsehen, sie waren alle viel zu sehr mit Faulenzen und Dösen beschäftigt, bis Jane schließlich entschied, daß es Zeit für ein Fresserchen sei, und Helens Verantwortungsgefühl den Sieg davontrug. Peter kam als letzter nach unten. Seine Gattin saß mit einer Tasse Kaffee am Küchentisch, die Würstchen brutzelten in der Pfanne, und eine Schüssel mit Pfannkuchenteig auf der

106

Anrichte wartete nur darauf, gebacken zu werden. Knapweeds Kopien waren überall verteilt.

»Schon etwas herausgefunden, werte Mrs. Holmes?«

»Leider nicht.« Helen sammelte die Seiten ein, legte sie auf ein Schneidebrett und stellte zur Sicherheit noch eine Dose Katzenfutter darauf. »Ich habe Winifred schon angerufen. Die Pfadfinder kommen nun doch nicht, daher wird sie mit Knapweed zusammen ihr Wohnzimmer tapezieren. Sie hat es die ganze Zeit auf einen Regentag verschoben, und einen verregneteren Tag als heute wird sie schwerlich finden. Sie war schon draußen und hat die Regenmesser kontrolliert, sie zeigten schon anderthalb Zentimeter an. Die beiden hatten auch noch kein Glück mit Emmericks Code. Ich mußte ihr gestehen, daß es uns auch nicht besser gegangen ist. Vielleicht funktioniert mein Verstand besser, wenn ich etwas im Magen habe.«

»Durchaus möglich, mein Herz. Möchtest du, daß ich die Pfannkuchen backe?«

»Nicht, wenn du beabsichtigst, sie in die Luft zu werfen und mit der Pfanne aufzufangen. Du weißt ja, was beim letzten Mal passiert ist.«

»Undank ist der Welt Lohn! Wer hat denn drei Jahre lang gejammert, daß die Decke endlich renoviert werden sollte? Und wer hat schließlich den letzten Anstoß gegeben?«

»Ich gebe ja zu, daß du den letzten Anstoß gegeben hast, aber was war mit dem Herd? Ich habe Mrs. Lomax noch nie so aufgebracht gesehen. Und das war, nachdem wir bereits das meiste von den Kochplatten gekratzt hatten. Schau doch bitte nach, ob die Sonntagszeitung schon gekommen ist, wenn du so darauf brennst, dich nützlich zu machen. Ich hoffe, der Zeitungsjunge hat sie nicht wieder einfach auf die Treppe geknallt und ist weitergeflitzt, wie er es sonst immer macht.«

»Falls er das getan hat, haben wir inzwischen sicher Pappmaché«, meinte Peter ahnungsvoll. »Meine Güte, was für ein Hundewetter! Jane, nimm die Nase aus der Pfanne! Komm lieber mit und hilf Papi bei seinem Kampf gegen die bösen Elemente.«

Jane war anderer Meinung und zeigte ihm ziemlich deutlich, daß ihre vorrangige Aufgabe in der Beaufsichtigung der Würstchen bestand, darum ging Peter allein. Der Schaden war weniger schlimm als erwartet, da die Bostoner Zeitung so dick in Anzeigenteile und Werbebeilagen eingewickelt war, weil jemand die Seiten falsch angeordnet hatte, daß der Teil mit den relativ mageren Nachrichten und Leitartikeln nur zur Hälfte durchnäßt war. Zu seiner großen Verwunderung entdeckte er außerdem eine weit dünnere und noch dazu knochentrockene Zeitung, die in einer Plastikhülle steckte und an der Eingangstür lehnte.

Auf der ersten Seite der letzteren Publikation prangte ein exklusives, hochaktuelles Foto, auf dem zwei gepflegte, gutaussehende Männer in Uniformen der Staatspolizei eine Leiche über einen Waldweg transportierten. Ein weiteres Bild zeigte Polizeichef Ottermole, dank Edna Maes liebevoller Pflege sogar noch besser und gepflegter aussehend als seine Kollegen, bei der Festnahme eines mittelgroßen Mannes, der sein Gesicht von der Kamera abgewandt hatte. Peter warf die nasse Zeitung in den Schirmständer und trug die trockene zurück in die Küche.

»Sieh mal, Helen, der *Gemeinde- und Sprengel-Anzeyger* hat es endlich geschafft, eine Sonntags-Sonderausgabe zu drucken! Ein Meilenstein in der Geschichte der Menschheit! Ottermoles Bild prangt auf der Titelseite.«

»Wann tut es das nicht? Mein Gott, Edna Mae hat bald keinen Platz mehr an ihren Wänden. Bist du auch irgendwo zu sehen?«

»Jessas, hoffentlich nicht. Swope sollte es inzwischen besser wissen.«

»Das halte ich aber für äußerst unfair. Wir haben schließlich auch Wände!«

»Warum hängst du dann nicht das hübsche Bild auf, wo ich auf der Landwirtschaftsausstellung den siebenundzwanzig Pfund schweren Balaclava-Protz in Augenschein nehme, den der alte Kauz aus Outer Clavaton hergeschleppt hat?«

»Ja, richtig, wo du mit dem Rücken zur Kamera stehst und einen Riß hinten in der Hose hast.«

»Aber bloß einen winzig kleinen. Ich saß zufällig bei den Viehgehegen auf einem gesplitterten Holzgatter, an dem ein gelangweiltes Rind herumgeknabbert hatte. Aber du mußt zugeben, daß die Rübe sehr gut getroffen ist.«

»Womit du allerdings recht hast. Bist du so lieb und drehst die Würstchen für mich um? Aber bitte, ohne Theater.« Helen legte zwei weitere Pfannkuchen auf den Stapel, den sie zum Warmhalten in den Backofen geschoben hatte, und gab neuen Teig in die Pfanne. »Am besten, ich brauche alles auf, dann können wir heute nachmittag Crumpets zum Tee essen.«

Bei einem Aufenthalt in Großbritannien hatten Helen und Peter amüsiert festgestellt, daß englische Crumpets den amerikanischen Pfannkuchen so ähnlich waren, daß man den Unterschied kaum bemerkte, und heute war ein guter Tag, um vor dem Kamin stilgerecht britischen High Tea einzunehmen. Sie ließen sich ihr opulentes Frühstück schmecken, lasen sich gegenseitig Ausschnitte aus Cronkite Swopes lebhafter Reportage vor, stellten das Telefon leise, damit sie es nicht mehr klingeln hörten, nachdem sie bereits viel zu viele Anrufe von Nachbarn bekommen hatten, die ebenfalls den *Gemeinde- und Sprengel-Anzeyger* gelesen hatten, und versuchten, nicht über zu viele der unangenehmen Pflichten nachzudenken, die auch sie seit Ewigkeiten auf einen Regentag verschoben hatten.

Zwischendurch nahm sich immer wieder einer von ihnen das Notizbuch vor und brütete über dem Code. Sie hätten zwar die relative Häufigkeit der verschiedenen Buchstaben aus der »Encyclopedia Britannica« oben in der College-Bibliothek erfahren können, doch das hätte einen Gewaltmarsch durch den Regen bedeutet, und dazu war der Tag wirklich zu scheußlich.

Gegen zwei Uhr nachmittags wagte sich Timothy Ames mit seinem Cribbage-Spiel unter dem Regenmantel über den Crescent. Sein Haus lag genau gegenüber, eine Distanz, die bei diesem Wetter gerade noch zumutbar war. Tim und Peter spielten Cribbage. Helen zog sich in die Küche zurück und machte Karamelbonbons, nicht weil sie zusätzliche Kalorien brauchten, sondern weil es genau das Richtige für einen Regentag war. Als sie die kleingehackten Nüsse untergerührt hatte und die Karamelmasse langsam fest wurde, nahm sie sich Knapweeds Kopien noch einmal vor.

Kapitel 11

Peter war mitten im Spiel, als er aus der Küche einen Schrei hörte.

»Donner und Doria! Dreimal verdreiter Deubel! Wie konnte ich nur so blind sein!«

»Entschuldige bitte, Tim, aber ich schaue lieber mal nach, was los ist.« Peter eilte zur Küche. »Was plagt dich denn, geliebtes Weib?«

»Es ist Zahnstocherschrift, das ist alles. Hast du damit als Kind nicht auch herumexperimentiert?«

»In meiner Kindheit hat man sich seine Zahnstocher noch aus abgebrannten Streichhölzern selbst geschnitzt.«

»Und danach in einer kleinen Goldschatulle mit sich herumgetragen, nehme ich an. Komm her, ich zeige dir, wie man es macht.«

»Während Tim im Wohnzimmer sitzt und pfuscht? Ich hole ihn schnell. Es dauert nur eine Sekunde.«

Er ging zurück ins Wohnzimmer, kehrte jedoch nach wenigen Minuten allein zurück. »Tim hat keine Lust, er liest lieber so lange Zeitung. Ihm ist auf dem Weg hierher Regen ins Hörgerät gelaufen, daher ist sein Empfang gestört. Also, was ist mit den Zahnstochern?«

Helen holte ein Päckchen Zahnstocher aus der winzigen Vorratskammer und legte damit geometrische Muster auf den Küchentisch. »Siehst du, das sind alles Symbole aus Emmericks Notizbuch.«

»Oder aus Fanshaws Notizbuch.«

»Egal. Du siehst, daß sie übereinstimmen?«

Peter nickte. Er versuchte zu entziffern, was Helen fabriziert hatte.

»Funderfön, meine Liebe. Und was jetzt?«

»Jetzt legen wir noch ein paar Zahnstocher dazu. So, das könnte hinhauen. Und hier auch noch einen – verflixt, wenn sie doch bloß nicht immer verrutschen würden. Hier, ich denke, diesen hier schieben wir noch etwas mehr nach unten, und den hier auch noch. Lies mal vor.«

CWΔOUT4Δ

»CWBOUTGA. Und was soll das nun wieder bedeuten?«

»Na ja, ›OUT‹ könnte Knockout bedeuten, wie beim Boxen. Vielleicht will CW mit jemandem aus Georgia kämpfen. Vielleicht finden wir in den restlichen Notizen noch etwas, das uns weiterhilft –«

»Moment mal, könnte das hier nicht der Schlüssel sein?«

Als kleiner Junge hatte Peter immer ausnehmend gern die Bilderrätsel im Familienalmanach entschlüsselt. Er blätterte in den Notizen, bis er die Zeichnung von der Rückseite des Notizbuches gefunden hatte. »Nehmen wir einfach einmal an, das C steht für Compote und GA für Golden Apples?«

»Aber natürlich, Darling! Dann könnte das WB doch für Winifred Binks stehen, oder? Du hast ja gesagt, daß die Firma praktisch ihr gehört.«

»Ihren Anwälten zufolge besitzt sie den Hauptanteil. Somit stünde hier Compote Winifred Binks OUT Golden Apples. Könnte natürlich auch sein, daß das W etwas ganz anderes bedeutet, vielleicht Warnung oder Wurmkur.«

»Oder wollen oder wünschen oder einfach nur warten. Warten würde sogar passen, vielleicht darauf, was Winifred mit ihren Anteilen anfängt.«

»Oder wehklagen, weil man nicht weiß, was sie tun wird. Oder jemand will sie outen oder vielleicht ausbezahlen, damit sie out ist.«

»Sopwith, ihr Vermögensverwalter, behauptet, die Compotes könnten sie gar nicht ausbezahlen, weil ihnen dazu das nötige Kleingeld fehlt.«

»Woher will er das wissen?«

»Er sollte es wissen, liebste Helen, genau das ist nämlich sein Job. Tja, das sieht doch eigentlich schon recht vielversprechend aus, vorausgesetzt, wir machen uns nicht selbst etwas vor. Laß uns einfach weitermachen, wie du eben so schön vorgeschlagen hast. Das geht sicher auch ohne Zahnstocher, oder nicht?«

»Natürlich, man muß nur bei jedem Zeichen einen Strich hinzufügen, weißt du. Neben dem Telefon müßte ein Bleistift liegen, es sei denn, Jane hat wieder damit gespielt.«

»Schon gut, ich habe selbst einen. Was machen wir als nächstes?«

Helen machte feine Striche direkt auf die Kopien. VBOKK-CROT. Könnte das bedeuten: Viola Buddley ist okay, aber Knapweed Calthrop ist ein Kommunist?«

»Könnte genausogut bedeuten, daß er schamrot im Gesicht ist, wenn seine Version der Ereignisse am Futterspender stimmt«, meinte Peter. »Aber es könnte natürlich auch ein Schlüsselwort sein, etwa wie Rot für Gefahr oder für Stop? Verflixt und zugenäht, Helen, das ist ja alles fürchterlich kompliziert. Warum konnte der Mistkerl sich nicht etwas verständlicher ausdrücken?«

»Da er seine Notizen chiffriert hat, wollte er offenbar nicht, daß man sie so einfach versteht«, lautete Helens logische Erklärung. »Könnte auch sein, daß es nur Emmericks Stichworte von den Dingen sind, die er Fanshaw bei ihrem Treffen unbedingt erzählen wollte. Oder er hat das Notizbuch im Auto gelassen, weil er wollte, daß Fanshaw es gestern abend beim Abholen des Wagens findet. Aber Fanshaw hat es nicht gefunden, was auch erklären würde, warum er heute morgen aufgekreuzt ist, um mit Emmerick zu sprechen. Ich bin ziemlich sicher, daß Emmerick diese Notizen geschrieben hat, meinst du nicht auch? Er war als einziger in der Lage, Aussagen über Knapweed und Viola zu machen. Fanshaw ist doch bis dahin nie in der Station gewesen, oder?«

»Nach der Geschichte mit Dorkin und Ottermole bin ich mir da nicht mehr so sicher. Er hätte sich schließlich als Pfadfinder verkleiden können. Mich interessiert vor allem, was Emmerick überhaupt in der Station zu suchen hatte. Es sei denn, das FBI oder die CIA hegen den Verdacht, daß unser College mit Hilfe der Sendestation das Land mit subversiven Beiträgen über aktiven Umweltschutz zu überschwemmen gedenkt, statt die Zuschauer mit belanglosem Gerede einzulullen. Womit sie gar nicht mal so falsch lägen.«

»Aber warum sollten sie dann jemanden herschicken, der sich als Ingenieur ausgibt, noch bevor die Station überhaupt fertigge-

112

stellt ist, ganz zu schweigen von irgendwelchen Beiträgen für irgendwelche Zuschauer?« gab Helen zu bedenken. »Ich habe zwar schon oft gehört, daß man ganz unten anfangen soll, doch das scheint mir nun doch ein wenig übertrieben. Es sei denn, Emmerick hatte vor, das Fundament mit Bomben zu spicken, damit er das Gebäude später leichter in die Luft jagen konnte.«

»Oder er wollte Wanzen verstecken, damit die Umweltschutzgegner mit Winifreds Strom ihre eigene Propaganda verbreiten konnten? Vielleicht war er kein FBI-Agent, sondern ein ausländischer Spion?«

»Und aus welchem Land soll er gestammt haben?«

»Wer weiß? Vielleicht Obervolta? Vereinigte Industrien?«

»Weißt du was, Peter, mir kommt da ein ganz anderer Gedanke. Kann es nicht sein, daß Emmerick als eine Art Bodyguard fungieren sollte?«

»Und wer soll ihn geschickt haben?«

»Woher soll ich das wissen? Winifred hat immerhin Unmengen von Geld, und ihr komischer Großvater war bestimmt in viele Projekte verwickelt, von denen sie überhaupt noch keine Ahnung hat. Denk doch nur an Golden Apples: Sie hat die Macht, die Compotes zu ruinieren oder berühmt zu machen, dabei hat sie bis gestern nicht mal gewußt, daß sie mit ihnen überhaupt etwas zu tun hat. Sie könnte doch für andere Firmen genauso wichtig sein, meinst du nicht? Warum hat ihr Anwalt sie darüber nicht informiert? Hältst du es für möglich, daß er eigene Interessen verfolgt?«

»Das darfst du mich nicht fragen. Debenham scheint mir ein netter Kerl zu sein. Wir dürfen nicht vergessen, Helen, daß Winifred während der letzten paar Monate eine Menge Informationen zu verdauen hatte. Sie hat keine Übung im Umgang mit den geschäftlichen Problemen. Vielleicht hat sie nicht alles verstanden, was man ihr erzählt hat, vielleicht wollte sie auch einfach nichts mehr hören, bis das Haus endlich fertig und die Station in Bau war. Jetzt, wo sie nicht mehr arm wie eine Kirchenmaus in den Wäldern umherstreift, sondern in Geld schwimmt, ist sie auf einem ganz anderen Dampfer.«

»Und schon beginnt die helfende Hand, das Messer zu wetzen. Du gehst immer so nonchalant mit Metaphern um, Peter. Aber ich weiß, was du meinst, sie sollte sich schnellstens mit ihren Anwälten zusammensetzen und herauszufinden versuchen, wo der Hase wirklich läuft.«

»Keine Sorge, Liebste, ist alles schon arrangiert. Der Präsident trifft sich noch in dieser Woche höchstpersönlich mit Debenham, dem Vermögensverwalter, und einem Haufen Buchhalter. Sie werden Winifreds Angelegenheiten auf Herz und Nieren prüfen, während sie sich die Zeit damit vertreibt, mit den Pfadfindern Eicheln auszuwaschen.«

»Oh. Warum hast du das nicht gleich gesagt? Wo war ich stehengeblieben? Ach so, das müßte ein R sein. Rauh – Fuß, was könnte das wohl bedeuten?«

»Möglicherweise Rauhfußkauz, denke ich. Das nächste Wort wäre dann ›langohrig‹. Säge, Schleier – Sägekauz, Schleiereule, das müssen Emmericks Stichworte für die Eulenzählung sein! Er hat einfach ein paar Namen aufgeschrieben, um Fachwissen vorzutäuschen, konnte aber die Arten nicht auseinanderhalten und hat sich daher komplett lächerlich gemacht.«

»Wie du meinst, Liebling. Was ist ein Bleibweg?«

»Auf dem Weg bleiben, vermute ich. Das ist eine Regel, die wir jedem eintrichtern. Wir wollen nicht, daß Leute vom Weg abkommen und sich verlaufen, vor allem deswegen nicht, weil sie dann immer anfangen zu rufen und die Eulen vertreiben. So ungefähr die einzige Regel, die Emmerick befolgt hat. Doch genau das scheinen seine Mörder auch erwartet zu haben. Sie wußten genau, daß der arme Kerl früher oder später genau unter ihnen aufkreuzen würde, also haben sie ihr verfluchtes Netz ausgebreitet und gewartet. Verflixt noch mal, Helen, je mehr passiert, desto weniger Sinn ergibt alles. Hast du vor, die Karamelbonbons für eine besondere Gelegenheit aufzuheben?«

»Du brauchst dich nur zu gedulden, bis sie fest sind.« Helen nahm ein Küchenmesser und machte einen Probeschnitt. »Ich glaube, man kann sie schon essen. So, das ist für dich, Liebster. Nimm Tim auch ein Stück mit. Ich gehe noch schnell die restlichen Notizen durch und sage dir Bescheid, wenn ich etwas Wichtiges finden sollte.«

Was jedoch nicht der Fall war. Die restlichen Seiten waren nur ein Sammelsurium von Begriffen, die Helen als technische Fachausdrücke identifizierte und die zweifellos dem Zweck gedient hatten, Emmerick als Ingenieur glaubhaft erscheinen zu lassen. Morgen würde sie einen Kollegen aus der technischen Abteilung aufsuchen und sich die genauen Bedeutungen erklären lassen. Besonders wichtig sahen sie nicht aus, aber man konnte schließlich nie wissen. Sie schnitt die Karamelmasse in kleine Stücke, belud einen kleinen Teller damit und trug ihn ins Wohnzimmer. Sie hatte sich gerade in die Zeitung vertieft, als gegen fünf Uhr Tims Schwiegertochter anrief.

»Kommt Dad bald zum Abendessen nach Hause? Es ist so scheußlich draußen, daß Roy ihn lieber abholen möchte, damit er nicht allein zu gehen braucht. Aber sagen Sie ihm bitte nichts davon.«

»Warum kommt ihr nicht einfach her und eßt mit uns zu Abend? Dann könnt ihr anschließend alle zusammen zurückgehen, und er kommt gar nicht auf den Gedanken, ihr könntet ihn bemuttern.«

Es war genug Schmorbraten zum Aufwärmen übrig. Mit einem Paket tiefgefrorener Erbsen konnte sie eine schöne Beilage kreieren und danach die Pfannkuchen aufwärmen, die sie am Nachmittag vergessen hatte zum Tee zu servieren, und das Ganze ›Crêpe à la Shandy‹ nennen. Zum Nachtisch konnten sie die restlichen Karamelbonbons essen.

Laurie erkundigte sich, ob Helens Einladung wirklich ernst gemeint sei und ob sie vielleicht etwas mitbringen könne? Helen sagte, selbstverständlich sei die Einladung ernst gemeint, und wie wäre es mit einem Salat? Laurie sagte, das sei kein Problem für sie. Womit sie anscheinend nicht übertrieben hatte, da sie bereits eine halbe Stunde später gemeinsam mit Tims Sohn Royall im wahrsten Sinne des Wortes ins Haus geweht wurde, da der Wind inzwischen beinahe Orkanstärke erreicht hatte. Roy trug eine große Schüssel, die mit Aluminiumfolie abgedeckt war, und hatte sich eine Flasche unter den Arm geklemmt. Laurie reichte Helen einen sorgfältig eingepackten Teller.

»Das sind Plätzchen«, erklärte sie, als die Dame des Hauses die Köstlichkeiten in Empfang nahm, während ihr Gatte sich um die Regenmäntel kümmerte. »Ich hatte heute nachmittag einfach Lust zu backen. Es war genau der richtige Tag zum Backen.«

»Ich weiß«, sagte Helen. »Ich habe Karamelbonbons gemacht.«

»Oh, lecker! Mit Nüssen?«

»Natürlich. Wir können sie zusammen mit den Plätzchen essen. Oder auch sofort, wenn euch das lieber ist, ich hatte nur gedacht, es wäre nett, zuerst einen kleinen Aperitif einzunehmen. Was hättet ihr denn gern?«

»Wir haben Wein mitgebracht.« Roy zog die Flasche aus einer völlig durchgeweichten Tüte. »Interessanter Jahrgang, ein Sonderangebot aus der Hoddersville Hoochery. Keine Ahnung, wie das Zeug schmeckt.«

»Es gibt nur einen Weg, das herauszufinden. Ich hole schnell den Korkenzieher. Hätten Sie Lust, den Wohnzimmertisch zu decken, Laurie? Für fünf Personen ist unser bescheidener Küchentisch leider etwas zu klein, also können wir genausogut richtig stilvoll essen.«

Noch war keiner von ihnen hungrig, also machten sie es sich vor dem Kamin gemütlich, knackten Hickory-Nüsse und taten sich an Roys Sonderangebot gütlich. Er war zwar nicht gerade überwältigend, aber durchaus trinkbar.

Tim saß in einem der Sessel, Roy und Laurie hatten sich zu seinen Füßen niedergelassen. Eine wirklich interessante Familie, dachte Peter. Tim war so klein, daß Bilbo Baggins' Hobbithöhle für ihn sicher genau richtig gewesen wäre. Er hatte zwar keinen Bart und auch nicht mehr viele Haare auf dem Kopf, und schon gar nicht auf den Füßen, doch dafür waren seine Augenbrauen so buschig, daß sie alles andere wettmachten. Seit Laurie angefangen hatte, sich als Köchin zu betätigen, hatte der alte Herr zwar ein wenig Gewicht zugelegt, doch er war immer noch genauso hager, braun und knorrig wie eine alte Eichenwurzel, und beinahe genauso zäh. Aber eben nur beinahe. Gott sei Dank hatte Roy eine warmherzige Ehefrau heimgeführt.

Roy ähnelte seinem Vater sowohl in charakterlicher Hinsicht als auch in seinen persönlichen Eigenarten, sah jedoch völlig anders aus. Er war ziemlich groß und von kräftigem Knochenbau. Er schlug mehr nach seiner Mutter Jemima, die zu ihren Lebzeiten stets die Zügel fest in der Hand gehalten hatte. Sie war nun schon seit mehreren Jahren tot, und genau in diesem Zimmer hatte Peter damals ihre Leiche gefunden. Durch Jemimas Tod hatte er Helen kennengelernt, wofür er ihr ewig dankbar sein würde. Von dem Sofa, hinter dem Jemima damals gefunden wurde, hatte er sich allerdings getrennt, was er keineswegs bedauerte.

Laurie beugte sich nach vorn, um im Feuer herumzustochern, was einen wahren Funkenregen verursachte. Laurie selbst war auch ziemlich sprühend, klein und dunkel und sehr lebhaft, doch sie konnte genausogut schweigen, wenn es an der Zeit war, eine Gabe, die Jemima leider nicht besessen hatte. Ein Modepüppchen war sie auch nicht, heute abend trug sie beispielsweise ein blaues Sweatshirt mit einem Eisbären darauf, einen weiten Jeansrock, dessen Saum immer noch feucht war, und dicke weiße Socken. Ihre Gummistiefel hatte sie aus Rücksicht auf den Fußboden der Shandys an der Tür ausgezogen. Jemima hätte sie todsicher anbehalten.

Laurie und Roy hatten bei der Eulenzählung eine der Studentengruppen angeführt. Sie hatten mehr Eulen gezählt als jede andere Gruppe, gaben jedoch bereitwillig zu, daß Peters Expertenteam sie sicher um Längen geschlagen hätte, wenn die Sache mit Emmerick nicht passiert wäre. Auch sie hatten den falschen Ingenieur gekannt, da er darauf bestanden hatte, sie in Programmfragen zu beraten, obwohl sie ihn weder darum gebeten hatten noch die Absicht hegten, seine Ratschläge zu befolgen. Sie waren beide Biologen, arbeiteten bereits mit Professor Binks auf der Station zusammen und entwickelten gerade verschiedene Sendungen, für die sie später, sobald die Sendestation erst einmal in Betrieb war, die Verantwortung tragen würden.

Eine Miniserie, die Laurie und Roy sich ausgedacht hatten, sollte von Kapitän Amos Flackley, der sie damals mitten auf dem Ross-Meer auf seinem Schiff getraut hatte, moderiert werden. Alle drei hatten sich inzwischen in Balaclava häuslich niedergelassen. Laurie und Roy unterrichteten am College und paßten nebenbei auf Tim auf, und Kapitän Flackley führte als Hufschmied eine Familientradition weiter. Dem Zauber der Weltenmeere jedoch hatten sie sich nie entziehen können. Ihre Beiträge waren sicherlich phantastisch; Roy besaß hochinteressantes Filmmaterial, Laurie war eine begnadete Drehbuchautorin, und Flackley kannte einen Zoologen, der sich bereit erklärt hatte, ihnen einige seiner Pinguine zu borgen.

Außerdem planten sie einen Beitrag über die Pflege und Ernährung von Schlittenhunden. Dies würde sicher unter Malamute-Fans, zu denen auch Kapitän Flackley zählte und von denen es in Balaclava County erstaunlich viele gab, eine gewaltige Resonanz bewirken. Es gab also genügend Gesprächsmaterial, trotzdem war es nur eine Frage der Zeit, bis sie auf den neuesten Bericht über die bizarren Ereignisse im *Gemeinde- und Sprengel-Anzeyger* zu sprechen kamen. Tim brachte den Stein schließlich ins Rollen.

»Was soll eigentlich der ganze Unsinn mit den Bäumen, Peter? Erst stürzt dieser Idiot, der angeblich unser Ingenieur sein soll, eingewickelt in ein Fischernetz von einem Baum, dann läßt sich Winifred Binks' Hilfskraft kidnappen und an einen anderen Baum fesseln. Um welche Bäume handelt es sich überhaupt?«

»Grundgütiger, Tim, die Frage hat bisher noch keiner gestellt. Also, bei Emmerick war es eine Eiche und bei Miss Buddley ein Eschenahorn.«

»Ach ja? Eichen gibt es auf dem Stationsgrundstück mehr als genug, aber an einen Eschenahorn kann ich mich nicht erinnern. Und auch an keine Weißesche. Ich habe neulich schon einmal darüber nachgedacht. Peter, wir sollten da draußen eine Gruppe Weißeschen pflanzen. Zum Teufel mit dem Eschenahorn, mit dem Holz kann man heutzutage sowieso nichts mehr anfangen.«

»Gute Idee, Tim. Weißeschen sind verdammt schöne Bäume, die leider schon viel zu selten geworden sind. Das Problem ist nur, wo sollen wir sie hinpflanzen? Ein großer Teil des Binks-Besitzes ist flach und relativ sumpfig, wenn man einmal von Woeful Ridge absieht. Aber Weißeschen stehen am liebsten auf Anhöhen.«

»Hört mal zu, Leute«, stöhnte Roy, »können wir die Forstwirtschaft nicht einen Moment vergessen und wieder auf das eigentliche Problem zurückkommen? Wieso wurde Emmerick erst in diesem Netz hochgezogen und dann fallen gelassen wie eine heiße Kartoffel? Haben die den Falschen erwischt, oder ist denen bloß das Seil gerissen?«

»Vermutlich wurde es durchgeschnitten. Aber was das Motiv betrifft, muß ich leider passen«, gestand Peter.

»Gibt es denn keinen einzigen Anhaltspunkt?«

Peter schaute Helen fragend an. »Sollen wir es ihnen sagen?«

»Warum nicht? Die Blätter liegen immer noch auf dem Küchentisch. Ich schlage vor, du machst das Gas unter dem Schmorbraten an, wenn du schon in der Küche bist. Ich weiß zwar nicht, wie es euch ergeht, aber ich bekomme allmählich Hunger.«

»Ich auch«, sagte Roy. »Hickory-Nüsse sind ganz schön anstrengend. Können wir uns irgendwie nützlich machen?«

»Ihr könntet noch eine Flasche Wein aufmachen, wenn ihr Lust habt. Eure Flasche haben wir nämlich schon ausgetrunken. In der Vorratskammer steht noch Burgunder. Wir haben aber auch Apfelwein im Kühlschrank, falls ihr den lieber mögt.«

Außer Tim wollten alle lieber Apfelwein. Tim behauptete, er bekäme von Apfelwein Bauchschmerzen, und nahm daher einfaches Wasser. Helen ging in die Küche, um nach dem Rechten zu sehen, während Peter den Ameses den Zahnstochercode vorführte. Roy kannte die meisten technischen Begriffe und versicherte, soweit er sehen könne, handele es sich wirklich um reine

Fachausdrücke. Laurie war felsenfest davon überzeugt, daß Knapweed Calthrop weder ein Radikaler noch eine Gefahr für andere war, höchstens vielleicht für sich selbst. Er sei immer so sehr mit seinem Labkraut beschäftigt, daß er seine Umgebung nur dann registriere, wenn er förmlich darüber stolpere.

»Mich bemerkt er auch nie«, klagte sie schmollend.

»Das scheue Veilchen Viola schon«, insistierte Roy. »Ich habe oft genug gesehen, wie er sie angestarrt hat.«

»Das bringt uns auf einen interessanten Punkt.« Peter berichtete von der Futterspender-Episode. »Was meint ihr, wer von den beiden lügt denn nun?«

Das Ergebnis der Abstimmung fiel äußerst sexistisch aus. Roy verdächtigte Knapweed, Laurie dagegen Viola. Tim enthielt sich der Stimme. Helen schlug vor, sich lieber an den Tisch zu setzen und das Essen zu genießen, solange es heiß war. Was sie auch taten.

Kapitel 12

Sie verbrachten mehr Zeit über ihrem Schmorbraten, als sie eigentlich vorgehabt hatten, was sich im nachhinein als Segen erwies. Als die drei Besucher sich schließlich auf den Heimweg machten, hatte sich der Sturm nämlich wieder gelegt. Peter brachte sie zur Tür, blieb eine Weile draußen auf der Veranda, um auch ganz sicherzugehen, daß Tim wohlbehalten die andere Straßenseite erreichte, und um seine Lungen mit der klaren, reinen Luft zu füllen. Auf dem Weg, der den Crescent herabführte, lagen heruntergefallene Äste, und überall waren große Pfützen, doch schwerwiegende Schäden konnte er nicht entdecken. Peter ging zurück ins Haus zu Helen.

»Ich glaube, wir sollten Winifred anrufen.«

»Es ist aber schon ziemlich spät, Liebling«, widersprach Helen. »Wahrscheinlich liegt sie längst im Bett.«

»Da könntest du recht haben. Aber verdammt noch mal, ich mache mir einfach Sorgen. Was da heute mit Miss Buddley passiert ist, gefällt mir nicht. Es gefällt mir ganz und gar nicht.«

»Miss Buddley hat es vermutlich auch nicht sonderlich gefallen. Dann ruf Winifred doch schnell an, sonst liegst du nachher wieder die halbe Nacht wach und grübelst. Sie hat ein Telefon im Schlafzimmer und ist klug genug, den Unterschied zwischen Unabhängigkeit und Leichtsinn zu erkennen.«

Miss Binks' Telefonnummer war die gleiche wie die der Forschungsstation, und sie war auch zu Hause. »Keine Sorge, Peter, Sie haben mich nicht geweckt«, versicherte sie. »Präsident Svenson hat mich vor fünfzehn Minuten auch schon angerufen, übrigens zum dritten Mal heute. Er kümmert sich einfach rührend um mich. Und davor habe ich ziemlich lange mit Iduna Stott telefoniert. Heute nachmittag haben Cronkite Swope und Budge Dorkin trotz des Sturms vorbeigeschaut, die beiden sind wirklich echte Kavaliere. Cronkite hat Fotos von Mr. Fanshaws Wagen gemacht, und Budge hat ihn schließlich weggefahren. Später haben mich beide noch angerufen, um mir mitzuteilen, daß sie sicher zu Hause angekommen sind. Ich habe Budge übrigens von dem Notizbuch erzählt, Peter, irgendwie habe ich mich dazu verpflichtet gefühlt. Hoffentlich war das richtig?«

»Natürlich war es das. Es interessiert Sie bestimmt, daß Helen den Code inzwischen geknackt hat.«

»Sehr gut. Ich hatte vor lauter Telefonieren überhaupt keine Zeit, mich darum zu kümmern. Was steht denn in den Notizen?«

Peter schilderte, wie Helen herausgefunden hatte, daß es sich strenggenommen gar nicht um einen Code handelte, und teilte ihr mit, was sie bisher entziffert hatten. Winifred war nicht sonderlich beeindruckt.

»Ich bezweifle keine Sekunde, daß eure Schlußfolgerungen richtig sind, aber ich kann nicht sagen, daß mich das Ergebnis überwältigt. Während unserer kurzen Bekanntschaft hat Emmerick eine ausgesprochene Vorliebe für theatralischen Schnickschnack an den Tag gelegt, chriffrierte Aufzeichnungen passen daher durchaus ins Bild. Ich frage mich immer noch, Peter, ob er nicht einfach nur einem dummen Streich zum Opfer gefallen ist, der auf fatale Weise mißlungen war.«

»Mmja, möglich wäre es schon, aber wie erklären Sie sich die Tatsache, daß jemand ihm ein Messer in den Hals gebohrt hat?«

»Sie haben recht, als Streich kann man das wirklich nicht bezeichnen. Aber vielleicht hat er selbst das Ganze für einen Scherz gehalten, während derjenige, der ihn hochzog, die ganze Zeit geplant hat, ihn umzubringen. Ich weiß es nicht, Peter, ich bin nicht besonders gut im Rätsellösen. Vielleicht fällt mir morgen früh mehr ein. Werden wir das Vergnügen haben, Sie morgen hier bei uns zu sehen?«

»Ja, ich glaube schon. Ich habe zwar den ganzen Vormittag Unterricht und muß um halb fünf zu einer Studentenversammlung, aber wahrscheinlich kann ich mich nach dem Mittagessen eine Weile verdrücken. Wenn es im Wald nicht mehr ganz so naß und Professor Ames nicht allzu beschäftigt ist, bringe ich ihn vielleicht mit. Er spielt nämlich mit dem Gedanken, neue Bäume anzupflanzen.«

»Hervorragend! Daran hatte ich auch schon gedacht. Sie müssen ihn unbedingt mitbringen! Falls es im Wald noch zu naß ist, könnten wir uns zumindest über die verschiedenen Möglichkeiten unterhalten. Gute Nacht, Peter. Ich weiß Ihre Fürsorge wirklich zu schätzen, wissen Sie.«

»Auch wenn Sie sich wünschen, wir würden endlich aufhören, Sie zu bemuttern, und Sie endlich in Ruhe schlafen lassen. Gute Nacht, Winifred.«

Auch Peter legte sich schlafen, in der Erwartung auf einen schönen, klaren Tag nach dem Sturm. Doch im Laufe der Nacht zogen weitere Wolkenfelder auf. Am nächsten Morgen war der Himmel wieder völlig bedeckt, der Wetterfrosch im Fernsehen war alles andere als zuversichtlich und sagte weitere Regenfälle voraus. Peters Studenten wirkten genauso düster wie der Himmel, doch er riß sie schnell aus ihrer Trübsinnigkeit. Er führte zwar kein so strenges Regiment wie der berüchtigte Kapitän Bligh, doch in Professor Shandys Seminaren hatte bis jetzt noch niemand gewagt, sich vor der Arbeit zu drücken.

Trotzdem war er froh, als er gegen Mittag den Unterrichtsraum endlich verlassen konnte. Er floh in die Fakultätsmensa, setzte sich zu Tim und Dan Stott und bestellte das Montagsmenü, was immer es auch sein mochte, und zum Nachtisch ein Stück Pie. Der Student, der sie bediente, fragte gar nicht erst, welche Sorte Pie er wünsche, denn in dieser Jahreszeit bedeutete Pie automatisch Apple Pie, wenn man nicht ausdrücklich auf einer anderen Geschmacksrichtung bestand. Die genauen Bestandteile des Montagsmenüs konnte Peter leider nicht eindeutig identifizieren, aber dafür schmeckte es gar nicht mal schlecht.

Helen kam heute nicht in die Mensa, da sie gemeinsam mit ihrer Freundin Grace Porble, der Gattin des Bibliothekars, zu Mittag aß. Tim konnte ihn leider nicht zur Station begleiten, da einer seiner Studenten einen faszinierenden Dreckklumpen mitgebracht hatte, den sie gemeinsam mit einigen privilegierten Auserwählten unbedingt analysieren mußten. Dan war ebenfalls anderweitig beschäftigt, da er in den Zuchtställen des Colleges ein Seminar über Schweinezucht für Fortgeschrittene abhielt.

»Dann muß ich eben allein gehen«, sagte Peter.

»Genauso entschlossen und resolut hätte sich der ›kleine Frechdachs‹ auch ausgedrückt.« Dan Stott las seinen Enkelkindern, von denen er momentan stolze dreiundzwanzig besaß, ein Urenkelchen wurde in Kürze erwartet, häufig Tiergeschichten vor. »Bon voyage, mein Guter.«

Auf seinem Weg zum Wagen machte Peter einen kleinen Schlenker und schaute kurz im Polizeirevier vorbei, wo er Fred Ottermole antraf, der gerade ein Schinkenbutterbrot mit seinem Freund Edmund teilte.

»Hey, Edmund, jetzt mach aber mal halblang mit dem Schinken. Ich hab' schließlich auch Hunger, weißt du. Tag, Professor. Meine Güte, ich wünschte, Edmund hätte was für Senf übrig. Was das Auto betrifft, die Jungs von der Staatspolizei waren inzwischen hier und haben es auf den Kopf gestellt, aber wir haben nichts gefunden, bloß das schwarze Notizbuch, aber das kennen Sie ja schon, also hat Budge den Wagen wieder zurück zum ›Happy Wayfarer‹ gebracht. Die hätten uns sicher 'ne saftige Rechnung aufgebrummt, wenn wir den Wagen noch länger hierbehalten hätten. Haben Sie übrigens rausfinden können, was die komischen Hühnerspuren in dem Notizbuch bedeuten?«

»Mehr oder weniger.«

Peter gab dem Polizeichef eine kurze Zusammenfassung der Hühnerspuranalyse, ließ ihn total verdattert zurück, holte seinen Wagen und fuhr schnurstracks zur Forschungsstation. Zu seinem großen Erstaunen fand er Winifred Binks schäumend vor Wut vor.

»Keine Ahnung, was heute in die Leute gefahren ist«, schnaubte sie. »Vor einer Weile habe ich Mr. Sopwith wegen der Lackovites-Aktien angerufen, Sie wissen ja, daß ich sie heute abstoßen wollte. Er behauptete, die Börse sei lustlos, was immer er damit auch gemeint haben mag, und daß er es für unklug halte, heute zu verkaufen. Daraufhin habe ich mich mit Präsident Svenson in Verbindung gesetzt. Er sagte, die Börse sei mitnichten lustlos, und Sopwith rede dummes Zeug. Also habe ich Mr. Sopwith wieder angerufen und es ihm ausgerichtet, woraufhin er höchst unangenehm wurde. Ich war gezwungen, ihn zurechtzuweisen.«

»Gut gemacht«, sagte Peter. »Und was ist mit Golden Apples?«

»Das ist auch so eine Sache. Mr. Debenham sollte sich heute morgen als erstes mit den Compotes in Verbindung setzen und ein Treffen vereinbaren. Als ich um elf immer noch nichts von ihm gehört hatte, habe ich ihn angerufen, um nachzufragen, was sich ergeben hat. Er teilte mir mit, daß er wie vereinbart bei Golden Apples angerufen habe, doch die Compotes seien leider nicht zu sprechen gewesen. Er habe eine Nachricht hinterlassen, doch sie hätten ihn bisher nicht zurückgerufen. Daraufhin habe ich selbst dort angerufen, aber mich haben sie bis jetzt auch noch nicht zurückgerufen. Viola führt sich auf wie ein verschrecktes Kaninchen, und Knapweed hockt herum und brütet vor sich hin, so daß ich mittlerweile große Lust verspüre, mich in meine Höhle im Wald zurückzuziehen. Ich werde die Compotes noch einmal anrufen, und zwar jetzt sofort. Würden Sie mich bitte einen Moment entschuldigen?«

»Aber selbstverständlich.«

Peter hütete sich, ihr anzubieten, den Anruf für sie zu erledigen, da Winifred sehr wohl selbst in der Lage war, ihre Angelegenheiten zu regeln. Es war interessant, sie dabei zu beobachten.

»Hallo«, sagte sie gerade, »mein Name ist Winifred Binks. Ich würde gern auf der Stelle entweder mit Mr. oder Mrs. Compote sprechen. Ich habe heute schon mehrfach angerufen, könnten Sie mir also erklären, warum sie immer noch nicht zurückgerufen haben? Sie sind die ganze Zeit draußen in der Fabrik gewesen? Und es gibt keine Möglichkeit, sie dort zu erreichen? Dann schlage ich vor, Sie gehen in die Fabrik und suchen sie. Bitte veranlassen Sie, daß einer der beiden mich umgehend anruft, es ist wirklich äußerst dringend. Meine Telefonnummer kennen Sie ja, ich habe sie Ihnen heute morgen bereits durchgegeben.«

Für alle Fälle gab Winifred sie ein weiteres Mal durch. Sie hatte zu gute Manieren, um den Hörer auf die Gabel zu knallen, doch es fehlte nicht viel daran.

»Peter, ich kann die Compotes einfach nicht verstehen. Man könnte fast meinen, sie würden versuchen, mir aus dem Weg zu gehen, aber warum sollten sie das? Es sei denn, es hat sich eine Katastrophe ereignet, vielleicht hat der Sturm gestern ihre Sojabohnen ruiniert oder was weiß ich. Aber warum hat dieses schnippische kleine Biest nicht genug Grips im Kopf, mich aufzuklären?«

»Weil ihr dazu wahrscheinlich der nötige Grips fehlt, wäre die naheliegendste Erklärung.«

»Dann werde ich dafür sorgen, daß man sie hinauswirft und jemand einstellt, der seine Arbeit besser erledigt als sie. Falls mich die Compotes bis heute abend nicht angerufen haben, werde ich Knapweed bitten, mich hinzufahren. Vermutlich ist es ein wenig zu weit, um mit dem Fahrrad hinzuradeln. Viola, bitte rufen Sie Mr. Sopwith an, und finden Sie heraus, was mit den Lackovites-Aktien passiert ist. Ich habe nicht das Bedürfnis, selbst mit ihm zu sprechen, ich will bloß, daß sich der Mensch auf die Hinterbeine setzt und tut, was man ihm aufträgt.«

Viola richtete ihr aus, Mr. Sopwith telefoniere gerade und werde zurückrufen, sobald er frei sei. Winifred atmete mehrmals tief durch, woraufhin das Feuer in ihren Augen zu einem Glimmern erstarb. »Wie ich sehe, ist Timothy Ames nicht mitgekommen, Peter. Heute scheint wirklich nicht mein Tag zu sein. Was genau will er denn unbedingt mit mir besprechen?«

Genaugenommen konnte man eigentlich nicht sagen, daß Tim das dringende Bedürfnis nach einem Gespräch mit Winifred geäußert hatte, doch Peter schien es wenig ratsam, ihr dies ausgerechnet zu diesem Zeitpunkt mitzuteilen. Er war froh genug, das Thema wechseln und sich über Weißeschen auslassen zu können, und sie war offenbar erleichtert, endlich über etwas anderes als ihre Finanzen reden zu dürfen. Doch auch sie mußte zugeben, daß es viel zu naß war, um draußen nach möglichen Pflanzstellen Ausschau zu halten. Statt dessen holte sie eine große topographische Landkarte, die ihr Großvater einst von seinem Grundbesitz hatte anfertigen lassen, als er allen Ernstes mit dem Gedanken spielte, anstelle von Schulbussen Lamakarawanen einzusetzen, und sie verbrachten eine angenehme Stunde damit, die Karte genauestens in Augenschein zu nehmen.

Winifred kannte jeden Zentimeter des riesigen Geländes und praktisch alles, was darauf wuchs, und sie wußte genau, wo sich welcher Baum befand. Die Entscheidung, was unangetastet bleiben und was im Interesse höherer Ziele entfernt werden sollte, wollte sie jedoch lieber Experten überlassen, behauptete sie jedenfalls.

»Ich brauche sicher nicht zu erwähnen, daß wir uns auch über die Wildblumen Gedanken machen müssen, Peter. Wir sollten überlegen, welche gefährdeten Arten wir hier erfolgreich anpflanzen können. Außerdem glaube ich, daß wir uns darum kümmern sollten, daß die wilden Himbeeren und Brombeeren ertragreicher werden, ohne Kulturpflanzen aus ihnen zu machen. Mag sein, daß ich allzu optimistisch bin, aber halten Sie es nicht auch für möglich, daß Dr. Svensons Tochter und ihr Ehemann uns bei der Bewältigung dieses Problems helfen könnten?«

»Bestimmt sogar. Birgit und Hjalmar brennen nur darauf, für die Station zu arbeiten, obwohl ich bezweifle, daß sie so spät im Jahr noch viel ausrichten können. Was meinen Sie, Calthrop?«

»Die *Rosaceae* gehören nicht zu meinem Spezialgebiet«, knurrte der Botaniker.

»Was in aller Welt ist dem denn über die Leber gelaufen?« fragte Viola.

»Darüber brauchen Sie sich nun wirklich keine Sorgen zu machen«, fauchte Winifred. »Viel lieber würde ich wissen, was Mr. Sopwith über die Leber gelaufen ist. Sie sagten doch, er wolle zurückrufen.«

»Ich weiß. Vielleicht wartet er darauf, daß die New Yorker Börse schließt.«

»Oder daß die Börse in Tokio öffnet. Ich für meinen Teil habe heute genug gewartet. Versuchen Sie Ihr Glück noch mal.«

Viola versuchte. Mr. Sopwith hatte gerade das Büro verlassen.

»Dann rufen Sie jetzt Mr. Debenham an. Ich will wissen, wie man es anstellt, seinen Vermögensverwalter zu feuern.«

Mr. Debenham war mitten im Gespräch mit einem Mandanten und wollte so schnell wie möglich zurückrufen. Peter schaute auf die Uhr und beschloß, daß er die große Explosion lieber nicht miterleben wollte.

»Ich – eh – muß Sie jetzt leider verlassen, Winifred. Die Studentenversammlung fängt gleich an. Rufen Sie mich doch nach sechs zu Hause an, falls noch irgend etwas passieren sollte, über das Sie gern reden möchten.«

»Vielen Dank, Peter. Ich glaube, ich werde auf Ihr Angebot zurückkommen, selbst wenn ich wahrscheinlich bloß über Bankangestellte und Anwälte schimpfen werde, ganz zu schweigen von den Compotes. Das Verhalten dieser Leute ist mir einfach unbegreiflich.«

»Eh – Sie glauben nicht zufällig, daß die Compotes Ihnen vielleicht aus dem Weg gehen, weil sie befürchten, Sie wollten ihnen irgendeine unangenehme Mitteilung machen?«

»Wie kann ich die Leute denn beruhigen, wenn sie nicht mit mir reden wollen?«

»Da haben Sie allerdings recht.«

Peter blickte zuerst hinüber zu Knapweed, der mit finsterer Miene am Tisch hockte und getrocknetes Labkraut sortierte, dann zu Viola, die nervös hinter ihrem Schreibtisch thronte. Zur Begrüßung hatte sie ihm zwar ein flüchtiges Lächeln geschenkt, danach hatte sie sich jedoch sofort wieder hinter ihrem Computer verschanzt und mit hektischen, ängstlichen Bewegungen die Tastatur bearbeitet, als fürchte sie, die Tasten könnten ihr jeden Moment in die Finger beißen.

»Wissen Sie was, Winifred«, sagte er, »wenn Sie bis heute abend nichts von den Compotes gehört haben, sagen Sie mir einfach Bescheid. Dann komme ich morgen früh vorbei und fahre Sie hin.«

»O Peter, das kann ich wirklich nicht annehmen. Sie haben doch Unterricht –«

»Nur im Labor. Das kann meine Assistentin übernehmen, sie freut sich bestimmt über ein wenig Unterrichtspraxis. Falls sich die Compotes melden sollten, fahren wir trotzdem. Sagen Sie ihnen einfach, wir wären gegen halb elf bei ihnen. Ich hole Sie um neun ab, das müßte Zeit genug sein. Die Firma befindet sich in Briscoe, etwa zwanzig Meilen hinter Clavaton, ich habe die Entfernung schon auf meiner Straßenkarte nachgesehen.«

»Das ist wirklich reizend von Ihnen, Peter. Sind Sie sicher, daß Präsident Svenson nichts dagegen hat?«

»Warum sollte er? Es ist doch sozusagen eine interne Angelegenheit, die auch das College betrifft. Also dann, bis morgen.«

Peter hatte sogar noch zehn Minuten Zeit, als er in Balaclava ankam, stellte den Wagen ab, marschierte den Hügel zum Campus hoch, machte diversen Studenten die Hölle heiß und ging nach Hause.

Heute würde es kein romantisches Abendessen mit Helen geben. Sie war Gastreferentin bei der Clavaton Historical Society und kam sicher nicht vor zehn zurück. Peter spielte mit der Idee, ein paar Rühreier in die Pfanne zu schlagen, hielt es jedoch für klüger, lieber ein wenig auszuspannen, bevor er sich auf den Weg zur Fakultätsmensa machte. Er fütterte Jane, mixte sich einen Scotch mit Soda und machte es sich mit der Abendzeitung gemütlich, bis Dr. Svenson auftauchte, um sich einen Bericht über den Fortlauf der Ereignisse geben zu lassen.

»Legen Sie los, Shandy.«

»Die Staatspolizei versucht, etwas über Emmerick herauszubekommen, nichts Neues von Fanshaw, und Goodheart übernimmt morgen früh meinen Unterricht. Ich fahre mit Winifred Binks zu Golden Apples.«

»Warum?«

»Es scheint die einzige Möglichkeit zu sein, um mit den Compotes Kontakt aufzunehmen. Auf Winifreds Anrufe haben sie nicht reagiert, jedenfalls hatten sie noch nicht zurückgerufen, als ich losgefahren bin, was allerdings schon einige Stunden zurückliegt. Und Sopwith weigert sich schlichtweg, die Lackovites-Aktien zu verkaufen. Ich glaube, darüber haben Sie schon mit ihr gesprochen.«

»Ungh. Zwei Punkte gestiegen, weiß der Teufel, wieso. Idealer Zeitpunkt, sie abzustoßen. Verdammter Schwachkopf, sie sollte ihn feuern.«

»Das hatte sie gerade vor, als ich losfuhr. Ich glaube nicht, daß wir uns um Winifreds Durchsetzungsvermögen sorgen müssen, ich habe sie noch nie so wütend erlebt, es war wirklich höchst eindrucksvoll. Kann ich Ihnen etwas zu trinken anbieten?«

»Warum nicht? Zu Hause gibt man mir nichts. Sieglinde hat alles weggeschlossen. Behauptet, ich wäre zu dick.«

»Unsinn. Nichts als pure Muskelkraft. Scotch?«

»Gern.«

Als Peter schließlich mit dem gewünschten Drink und einem Teller mit Brot und Käse aus der Küche zurückkam, hatte Svenson Jane auf dem Schoß, das Abendblatt in der Hand, die Lesebrille auf der Nase und saß gemütlich in Peters Sessel.

»Mein Gott, Präsident, ich sollte Sie wegen böswilliger Entfremdung liebgewonnener Haustiere verklagen.«

»Größere Knie.«

Svenson mochte zwar gelegentlich mit Menschen grob umspringen, Tieren gegenüber verhielt er sich jedoch immer äußerst sanft. Er ließ seinen riesigen Zeigefinger zärtlich über den schwarzen Streifen zwischen Janes zierlichen Öhrchen gleiten, dann griff er zum Käsemesser und schnitt sich ein dickes Stück Cheddar ab. Der Käse war ausgezeichnet, ein Produkt der Molkereiabteilung des Colleges. »Hat Sieglinde mir auch verboten«, murmelte er mit vollem Mund.

»Erinnert mich irgendwie an die Maus, die tanzt, wenn die Katze aus dem Haus ist, doch in Ihrem Fall stimmt es nicht so ganz. Haben Sie schon zu Abend gegessen?«

»Wollte eigentlich hier bei Ihnen schnorren. Wo ist Helen denn?«

»Sie läßt sich feiern. Ich hatte vor, eine Kleinigkeit in der Fakultätsmensa zu essen. Sind Ihre Töchter nicht da?«

»Alle bei Birgit. Ihre Mutter abholen. Ich wäre auch gern mitgefahren, verdammt noch mal! Hatte mal wieder keine Zeit. Das Haupt unter der Propellermütze findet keine Ruhe.«

»Grundgütiger, das weckt Erinnerungen! Ich wurde ins Büro des Schuldirektors befohlen, weil ich meine Propellermütze in der

Schule anhatte. Heutzutage sind die Lehrer froh, wenn ihre Schüler überhaupt noch etwas anhaben.«

Svenson schnitt sich ein weiteres Riesenstück Käse ab. »Hatte viel für sich, die Kleiderordnung damals. Hat die Kinder daran erinnert, wo sie waren und warum sie dort waren. Die Welt geht vor die Hunde, Shandy. Heute müssen sich Kinder Vorlesungen über Drogen anhören, hocken vor dem Fernseher und glotzen Werbung. Erwachsene jammern über Spannungskopfschmerzen, Senkfüße, was weiß ich. Werfen irgendwelche Pillen ein und runter damit! Den Herstellern von dem Teufelszeug sollte man Daumenschrauben anlegen. Diese gottverdammten Lackovites! Habe heute in Yoads Klassen Laboranalysen machen lassen. Das einzige, was bei deren Fraß wirklich gedeiht, ist Darmkrebs. Möchtest du auch ein bißchen Käse, Janie?«

»Sie hat bereits zu Abend gegessen«, sagte Peter. »Womit wir wieder bei unserer Ausgangsfrage wären. Sollen wir sofort losgehen, oder möchten Sie lieber vorher noch einen kleinen Drink?«

»Ich wäre für den Drink. Sieglinde wäre dagegen. Also gehen wir lieber!«

Doch Svenson rührte sich nicht von der Stelle, noch erhob er irgendwelche Einwände, als Peter sein Glas zurück in die Küche trug, um es wieder aufzufüllen.

»Eigentlich ist es nur halbvoll, Präsident. Ich habe bloß einen großen Eiswürfel zusätzlich hineingeworfen, damit es etwas voller aussieht.«

»Ungh.« Svenson leerte das Glas in einem Zug und stellte es weg. »Bin müde, Shandy. Werde wohl allmählich alt. Vielleicht muß ich schon bald den Löffel abgeben.«

»Irgendwann müssen wir alle abtreten. Was Sie brauchen, ist lediglich eine ordentliche Mahlzeit unter Ihren Gürtel. Haben Sie heute mittag was gegessen?«

»Kann mich nicht erinnern. Diese gottverdammten Reporter sind mir den ganzen Tag auf die Pelle gerückt, lauerten auf frische Leichen. Habe ihnen empfohlen, den *Gemeinde- und Sprengel-Anzeyger* zu lesen. Jessas, Ihr Telefon klingelt. Die müssen irgendwie rausbekommen haben, daß ich hier bin. Gehen Sie bloß nicht ran.«

»Ich werde es müssen. Ich habe Winifred gesagt, sie solle mich anrufen, wenn – hallo?«

»Oh, Professor Shandy!« Im ersten Moment konnte Peter die Stimme des Anrufers niemandem zuordnen, aber dann erkannte er Viola Buddley. »Die haben sie entführt! Professor Binks! Sie ist verschwunden!«

Kapitel 13

Wer hat sie entführt? Wo sind sie mit ihr hin? Beruhigen Sie sich doch bitte, Miss Buddley. Oder holen Sie Calthrop ans Telefon. Ist er da?«

»Er liegt auf dem Bo-Boden. Ich glaube, er ist tot.«

»Mein Gott! Hören Sie zu, Miss Buddley, Präsident Svenson und ich werden so schnell wie irgend möglich bei Ihnen sein. Haben Sie schon die Polizei von Lumpkinton angerufen?«

»N-nein.«

»Dann tun Sie das bitte sofort. Schließen Sie alle Türen, bis die Polizei da ist, und machen Sie sich eine Tasse Tee oder sonst irgendwas.«

Thorkjeld Svenson war schon dabei, den Käse in Stücke zu hakken und große Cracker-Sandwiches zu machen, damit sie auf der Fahrt etwas zu essen hatten. Peter nickte, unterbrach die Verbindung und wählte neu.

»Hallo, Mrs. Swope. Ist Cronkite zu Hause? Hier ist Peter Shandy.«

Mrs. Swope stellte keine Fragen, sondern holte in Windeseile ihren Sohn an den Apparat.

»Was ist los, Professor?«

»Sie wohnen doch ganz in der Nähe der Forschungsstation, am besten, Sie fahren umgehend hin. Winifred Binks ist gekidnappt worden. Viola Buddley ist allein mit Calthrop. Vielleicht ist er sogar schon tot. Der Präsident und ich machen uns sofort auf den Weg. Ich habe Miss Buddley gesagt, sie soll umgehend die Polizei von Lumpkinton benachrichtigen, aber Gott weiß, wann die eintreffen.«

»Bin schon unterwegs.«

Peter knallte den Hörer auf die Gabel und griff nach dem Telefonblock. »Swope ist schon unterwegs. Nein, Jane, du kannst diesmal nicht mit. Ich schreibe nur noch schnell eine Nachricht für Helen. Wann kommen Sieglinde und die Mädchen nach Hause?«

»Weiß der Himmel. Gegen neun, hoffe ich.«

»Ich habe Helen gebeten, bei Ihnen zu Hause anzurufen. Verdammt schade, daß ich den Wagen schon weggestellt habe.«

Peter riß seinen Plaidmantel vom Haken und zog ihn sich über, während er versuchte, Svenson zu folgen, der mit Riesenschritten davoneilte. Er hatte noch nicht alle Knöpfe zugemacht, als sie auch schon an Charlie Ross' Tankstelle angekommen, ins Auto gestiegen und auf die Straße gefahren waren. Es wäre zwecklos gewesen, Ottermole zu benachrichtigen, denn die Forschungsstation befand sich außerhalb seines Zuständigkeitsbereichs.

Verflixt, er wünschte, sie hätten genug Zeit gehabt, um ein ordentliches Abendessen zu sich zu nehmen, man konnte schließlich nie wissen, auf was sie sich jetzt wieder einließen. Während des Fahrens kaute Peter ein paar von Svensons Crackern und gönnte sich immer dann einen Biß, wenn er eine Hand vom Lenkrad nehmen konnte. Bei dem Tempo, das er an den Tag legte, war dies nicht sehr oft der Fall. Er hoffte inständig, daß man ihn nicht wegen überhöhter Geschwindigkeit anhalten würde, denn es war den Lumpkintoner Trotteln durchaus zuzutrauen, daß sie ihre Zeit damit verschwendeten, Verkehrssünder zu stoppen, statt sich auf dem schnellsten Wege zur Forschungsstation zu begeben.

Glücklicherweise waren seine Befürchtungen unbegründet. Als er mit quietschenden Reifen auf den Parkplatz fuhr, wartete Swope schon auf sie. Die Polizei von Lumpkinton war natürlich noch nicht eingetroffen. Der Krankenwagen von Clavaton war bereits wieder fort, Swope hatte ihn sofort nach seinem Eintreffen gerufen. Calthrop hatte aus Nase und Ohren geblutet und eine Art Krampfanfall gehabt. Er hatte eine Verletzung am Kopf davongetragen, sein Kopf war geschwollen und sein Gesicht aschfahl gewesen. Der Sanitäter war ziemlich sicher, daß es sich um eine Schädelfraktur handelte.

»Was ist mit Miss Buddley?« fragte Peter.

»Sie ist in Ordnung. Jedenfalls mehr oder weniger. Ich habe ihr literweise Kamillentee eingeflößt. Das hat sie ein wenig beruhigt, bloß daß sie sich dauernd – aber da ist sie ja.«

Viola war inzwischen wieder mehr oder weniger in der Lage, zusammenhängend zu sprechen. Was sie zu sagen hatte, war zwar schrecklich, aber leider nicht besonders hilfreich.

»Knapweed saß wie üblich an seinem Tisch und experimentierte mit seinem Unkraut herum. Professor Binks saß am Schreibtisch und schrieb einen wütenden Brief an Mr. Sopwith. Er hatte sie immer noch nicht zurückgerufen. Ich bin nach draußen gegangen, um nach den Futterspendern zu sehen. Ich war auf dem Weg zurück ins Haus, als plötzlich jemand aus dem Wald gesprungen ist, mich von hinten gepackt hat und mir mit einem Tuch die Augen verbunden hat. Dann wurde ich gegen einen der Ahornbäume am Parkplatz gedrückt und gefesselt.«

»War das derselbe Mann, der Sie gestern auch gefesselt hat?«

»Woher soll ich das wissen? Ich konnte doch nichts sehen! Ich hab' geschrien und um mich getreten und versucht, mich loszureißen, aber es hat alles nichts genutzt. Ich glaube, diesmal waren es mehrere Personen. Sie sind in die Station gelaufen, ich konnte hören, wie der Kies unter ihren Füßen knirschte, und Miss Binks schrie: ›Was fällt Ihnen ein?‹ Es war das erste Mal, daß ich Miss Binks habe schreien hören. Dann hab' ich gehört, wie man sie zum Parkplatz gezerrt hat.«

»Was genau haben Sie gehört?« erkundigte sich Peter.

»Ich habe gehört, wie Professor Binks Geräusche gemacht hat. Es klang wie ›mpf, mpf, mpf‹, als ob ihr jemand den Mund zugehalten hätte. Und ich habe gehört, wie der Kies nach allen Seiten gespritzt ist. Sie hat sich bestimmt nicht ohne Gegenwehr mitnehmen lassen, soviel ist klar.«

»Das kann ich mir lebhaft vorstellen. Sie sagten gerade, es waren mehrere Personen. Wie viele genau?«

»Wenigstens drei, würde ich sagen. Zwei für die Drecksarbeit und einer, der den Wagen gefahren hat. Er muß irgendwo in der Nähe gewartet haben, ich habe gehört, wie er vorgefahren ist, als sie mit ihr nach draußen kamen. Dann haben sie noch eine Weile geflucht und Krach gemacht, während sie versucht haben, sie in den Wagen zu drücken.«

»Sie haben sie nicht verletzt?«

»Ich glaube nicht. Ich hab' gehört, wie jemand gesagt hat: ›Sei vorsichtig, wir wollen doch unsere kostbare Fracht nicht beschädigen.‹ Dann haben sie die Türen zugeschlagen und sind wie der Teufel davongebraust. Der Kies, den sie aufgewirbelt haben, ist mir gegen die Beine geflogen, so nah sind sie gewesen. Es hat nicht weh getan, weil ich meine Stiefel anhatte, aber ich hab' eine Höllenangst ausgestanden.«

»Ungh«, sagte Dr. Svenson. »Und dann?«

»Als sie weg waren, hab' ich versucht, mich loszumachen. Ich vermute, sie hatten nicht genug Zeit, mich ordentlich zu fesseln, jedenfalls habe ich es nach einiger Zeit geschafft, die Fesseln ein bißchen zu lockern, und danach war alles ganz leicht. Ich war stinkwütend auf Knapweed, weil er nicht rauskam, um mir zu helfen, also bin ich ins Haus gestürmt, um ihn zurechtzustauchen, und da hab' ich ihn auf dem Boden liegend gefunden, ganz voll Blut. Ich dachte, ich würde in Ohnmacht fallen, aber ich wußte, daß ich unbedingt Hilfe holen mußte, also hab' ich Sie angerufen. Und dann ist Cronkite gekommen und hat mir Tee zu trinken gegeben – ich glaube, das ist alles, mehr weiß ich auch nicht.«

»Haben Sie die Polizei von Lumpkinton denn nicht benachrichtigt?«

»Das weiß ich nicht. Ich kann mich an nichts mehr erinnern. Vielleicht bin ich doch ohnmächtig geworden. Ich kann es einfach nicht mehr ertragen, dauernd an irgendwelche blöden Bäume gebunden zu werden!«

»Ich habe die Polizei sofort benachrichtigt, nachdem ich den Krankenwagen gerufen habe«, sagte Cronkite. »Sie haben behauptet, es hätte niemand angerufen, aber Sie kennen sie ja. Sie sagten, die Hälfte der Jungs hätte sich zum Abendessen abgemeldet, und sie würden jemanden schicken, wenn sie wieder zurück wären. Bescheuert, nicht?«

»Urrgh!« sagte Svenson. »Welcher Baum war es?«

»Der, um den das Seil hängt«, fauchte Viola, »was macht das schon für einen Unterschied? Für den Rest meines Lebens hab' ich wirklich genug von Bäumen, ich will nur noch weg aus Balaclava County und nie mehr zurückkommen. Ich kündige, und zwar auf der Stelle.«

»Geht nicht. Gibt sonst niemanden, der hier aufpaßt. Werde Ihnen einen Wachmann besorgen. Kündigen Sie, wenn Binks wieder hier ist.«

»Und wie lange wird das dauern? Sie wissen doch nicht mal, wer sie gekidnappt hat, wohin man sie gebracht hat oder was die Kerle mit ihr vorhaben. Sehen Sie doch, was mit Knapweed passiert ist! Die beiden könnten genausogut tot sein!«

»Bah. Verbinden Sie mich mit dem College. Apparat fünf.«

Viola machte Anstalten zu protestieren, überlegte es sich jedoch anders und gehorchte. Was Peter nicht sonderlich überraschte, denn er wußte genau, was der Präsident vorhatte. Viola war gerade im Begriff, sich wieder in einen hysterischen Anfall hineinzusteigern, Grund genug hatte sie schließlich dazu. Sie mit einer kleineren Aufgabe abzulenken würde sie wieder auf den Boden der Normalität zurückbringen, ihr die Möglichkeit geben, sich zusammenzunehmen. Als sie den Anruf durchgestellt hatte, war sie tatsächlich ruhig genug, Peters Vorschlag nachzukommen, sich ein wenig frisch zu machen und ihr Haar wieder in Ordnung zu bringen, auch wenn Peter letzteres im stillen für verlorene Liebesmüh hielt.

Während Viola sich frisch machte, kommandierte Svenson zwei College-Wachmänner zur Forschungsstation ab. Peter fragte sich gerade, was sie wohl als nächstes unternehmen sollten, als ein Streifenwagen der Lumpkintoner Polizei vorfuhr. Zwei uniformierte Beamte kamen herein, inspizierten interessiert die Blutspuren, die Knapweed in der Eingangshalle hinterlassen hatte, stellten diverse überflüssige Fragen, machten einige nutzlose Notizen, schnüffelten ein wenig herum, bedauerten, daß es keine besseren Spuren gab, sprachen Viola ihr Mitgefühl aus, als sie schließlich aus dem Badezimmer heraus kam, erstaunlicherweise sogar noch ein wenig zerzauster als vorher, ließen sich von Cronkite Swope ablichten und verabschiedeten sich wieder.

Sie versprachen zwar, eine Suchmeldung durchzugeben, obwohl sie sich keine allzu großen Hoffnungen auf Erfolg machten, da Viola ihnen weder eine Beschreibung des Fluchtwagens, des Fahrers oder eines anderen Beteiligten mit Ausnahme von Winifred Binks geliefert habe; und letztere befand sich zweifellos entweder in eine Decke eingewickelt unter dem Rücksitz oder im Kofferraum eines geschlossenen Lieferwagens. Ihrer Meinung nach konnte es nur ein Lieferwagen gewesen sein, ansonsten höchstens eine Art Kombi.

»Das Schlimme ist, daß diese Schwachköpfe sogar recht haben«, stöhnte Peter, als das Duo wieder abgefahren war, zweifellos mit dem befriedigenden Gefühl, alle Pflichten erledigt zu haben. »Heiliges Donnerwetter, es muß doch irgendwo einen Anhaltspunkt geben!«

Die Polizisten hatten auf dem Parkplatz nur aufgewühlten Kies und unter dem von Viola als Tatbaum identifizierten schlanken Ahorn nur ein Stück Seil gefunden, genau wie Viola gesagt hatte. Das Seil paßte zu dem Beweisstück, mit dem man sie bei ihrer letzten Entführung gefesselt hatte, doch das hatte nicht allzuviel zu bedeuten. Es stammte von einer ganz normalen Wäscheleine und konnte in jedem Haushaltswarengeschäft erstanden und in jedem Garten entwendet worden sein. Peter fragte sich nur, wo das Tuch hingekommen war.

»Oh, jetzt erinnere ich mich wieder«, sagte Viola. »Ich hab' es mit ins Haus genommen. Es war nur mein Stirnband, ich hatte es um den Kopf geschlungen, und die haben es mir dann über die Augen gezogen. Als ich dann gesehen habe, wie Knapweed in seinem Blut lag, hab' ich versucht, ihn zu – eh – ich glaube, ich habe mir die Hände daran abgewischt.«

»Beruhigen Sie sich, Miss Buddley, ist ja gut. Haben Sie Ihr Stirnband danach in den Mülleimer geworfen?«

»Weiß ich nicht. Soll ich nachsehen?«

»Nein, lassen Sie nur. Ich möchte wirklich nicht sexistisch sein, aber könnten wir Sie überreden, uns etwas Kaffee zu machen? Präsident Svenson und ich haben noch nicht zu Abend gegessen.«

»Aber natürlich. Es macht mir wirklich nichts aus. Aber wir haben nur Kaffee aus Zichorien und Löwenzahn. Die Spezialmischung von Professor Binks.«

»Schon in Ordnung.«

Peter ließ sich auf alle viere nieder und begann, den robusten Bodenbelag im Empfangsraum zu untersuchen. Nach dem gestrigen Regen war er zwar voller Schmutz und Steinchen, doch das Material ließ leider keine klaren Fußspuren erkennen. Auch Cronkite kroch inzwischen auf dem Boden herum, doch sie fanden beide nur einige trockene Blätter einer Labkraut-Untergruppe in der Nähe des großen Tisches und einen billigen Wegwerfkuli unter Professor Binks' Schreibtisch.

»Winifred muß ihn fallen gelassen haben, als man sie gepackt hat«, sagte Peter. »Sie ist viel zu ordentlich, um ihn hier einfach herumliegen zu lassen.«

»Vielleicht gehört er einem der Kidnapper?« schlug Cronkite vor.

Thorkjeld Svenson knurrte verneinend. »Serienmodell. College-Ausstattung. Haben zweihundert Stück gekauft. Sonderangebot. Spare in der Zeit, so hast du in der Not.«

»Hmja.« Peter hatte in der Zwischenzeit Winifreds Schreibtischschubladen untersucht. »Ich kann keinen anderen Kuli finden, also ist es ziemlich wahrscheinlich, daß sie diesen hier benutzt hat. Miss

Buddley, Sie haben vorhin am Telefon erwähnt, daß Miss Binks gerade dabei war, einen Brief an Sopwith zu schreiben.«

»Der liegt noch auf ihrem Schreibtisch.«

Normalerweise hätte Peter nicht im Traum daran gedacht, fremde Briefe zu lesen, doch Taktgefühl war in dieser Situation wirklich fehl am Platz. »Meine Güte, Sie hat kein Blatt vor den Mund genommen. Dieser Brief würde Sopwith als Kidnapper sehr wahrscheinlich machen, wenn er ihn schon gelesen hätte.«

»Im Grunde hätte jeder Miss Binks wegen ihres Geldes kidnappen können«, sagte Cronkite Swope. »Sie ist ja so verteufelt reich.«

»Sie hat einen Großteil ihres Erbteils in die Station investiert«, widersprach Peter. »Das ist inzwischen allgemein bekannt. Das sollten Sie eigentlich am besten wissen, Swope, Sie haben die Artikel schließlich geschrieben.«

»Stimmt, aber viele Leute glauben einfach nicht, was in der Zeitung steht. Außerdem denken sie vielleicht, daß sie in der Zwischenzeit noch sehr viel mehr Geld gemacht hat.«

»Ungh«, sagte Svenson.

Peter verstand, was er meinte. »Angenommen, Winifred hätte tatsächlich seither schon wieder mehr Geld verdient, als sie ausgegeben hat, woher hätte die Unterwelt das wissen sollen?«

Der Präsident schnaubte.

»Schon gut, Präsident, ich habe verstanden. Debenham könnte in Wirklichkeit weit weniger diskret sein, als er vorgibt. Sopwith ist mit größter Wahrscheinlichkeit entweder ein Gauner oder ein Dummkopf oder auch beides, wenn man sieht, wie er sich in der Sache mit Lackovites verhält. Darüber hinaus nehme ich an, daß alle Einzelheiten, die mit dem Binks-Vermögen zu tun haben, in irgendeinen verflixten Computer eingespeist werden, was bedeutet, daß jeder Hacker, der sein Handwerk versteht, sich Zugang dazu verschaffen kann.«

»Soll heißen?«

»Soll heißen, daß wir in Kürze eine Lösegeldforderung auf den Tisch bekommen, falls es sich wirklich um eine stinknormale Entführung handelt. Darum muß auf jeden Fall jemand die ganze Nacht hier in der Station bleiben.«

»Ich jedenfalls nicht«, protestierte Viola lautstark. »Ich bin nicht in der Verfassung, hier herumzuhocken und darauf zu warten, daß jemand einen Ziegelstein mit einer Nachricht durchs Fenster wirft.«

Peter vertrat zwar die Ansicht, daß diese melodramatischen Methoden längst der Vergangenheit angehörten, doch wenn man bedachte, daß diese Typen altmodisch genug waren, dralle junge Damen an Bäume zu fesseln, konnte man wohl tatsächlich nicht sicher sein. »Sie werden vermutlich anrufen«, versuchte er sie zu beruhigen. »Aber wir erwarten wirklich nicht von Ihnen, daß Sie hier die Stellung halten, Miss Buddley. Wen haben Sie denn herzitiert, Präsident?«

»Bulfinch und Mink.« Beide arbeiteten schon lange als Wachmänner auf dem Campus, sie waren fähige, intelligente Männer, die bis hin zu einem Artillerieüberfall ohne mit der Wimper zu zucken mit allem fertig wurden. »Sehen Sie eine Möglichkeit, die Presse herauszuhalten, Swope?«

»Ach herrje, Dr. Svenson. Keine Ahnung. Ich brauche mich jedenfalls im Moment nicht in der Redaktion zu melden, wir fangen erst morgen früh an zu drucken. Aber immerhin war der Krankenwagen hier und hat Calthrop abgeholt, und Calthrop hatte eine Schädelfraktur, daher befürchte ich fast, daß es längst in aller Munde ist. Ich wette, daß die Nachtschwester im Krankenhaus von Clavaton schon bei Tante Betsy Lomax angerufen hat, und was das bedeutet, brauche ich Ihnen sicher nicht zu sagen.«

»Urr.«

»Na ja, ich mußte den Sanitätern schließlich mitteilen, was passiert war«, unterbrach Viola Buddley. »Die haben mir alle möglichen Fragen gestellt, als sei ich diejenige gewesen, die ihn niedergeschlagen hat.«

»Es wäre also ziemlich sinnlos, wenn der *Sprengel-Anzeyger* die Story zurückhalten würde«, fuhr Cronkite fort, »es sei denn, wir erhalten eine Nachricht von den Entführern, in der sie damit drohen, daß sie Miss Binks etwas Furchtbares antun, wenn wir reden. Haben die Kerle Ihnen gegenüber erwähnt, daß Sie schweigen sollen, Viola?«

»Die haben überhaupt nichts zu mir gesagt, die haben mich nur gepackt, mir die Augen verbunden und mich an einen Bau-bau – «

Da sie anscheinend wieder kurz vor einem hysterischen Anfall stand, war es höchste Zeit, das Gespräch abzubrechen. »Swope«, sagte Peter, »warum bringen Sie Miss Buddley nicht nach Hause?«

»Ich kann allein fahren«, protestierte Viola. »Ich bin in Ordnung, ganz bestimmt. Ich brauche meinen Wagen sowieso morgen früh, entweder komme ich damit zur Arbeit, oder ich fahre zu meiner Mutter. Ich weiß es noch nicht, ich nehme mal an, daß ich herkomme. Vielleicht bin ich bis morgen wieder etwas mutiger.«

»So ist es richtig«, lobte Peter. »Warum fahren Sie dann nicht einfach hinter ihr her, Swope, und sorgen dafür, daß sie sicher zu Hause ankommt? Der Präsident und ich bleiben hier, bis Mink und Bulfinch eingetroffen sind.«

»Was soll ich denn nun mit meiner Story machen?«

Peter warf dem Präsidenten einen Blick zu. Svenson stieß einen tiefen Seufzer aus. »Wie früh?«

»Sechs Uhr?« Cronkite klang wieder etwas hoffnungsvoller.

»Wir werden Ihnen Bescheid sagen.«

»Und was mach' ich, wenn ich nach Hause komme und meine Mutter schon alles weiß?«

Bei dieser Frage konnte sich Svenson ein Grinsen nicht verkneifen. »Wenn Ihre Mutter alles weiß, können Sie es auch drucken.«

»Vielen Dank, Präsident! Sind Sie soweit, Viola?«

Miss Buddley griff nach ihrem leuchtend grünen Regencape aus Vinyl und warf es sich über die Schultern. »Ich bin schon seit Stunden fertig. Ich hoffe bloß, daß es nicht genau wie gestern wieder anfängt zu schütten, wenn ich draußen bin.«

»Grundgütiger«, sagte Peter. »Ist mir gar nicht aufgefallen.«

Es mußte schon eine geraume Zeit geregnet haben. Die Wagen auf dem Parkplatz glitzerten vor Nässe, und überall, wo sich tiefe Spuren in den Kies gegraben hatten, bildeten sich kleine Pfützen. Nachdem sie die schlingernden Reifen unter Kontrolle gebracht hatten, fuhren Viola und Swope schließlich mit eingeschalteten Scheinwerfern und wild schlagenden Scheibenwischern von dannen. Die Parkplatzbeleuchtung hatte sich automatisch angeschaltet, als es dunkel wurde, schien jedoch gegen die Nacht nicht viel ausrichten zu können. Peter begann allmählich zu begreifen, wie einsam und abgelegen dieser Ort und wie wenig sättigend sein Abendessen gewesen war. Warum hatte Svenson Mink und Bulfinch nicht gebeten, ihnen ein paar Sandwiches mitzubringen?

Plötzlich fiel ihm ein, daß er vor einiger Zeit eine Tafel Schokolade im Handschuhfach verstaut hatte, und zwar eine Riesentafel zum Sparpreis, genug für ihn und den Präsidenten. Oder zumindest für ihn, der Präsident hatte schließlich bereits den größten Teil des Käses verzehrt. Peter machte eine frische Ladung Löwenzahnwurzelkaffee, warf den Wasserkocher an und ging die Schokolade holen.

Svenson hatte sich in den einzigen Sessel fallen lassen, der groß genug für ihn war, und las gerade das *Amicus Journal*, die Nickelbrille halb auf der Nase. Peter goß zwei große Becher ein, begab sich mit dem seinen an Winifreds Tisch und setzte sich auf ihren Stuhl. Der Ersatzkaffee schmeckte diesmal irgendwie besser, entweder weil er ein besserer Kaffeekocher war als Viola Buddley oder weil er sich langsam an das Zeug gewöhnte. Die Schokolade schmeckte immer noch hervorragend und war auch nicht weich geworden, sie war mit Rosinen und Nüssen gespickt, genau das, was der Arzt einem hungrigen Mann verschreibt, der auf den Anruf eines unbekannten Entführers wartet.

Allmählich wurde er schläfrig. Wie lange mußte er wohl noch auf seine gemütliche eheliche Couch verzichten? Helen war inzwischen bestimmt von ihrem Treffen zurück, trunken vor Ruhm und um ein hübsches Bouquet reicher. Höchstwahrscheinlich wieder Chrysanthemen. Sie hoffte jedesmal, daß ihre Gastgeber ihr keine überreichen würden, doch meist hoffte sie vergebens. Er hätte sie liebend gern angerufen, doch er wollte die Leitung frei halten. Es konnte schließlich sein, daß die Mistkerle ausgerechnet in dem Moment versuchten, mit ihnen Kontakt aufzunehmen.

Kapitel 14

Grundgütiger! Sie meldeten sich tatsächlich! Peter machte einen Riesensatz in die Höhe, als das Telefon läutete, und griff während der Landung nach dem Hörer. Eine merkwürdige, krächzende, leise Stimme traf sein Ohr.

»Professor Binks ist in unserer Gewalt. Wenn Sie unsere Anweisungen genau befolgen, wird ihr nichts geschehen. Unternehmen Sie nichts. Versuchen Sie nicht, uns zu finden, sprechen Sie mit keinem. Gehen Sie einfach nach Hause, und legen Sie sich ins Bett. Wir werden dieselbe Nummer anrufen und weitere Instruktionen geben, wenn wir es für richtig halten.«

»Hören Sie«, Peters Stimme klang wahrscheinlich genauso merkwürdig wie die seines Gesprächspartners. »Vielleicht wird es uns nicht gelingen, die Presse aus der Sache herauszuhalten. Es ist schon etwas durchgesickert.«

»Damit haben wir gerechnet. Kümmern Sie sich nicht darum. Warten Sie einfach.«

»Aber worauf? Warum sollten wir Ihnen überhaupt glauben? Woher wissen wir, ob Miss Binks noch am Leben ist? Ist sie bei Ihnen? Lassen Sie mich mit ihr sprechen.«

Er bekam keine Antwort, doch die Verbindung war nicht abgebrochen. Peter wartete. Endlich vernahm er zu seiner großen Erleichterung Winifreds Stimme.

»Hallo? Ist da jemand?«

»Ich bin's, Peter, Winifred.« Jetzt wußte er ganz sicher, daß auch er merkwürdig klang. »Geht es Ihnen gut?«

»Im großen und ganzen ja. Aber meine Entführer haben mich beauftragt, Ihnen mitzuteilen, daß sie kurzen Prozeß mit mir machen, falls ihre Anordnungen nicht genau befolgt werden. Während ich jetzt spreche, bohrt mir ein Mensch, der große Ähnlichkeit mit meinem Onkel Horatio hat – oder vielleicht auch mit meiner

141

Tante Annie, das Geschlecht kann ich nicht genau ausmachen –, eine ziemlich eindrucksvolle Schußwaffe in die Rippen.«

»Mein Gott!«

»Machen Sie sich bitte keine unnötigen Sorgen, Peter. Ich habe den Eindruck, daß ich lebend sehr viel wertvoller bin als tot. Falls sie mich zu brutal behandeln, werde ich einfach dafür sorgen, daß man mich erschießt, und auf diese Weise ihre Pläne –«

Die Verbindung wurde plötzlich unterbrochen. Erstaunlicherweise huschte ein Lächeln über Peters Gesicht, als er den Hörer auflegte. »Präsident, gibt es hier irgendwo Schleppkähne?«

»Huh?«

»Ich glaube, wir haben endlich einen Anhaltspunkt. Sagen Ihnen die Namen Horatio und Annie etwas?«

»Jessas, Shandy, was für eine tolle Frau! Heiliges Kanonenrohr, und ob die mir was sagen! Kapitän Horatio Bulwinkle und Schleppkahn Annie Brennan. Binks kann nur den Clavaclammer gemeint haben. Im südlichen Marschland. Da gibt es einen neuen Jachthafen, Wasseraufbereitungsanlage, irgendwas in der Art. Schleppkähne, Lastkähne, Schwimmbagger. Nichts wie los!«

»Wir haben die strikte Order, nichts zu unternehmen.«

»Huh!«

»Ganz Ihrer Meinung, aber wir müssen sehr vorsichtig sein.«

»Muß unbedingt Sieglinde anrufen.«

Svenson griff nach dem Telefon, doch Peter hielt ihn zurück. »Einen Moment, zuerst schauen wir mal nach.«

Peter war ein geschickter Handwerker. Innerhalb von Sekunden hatte er mit Hilfe seines treuen Taschenmessers die Sprechmuschel auseinandergenommen und gefunden, was er suchte. »Meine Vermutung war richtig. Sehen Sie das kleine Ding hier?«

»Herr des Himmels, die haben uns angezapft. Nehmen Sie das verdammte Ding sofort raus.«

»Nein, lieber nicht. Rufen Sie Sieglinde ruhig an, aber sprechen Sie Schwedisch. Bitten Sie Sieglinde, sich mit Helen in Verbindung zu setzen und ihr zu sagen, die Jagd sei angeblasen.«

»Angeblasen?«

»Wir werden bald mehr wissen, hoffe ich. Sagen Sie ihr, falls jemand anruft und nach Ihnen fragt, soll sie sagen, Sie seien auf dem Heimweg, und unbedingt nach der Nummer des Anrufers fragen, damit Sie zurückrufen können. Der Anrufer wird daraufhin einfach auflegen. Sie soll Helen ausrichten, sie soll genau dasselbe

142

tun. Wir müssen verdammt vorsichtig sein, schließlich darf Winifred nichts passieren.«

»Huh!«

»Hmja, da haben Sie natürlich völlig recht. Momentan hat sie Oberwasser, wollen wir nur hoffen, daß es so bleibt.«

Inzwischen hatte Peter das Telefon wieder zusammengebaut. »So, das hätten wir, Präsident. Bestellen Sie Sieglinde viele Grüße von mir, und sorgen Sie dafür, daß sie auf jeden Fall Helen anruft.«

Peter zog sich aus dem Empfangsbereich zurück, während Thorkjeld Svenson seinen Anruf tätigte. Er tat dies nicht etwa aus Diskretion, weil er das Gespräch nicht mithören wollte – er hätte sowieso nichts verstanden, denn die einzigen schwedischen Worte, die er kannte, waren Skol und Smörgasbord. Er wollte lediglich sehen, wie sich das Wetter entwickelt hatte.

Ihm fielen die Metaphern seines Großvaters ein, die immer sehr anschaulich und erdverbunden gewesen waren. Bei ihm hatte es beispielsweise immer ›Mistgabeln und Kuhfladen‹ geregnet, und Peter mußte zugeben, daß die augenblickliche Wetterlage mit diesem Bild ziemlich treffend beschrieben war. Auch wenn er sich das Gegenteil wünschte.

Um seine Fahrtüchtigkeit machte er sich wenig Sorgen, die Schokolade hatte für einen neuen Energieschub gesorgt. Sein Wagen war in Topzustand und während des kurzen Aufenthalts bei Charlie Ross wieder bis obenhin vollgetankt worden. Clavaton war nicht weit entfernt, die Straßen waren gut, obwohl man natürlich nie wissen konnte, ob sie nicht irgendwo unterspült waren. Er war sich nicht sicher, wo der Schwimmbagger eingesetzt war, doch er kannte den Weg zur Clavaclammer Road. Wahrscheinlich brauchten sie nichts weiter zu tun als dem Fluß zu folgen, bis sie so etwas wie einen Schleppkahn sichteten.

Ob das Boot am Kai lag, so daß sie einfach an Bord gehen konnten? Oder ob sie wie Piraten mit einem Dolch zwischen den Zähnen den Fluß durchschwimmen mußten? Aber woher sollten sie die Dolche nehmen? Und wenn es nun doch kein Schleppkahn war? Egal, jedenfalls sah es aus wie ein Schleppkahn, sonst hätte Winifred ihnen den Hinweis nicht gegeben. Was es auch sein mochte, bei strömendem Regen und in pechschwarzer Nacht war es sicher furchtbar schwer auszumachen, besonders wenn sie sich mit Rücksicht auf Winifreds bedrohte Rippen nur mit größter

143

Vorsicht bewegen konnten. Von ihren eigenen Rippen ganz zu schweigen.

Präsident Svenson beendete das Gespräch mit einem leidenschaftlichen schwedischen Wortschwall. Sieglinde mußte die Worte einfach verstehen, die Bedeutung wäre wohl überall auf der Welt begriffen worden. Welch grausames Schicksal, als einsamer Gatte in stürmischer Nacht dem Ruf der Pflicht folgen zu müssen!

Das galt auch für Mink und Bulfinch, die jeden Moment eintreffen konnten. Peter hielt es für einen Akt der Nächstenliebe, sie mit einer Kanne voll Kaffee zu begrüßen. Winifred würde neue Löwenzahnwurzeln mahlen müssen, wenn sie wieder zurück war. Er hatte gerade den letzten Rest aus dem Behälter genommen, als auch schon Scheinwerfer vor dem Fenster des Empfangsraums aufblitzten, ein Motor verstummte und zwei höchst agile Männer mittleren Alters durch den Regen ins Haus stürmten.

»Wie war die Fahrt?« erkundigte sich Peter.

»Hätte schlimmer sein können.« Purvis Mink war kein Mann großer Worte.

»Beispielsweise Schneesturm und Eisregen gleichzeitig. Es wird die ganze Nacht durchregnen, wir haben während der Fahrt den Wetterbericht gehört. Scheint ganz so, als wäre irgendwo über uns ein Hoch auf ein Tief getroffen.« Alonzo Bulfinch redete gern und viel, wenn er die Gelegenheit dazu bekam, was nicht oft der Fall war, da er bei Cronkite Swopes Tante Betsy wohnte.

Peter hätte Bulfinch gern gefragt, ob Mrs. Lomax ihm schon mitgeteilt hatte, wie es inzwischen um Knapweed Calthrop stand, doch es war sinnlos, die Zeit mit Dingen zu vertun, die er sowieso nicht ändern konnte. Je eher Svenson und er sich auf die Socken machten, desto aussichtsreicher war ihr Unterfangen. Das schlechte Wetter war günstig für sie, in einer Nacht wie dieser rechneten Winifreds Entführer bestimmt nicht mit einem plötzlichen Überfall.

Zumindest versuchte Peter, sich dies einzureden, während er sich bemühte, heruntergefallenen Ästen auszuweichen und Pfützen zu durchpflügen, die groß wie Mühlteiche waren. Seine Scheibenwischer gaben ihr Bestes, doch sie schafften es einfach nicht, das Wasser so schnell abzuwehren, wie es auf die Windschutzscheibe niederprasselte. Auf halbem Wege nach Clavaton mußten sie wegen einer großen Ulme halten, die mitten auf die Straße gestürzt war, doch auch das hielt sie nicht sonderlich lange auf. Der

144

Präsident stieg kurzerhand aus dem Wagen und schleuderte die Ulme wie einen abgebrochenen Blumenstengel zur Seite. Er war nicht einmal außer Atem, als er zurück in den Wagen stieg.

Wenn die Uhr im Amaturenbrett richtig ging, hatten sie für die Fahrt zur Uferstraße genau eine Stunde und zweiunddreißig Minuten gebraucht. Peter kam es vor wie zwanzig Jahre. Wie Svenson prophezeit hatte, stießen sie schon bald auf die Vorboten großer Veränderungen, auch wenn in dieser Nacht natürlich niemand hier arbeitete. Man konnte verschiedene Silhouetten nautischer Natur ausmachen, die sich an Docks sammelten, die Peter seines Wissens nach nie zuvor gesehen hatte. Vielleicht hatte man die Docks eigens gebaut, um die Flotille von Arbeitskähnen unterbringen zu können. Einige der Schatten besaßen Ankerlichter, die hell genug waren, um jeden, der sich heimlich an Bord schleichen wollte, von seinem Vorhaben abzuhalten, doch wiederum nicht hell genug, um den Namen der Boote lesen zu können.

Peter fuhr an den Docks vorbei, damit sie sich ein Bild von den Örtlichkeiten machen konnten. Es machte nichts, daß er im Schneckentempo fuhr, denn niemand, der auch nur halbwegs bei Verstand war, würde in so einer Nacht schneller fahren. Nachdem sie um eine Ecke gebogen und außer Sichtweite waren, für den Fall, daß sie doch jemand beobachtet hatte, suchte Peter eine Stelle, wo sie den Wagen parken konnten. Er entschied sich für eine Ladeplattform aus Beton hinter einem niedrigen Gebäude an der landeinwärts gelegenen Seite der Straße. Wahrscheinlich handelte es sich um eine Art Depot oder Warenlager, vermutete er, doch er hatte keine Lust, kostbare Zeit damit zu verschwenden, dies herauszufinden.

»Taschenlampe?« knurrte Svenson.

»Im Handschuhfach«, teilte Peter ihm mit. »Die Batterien und das Birnchen sind nagelneu, wir sollten also besser etwas finden, um das Licht abzuschwächen.«

Helen hatte einen Seidenschal im Wagen liegenlassen, es war zwar schade, das hübsche Ding zu ruinieren, doch sie würde es sicher verstehen. Wenn man das dünne Tuch faltete und über den Reflektor wickelte, verwandelte sich der helle Strahl in eine diffuse Lichtquelle, die hell genug war, um zumindest sehen zu können, wohin sie ihre Füße setzten.

»Wir werden das Ding nur im Notfall benutzen«, knurrte Svenson düster. »Kommen Sie!«

Die beiden Männer überquerten vorsichtig die Straße und schlichen um die Docks herum, wobei sie immer wieder auf dem matschigen Boden ausrutschten und durch Pfützen platschten, denen sie nicht ausweichen konnten. Der Regen schlug ihnen in die Augen, rann ihnen über die Gesichter in den Kragen hinab. Es war so scheußlich, daß Peter die Situation fast schon wieder lustig fand; er mußte sich zusammennehmen, um nicht laut loszulachen.

Als sie unten bei den Docks angelangt waren, bemerkten sie erst, wie hoch die Boote lagen und warum dies so war. Der Clavaclammer, normalerweise ein friedlicher Fluß, der gemütlich zwischen grünen Hügeln dahinfloß, hatte sich in die überzeugende Imitation eines reißenden Stroms verwandelt, der bereits bis an die Ränder der Docks hochschlug. »Heiliger Strohsack«, murmelte Peter, »so habe ich ihn noch nie gesehen.«

Schon als Kind hatte sich Peter beim Lesen von *Der Wind in den Weiden* mehr zum Maulwurf als zur Ratte hingezogen gefühlt. Er war ein Mann der Felder und Hecken und wußte mit soviel Wasser auf einmal wenig anzufangen. Er wünschte sich nur inbrünstig, die verflixten Boote würden ihren Tanz auf den Wellen so lange unterbrechen, bis sie deren Namen entziffert hatten.

Einige konnten von vornherein ausgeschlossen werden, beispielsweise die offenen Schuten und Schwimmbagger. Sie sahen nicht so aus, als gäbe es an Bord genug Platz, um eine Dame mittleren Alters zu verstecken, ohne dabei eine Lungenentzündung oder Tod durch Ertrinken zu riskieren. Ein Dock war anscheinend für Vergnügungsdampfer reserviert, schnittige Seejungfern, deren Cockpits mit Planen geschützt und deren Kabinenfenster mit Vorhängen geschmückt waren. Jedes dieser Boote eignete sich hervorragend als Versteck, doch wie paßte das zu Winifreds Hinweis auf den Schleppkahn? Peter und Thorkjeld verschwendeten einige Zeit damit, Namen zu entziffern, mit denen sie aber nichts anfangen konnten, und gingen schließlich weiter.

Endlich erreichten sie drei unförmige Arbeitsboote, die an den Dollborden mit abgenutzten Gummireifen behängt waren. Svenson drückte Peters Schulter mit einer Kraft, die einen kleineren Mann für Wochen außer Gefecht gesetzt hätte. »Welches ist es?« flüsterte er.

Peter zog sich den triefenden Tweedhut tiefer ins Gesicht, um seine Augen vor dem Regen zu schützen, und sah sich die drei Boote genau an. Zwei von ihnen waren mit all den Dingen bela-

146

den, die man normalerweise auf Schleppkähnen findet, die Kabinenfenster sahen nackt und schwarz aus und glänzten im Regen. Das mittlere Boot war weit weniger vollgestopft, die Farbe wirkte frischer, die Fenster hatten Vorhänge, die fest zugezogen waren. Es war zwar kein Fünkchen Licht zu sehen, doch Peter hatte das Gefühl, daß es dennoch brannte. Er fühlte sich wie Carruthers, der in Memmert den Schatzsuchern auflauerte, als er die Taschenlampe ausmachte, sich auf den klatschnassen Poller setzte, seine Schuhe auszog und sie sich mit zusammengebundenen Schnürriemen um den Hals hängte. Svenson ahnte, was er vorhatte, und tat es ihm nach.

Die Seiten des Schleppkahns lagen ein gutes Stück über dem Dock, doch es war nicht schwierig, an Bord zu gelangen. Peter stellte sich einfach auf Thorkjelds Schultern und kletterte an Bord. Oben angekommen, fand er eine Strickleiter, warf sie über den Dollbord, und Svenson kletterte empor, wobei er ungefähr aussah wie King Kong beim Erklimmen des Empire State Building.

Leise wie Katzen schlichen sie sich an ihre Beute heran. Es bestand durchaus die Möglichkeit, daß sich außer ihnen niemand an Bord befand. Viel wahrscheinlicher war allerdings, daß sie auf ein harmloses Mitglied der Crew stießen, das gerade einen friedlichen Abend mit seinem Buch, seiner Pfeife, seinem Hund oder seiner Freundin verbrachte, doch dieses Risiko mußte man eben eingehen. Peter versuchte, eine Kajütentür zu öffnen, doch sie war verschlossen. Er trat beiseite und bedeutete Svenson, sein Glück zu versuchen. Thorkjeld lehnte sich mit der Schulter gegen das Schloß und drückte, und schon waren sie drinnen.

»Meine Güte, Peter und Dr. Svenson«, rief Winifred Binks. »Wie schön, daß Sie gekommen sind!«

Einen Moment lang waren die beiden zu beschäftigt, um ihren Gruß zu erwidern. Sofort als sie den Raum betreten hatten, war ein riesiger Mann, der wenig vertrauenerweckend aussah, aufgesprungen und hatte nach seinem M 1-Gewehr gegriffen. Innerhalb von Sekunden hatte Peter ihm das Gewehr entrissen, während es Dr. Svenson gelang, den Wächter zu Fall zu bringen. Leider rollten die beiden auf dem engen Kajütenboden hin und her, während Svenson seinem Gegner den Gürtel abnahm, um ihn damit zu fesseln, so daß es Peter nicht gelang, die Tür zu erreichen, die in einen weiteren Raum führte. Doch genau das wollte er unbedingt, denn sein Gefühl sagte ihm, daß kein halbwegs vernünftiger Entführer Winifred Binks hier mutterseelenallein mit lediglich einem muskelstrotzenden Schwachkopf als Bewacher zurücklassen würde.

Sein Gefühl hatte ihn natürlich nicht betrogen. Peter versuchte immer noch verzweifelt, sich einen Weg vorbei an den tretenden Beinen und gequälten Bizepsen zu bahnen, als auch schon eine Gestalt in besagter Tür auftauchte.

»Grundgütiger!« stieß er hervor.

Schleppkahn-Annie stand leibhaftig vor ihm, eine unförmige Person, die riesige Gummistiefel, einen dicken dunkelgrünen Pullover voller loser Fäden und Löcher und einen reichlich verdreckten schwarzen Rock trug. Ihr Gesicht war rot und wettergegerbt, graues Haar schaute büschelweise unter einem alten Männerfilzhut hervor, der dem Hut ähnlich sah, den Peters Vater immer getragen hatte.

»Was zum Teufel habt ihr Kerle denn hier zu suchen?«

Ihre Stimme lag irgendwo zwischen Quieken und Kreischen. Das brachte das Faß zum Überlaufen. Peter hob das Gewehr und blinzelte freundlich am Lauf entlang.

»Wir machen nur eine kleine Stippvisite«, erwiderte er. »Das ist hier bei uns so Sitte. Unseren Collegepräsidenten Dr. Svenson haben Sie, glaube ich, noch nicht getroffen. Präsident, das ist der angebliche Mr. Fanshaw, von dem ich Ihnen bereits erzählt habe. Nett, Sie wiederzusehen, Mr. Fanshaw, wir hatten uns schon gefragt, wo Sie nach Ihrem raffinierten Ausbruch aus dem Gefängnis abgeblieben waren. Alle Achtung, Ihre Schleppkahn-Annie-Verkleidung ist wirklich sehenswert, nur die Stimme haben Sie leider verpatzt.«

»Ach ja?« Fanshaw versuchte, Peter mit seinem Hypnoseblick zu fixieren. »Vielleicht sind Sie so nett und erzählen mir, was ich falsch gemacht habe?«

»Eine ganze Menge, wenn Sie es genau wissen wollen. Erstens hatte Annie eher eine Baß- als eine Sopranstimme. Zweitens ist es nicht die feine Art, Polizisten zu hypnotisieren, während sie ihren Pflichten nachkommen. Drittens ist die Entführung von reichen Erbinnen selbst in den höchsten Kreisen verpönt. Und viertens haben Sie sich einen Mord aufgeladen.«

»Wie bitte?« Es folgte eine ausgedehnte Pause. »Sie wissen wohl nicht, was Sie sagen.«

»Und ob ich das weiß. Ich rede von dem jungen Botaniker draußen in der Forschungsstation. Sein Name ist Knapweed Calthrop.

Sie haben ihm den Schädel eingeschlagen, als Sie Professor Binks entführten.«

Peter hätte schwören können, daß Fanshaw tatsächlich nicht wußte, was er meinte, was ihn im Grunde nicht wunderte, denn Fanshaw wirkte eigentlich eher wie ein Betrüger und nicht wie ein Mörder. Der Himmel wußte, wie viele Komplizen er hatte und wer die Fäden in der Hand hielt. Dem Riesen, den Svenson gerade gefällt hatte, war es viel eher zuzutrauen, Calthrop niedergeschlagen und die sinnliche Viola grob angefaßt zu haben. Fanshaw konnte mit der gestrigen Baumfesselung sowieso nichts zu tun haben, da er zur fraglichen Zeit im Gefängnis von Balaclava Junction gesessen hatte und damit beschäftigt gewesen war, Ottermole und Dorkin zu hypnotisieren. Der angebliche Anwalt, der auf dem Revier aufgekreuzt war und sicher in Wirklichkeit nur darauf aus gewesen war, Fanshaw mit einem Fluchtwagen zu versorgen, konnte dagegen sehr wohl etwas mit Violas Entführung zu tun haben. Oder vielleicht doch nicht? Peter überlegte, Svenson wurde unruhig.

»Shandy! Aus dem Weg!«

»Eh, natürlich, Präsident. Sie haben ja recht. Winifred, ich muß leider gestehen, daß wir vergessen haben, einen Regenmantel für Sie mitzubringen. Wären Sie so nett, das Gewehr hier zu halten, während ich versuche, die Polizei von Clavaton dazu zu bewegen, hier herauszukommen und die Herren festzunehmen? Sie können ihn ruhig erschießen, falls er versuchen sollte, nach seinen Hypnoseutensilien zu greifen. Ich frage mich nur, wie man dieses Telefon in Gang setzt.«

»Die Anleitung hängt dort an der Wand«, sagte Winifred. »Ich habe sie gesehen, als ich eben auf Mr. Fanshaws Bitte hin mit Ihnen telefoniert habe.«

»Ah ja, schon gefunden. Eigentlich ganz einfach, wenn ich nur richtig an das verflixte Ding herankommen könnte. Präsident, wäre es nicht möglich, den anderen Herrn nach draußen aufs Dock zu bringen, damit wir uns hier drin wenigstens richtig bewegen können? Das würde auch der Polizei einige Arbeit ersparen.«

»Damit werde ich mir wahrscheinlich die Dockarbeitergewerkschaft an den Hals hetzen, aber was soll's?«

Froh über etwas mehr Bewegung, stellte Thorkjeld Svenson den widerstrebenden Schurken auf die Füße und führte ihn im Polizeigriff aus der Kabine, während Peter das Mysterium des Telefonierens von Schiff zu Küste erforschte.

149

Sie hatten Glück, zufällig patrouillierte gerade ein Boot der Wasserschutzpolizei von Clavaton ganz in ihrer Nähe auf dem Fluß, um die Flut im Auge zu behalten. Minuten später legte es bereits neben dem Schleppkahn an.

Der diensthabende Officer war zwar durchaus bereit, Fanshaw und seinen Komplizen an Bord zu nehmen, doch nicht willens, länger als nötig bei ihnen auf dem Schleppkahn zu bleiben und sich genauere Erklärungen geben zu lassen. Der Fluß wurde immer wilder, und man machte sich inzwischen Sorgen um den Upper-Clavaton-Damm, der zu Zeiten von Ulysses S. Grant erbaut worden war und allmählich Altersbeschwerden aufwies.

Peter sagte, er könne dies gut verstehen, Präsident Svenson und er hätten ohnehin vor, Professor Binks so schnell wie möglich nach Hause zu fahren. Sie würden morgen früh beim Polizeirevier von Clavaton vorbeischauen, falls dies überhaupt machbar sei, und eine detaillierte Aussage machen. Svenson half einem der Officer, den noch namenlosen Komplizen an Bord des Polizeiboots zu hieven, während die beiden anderen Beamten sich um Fanshaw kümmerten, der immer noch sein Schleppkahn-Annie-Kostüm trug, inzwischen um zwei glänzende Handschellen ergänzt.

Fanshaw war nicht willens, sich friedlich zu verabschieden. Peter und Winifred hörten Geräusche wie von einem Handgemenge auf dem Dock, das jedoch nur einen kurzen Moment dauerte. Als Svenson wieder zurück in die Kabine schlüpfte, sah er höchst zufrieden aus. Das Polizeiboot brachte seinen Motor auf Touren und raste den Fluß hoch. Der Schleppkahn wurde von der Wucht des Kielwassers hin und her geworfen, der Wind heulte noch lauter, der Regen prasselte immer heftiger. Es war höchste Zeit, das Schiff zu verlassen.

Kapitel 15

Was für ein gemeiner, niederträchtiger Mensch!«
Während Peter hinausschaute und den immer größer werdenden Abstand zwischen Schleppkahn und Dock bemerkte, dachte er, daß Winifred ihre Gefühle Fanshaw gegenüber ruhig etwas drastischer hätte ausdrücken können.»Bei dem Handgemenge, das wir oben auf dem Dock gehört haben, muß Fanshaw die Vertäuung von den Pollern weggetreten haben.«

»Aber warum hat er das getan?« wollte Winifred wissen.

»Pure Boshaftigkeit, würde ich sagen. Ich weiß wirklich nicht, welches andere Motiv ihn dazu veranlaßt haben könnte. Ich wundere mich bloß, wieso die Wasserpolizei nichts davon gemerkt hat.«

»Da draußen ist es finster wie in der Rocktasche einer Hexe«, knurrte Svenson.»Denen sind die Regentropfen auf die Augäpfel geprasselt wie Geschosse. Was schert uns schon, warum Fanshaw es getan hat? Wir müssen den Kahn unter Kontrolle bekommen. Sonst sind wir erledigt. Rein mit Ihnen, Binks. Luken dicht machen. Lotsenhaus, Shandy.«

Peter vermutete, daß der Präsident damit das kleine verglaste Gebilde meinte, das sich oben auf der Kajüte befand. Er kämpfte sich die wenigen Stufen hoch, die dort hinaufführten, Svenson dicht auf den Fersen, und benutzte seine Taschenlampe, um das Amaturenbrett zu inspizieren, als Svenson sich zur Seite lehnte und das Licht anschaltete.

»Batterien, Shandy.«

»Oh, vielen Dank, Präsident. Daran hätte ich auch selbst denken können.«

»Allerdings. Wissen Sie, wie man das Ding startet?«

»Nein, aber ich habe in meinem Leben schon so viele landwirtschaftliche Maschinen angeworfen, das hier kann auch nicht schwieriger sein. Wie wäre es, wenn wir hier ziehen? Und dann hier drehen? Grundgütiger, er ist tatsächlich angesprungen. Und was machen wir jetzt?«

»Jetzt lassen Sie mich ran. Genau das Richtige für einen Schweden.«

Peter schluckte. Er konnte seine Panik kaum verbergen, als Svenson nach dem Steuer griff. Die Fahrkünste des Präsidenten waren schon auf dem Highway lebensgefährlich, was würde er erst inmitten von wütenden Stromschnellen anstellen?

Doch er machte seine Sache großartig. Der Schleppkahn bockte zwar weiterhin und wurde auch immer noch hochgeschleudert, doch zumindest gelang es Svenson, das furchtbare Schlingern von einer Seite zur anderen zu stoppen. Außerdem schaffte er es hervorragend, dem zunehmenden Treibgut auszuweichen, das den Fluß verstopfte. Das einzige, was er nicht tat, war leider genau das, was Peter sich am meisten wünschte.

»Eh – Präsident, sollten wir nicht versuchen, zurück zum Dock zu kommen?«

»Geht nicht. Strömung ist zu stark. Sonst saufen wir ab. Wenn wir aufs Land zusteuern, erleiden wir Schiffbruch. Müssen in der Mitte bleiben, weiterfahren, nach einem sicheren Platz zum Anlegen Ausschau halten.«

»Verstehe. Haben Sie schon eine Ahnung, wie lange das dauern kann?«

»Nein. Hören Sie endlich auf, den Kapitän abzulenken. Was zu essen.«

Peter selbst verspürte momentan keinen Hunger, eher das Gegenteil, wenn er ehrlich war. Doch er ließ sich auf keine Diskussionen ein, verließ das Lotsenhäuschen und kämpfte sich zur Kajüte durch. Winifred öffnete ihm die Tür.

»Gibt es in dieser schwimmenden Badewanne auch eine Kombüse?« fragte er zögernd, nachdem er sich das Gesicht abgewischt und seinen tropfnassen Plaidmantel abgelegt hatte.

»Ja, hier drin.« Sie deutete auf den Raum, in den Peter bisher noch nicht gegangen war. »Ich habe zwar den Kessel vollaufen lassen, aber ich hatte Angst, den Herd anzumachen. Vielleicht können Sie herausfinden, wie er funktioniert.«

Die nach vorn gelegene Kombüse war winzig, aber gut bestückt. Man hatte fast den Eindruck, sich auf einer Jacht und nicht auf einem echten Schleppkahn zu befinden, dachte Peter. In der Mitte stand ein schmaler Tisch, mit Bänken an den Seiten, die genausogut als Kojen dienen konnten. Außer dem Herd, der Winifred so eingeschüchtert hatte, gab es eine Arbeitsplatte mit einer kleinen Spüle und fließend Wasser sowie Schränke mit Porzellan, Besteck und diversen Küchenutensilien, außerdem Konservendosen mit Suppen, Fleisch und verschiedenen Instant-Gerichten.

»Wenigstens brauchen wir nicht zu verhungern«, bemerkte er. »Gibt es auch Brot hier?«

»Nein, dafür eine noch fast volle Dose mit Schiffszwieback«, teilte ihm Winifred mit. »Aber ich kann weder Gemüse noch Obst finden, nicht einmal ein Glas Marmelade. Glauben Sie, daß sich Tomatensuppe als Anti-Skorbutmittel eignet?«

»Machen Sie doch eine Büchse auf, wir riskieren es einfach.«

Peter schaute sich den Kombüsenherd genau an, entschied, daß er den tragbaren Camping-Gaskochern nicht unähnlich war, mit denen er sich hervorragend auskannte, und versuchte sein Glück mit einem Streichholz, das er aus einer anderen verschlossenen Dose herausgefischt hatte. Es klappte hervorragend.

»So, das hätten wir, Winifred, Sie können mir jetzt ruhig den Kessel geben. Ich hoffe, daß Trinkwasser aus diesem Wasserhahn kommt, aber vermutlich brauchen wir uns sowieso keine Sorgen zu machen, solange es nur abgekocht ist. Eh – ich sollte noch erwähnen, daß der Präsident sich nicht sicher ist, wann genau er uns an Land absetzen kann. Der extreme Wind und die starke Strömung verursachen – eh – einige Navigationsprobleme. Aber er scheint zu wissen, was er tut.«

»Da bin ich mir ganz sicher.« Winifred durchstöberte immer noch die Schränke. »Schließlich fließt Wikingerblut in seinen Adern. Hätten Sie Lust auf ein wenig Leberpastete als Suppenbeilage? Sie scheint nicht ganz so sehr mit künstlichen Zusätzen belastet zu sein wie das Corned Beef. Aus dem Zwieback könnten wir Sandwiches machen.«

»Klingt hervorragend. Was gibt's zu trinken?«

»Es gibt eine Flasche Whiskey und Unmengen Bier. Oh, und Teebeutel. Ich werde Tee nehmen. Und ein frisch geöffnetes Glas Pulverkaffee, aber keine Milch. Von den unwichtigen Dingen gibt es hier wirklich mehr als genug.«

Was unwichtig war oder nicht, schien eher Ansichtssache. Peter jedenfalls mixte sich einen medizinischen Stärkungstrunk, während Winifred die Suppenkonserve öffnete. »Wir sollten dem Präsidenten etwas zu essen hochbringen, meinen Sie nicht?« schlug sie vor.

»Auf jeden Fall«, stimmte Peter zu. »Suppe, Sandwiches und Kaffee. Den Whiskey lassen wir lieber weg, der könnte sein Wikingerblut zu sehr in Wallung bringen.«

»Ja, da haben Sie wahrscheinlich recht. Darf ich Sie bitten, mir den Topf da drüben zu reichen?«

»Mit Vergnügen.« Es war erstaunlich, wie schnell er seine vorübergehende Abneigung gegen Nahrungsmittel überwunden hatte. Peter entschied, daß sein Magen allmählich seefest wurde. Er hoffte allerdings, daß sie sich möglichst bald wieder in Landratten zurückverwandeln würden, denn das ständige Auf und Ab ging ihm langsam auf die Nerven.

Er wünschte sich, er hätte trotz der verflixten Wanze im Telefon versucht, Helen zu erreichen, als sie noch in der Station waren, aber inzwischen mußte sie eigentlich von Sieglinde benachrichtigt worden sein. Er konnte zwar auch jetzt noch versuchen, mit ihr Kontakt aufzunehmen, doch wozu die Mühe? Wahrscheinlich würde er überhaupt nicht durchkommen, und falls doch, was sollte er ihr erzählen? Daß er in einem aufgemotzten Schleppkahn mit Thorkjeld Svenson als Steuermann einen reißenden Fluß hinunterjagte?

Nicht daß es an Svensons Wikingerkünsten etwas auszusetzen gab, sie waren schließlich noch nicht gesunken, und einen gefährlichen Zusammenstoß hatte es auch nicht gegeben. Jedenfalls bis jetzt noch nicht. Peter öffnete die Dose mit Leberpastete, während Winifred die Suppe rührte, und begann, Sandwiches zu schmieren.

»Gibt es hier irgendwo Senf, Winifred?« Möglicherweise war Senf gut gegen Skorbut.

»Ich glaube schon.« Sie reichte ihm ein halbleeres Gläschen, das oben am Deckel verkrustet war. »Sehr appetitlich sieht es nicht aus. Die Leberpastete übrigens auch nicht.«

»In der Not frißt der Teufel Fliegen.« Peter brach ein Eckchen Zwieback ab und probierte, ob es schmeckte. »Nicht schlecht. Auf jeden Fall besser als gekochter Stiefel.«

»Du meine Güte, dazu wird es hoffentlich nicht kommen. Im Grunde haben wir Glück im Unglück«, erinnerte ihn Winifred, »es könnte durchaus schlimmer sein.«

Peter hoffte inständig, daß dieser Fall nicht eintreten würde. Die Suppe war inzwischen heiß, das Wasser im Kessel kochte. Er funktionierte einen großen flachen Teller zum Tablett um, fand zwei große Becher, füllte einen mit Suppe und den anderen mit starkem schwarzen Kaffee, legte ein paar Zwieback-Sandwiches dazu und deckte das Ganze mit einem Müllbeutel aus Plastik ab, der glücklicherweise sauber war.

»Ich serviere dem Präsidenten schnell sein Nachtmahl. Fangen Sie ruhig schon an zu essen«, sagte er.

Der Wind hatte keineswegs nachgelassen, auch der Regen prasselte noch genauso heftig wie vorher, doch Peter schaffte es dennoch, das Lotsenhäuschen zu erreichen, ohne etwas zu verschütten oder zu verwässern. Svenson schien sich zu freuen, ihn zu sehen, oder aber, was weitaus wahrscheinlicher war, endlich etwas zu essen zu bekommen. Er sang schnell noch den Refrain von »Wir lieben die Stürme, die brausenden Wogen« zu Ende, wobei seine Stimmgewalt sämtliche Fenster erzittern ließ – Schleppkahnfenster mußten außerordentlich stabil sein, schlußfolgerte Peter –, griff nach der Suppe und leerte den Becher nach echter Wikingermanier mit einem einzigen kräftigen Schluck. Peter setzte das Tablett auf den Navigationstisch und machte Anstalten, sich wieder zu entfernen, denn inzwischen war das Knurren seines eigenen Magens fast so laut, daß es den Sturm übertönte.

»Wohin so eilig, Shandy?« verlangte Svenson zu wissen.

»Ich bin dem Hungertod nahe. Ich habe noch nichts gegessen.«

»Urgh.« Svenson warf ihm den leeren Becher zu. »Mehr! Wenn noch was übrig ist«, fügte er rücksichtsvoll hinzu.

»Es gibt noch mehr, aber Sie werden warten müssen, bis ich es aufgewärmt habe. Wir haben eine Kombüse und einen ordentlichen Vorrat an Konserven gefunden. Und an Wasser mangelt es weiß Gott auch nicht.«

Auf dem Rückweg zur Kombüse konnte Peter bequem Svensons Becher ausspülen, er brauchte ihn nur in den Regen zu halten. Winifred saß wie eine echte Lady am Kombüsentisch und war damit beschäftigt, ihre Suppe zu verspeisen. Sie hatte auch für ihn gedeckt und eine kleine Reling am Tischrand improvisiert, damit die Sachen nicht herunterrutschten.

»Na, Peter, was macht unser verwegener Kapitän?«

»Immer noch verwegen und bestens bei Stimme. Er scheint trotz allem einen Riesenspaß zu haben. Er will noch Suppe, aber zuerst werde ich meine eigene essen. Meine Güte, das schmeckt aber gut!«

»Erstaunlicherweise«, stimmte Winifred zu. »Meine Tante hat immer gesagt, Hunger sei der beste Koch. Ich habe versucht, mich

155

zu erinnern, wann genau ich zuletzt gegessen habe, es war wirklich ein langer Tag. Wenn wir mit Spülen fertig sind, würde ich mich gern ein Weilchen hinlegen. Die Bänke in der großen Kajüte – der Fachterminus ist, glaube ich, Salon – lassen sich zu Kojen umfunktionieren. Wenn Sie mögen, können Sie sich auch als erster aufs Ohr legen. Einer von uns sollte wohl besser Wache halten, aber wir können ja abwechselnd schlafen.«

»Uns abwechselnd durchrütteln lassen, meinen Sie wohl.«

Das Boot machte wieder sonderbare Bewegungen: Es ruckte, zitterte und schoß plötzlich nach vorn, als habe ihm eine unsichtbare Riesenhand einen Stoß versetzt. Waren die Seepferde mit dem Präsidenten durchgegangen, ließ er etwa den Motor auf vollen Touren laufen? Nein, Svenson war viel zu vernünftig, um in ihrer Situation ein solches Kunststück zu machen. Peter trank rasch den Rest seiner Suppe, bevor sie aus dem Becher schwappte.

»Ich möchte Sie nicht beunruhigen, Winifred« – er mußte schreien, um die Hölle, die um sie herum losbrach, übertönen zu können –, »aber ich befürchte, der Damm von Upper Clavaton ist soeben gebrochen.«

»Würde mich nicht wundern.«

Irgendwie schaffte es Miss Binks, keinen Tropfen Tee zu verschütten und sogar hin und wieder, wenn die Möglichkeit bestand, die Tasse gefahrlos in Mundnähe zu manövrieren, ohne dabei gegen die Nase zu schlagen, vornehm daran zu nippen.

»Die Strömung ist erstaunlich stark, ich komme mir vor wie bei einer Wildwasserfahrt mit einem Kanu. Jedenfalls stelle ich mir eine Wildwasserfahrt so vor. Ich hatte leider noch nie das Vergnügen, obwohl ich es schon immer einmal ausprobieren wollte. Meinen Sie, Präsident Svenson würde sich freuen, wenn wir ihm unsere Hilfe beim Steuern anböten?«

Der Teekessel schoß durch die Luft, aber Peter fing ihn geschickt auf.

»Nein, ich glaube, daß wir ihn damit eher beleidigen würden. Vermutlich wartet er auf seine Suppe, aber ich habe Angst, den Herd wieder anzumachen. Er könnte sich von der Wand lösen und das Boot in Brand setzen.«

»Dann warten wir einfach, bis sich die Lage wieder beruhigt hat. Ich nehme an, daß die Strömung schwächer werden wird, wenn der Druck nachläßt, den die plötzlich austretenden Wassermassen verursacht haben, meinen Sie nicht?«

»Das will ich verdammt noch mal hoffen. Ungedämmt, sollte ich wohl sagen. Entschuldigen Sie bitte, Winifred.«

»Also wirklich, Peter, nun stellen Sie sich doch nicht so an! Die Tatsache, daß man mich einige Stunden lang entführt hat, bedeutet doch nicht gleich, daß ich keine emanzipierte Frau mehr bin, oder? Auch wenn ich immer noch nicht weiß, warum man mich entführt hat.«

»Ich würde sagen, das liegt eigentlich auf der Hand.«

»Um an Großvaters Geld zu kommen? Nun ja, höchstwahrscheinlich, aber gerade das will mir nicht in den Kopf. Warum haben die Entführer so lange gewartet? Inzwischen habe ich doch eine Menge Geld in die Forschungsstation gesteckt. Wäre es nicht sehr viel logischer gewesen, mich sofort zu kidnappen, als sich herausstellte, daß ich die rechtmäßige Erbin des Vermögens war? Es hat weiß Gott genug darüber in den Zeitungen gestanden«, fügte Winifred bitter hinzu.

»Das stimmt allerdings«, sagte Peter. »Und als Sie Ihre Pläne für das College dargelegt haben, stand noch mehr drin, was natürlich nur recht und billig war.«

Aus den Zeitungsberichten hatten viele Leser entnommen, daß sie ihr gesamtes Vermögen dem Balaclava College übertragen hatte. Im Grunde traf dies sogar zu. Soweit Peter wußte, war das College der einzige Begünstigte.

»Aber die Zahlen, die so skrupellos an die Öffentlichkeit gezerrt wurden, basierten auf den Angaben, die überall zu lesen waren, als die Presse sich über Großvaters letztes verrücktes Experiment ausgelassen hat.« Winifred zuckte mit den Achseln. »Wenn man bedenkt, wie hoch die Kosten für den Bau der Station geschätzt wurden, sah es wirklich so aus, als bliebe mir kaum noch genug zum Leben, was mich weiter nicht gestört hat. Erst als Mr. Debenham und die anderen angefangen haben nachzuforschen, was aus all den angeblich wertlosen Investitionen meines Großvaters geworden war, haben wir nach und nach herausgefunden, wie reich er tatsächlich gewesen ist. Doch zu diesem Zeitpunkt war die Öffentlichkeit Gott sei Dank längst nicht mehr an mir interessiert, und es ist uns glücklicherweise auch gelungen, unsere Entdeckungen geheimzuhalten. Wenn Mr. Fanshaw und die Kerle, mit denen er zusammenarbeitete, also tatsächlich geplant hatten, ein Riesenlösegeld zu verlangen, woher wußten sie, daß ich überhaupt zahlen konnte?«

157

»Weil Fanshaw und seine Kumpane Ihre finanzielle Lage sehr viel besser kennen als ihnen zusteht.«

»Aber wie sollen sie es erfahren haben?«

»Hmja, diese Frage stelle ich mir auch schon seit geraumer Zeit.«

»Nun, ich frage mich das erst seit dem Moment, als diese Rüpel mir den Sack über den Kopf gestülpt und mich in ihr Auto gestoßen haben. Ich koche jedesmal vor Wut, wenn ich darüber nachdenke, wie die mich behandelt haben.«

Winifred kochte einige Sekunden still vor sich hin und fuhr dann fort: »Ich nehme an, Fanshaw ist der eigentliche Anführer, obwohl ich natürlich keinen Moment lang glaube, daß das sein richtiger Name ist. Oder sind Sie anderer Meinung?«

»Ich bin mir nicht einmal sicher, ob Fanshaw überhaupt ein richtiger Mensch ist. Dazu erinnert er mich viel zu sehr an eine Figur aus den Büchern von John Buchan.«

»Ach ja, Sie denken sicher an den Mann, der in *Mr. Standfast* sein wohlverdientes Ende fand. Meine Tante hat immer große Stücke auf John Buchan gehalten, weil er so hehre Moralvorstellungen hatte. Ich muß zugeben, daß ich seine Bücher eher wegen ihrer Spannung schätzte. Das Leben mit meiner Tante war zwar recht angenehm, aber was Wortgefechte und Spannung anging, bedauerlicherweise eher langweilig. Mit Ausnahme einiger Teegesellschaften. Aber ich gehe davon aus, daß Fanshaw inzwischen sicher hinter Schloß und Riegel sitzt.«

»Wollen wir es hoffen. Seine letzte Aktion oben auf dem Dock gibt mir zu denken. Ich kann mir partout nicht vorstellen, wie er es geschafft haben soll, die schweren Vertäuungen loszumachen, ohne beide Hände frei zu haben.«

»Wollen Sie damit sagen, daß er es geschafft hat, sich aus den Handschellen zu befreien?«

»Houdini konnte es schließlich auch. Man spannt die Muskeln an, während einem die Dinger angelegt werden, glaube ich, und dann entspannt man sie wieder, und schon ist die Sache gelaufen. Oder man hat Freunde bei der Polizei.«

»Das wäre natürlich eine Möglichkeit, daran hatte ich noch gar nicht gedacht. Ich bin in dem Glauben aufgewachsen, die Polizei sei unser Freund und Helfer, Gesetzes- und Ordnungshüter, und ich nehme an, auf die meisten Polizisten trifft dies auch zu. Natürlich gibt es Ausnahmen, wir kennen schließlich die menschliche

Natur. Ich glaube allerdings, daß man einen extrem langen Arm braucht, um einen Beamten der Wasserpolizei dazu zu bringen, im Falle einer plötzlichen Festnahme in einer stürmischen Nacht als Befreier zu fungieren. Obwohl man die ungewöhnliche Wetterlage möglicherweise ausnutzen kann, wenn man intelligent ist und schnell reagieren kann. Was auf Fanshaw sicherlich zutrifft, immerhin hat er sich auch aus dem Gefängnis befreit, indem er zwei Polizisten hypnotisiert hat, während – « Winifred errötete und hielt den Mund.

»Während ein naiver Professor im Nebenzimmer Allotria trieb«, führte Peter ihren Satz zu Ende. »Schon gut, Winifred, meine Schultern sind breit genug, um die Bürde deines langsamen Gehirns zu tragen.«

»Stellen Sie bitte Ihr Licht nicht unter den Scheffel, Peter. Meine Tante hat immer gesagt, daß übertriebene Bescheidenheit eine Form von Prahlerei ist. Wie hätten Sie auch so einen ausgefallenen Trick vorhersehen können? Wenn Sie Fanshaw nicht so schnell in seiner Schleppkahn-Annie-Verkleidung erkannt hätten, wäre es möglicherweise zu einem furchtbaren Unglück gekommen. Ich habe jedenfalls nichts gemerkt, dabei war ich länger mit ihm zusammen, als mir lieb war. Meine Güte, was hätte meine Tante wohl dazu gesagt, wenn sie mich in den Klauen eines Verbrechers gesehen hätte? Wahrscheinlich nicht sehr viel, sie hat stets alles verachtet, was irgendwie einen spektakulären Beigeschmack hatte.«

Winifred war wirklich durch nichts zu erschüttern. Sie stand auf, trug das wenige Geschirr, das sie benutzt hatten, zur Spüle, ließ Wasser in das winzige Becken laufen und begann abzuspülen.

»Ich gehe möglichst sparsam mit dem Wasser um, weil ich nicht genau weiß, wieviel wir haben«, erklärte sie. »Meinen Sie, wir sollten einen Eimer zum Auffangen von Regenwasser nach draußen stellen?«

»Ich wage zu bezweifeln, daß er bei dem Sturm lange genug stehen bleibt, um etwas aufzufangen«, erwiderte Peter düster. »Was mich auf einen anderen angenehmen Gedanken bringt: Ich wüßte nur zu gern, wieviel Benzin noch im Tank ist.«

»Den Gedanken sollten Sie schnellstens wieder vergessen. Hier, trocknen Sie lieber ab.«

Winifred riß einige Lagen Küchenpapier von einer Rolle, die über der Spüle hing, und reichte sie ihm. Peter trocknete Teller und Becher ab und stellte sie zurück in den Schrank, aus dem er sie genommen hatte. An den Regalen waren Sicherheitsleisten angebracht, trotzdem dauerte es eine Weile, bis es ihm gelang, das Porzellan daran zu hindern, sofort wieder herauszufliegen. Doch die vertraute Arbeit wirkte irgendwie beruhigend. Für einen Augenblick gelang es ihm, sich einzureden, er sei zu Hause auf dem Crescent und stünde neben Helen an der Spüle, während Jane gerade sein Hosenbein hochkletterte.

Wahrscheinlich schliefen die beiden schon längst und ahnten nicht einmal in ihren kühnsten Träumen, daß er hier draußen mitten auf dem Clavaclammer oder vielleicht sogar schon auf dem Connecticut herumschaukelte, ohne viel Aussicht auf festen Boden unter den Füßen, bis das Schicksal und Svenson entschieden, daß die Götter ihnen wieder günstig gesinnt waren. Peter hoffte, daß Helen sicher und wohlbehalten von Clavaton nach Hause gelangt war. Wenigstens würde sie seine Zwangslage verstehen, wenn er je die Gelegenheit bekäme, ihr davon zu berichten; es war schließlich noch gar nicht so lange her, daß sie selbst sich zu einer harmlosen Bootsfahrt aufgemacht hatte, die dann in einer hoffnungslosen Lage endete. Von jetzt an würden die Shandys das sichere Ufer bestimmt nie wieder verlassen.

Er stellte den letzten Teller fort und warf das Küchenpapier in den Abfalleimer, der an einer der unteren Schranktüren befestigt war. Inzwischen war der Wellengang nicht mehr ganz so stark. Die Wassermassen, die sie mit ungeheurer Wucht getroffen hatten, als der Damm gebrochen war, schienen sich Gott sei Dank beruhigt zu haben.

»Meinen Sie, wir können den Herd anmachen, ohne daß er uns um die Ohren fliegt? Der Präsident fragt sich bestimmt, wo ich so lange mit seiner Suppe bleibe.«

»Diesmal gehe ich«, sagte Winifred. »Jetzt bin ich an der Reihe.«

»Zweifellos richtig«, sagte Peter, »aber ich bin schwerer als Sie und laufe daher weniger Gefahr, über Bord geweht zu werden. Ruhen Sie sich lieber ein bißchen aus, und danach könnten Sie vielleicht die Kajüte inspizieren. Vielleicht finden wir ja doch noch einen Hinweis auf die wahre Identität von Fanshaw und seinen Komplizen. Selbst wenn wir von diesem verflixten Kahn runter sind, bedeutet das nicht, daß wir die Talsohle durchschritten haben.«

Kapitel 16

Ich weiß«, sagte Winifred. »Sie brauchen mich nicht daran zu erinnern. Hier scheint es übrigens nur Tomatensuppen zu geben.«

»Auf daß uns niemals ein schlimmeres Unheil widerfährt«, erwiderte Peter. »Reichen Sie mir eine, ich mach' das schon.«

Es war immer noch besser, er selbst gab sich mit dem eingeschalteten Herd und dem fliegenden Suppentopf ab und nicht Winifred, obwohl er hoffte, daß alles gutgehen würde. Peter überprüfte noch einmal die Bolzen, mit denen der Herd verankert war, und beschloß, die Suppe in der Kaffeemaschine zu machen, die sie sowieso nicht benutzen würden, da es nur noch einen Rest Pulverkaffee gab.

Da sie sah, daß sie sich nicht weiter nützlich machen konnte, begab sich Winifred in den Salon. Unter den Kojen befanden sich eingebaute Schränkchen, und statt Peters Vorschlag zu befolgen, sich aufs Ohr zu legen, öffnete sie einen der Schränke und zog einen Koffer heraus, den jemand darin verstaut hatte. Peter zwängte sich an ihr vorbei, in einer Hand einen leeren Becher, in der anderen die mit heißer Tomatensuppe gefüllte Kaffeekanne.

Als er auf das Deck trat, konnte er verschwommen erkennen, daß der Fluß sehr viel breiter war als zu Beginn ihrer abenteuerlichen Reise. Peter fand diese Entdeckung reichlich beunruhigend. Waren sie auf den Connecticut hinausgetrieben, oder segelten sie vielleicht sogar durch die Hauptstraße einer überschwemmten Stadt? Peter hatte die unangenehme Vision, der Schleppkahn könne durch die Schaufensterscheibe einer großen Futter- und Getreidehandlung donnern und in einem riesigen Behälter für gehäckseltes Getreide landen. Er wünschte sich inständig, es wäre hell genug, um das Ufer zu sehen, falls es überhaupt eines gab, oder wenigstens einen Anhaltspunkt, der ihnen bei der Bestimmung ihres momentanen Aufenthaltsorts helfen konnte. Andererseits war es vielleicht ganz gut, möglichst wenig zu wissen.

Der Wind war ein wenig abgeflaut, der Regen prasselte nicht mehr ganz so heftig auf ihn nieder wie zuvor. Die Idee mit der Kaffeekanne war geradezu genial, denn er schaffte es bis zum Lotsenhäuschen, ohne auch nur einen Tropfen zu verschütten.

Svenson begrüßte ihn mit einem Knurren. »Hat verdammt lange gedauert. Halten Sie das Steuerrad, muß meine Arme mal ausstrecken. Kurs beibehalten. Jessas, Shandy, das ist vielleicht ein Höllenfluß! Eine Biegung nach der anderen, Gegenströmungen, überall Treibgut.«

»Kann ich mir vorstellen. Gehe ich recht in der Annahme, daß der Damm von Upper Clavaton vor einer Weile gebrochen ist?«

»Hat sich ganz so angefühlt. Riesenschwall, teuflische Strömung. Jetzt ist es wieder ruhiger.«

Peter war verblüfft über Svensons Definition von ›ruhig‹; immerhin war es so laut, daß ihm die Ohren dröhnten. Das Steuerrad in seinen Händen zitterte und bebte wie ein nervöser Ackergaul zur Hornissenzeit. Ihm selbst war auch reichlich mulmig zumute. Dies war wirklich nicht der geeignete Zeitpunkt für ein Debüt als Steuermann, auch wenn der Suppe schlürfende Svenson direkt neben ihm stand und er kaum mehr zu tun brauchte, als das Steuerrad festzuhalten und auf Treibgut zu achten. Davon gab es reichlich, einiges klein genug, um von dem robusten Schleppkahn leicht aus dem Weg geschoben zu werden, anderes dagegen von beeindruckender Größe. Beispielsweise das schwarze Ungetüm, das sich gerade drohend Steuerbord voraus näherte.

»Grundgütiger!« rief er. »Präsident, ist das da vorn etwa ein Hausdach?«

»Höchstens ein Hühnerstall.«

»Ich höre aber keine Hühner gackern.«

»Wie denn auch?«

Eine vernünftige Feststellung. Peter verstand nicht viel von Schiffahrt und hätte sich nie vorstellen können, wie höllisch laut eine Bootsfahrt sein konnte. Der tuckernde Motor, der heulende Wind, der trommelnde Regen, das unaufhörliche Schlagen der Wellen und des Treibguts gegen den Rumpf ihres Gefährts zwangen sowohl ihn als auch Dr. Svenson zu brüllen, um sich in dem kleinen Lotsenhäuschen überhaupt verständlich machen zu können.

Unten in der Kajüte, die viel tiefer im Wasser lag und von dicken Wänden umschlossen war, weitab vom Wind, war Peter den Lärm nicht richtig gewahr geworden. Dieser hohe, verglaste Ausguck bekam die volle Wucht der Elemente ab. Peter wünschte sich, es wäre nicht so. Ehrfürchtig betrachtete er die verwirrende Vielfalt von Knöpfen und Schaltern auf dem Armaturenbrett mit dem Gedanken, viel zu lernen, wenn er schon einmal die Gelegenheit dazu hatte.

»Wie steht es mit unserem Benzin, Präsident?«

»Weiß der Kuckuck. Anzeiger klemmt. Muß genauso schnell sein wie die Strömung, sonst reagiert der Kahn nicht. Wir könnten ihn nicht mehr steuern, im Notfall nicht mehr reagieren.«

»Eh – hat es denn schon einen gegeben?« Peter war ganz und gar nicht nach Witzen zumute, er konnte sich daher nicht erklären, warum der Präsident in lautes Lachen ausbrach.

»Dauernd. Jetzt gerade, zum Beispiel. Menschenskind, Shandy, passen Sie doch auf!«

Svenson griff mit der Linken ins Steuer, drehte kurz ab und brachte den Schleppkahn wieder auf Kurs. Peter hatte nicht die geringste Ahnung, was überhaupt vor sich ging, und wünschte sich sehnlichst zurück auf sein Rübenfeld. Wenigstens hatten Rüben nicht die Angewohnheit, ständig auf und ab zu schaukeln.

Inzwischen befand sich das schwimmende Haus genau auf ihrer Höhe. Es war tatsächlich ein Haus, Peter konnte die Vorhänge, die durch die zerbrochenen Fensterscheiben nach draußen flatterten und von den Scherben und dem tobenden Wind zerfetzt wurden, genau erkennen. Am Giebel war ein Zaubersymbol angebracht, was wieder einmal mehr bewies, was man von magischen Schutzsymbolen zu halten hatte.

Die Szene erinnerte ihn an Huckleberry Finns Vater, der auf dem schmutzigen Boden seines schwimmenden Hauses den Mississippi hinuntertrieb, umgeben von leeren Whiskeyflaschen und fettigen Spielkarten, ein Einschußloch mitten in seinem nackten Rücken. Peter verspürte das wahnwitzige Bedürfnis, näher heranzusteuern, durch eines der kaputten Fenster ins Innere zu klettern und sich umzusehen. Er war erleichtert, als das Haus endlich an ihnen vorbei war und er nicht länger darüber nachzudenken brauchte, wer oder was wohl dort drinnen in der Falle sitzen mochte.

»Ich fürchte, morgen früh werden viele arme Leute kein Dach mehr über dem Kopf haben.« Er mußte etwas sagen, damit er sich wieder besser fühlte. »Überall liest man, daß Menschen durch Überschwemmungen Haus und Hof verlieren, und sieht in den Nachrichten, wie sie versuchen, die paar Habseligkeiten, die ihnen noch geblieben sind, in Sicherheit zu bringen, aber wenn man auf einmal selbst mitten im –«

»Mund halten, Shandy«, bellte Svenson. »Was macht Binks?«

»Schaut sich gerade Fanshaws Gepäck an und sucht nach Anhaltspunkten.«

»Gut. Runtergehen und helfen!«

Peter war nicht im geringsten beleidigt, auf so barsche Weise seines Postens als Steuermann enthoben zu werden, nahm den leeren Becher und die Kaffeekanne und begab sich wieder unter Deck. Winifred freute sich, ihn zu sehen.

»Präsident Svenson muß ja inzwischen todmüde sein. Wie geht es ihm denn?«

»Er hält immer noch das Ruder fest in der Hand. Ich habe ihn kurz vertreten, damit er seine Muskeln ein wenig entspannen und seine Suppe austrinken konnte, aber er schien von meiner Leistung nicht sonderlich beeindruckt.«

»Ich bin sicher, Sie waren bewundernswert, während Dr. Svenson hier unten bestimmt wenig hilfreich gewesen wäre. Er hätte wahrscheinlich die Suppe verschüttet und den Gasherd in die Luft gejagt«, ergänzte Winifred aufmunternd und zweifellos wahrheitsgemäß. »Ich habe mich ebenfalls nützlich gemacht. Wie Sie vermutet haben, hat unser Mr. Fanshaw viele Seiten.«

»Was haben Sie denn gefunden?«

»Eine faszinierende Sammlung von Pässen, mit Klebeband im Inneren eines der Schränkchen befestigt. Er muß einen Heidenspaß gehabt haben, als er für all die Fotos posiert hat, ich persönlich finde die Aufnahme von ihm als Geisha am hübschesten. In dieser Rolle heißt er Sayonara Atakuku und besitzt angeblich japanische Staatsbürgerschaft. Ich frage mich nur, wie er es schafft, sich zu merken, welche Rolle er gerade spielt.«

»Fanshaw muß einen hervorragenden Fälscher auf der Gehaltsliste haben«, knurrte Peter, während er die zahlreichen Papiere durchsah. »Oder aber er fälscht sie höchstpersönlich, was mich auch nicht sonderlich überraschen würde. Vielleicht verdient er sich nebenbei ein paar Dollar, indem er andere Ganoven mit falschen Papieren versorgt. Einige von den Dingern sehen aus, als wären sie noch nie benutzt worden.«

»Vielleicht ist es auch nur eines seiner Hobbys?«

»Bei dem komischen Vogel würde mich selbst das nicht wundern. Da haben Sie ja großartige Arbeit geleistet, Winifred. Haben Sie sonst noch etwas entdeckt?«

»Ein paar Schnurrbärte und ein Paar Schuhe mit Plateausohlen. Ach ja, der Name des Bootes ist übrigens ›Lollipop‹.«

Peter kicherte. »Die gute alte ›Lollipop‹, wie? Das müßte dem Präsidenten eigentlich gefallen. Auf wessen Namen ist sie zugelassen?«

»Sie werden es kaum glauben. Auf den Namen Commodore George Dewey, mit dazu passendem Bart.«

Peter durchforstete die Pässe. »Aha, hier ist er ja schon. Sieht dem Original ziemlich ähnlich, wenn mich meine Erinnerung nicht täuscht. An viel mehr als den Satz ›Zur Hölle mit den Torpedos, volle Kraft voraus!‹ kann ich mich eigentlich nicht erinnern. Mir gefällt die Kapitänsmütze und die Uniformjacke, haben Sie die zufällig auch gefunden?«

»Nein, aber dafür habe ich ein hautenges Negligé aus grünem Satin mit Spitzenbesatz gefunden. Könnte es vielleicht sein, daß Fanshaw in Wirklichkeit eine Frau ist?«

»Grundgütiger, das wäre sehr gut möglich. Sie haben nicht zufällig gesehen, ob er gestern abend verdächtig ungepflegt um den Mund herum aussah?«

»Peter, was für eine merkwürdige Frage! Ach so, Sie meinen, wenn er ein Mann wäre, hätte er zu dem Zeitpunkt eigentlich schon Stoppeln haben müssen. Was bei Ihnen inzwischen übrigens bereits der Fall ist, wie ich sehe. Nein, daran kann ich mich nicht erinnern, aber das würde doch eigentlich auch nichts beweisen, oder? Manche Männer haben einen weniger starken Bartwuchs als andere, andererseits gibt es Frauen, die wiederum ziemlich behaart sind. Meine Tante besaß beispielsweise im Alter einen kleinen Schnurrbart. Außerdem hätte sich Fanshaw sowieso rasiert, als er sein Schleppkahn-Annie-Kostüm angezogen hat, meinen Sie nicht? Auf den Namen Annie Brennan habe ich übrigens keinen Paß gefunden, aber die Gute hätte sicher auch wenig Lust verspürt, ins Ausland zu reisen, sollte man meinen. Außerdem kann ich mir nicht vorstellen, daß er mit der ›Lollipop‹ den ganzen Weg bis nach Seattle hochgeschippert wäre. Sie vielleicht?«

»Nein, aber Svenson ist da möglicherweise anderer Meinung. Vielleicht wird uns eh nichts anderes übrigbleiben als Meuterei, wenn sich sein Wikingerblut nicht wieder beruhigt oder uns der Treibstoff ausgeht. Glauben Sie, es wird je wieder Tag?«

»Die Erfahrung spricht dafür«, sagte Winifred. »Ich frage mich allerdings, ob der Regen je wieder aufhören wird.«

»Er schien schon ein wenig schwächer geworden zu sein, als ich eben auf Deck war«, konnte Peter sie beruhigen. »Ich kann mich vage erinnern, daß Bulfinch uns in der Station erzählt hat, der Sturm würde sich irgendwann morgen aufs Meer verziehen. Da fällt mir ein, es ist ja schon morgen! Oder sollte es zumindest sein. Sie tragen nicht zufällig eine Armbanduhr? Ich habe meine vergessen.«

»Im Notfall könnte ich die Zeit auch mit Hilfe der Sterne bestimmen, dazu müßte ich sie allerdings sehen. Ich nehme an, es ist etwa zwischen halb drei und drei Uhr. Und ich habe immer noch kein Schläfchen gehalten! Vielleicht werde ich mich jetzt ein bißchen aufs Ohr legen, wenn Sie nichts dagegen haben.«

»Das sollten Sie unbedingt. Gibt es hier irgendwo Decken?« Peter hatte nicht gewagt, den Gasherd in der Kombüse länger anzulassen, als unbedingt nötig war, um das Wasser zu kochen und die Suppe zu erhitzen; inzwischen war die Kälte in die Kajüte zurückgekrochen.

»Ja, es gibt Decken genug, aber wann sie zuletzt gewaschen worden sind, weiß der Himmel. Aber egal, ich habe während meiner Zeit im Walde schon auf Schlimmerem gelegen.«

Winifred legte sich auf die Bank, unter der sie Fanshaws Ausweissammlung gefunden hatte und deckte sich mit einer der Decken zu. Sekunden später hörte Peter sie bereits gleichmäßig und tief atmen, mit einem Lächeln auf ihrem Gesicht. Peter betrachtete sie nachdenklich, griff sich eine der nach Tabak stinkenden Decken und streckte sich auf der Bank gegenüber aus. Als er die Augen wieder öffnete, war aus dem Tosen des Windes ein leises Jammern geworden. Er zog den Vorhang auf, der Regen hatte fast gänzlich aufgehört, und der Himmel war nicht mehr verwaschen schwarz, sondern mittelgrau. Er sprang auf Deck und eilte zum Lotsenhäuschen.

»Präsident, sind Sie –«

»Kaffee?«

»Eh – ja gleich. Liegt sie noch auf Kurs?«

»Urrgh!«

»Aye, aye, Sir. Bin gleich zurück.«

Peter begab sich hurtig nach unten, füllte den Wasserkessel und zündete den Gasherd an. Er öffnete eine Büchse mit etwas Eßba-

166

rem, was genau, konnte er nicht sagen – Corned Beef oder eine annehmbare Imitation, vermutete er – und legte dicke Scheiben davon zwischen den Schiffszwieback. Sobald das Wasser zu dampfen begann, goß er zwei Becher Instantkaffee auf, extra stark, und eilte zurück zum Lotsenhäuschen, um das Frühstück, wenn man es denn so nennen wollte, zu servieren.

»Können wir uns jetzt unterhalten, Präsident?«

»Nein.«

Svenson machte sich über das Fleisch und den Zwieback her wie ein ausgehungerter Wolf. Peter nippte vorsichtig an seinem Kaffee und beschloß, sich ebenfalls ein paar Krümelchen zu sichern, solange es noch etwas gab.

Er konnte sich nirgendwo hinsetzen, also blieb er stehen und schaute durch das regennasse Fenster hinaus. Alles war grau, graues Wasser, grauer Himmel, Svensons graues Flanellhemd, sein eisgraues Haar, das ihm an der Stirn klebte – weil es so feucht war, weil er so schwitzte oder beides –, die grauen Stoppeln auf seinen Wangen, sein vor Erschöpfung graues Kinn.

»Mein Gott, Präsident«, rief er, »Sie sehen aus wie der Fliegende Holländer persönlich. Soll ich für Sie weitermachen? Dann könnten Sie ein bißchen nach unten gehen und sich ausstrecken.«

»Kaffee!«

»Hier, nehmen Sie meinen. Ich mache neuen.« Er nahm Svensons leeren Becher, gab ihm dafür seinen eigenen und stieg ein weiteres Mal die schmale Leiter zur Kajüte hinunter. Er hätte sofort eine ganze Kanne kochen sollen. Glücklicherweise hatte sich das Boot soweit beruhigt, daß er gewagt hatte, einen weiteren Kessel voll heißem Wasser auf dem Herd stehen zu lassen, für den Fall, daß Winifred aufwachte und sich Tee machen wollte.

Doch sie schlief immer noch tief und fest. Winifreds abenteuerliche Entführung mußte sie ziemlich mitgenommen haben, doch das war ihm bis jetzt vor lauter Aufregung gar nicht richtig bewußt geworden. Am besten, er ließ sie so lange schlafen, wie es eben ging. Auch Svenson war anzusehen, daß er ohne Pause nicht mehr lange durchhalten würde. Außerdem gingen ihre Zwiebackvorräte allmählich zur Neige, und Peter dachte lieber nicht darüber nach, wie es wohl im Inneren des Tanks aussehen mochte.

Früher oder später mußten sie versuchen, irgendwo anzulegen, es blieb ihnen nichts anderes übrig. Sein kurzes Zwischenspiel als Steuermann hatte ihm bewußt gemacht, daß er für diese Aufgabe

167

nicht der geeignete Mann war. Irgendwie mußten sie den Präsidenten so lange fit halten, bis er einen sicheren Anlegeplatz gefunden hatte. Selbst ein halbwegs sicherer Anlegeplatz würde genügen, am angenehmsten erschien ihm jedoch die Vorstellung, in einer schönen, matschigen Schlammbank steckenzubleiben. Alles war besser als diese Wassermassen überall. Er öffnete eine weitere Dose Corned Beef und schnitt das Fleisch in drei dicke Scheiben, die er jeweils auf einen halben Zwieback legte. Er reinigte die Kaffeekanne und entfernte die Suppenreste der letzten Nacht, füllte die Kanne mit kochendem Wasser, kippte die letzten Reste Instantkaffee hinein und begab sich wieder auf Deck.

»Mehr haben wir nicht«, sagte er, als er sah, wie Svenson beim Anblick der halben Zwiebäcke skeptisch eine Braue hochzog. »Von jetzt an sind wir auf halbe Ration gesetzt. Glauben Sie, es besteht Hoffnung, daß wir irgendwann in naher Zukunft an Land gehen können?«

Svenson, der den Mund voll Fleisch hatte, gab ein undefinierbares Geräusch von sich und wedelte mit seinem Kaffeebecher. Peter stand da und beobachtete, wie er kaute.

»Ich werde den Eindruck nicht los, daß Sie das alles hier irgendwie genießen, Präsident.«

Der Hüne schluckte sein Fleisch herunter und zuckte mit den Achseln. »Warum nicht? Es geht leichter, wenn man Freude an der Arbeit hat. Schaun Sie mal zur Seite. Sehn Sie mal nach, was da ist.«

»Das brauche ich gar nicht, es ist überall nur Wasser. Was zum Teufel soll ich denn sonst dort sehen?«

»Seeschlangen, Nixen, Telegrafenmaste, Straßenschilder, woher soll ich denn das wissen? Shandy, ich weiß nicht mehr, wo wir sind. Ich weiß nicht, wie schnell wir gefahren sind, ich weiß nicht mal, in welche Richtung. Vielleicht sind wir noch auf dem Clavaclammer, aber genausogut könnten wir auf dem Amazonas oder dem Feld irgendeines Farmers sein. Finden Sie einen Anlegeplatz. Finden Sie einen Laternenmast. Finden Sie irgendeinen verdammten Pfahl, an dem wir festmachen können. Und das möglichst schnell. Der Motor fängt an zu stottern. Uns geht gleich der Treibstoff aus.«

Kapitel 17

Peter strengte seine Augen an wie nie zuvor in seinem Leben und starrte in die Richtung, wo er das Ufer des Flusses vermutete. Der Fluß schäumte immer noch aufgrund der starken Gegenströmung, und auch der Regen war wieder heftiger geworden. Wie Svenson es geschafft hatte, sie so weit zu manövrieren, ohne in eine Katastrophe hineinzusteuern, war eine Tat, die nur ein Titan oder ein Zauberer hatte schaffen können; glücklicherweise war Thorkjeld Svenson beides. Wenn er jetzt noch ein einziges weiteres Wunder vollbrachte – war das etwa ein Gebäude dort auf der rechten Seite? Peter fuchtelte wild mit dem rechten Arm.

»Dahin! Hoffe ich jedenfalls.«

Svenson konnte ihn oben in seinem Lotsenhäuschen sowieso nicht hören. Aber vielleicht würde er, so Gott wollte, sein Zeichen verstehen und das Boot in die richtige Richtung steuern.

Der Präsident hatte tatsächlich verstanden, denn der Bug der ›Lollipop‹ drehte ab. Peter signalisierte weiter. Inzwischen sah er die Küste und konnte Objekte ausmachen, die sich bewegten. Grundgütiger, das waren Menschen! Es waren eindeutig Menschen, die Sandsäcke schleppten und auf einen Deich schichteten, den sie am Flußufer errichtet hatten. Gab es irgendwo eine Stelle, an der sie sicher anlegen konnten? Ja, da vorn war ein Hafen, auf dem Wasser tanzten Boote auf und nieder, die an einem Kai festgemacht waren, der zwar momentan unsichtbar war, da er unter Wasser stand, aber offensichtlich den Elementen trotzte.

Sie glitten auf die Boote zu, jedoch viel leiser als zuvor, Svenson hatte entweder den Motor ausgeschaltet oder ließ den Kahn im Leerlauf treiben. Peter ging hinüber zu dem dicken Seil, das der hinterhältige Fanshaw vor Ewigkeiten losgemacht hatte, nahm das Ende mit der Schlinge und machte sich bereit, es über etwas zu werfen, das wenigstens einigermaßen stabil aussah.

Jetzt hatten auch die Leute am Ufer die ›Lollipop‹ entdeckt. Sie winkten, soweit sie nicht zu sehr mit ihren Sandsäcken beschäftigt waren. Peter winkte verzweifelt zurück und hoffte inständig, ihnen damit verständlich zu machen, daß ihr Boot in Schwierigkeiten war. Sie deuteten auf eine bestimmte Stelle, anscheinend ein Pfahl oder Pfosten, Peter deutete ebenfalls dorthin. Svenson hatte begriffen und steuerte geschickt wie ein alter Seebär genau darauf zu. Ein wahrer Teufelskerl! Peter stellte sich so sicher hin, wie es ihm überhaupt möglich war, konzentrierte sich auf seine Erfahrungen als Hufeisenwerfer und landete tatsächlich den perfekten Wurf.

Jemand hinter den Sandsäcken jubelte, doch vielleicht veranstaltete Peter den Riesenlärm auch ganz allein, ihm war so schwindelig vor Erleichterung, daß es ihn nicht einmal interessierte. Die Tür des Lotsenhäuschens öffnete sich, und Svenson trat heraus. Die Jubelrufe verstummten und machten einem ehrfürchtigen Schweigen Platz, als die Füße des Hünen die schmale Leiter herunterstiegen. Svenson trug wieder seine rote Mütze mit dem weißen Bommel, es fehlten nur noch die Doppelaxt und der große blaue Ochse, dann hätte man ihn glatt für den berühmten Holzfäller Paul Bunyan halten können, dachte Peter stolz.

Svenson hielt inne und betrachtete leicht belustigt den Deich aus Sandsäcken. Peter wußte genau, was er dachte. Die Leute hatten so gute Arbeit geleistet, daß es keine Stelle gab, an der ein gestrandeter Seemann hätte hochklettern können. Doch selbst das kümmerte ihn wenig, irgendwie würden sie es schon schaffen. Für den Augenblick reichte es schon, daß sie wenigstens eine einigermaßen sichere Anlegestelle gefunden hatten.

Einer der Zuschauer rief ihnen etwas zu, das Peter nicht verstand, doch Svenson schien es verstanden zu haben, denn er legte die Hände wie einen Trichter um den Mund und brüllte zurück.

»Treibstoff ausgegangen. Die ganze Nacht durchgefahren. Geh' jetzt runter und ruh' mich aus.«

Er bückte sich und verschwand durch die Kajütentür. Peter blieb an Deck und übernahm das Schreien. »Wo sind wir? Immer noch auf dem Clavaclammer?«

»Ja! So gerade noch!«

Sie riefen noch mehr, doch Peter wurde nicht klug daraus. Er war ganz wackelig auf den Beinen, wahrscheinlich von dem vielen Kaffee, den er in sich hineingeschüttet hatte. Er winkte den Leuten bei den Sandsäcken zu und wankte in die Kajüte.

Svenson hätte niemals auf eine der schmalen Kojen gepaßt. Er wickelte sich daher in diverse Decken und streckte sich auf dem Fußboden aus, um dort endlich den Schlaf des Gerechten zu schlafen, den er sich so redlich verdient hatte. Peter zog sich die nassen Stiefel aus, schlich auf Zehenspitzen um den schlafenden Riesen herum und legte sich wieder in die Koje, die er erst vor so kurzer Zeit verlassen hatte. Da auch Winifred immer noch schlief, sah er keinen Grund, warum er sich nicht ebenfalls eine Weile aufs Ohr legen und seine müden Knochen ausruhen sollte.

Irgendwann strömte plötzlich helles Sonnenlicht in die Kajüte. Winifred stand geschniegelt und gebügelt und in bester Stimmung draußen vor der Tür, betrachtete die Flut und trank Tee. Svenson hatte sich aufgesetzt und strich sich über seine stoppeligen Wangen. Peter stellte fest, daß seine eigenen Bartstoppeln juckten.

»Haben Sie bei Fanshaws Sachen zufällig einen Rasierapparat gesehen, Winifred?«

»Ich glaube schon.« Sie kam zurück in die Kajüte und stellte ihren Becher auf ihre Koje. »Wenn Sie vielleicht ein wenig zur Seite rücken könnten, Präsident, damit ich die Schublade aufmachen kann? Vielen Dank. Aha, da ist er ja. Rasierapparat, Rasierschaum und eine Flasche After Shave.«

»Nur was für Weichlinge«, knurrte Svenson. »Gibt's noch Kaffee?«

»Haben wir noch welchen, Peter?«

»Tut mir leid, Präsident. Möchten Sie vielleicht Tee?«

»Nein.«

Svenson legte sich wieder auf den Boden und ordnete seine Decken neu. Peter nahm den Rasierapparat und den Rasierschaum, verschmähte jedoch das After Shave, um nicht als verweichlicht zu gelten, und begab sich in einen Raum, von dem er annahm, daß es die Bugtoilette sei. Es war ein winziges Kämmerchen, in dem es noch nicht einmal eine Dusche und auch keinerlei Platz für selbige gab. Doch auch das war ihm egal, er war in den letzten Stunden weiß Gott genug geduscht worden.

Er genoß es, endlich die Stoppeln loszuwerden und sich frisch machen zu können, und erinnerte sich plötzlich an die sauberen Kleidungsstücke, die er in Fanshaws Gepäck entdeckt hatte. Er dachte daran, daß er und der Herr der vielen Pässe eigentlich die gleiche Größe hatten, und entschloß sich zu einem Akt der Piraterie. Fanshaws Sachen – saubere Unterwäsche, ein sauberer Pull-

171

over, trockene Schuhe und Socken und der Anzug, den Fanshaw getragen hatte, bevor er sich in sein Schleppkahn-Annie-Kostüm geworfen hatte – verbesserten Peters Stimmung enorm. Die Schuhe waren zwar zu weit und die Hosenbeine einige Zentimeter zu lang, doch das waren lächerliche Kleinigkeiten im Vergleich zu dem erlösenden Gefühl, endlich die nassen Sachen ablegen zu können, die ihm am Körper klebten wie Seetang.

Und jetzt mit Helen sprechen. Sie hatte sicher schon in der Forschungsstation angerufen und machte sich bestimmt Sorgen, wo er wohl steckte. Peter versuchte sein Glück mit dem Schiffstelefon, doch es funktionierte nicht. Wahrscheinlich hatte es die Rüttelei übelgenommen, vermutete er. »Verflixt und zugenäht«, machte er seinem Unmut Luft, »ich muß unbedingt an Land und nach einem Telefon suchen.«

»Eine hervorragende Idee.« Winifred war natürlich knochentrocken geblieben, da man sie noch vor Ausbruch des zweiten Sturms gewaltsam an Bord der ›Lollipop‹ gezerrt hatte und sie ihre Nase erst wieder aus der Kajüte gesteckt hatte, nachdem er abgeflaut war. Mit ihrer eleganten grauen Hose, dem hübschen hellbraunen Pullover und ihrem kurzgeschnittenen Haar, das sich in der feuchten Luft sanft zu kräuseln begann, sah die Erbin im Grunde genauso aus wie immer. Kein Fremder hätte ihr angesehen, was für ein grauenhaftes Abenteuer sie gerade durchgestanden hatte.

»Man hat uns eine Leiter heruntergelassen, damit wir über die Sandsäcke hochklettern können, und ein Seil, um das Boot näher heranzuziehen«, berichtete sie. »Ich habe das Seil schon festgemacht, und zwar am Dollbord, jedenfalls nehme ich an, daß das so heißt. Hoffentlich war das richtig?«

»Gut gemacht«, meinte Peter. »Sollen wir?«

»Und was wird aus dem Präsidenten?«

»Er sieht aus, als könnte er noch ein paar Stündchen Schlaf brauchen. Wir lassen ihm eine Nachricht hier. Vorausgesetzt, wir finden etwas zu schreiben.«

Peter kramte in Fanshaws Taschen. Er fand zwar keine Brieftasche und keinen Schlüsselbund, dafür aber einen Kugelschreiber, eine Karte mit Fanshaws Namen und dem der Meadowsweet Construction Company sowie eine prächtige Goldmünze mit einem aufgeprägten Adler, die leider am Rand durchbohrt war und an einer langen Kette hing, die allem Anschein nach ebenfalls aus Gold war.

»Eine Zwanzig-Dollar-Goldmünze!« rief Winifred. »Der Großvater meiner Tante hat so eine Münze immer an seiner Uhrkette
getragen. Sie hatte ein Foto von ihm, wie er in einem großen ge-
schnitzten Sessel saß, mit offener Anzugjacke, damit man seine
bestickte Weste sehen konnte, und der große goldene Adler ruhte
bequem auf seinem stattlichen Bauch. Ob Fanshaw das Ding benutzt hat, um Chief Ottermole und Officer Dorkin zu hypnotisieren?«

»Höchstwahrscheinlich. Es sei denn, er hat eins in jedem seiner
Kostüme, was ich nicht glaube. Am besten, wir nehmen die Münze
mit, man weiß nie, wozu man so etwas braucht.«

Peter stopfte seine eigene Brieftasche und seine Schlüssel in die
geborgten Taschen, schrieb auf die Rückseite der Visitenkarte
›Wir gehen Kaffee suchen‹ und legte sie neben Svensons Kopf auf
den Boden. Dann ging er nach draußen und zog an dem Seil, um
das Boot in die Nähe der Leiter zu bringen. Er hielt das Boot ruhig,
während Winifred ihre Füße auf die Leitersprossen setzte, wartete,
bis sie sicher oben auf den Sandsäcken angekommen war, und
folgte ihr.

Das Wasser schwappte zwar gegen die unteren Sandsackreihen,
doch der Fluß hatte aufgehört zu steigen. Wenigstens diese Stadt
würde noch einmal vom Hochwasser verschont bleiben. Einige
Schaulustige lehnten an der improvisierten Mauer, wahrscheinlich
erschöpft von den Mühsalen der langen Nacht, aber noch zu aufge-
wühlt, um nach Hause zu gehen und sich auszuruhen. Zwei von
ihnen machten Anstalten, Winifred zu Hilfe zu eilen, doch sie war
schon auf der anderen Seite, bevor man sie überhaupt erreicht
hatte. Peters Abstieg war weit weniger elegant. Der Boden unter
seinen Füßen fühlte sich höchst merkwürdig an, er bewegte sich
nämlich nicht. Die Zuschauer lächelten die Fremdlinge schüchtern
an, anscheinend fiel es ihnen schwer, das Eis zu brechen. Peter
lächelte zurück.

»Vielen Dank für das Seil und die Leiter«, sagte er. »Ein herr-
liches Gefühl, endlich wieder an Land zu sein. Hat es hier viele
Schäden gegeben? Allem Anschein nach sind Sie ja noch einmal
mit heiler Haut davongekommen.«

Wie immer fand sich jemand, der die Rolle des Gruppenspre-
chers übernahm. »Stimmt, wir haben noch mal Glück gehabt. Wir
wußten schon seit langem, daß der verdammte alte Upper-Clavaton-Damm brechen würde, bevor jemand Zeit haben würde, ihn zu

flicken, daher hatten wir einen Plan in der Schublade und waren gut vorbereitet. Aber Sie sind in Schwierigkeiten geraten, nicht?«

»Das kann man wohl sagen«, meinte Peter. »Wir waren gerade – eh – zu Besuch beim Eigentümer des Bootes, als plötzlich der Sturm losbrach und es vom Dock riß. Glücklicherweise ist unser drittes Crewmitglied ein erfahrener Seemann. Er hat uns sicher den Fluß heruntermanövriert, keine Ahnung, wie er das geschafft hat, bis wir das große Glück hatten, hier anlegen zu können. Im Moment schläft er. Gibt es hier in der Nähe vielleicht ein Restaurant oder ein Lebensmittelgeschäft, das geöffnet ist, damit wir ein paar Sachen einkaufen können, um ihm ein ordentliches Frühstück zu machen, wenn er aufwacht? Und funktionieren Ihre Telefonleitungen noch? Wir müssen unseren Angehörigen mitteilen, wo wir sind. Eh – wo sind wir überhaupt?«

Sein neuer Bekannter schien diese Frage erheiternd zu finden. »Sie sind hier in Wilverton. Drüben direkt vor Lugitoffs Supermarkt gibt es einen öffentlichen Fernsprecher, und das Golden-Apples-Café war die ganze Nacht geöffnet, um die vielen Helfer zu verpflegen. Dort können Sie eine ordentliche Mahlzeit bekommen, solange Sie nichts gegen Biokost einzuwenden haben.«

»Heiliger Sandsack! Da ist uns der Treibstoff ja genau an der richtigen Stelle ausgegangen.«

»In der Tat«, meinte Winifred. »Sie sagten gerade, das Café hieße Golden Apples. Hat dieses Restaurant zufälligerweise etwas mit der Golden-Apples-Konservenfabrik zu tun, die sich meines Wissens nach irgendwo hier in der Nähe befinden müßte?«

»Stimmt, die ist in Briscoe. Das ist die nächstgelegene Stadt von hier aus, Sie müssen im Dunkeln daran vorbeigefahren sein. Die Hälfte der Einwohner von Wilverton arbeitet da. Ich selbst übrigens auch.«

»Ach ja? Aber heute werden Sie sicher nicht mehr dorthin zur Arbeit fahren, oder?«

»Na klar werde ich das. Bill und Dodie arbeiten wie immer mit der kompletten Belegschaft, nur daß wir heute statt um acht erst um zehn anfangen. Das gehört auch zu unserem Katastrophenplan; uns bleibt genug Zeit, nach Hause zu gehen, uns zu waschen und umzuziehen, und, falls nötig, auch ein paar Stunden Schlaf zu ergattern. Wir greifen nicht oft darauf zurück, nur bei Schneestürmen und Wirbelstürmen oder so, wenn wir Schäden beseitigen müssen oder die Fahrmöglichkeiten schlecht sind. Bill und Dodie haben den Plan selbst ausgearbeitet.«

»Die beiden müssen sehr mitfühlende und findige Menschen sein«, sagte Winifred. »Es handelt sich dabei nicht zufällig um Mr. und Mrs. Compote?«

»Doch, genau um die. Aber hier bei uns nennt sie niemand so. Sie kennen die beiden?«

»Noch nicht, aber ich würde sie gern kennenlernen. Meinen Sie, es wäre möglich, daß ich nachher mit Ihnen zusammen zur Fabrik fahren könnte? Ich wollte die Compotes sowieso diese Woche aufsuchen, und es wäre schade, die Gelegenheit ungenutzt verstreichen zu lassen, wo wir schon einmal in der Nähe sind. Ich heiße übrigens Binks, und dieser Herr hier ist Professor Shandy. Wir arbeiten beide am Balaclava Agricultural College. Vielleicht hätten Sie Lust, mich zu begleiten, Peter? Oder möchten Sie lieber hier bei Präsident Svenson bleiben?«

»Nein, ich würde sehr gern mit zu den Compotes fahren, wenn es diesem Herrn möglich ist, uns mitzunehmen. Meinen Sie, es könnte klappen?«

»Sicher, warum nicht? Aber wie kommen Sie wieder zurück zu Ihrem Boot?«

»Zu Fuß, vielleicht nimmt uns ja einer der Firmenlastwagen mit, vielleicht können wir auch Dr. Svenson bitten, uns in Briscoe abzuholen, wenn er ausgeschlafen und den Tank wieder aufgefüllt hat, irgendwie wird es schon klappen. Eh – wir tragen beide keine Armbanduhr. Wann genau wollten Sie losfahren?«

»Es ist jetzt Viertel nach acht, wir haben also noch genügend Zeit. Normalerweise brauche ich für die Strecke nie länger als fünfzehn Minuten, aber ich dachte, heute nehme ich mir ein wenig mehr Zeit, man kann schließlich nie wissen. Wie wäre es, wenn Sie sich zuerst etwas zu essen organisieren und Ihre Anrufe erledigen und wir uns dann um halb zehn Kirchturmzeit hier wieder treffen? Sie hören die Glocken bestimmt läuten. Ich heiße übrigens Fred Smith.«

»Sehr nett, Sie kennenzulernen, Mr. Smith.« Winifred hielt sehr viel von guten Manieren. »Wir werden pünktlich wieder hier sein, und nochmals vielen Dank. Was meinen Sie, Peter, sollen wir als erstes das Café ausprobieren?« fügte sie hinzu, als sie sich auf den Weg gemacht hatten. »Ich habe Heißhunger auf eine große Portion Müsli und eine Kanne Kamillentee. Und zum Nachtisch einen schönen, saftigen, roten Apfel.«

»Meine Güte, Winifred, ich wußte ja gar nicht, daß Sie so ein Genußmensch sind! Gehen Sie ruhig vor, ich komme gleich nach. Ich würde gern Helen noch anrufen, bevor sie zur Arbeit geht. Bestellen Sie mir ein paar Eier und dazu irgendwas, das lecker aussieht.«

Peter hatte in den Taschen seines geborgten Anzugs einige Münzen entdeckt. Dieser Anruf ging auf Fanshaws Kosten, ein erfreulicher Gedanke, der ihn zumindest ein klein wenig für die überstandenen Qualen entschädigte. Endlich wieder die Stimme seiner Frau zu hören war allerdings weitaus erfreulicher.

»Peter! Geht es dir gut? Wo bist du?«

»In Wilverton, zusammen mit Winifred und dem Präsidenten. Wir sind mit einem Schleppkahn den Clavaclammer heruntergefahren.«

»Ihr seid womit gefahren?«

»Schleppkahn. S wie Sisyphus, C wie Cinchona, H wie Helminthe, L wie –«

»Scheusal! Peter, jetzt red doch bitte Klartext. Welcher Schleppkahn? Was in aller Welt ist denn passiert?«

»Du erinnerst dich vielleicht, daß der Präsident und ich im letzten spannenden Kapitel unserer Abenteuergeschichte auf der Forschungsstation eintrafen und uns von dort aus auf die Suche nach Winifreds Entführern gemacht haben. Sieglinde hat dich doch angerufen, oder?«

»Natürlich hat sie das. Besonders glücklich war sie allerdings nicht. Ich übrigens auch nicht, aber das nur nebenbei. Bist du sicher, daß es dir gutgeht?«

»Ich bin munter und fidel. Und du?«

»Liebling, kannst du nicht endlich aufhören, Witze zu machen, und mir verraten, wie du auf diesen verflixten Schleppkahn gekommen bist, bevor ich einen Schreikrampf bekomme?«

»Vielleicht sollte ich der Vollständigkeit halber erwähnen, daß es sich nicht um einen echten Schleppkahn handelt, sondern um eine aufgemotzte Imitation, die Fanshaw gehört. Er oder einer seiner Kumpane hat in der Station angerufen, als wir noch da waren. Wir haben darauf bestanden, mit Winifred persönlich zu sprechen, und sie hatte die geniale Idee, die Namen Annie und Horatio zu erwähnen. Die Rede ist dabei von Schleppkahn-Annie und ihrer Nemesis, Horatio Bulwinkle, für den Fall, daß du dich vielleicht nicht so weit zurückerinnerst.«

»Was für eine phantastische Idee! Wer außer Winifred wäre darauf schon gekommen?«

»Du beispielsweise. Und da die einzige Stelle, auf der sich hier in der Nähe ein Schleppkahn befinden könnte, der Clavaclammer ist, sind wir sofort hingefahren und haben ihn auch prompt gefunden, bewacht von einem Gorilla und Fanshaw, verkleidet als Schleppkahn-Annie.«

»Du lieber Himmel! Und was habt ihr dann gemacht?«

»Ich habe weiter nichts gemacht, als die Hafenpolizei angerufen, nachdem der Präsident die beiden Halunken außer Gefecht gesetzt hatte. Als die Polizei sie abgeführt hat, muß sich leider das Boot irgendwie losgerissen haben. Wir haben es nicht gewagt, im Dunkeln Land anzusteuern, also sind wir immer weiter flußabwärts gefahren, bis wir schließlich hier gelandet sind. Die nächste größere Stadt ist Briscoe, daher werden Winifred und ich hier zuerst im Golden-Apples-Café, das wahrscheinlich ihr selbst gehört, ohne daß sie eine Ahnung davon hat, unser Frühstück einnehmen und danach Bill und Dodie Compote in ihrem Büro aufsuchen.«

»Und was ist mit Thorkjeld?«

»Er ist immer noch auf dem Boot und gönnt sich eine Mütze voll Schlaf, die er sich wirklich sauer verdient hat. Er hat die ganze Nacht am Steuer gestanden und uns den Fluß heruntermanövriert, wie er das geschafft hat, weiß der Himmel. Rufst du bitte Sieglinde an und sagst ihr, daß ihr Gatte ein wahrer Held ist, auch wenn sie es schon längst weiß. Vielleicht sollte ich dich noch warnen, ich habe nämlich den leisen Verdacht, daß unser Boot deshalb abgetrieben ist, weil Fanshaw der Wasserschutzpolizei entkommen ist und die Vertäuung gelöst hat. Am besten, du nimmst deinen Stockschirm mit, wenn du zur Arbeit gehst, damit du dich gegen sämtliche verkleidete Schurken zur Wehr setzen kannst, die dich entführen wollen.«

»In Ordnung, Schatz. Sonst noch was?«

»Mink und Bulfinch sind wahrscheinlich immer noch in der Station und warten. Es wäre nett, wenn du ihnen Bescheid sagen und sie bitten würdest, die Polizei in Clavaton zu benachrichtigen. Ich könnte mir vorstellen, daß sie herkommen und das Boot beschlagnahmen wollen, obwohl ich ziemlich sicher bin, daß der Präsident es freiwillig wieder zurückfährt, sobald er neuen Treibstoff im Tank hat. Jedenfalls müßten wir alle irgendwann heute nachmittag wieder heil zu Hause ankommen, so Gott will und solange der Fluß nicht austrocknet, was mir reichlich unwahrscheinlich erscheint, wenn ich den momentanen Wasserstand betrachte.«

Helen wollte noch etwas sagen, wurde jedoch von einer aufdringlichen Computerstimme unterbrochen. »Bitte werfen Sie fünfundzwanzig Cent nach.«

»Verdammt!« sagte Peter. »Das war Fanshaws Geld, und ich habe keine Münzen mehr. Paß gut auf dich auf, Helen. Mein Gott, wenn du wüßtest, wie sehr du mir fehlst!«

Es fiel ihm schwer einzuhängen, doch die Aussicht auf ein herzhaftes Frühstück war zumindest ein schwacher Trost. Peter eilte zum Café, wo sich Winifred gerade genüßlich über ein Glas frischgepreßten Karottensaft, den Kamillentee, nach dem es sie so gelüstet hatte, und eine Riesenladung Toast aus verschiedenen Vollkornarten hermachte.

»Ah, da sind Sie ja, Peter. Ich habe Ihnen einen Orangensaft und das Holzfäller-Spezialfrühstück bestellt, also ein großes Omelette mit einer Riesenportion selbstgemachter Bratkartoffeln.«

»Hervorragend.« Er entschied sich für Muffins aus Hafermehl als Beilage und probierte den heißen Kaffee, der wie erwartet nach Zichorien schmeckte.

»Ist er gut?«

»Nicht schlecht. Allerdings nicht so gut wie Ihrer, ich vermisse die gemahlenen Löwenzahnwurzeln. Vielleicht sollten Sie Bill und Dodie darüber aufklären.«

»Darauf freue ich mich schon. Sie müssen unbedingt diese Berberitzenkonfitüre probieren, sie ist einfach köstlich. Ich frage mich, ob sie daran gedacht haben, wilde Holzäpfel dazuzugeben. Kultivierte tun es höchstwahrscheinlich auch. Meine Güte, ich bin ganz aus dem Häuschen, wenn ich daran denke, daß ich mich endlich in aller Ruhe mit meinen Partnern unterhalten kann. Glauben Sie, das Café hat etwas mit der Firma zu tun? Mr. Debenham hat darüber nichts verlauten lassen. Mr. Sopwith auch nicht. Obwohl ich gestehen muß, daß Mr. Sopwith nicht unbedingt meinen Vorstellungen von einem zuverlässigen Vermögensverwalter entspricht, auch wenn ich mir ziemlich sicher bin, daß Präsident Svenson ihn schon ordentlich auf Vordermann bringen wird, wenn sie gemeinsam die Bücher durchgehen.« Winifred lächelte schwach. »Das war wohl keine sehr passende Formulierung.«

»Wer weiß«, meinte Peter. »Es würde mich nicht wundern, wenn er genau das tun würde. Fräulein, wären Sie so nett, ein halbes Dutzend Muffins und einen Liter Orangensaft zum Mitnehmen fertigzumachen? Schinken, Eier und Kaffee holen wir im Lebensmittelgeschäft, Winifred. Ich habe Helen gebeten, in der Station anzurufen und auszurichten, daß es Ihnen gutgeht. Mit der Polizei von Clavaton setzt sie sich ebenfalls in Verbindung. Ich nehme an, sie werden die ›Lollipop‹ beschlagnahmen wollen.«

Winifred kicherte wie ein junges Mädchen. »Hoffentlich nicht mit Dr. Svenson an Bord! Können wir sie denn nicht selbst nach Clavaton zurückbringen?«

»Keine Ahnung, wie man in diesen Fällen üblicherweise vorgeht. Irgendwie werden wir wohl schon wieder zurückkommen. Mein Wagen parkt immer noch draußen an den Docks, zumindest hoffe ich das. Doch das ist im Moment wirklich unser kleinstes Problem. Möchten Sie noch einen Krug Karottensaft oder sonst irgend etwas? Wie wäre es mit dem großen roten Apfel?«

»Falls die Uhr dort drüben richtig geht, bleiben uns noch genau einundzwanzig Minuten, um dem Präsidenten sein Frühstück zu bringen und Mr. Smith zu treffen, ich denke daher, wir sollten uns lieber auf den Weg machen, Peter. Außerdem habe ich den furchtbaren Verdacht, daß ich keinen Cent bei mir habe.«

Peter schmunzelte. »Keine Sorge, wahrscheinlich gehört das Restaurant sowieso Ihnen. So oder so, ich habe genug Geld dabei. Holen Sie sich ruhig Ihren Apfel.«

»Hervorragend. Dann kann ich ihn unterwegs essen. Vielen Dank, Fräulein, das Frühstück war wirklich köstlich. Bei Ihnen möchte ich mich natürlich auch bedanken, Peter. Am besten, ich nehme die Muffins und laufe schnell vor, während Sie die Lebensmittel einkaufen. Ich kann ja schon mal den Kessel aufsetzen.«

Als Peter auf dem Boot eintraf, begann Svenson sich allmählich zu regen und begrüßte ihn mit einem ausdrucksstarken »Urrgh?«

Peter hielt ihm die Einkaufstüte vor die Nase. »Was zu essen.«

»Sieglinde?«

»Ich habe mit Helen telefoniert, sie hat ihr bestimmt längst Bescheid gesagt, daß wir alle in Sicherheit sind. Außerdem hat sie die Wasserschutzpolizei informiert. Ich nehme an, sie wird in Kürze hier eintreffen und das Boot abholen.«

»Treibstoff. Kann sie allein zurückbringen.«

»Eh – das wäre natürlich eine Möglichkeit«, erwiderte Peter vorsichtig. »Wie mögen Sie Ihre Eier am liebsten?«

»Massenweise.«

Rühreier machten am wenigsten Arbeit. Peter gab ein Stückchen von der Butter, die er mitgebracht hatte, in die einzige vorhandene Bratpfanne, schlug ein halbes Dutzend Eier auf, gab einen Schuß Milch dazu und rührte. Als der Wasserkessel, den Winifred aufgesetzt hatte, dampfte, nahm er einen Becher und löffelte Kaffee hinein.

Winifred warf ihm einen besorgten Blick zu. »Ich hoffe, der Präsident will nicht zuviel Kaffee. Ich habe den letzten Wassertropfen, den wir im Tank hatten, in den Kessel gefüllt.«

»Was wohl bedeutet, daß wir das Schiff allmählich verlassen sollten. Geben Sie ihm als erstes die Muffins und den Orangensaft«, schlug Peter vor, während er den Schinken auswickelte. Gott sei Dank war er bereits gekocht, denn in der Pfanne war kein Platz mehr. Er rührte die Eier noch einmal um, arrangierte die kalten Schinkenscheiben mehr oder weniger ästhetisch auf dem größten Teller, den er in der Kombüse finden konnte, entschied, daß die Eier genügend gerührt worden waren, und verteilte sie auf dem Schinken.

»*Voilà, monsieur. Bon appétit.*«

»Sehr lustig«, knurrte Svenson, den Mund voll Muffins. »Was noch?«

»Für Sie noch drei Muffins. Winifred und ich würden gern den Compotes einen kleinen Besuch abstatten.«

Peter übernahm es, dem Präsidenten ihren Plan zu erläutern, während Winifred großmütigerweise begonnen hatte, die Pfanne mit Küchenpapier und Salz zu säubern, da das einzige Wasser, was ihnen jetzt noch zur Verfügung stand, sich im Fluß befand. Der Präsident nickte.

»Ich komm' mit.«

»Tut mir leid, Käpten, aber Sie werden an Bord bleiben und mit dem Schiff untergehen müssen. Oder auch nicht, was ich aus tiefster Seele hoffe.« Von draußen waren die gedämpften Schläge der Kirchenglocke zu hören. »Die Sturmglocke ruft. Lassen Sie sich Ihre Eier schmecken. Vergessen Sie die Pfanne, Winifred, man erwartet uns auf den Sandsäcken.«

Kapitel 18

Fred Smith war pünktlich. Zwei Minuten später saßen Peter und Winifred schon in seinem Wagen und befanden sich auf dem Weg nach Briscoe. Sie hatten gut daran getan, etwas früher zu fahren, abgebrochene Äste lagen auf den Straßen, überall waren Pfützen. Am schlimmsten waren die Unmengen von Laub, die der Regen in eine nasse, dunkelbraune Masse verwandelt hatte, die genauso glatt war wie Eis, und sogar noch gefährlicher. Es dauerte tatsächlich volle dreißig Minuten, bis sie die häßlichen gelbbraun gestrichenen Betongebäude erreichten, denen höchstwahrscheinlich diverse Verschönerungen bevorstanden, wenn Peter Winifreds Gesichtsausdruck richtig deutete.

»Das war früher mal eine Brauerei«, erklärte Smith. Sehr gesprächig war er bisher nicht gewesen, doch auch seine Fahrgäste hatten kaum etwas gesagt, da sie ihn nicht beim Fahren stören wollten. »Bill und Dodie haben sich die Gegend wegen des Wassers ausgesucht, oben in den Hügeln gibt es nämlich Naturquellen. Warum steigen Sie nicht einfach hier schon aus? Bill und Dodie müßten eigentlich da drin sein, drüben vor dem Haupteingang steht nämlich ihr Kombi. Gehen Sie einfach schnurstracks hinein, und rufen Sie, wenn das Mädchen nicht am Empfang sitzt. Aber passen Sie beim Aussteigen auf.«

»Nochmals vielen Dank, Smith. Es war wirklich nett von Ihnen, daß Sie uns mitgenommen haben.«

Peter stieg als erster aus und hielt Winifred, die emanzipiert genug war, kleine männliche Gefälligkeiten nicht abzulehnen, die Tür auf. Sie freute sich augenscheinlich wie eine Schneekönigin, den Compotes endlich ihre Pläne für Golden Apples unterbreiten zu können. Peter war dabei etwas mulmig zumute. Die Firma war eindeutig die Erfüllung von Bills und Dodies Träumen, ihre eigene Idee, auch wenn die beiden sie nur mit dem Zaster des alten Binks

· 181

hatten verwirklichen können. Wie würden sie sich wohl fühlen, wenn ihnen urplötzlich ein weiteres Mitglied der Familie Binks ins Haus schneite, mit dem nötigen Kleingeld in der Tasche, das zu machen, was sie selbst durch jahrelange Plackerei und Hingabe nicht hatten erreichen können?

Dabei war es gar nicht Winifreds Verdienst. Er hoffte inständig, daß die Compotes vernünftig genug waren, um einzusehen, daß Winifred ihnen das Angebot niemals machen würde, wenn sie nicht seit so vielen Jahren höchsten Wert auf Qualität und Dienst am Kunden gelegt hätten. Andernfalls würde Winifred ihnen jetzt nämlich keinen roten Heller anbieten, und erst recht nicht die unerschöpflichen Schatztruhen der Binks für sie öffnen und ihnen erlauben, sich nach Herzenslust daraus zu bedienen.

Jedenfalls stand die Stunde der Wahrheit unmittelbar bevor. Winifred rauschte hocherhobenen Hauptes und selbstbewußten Schrittes durch die Tür. Der Empfangsbereich war groß und wirkte ein wenig leer, das einzig interessante Möbelstück war ein reichlich alberner, verzierter Schreibtisch, der möglicherweise das Einweihungsgeschenk von Großvater Binks gewesen war, wie Peter vermutete. Dahinter saß eine relativ junge Dame in einem gelben Overall, die ihn entfernt an jemanden erinnerte, an wen genau, wollte ihm allerdings nicht einfallen. Winifred strahlte sie an wie die gute Fee aus dem Märchen.

»Guten Morgen. Mein Name ist Binks, ich würde gern mit Mr. oder Mrs. Compote sprechen, am besten sogar mit beiden.«

Die Rezeptionsdame erwiderte das Lächeln nicht. »Haben Sie denn einen Termin?«

»Nein, ich war nur zufällig in der Gegend und wollte die Gelegenheit nutzen, ihnen einen kleinen Besuch abzustatten.«

»Ohne Termin können Sie nicht mit ihnen sprechen.«

Da war sie bei Winifred aber an der falschen Adresse. »Unsinn, selbstverständlich kann ich das. Ich nehme an, das da vorn ist ihr Büro.« Sie bewegte sich zielstrebig auf die Tür hinter dem Schreibtisch zu. »Wenn Sie mich nicht anmelden wollen, muß ich es eben selbst tun.«

»Nein! Das dürfen Sie nicht!« Die Frau – Grundgütiger, sie war wirklich ein richtiger Koloß – sprang auf und versperrte Winifred den Weg, indem sie sich mit ausgebreiteten Armen vor der Tür postierte, und begann zu schreien wie am Spieß: »Hilfe! Hilfe! Kommen Sie! Schnell!«

Die Tür wurde von innen aufgerissen. Über der Schulter der Schreienden erschien das Gesicht eines Mannes, ein langes, gebräuntes Gesicht mit einem dichten, rötlichblonden Haarschopf.

»Immer mit der Ruhe, Elvira! Was ist denn bloß passiert?«

»Die will hier einfach rein!«

»Wer will hier rein?«

»Die da!«

»Ich kann niemanden sehen, würden Sie bitte zur Seite treten?«

»Nein! Nein! Nein!«

Ihre Schreie hatten wagnerianische Intensität erreicht. Der Mann, der noch größer war als sie, warf den Besuchern einen Blick zu, der wütend, verwirrt, aber vor allem verlegen war.

»Elvira, was zum Teufel ist bloß in Sie gefahren? Dodie, komm mal schnell! Das Mädchen hat einen Anfall oder so was. Es tut mir schrecklich leid, gnädige Frau!« Er mußte laut schreien, um sich verständlich zu machen, denn die junge Frau brüllte inzwischen wie ein wildgewordener Stier.

Winifred erspähte einen Wasserspender in der Empfangshalle, rannte hin, holte ein Glas mit eiskaltem Wasser und schüttete es mitten in Elviras Gesicht. Die Frau blinzelte, brüllte jedoch unbeirrt weiter. Inzwischen war eine weitere Person, bei der es sich vermutlich um Dodie handelte, hereingestürzt. Sie packte Elvira von hinten bei den Schultern und schüttelte sie wie einen Staubwedel.

»Elvira, Schluß jetzt! Weg von der Tür! Kannst du sie nicht irgendwo einschließen, Bill? Elvira, mein Gott, so hören Sie doch auf!«

Nur mit brutaler Gewalt gelang es den Compotes, ihre rasende Empfangsdame von der Tür zum Büro zu entfernen, was jedoch alles nur noch schlimmer machte. Elvira sprang Winifred an wie eine wütende Tigerin und hätte sie sicher zu Boden geworfen, wenn die Erbin nicht so schnell und behende gewesen wäre. Die Compotes packten sie schließlich bei den Armen und hielten sie fest wie Schraubstöcke. Sie waren beide nicht gerade klein, doch die Furie schleuderte sie umher wie junge Katzen.

»Geben Sie ihr eine Ohrfeige«, keuchte Dodie.

»Mit Vergnügen.« Winifred gehorchte. Doch selbst das hatte nicht den geringsten Erfolg.

Peter stand ein wenig abseits, mischte sich nicht ein und dachte angestrengt nach. Plötzlich dämmerte es ihm. Er griff in Fanshaws Tasche, zog die goldene Kette mit der Goldmünze hervor und begann sie langsam vor Elviras geschwollenem, verzerrtem Gesicht hin und her pendeln zu lassen.

»Konzentrieren Sie sich auf die Münze, Elvira. Hin und her, hin und her, hin und her.«

Widerstrebend, doch sehr bald schon fasziniert, folgten Elviras Augen der glänzenden Münze. Sie hörte auf zu schreien, ihre Muskeln entspannten sich.

»Ganz ruhig, Elvira. Sie werden jetzt sehr müde. Sie wollen nur noch schlafen. Nur noch schlafen.«

Sie sackte in sich zusammen und glitt auf den Boden, ihr Unterkiefer fiel herab, ihre Augen schlossen sich. Sie atmete tief und gleichmäßig. Sie schlief.

»Ja da soll mich doch!« Auch Bill trug einen gelben Overall, er wischte sich mit dem linken Ärmel den Schweiß von der Stirn. »So was Merkwürdiges hab' ich ja noch nie gesehen!«

»Dabei schien Elvira so eine nette Person zu sein«, jammerte seine Frau. »Aber natürlich kennen wir sie nicht allzugut, sie ist erst seit etwa einem Monat bei uns.«

Dodie war einen Kopf kleiner als ihr Mann, doch wenn man ihrem selbstbewußten Gesichtsausdruck Glauben schenken konnte, war sie weder ihm noch sonst jemandem unterlegen. Sie hatte graues Haar, eine schöne reine Haut, rosige Wangen und große blaue Augen. Der gelbe Overall stand ihr hervorragend. Sie sah aus wie jemand, der gern lächelte, doch momentan lag ein besorgter Ausdruck auf ihrem sympathischen Gesicht. »Was in aller Welt ist denn bloß in sie gefahren?«

Peter hielt die Goldkette mit der Zwanzig-Dollar-Münze hoch. »Ich nehme an, das hier ist die Antwort. Die Münze gehört einem Mann, der sich unter anderem Fanshaw nennt. Ihrer Reaktion nach zu urteilen, würde ich sagen, er hat sie damit hypnotisiert und dann als Spionin hier eingeschleust, nachdem er ihr suggeriert hat, Sie unter allen Umständen von Winifred Binks fernzuhalten. Das hier ist übrigens Winifred.«

»Stimmt. Und ich freue mich sehr, Sie endlich kennenzulernen«, sagte die Hauptaktionärin. »Ich nehme an, Sie sind Mr. und Mrs. Compote. Sie werden sich sicher daran erinnern, daß sowohl mein Anwalt als auch ich Sie während der letzten Tage mehrfach angerufen haben, um einen Termin für ein Treffen mit Ihnen zu arrangieren. Ich bin sicher, Sie hatten triftige Gründe, uns nicht zurückzurufen.«

Dodie und Bill tauschten erstaunte Blicke aus. »Ich kann mir das alles nicht erklären. Wir haben Ihre Nachrichten überhaupt nicht erhalten! Sie sind also die Enkelin von Mr. Binks! Wir haben uns schon gefragt, ob wir Sie wohl je kennenlernen würden.«

»Wir hätten uns sicher schon viel früher getroffen, aber ich habe erst letzten Samstag bei einer Unterredung mit meinem Vermögensverwalter erfahren, daß wir überhaupt etwas miteinander zu tun haben. Es interessiert Sie vielleicht, daß ich ihn bereits instruiert habe, Ihrer Firma einen Teil meines Vermögens zukommen zu lassen. Ich kenne und schätze Ihre ausgezeichneten Produkte schon seit langem. Nach einer sorgfältigen Betriebsanalyse bin ich zu dem Schluß gekommen, daß Ihre Firma hervorragend geführt wird, und habe daher beschlossen, Ihnen meine volle Unterstützung zukommen zu lassen. Es war und ist mir eine große Freude, daß wir bereits Geschäftspartner sind.«

»Uns geht es genauso«, sagte Dodie etwas benommen.

Winifred lächelte. »Ich wollte Sie aus folgendem Grund treffen: Ich beabsichtige keineswegs, mich in Ihre Arbeit einzumischen, selbst wenn ich über genügend Sachkenntnis verfügen würde, was sicherlich nicht der Fall ist, aber ich hätte einige Verbesserungsvorschläge, was Vertrieb und Marketing betrifft, die ich Ihnen gern unterbreiten würde. Selbstverständlich würde ich die finanziellen Mittel bereitstellen, die man zur Umsetzung benötigt. Daher habe ich mir auch die Freiheit genommen, mich an Ihrem weiblichen Drachen vorbeizuschmuggeln, und diese unerfreuliche Szene verursacht, wofür ich Sie vielmals um Verzeihung bitte. Aber wahrscheinlich hätte ich Sie nie erreicht, wenn ich es nicht getan hätte. Meinen Sie, wir sollten Elvira auf eine Couch oder so etwas legen?«

»Ich bin geneigt, sie genau da zu lassen, wo sie momentan liegt«, sagte Peter. »Wenn wir versuchen, sie zu bewegen, bevor sie die Möglichkeit hat, sich ordentlich auszuschlafen, laufen wir Gefahr, daß sie noch einen Wutanfall bekommt. Mit Hypnose kenne ich mich nicht besonders gut aus.«

»Also mich haben Sie tief beeindruckt«, sagte Bill. »Ich habe Sie für einen Experten gehalten.«

»Ich hatte lediglich Gelegenheit, zwei Leute zu beobachten, die Fanshaw mit demselben Trick außer Gefecht gesetzt hat. Glücklicherweise trage ich zufällig seinen Anzug, und er ist nicht mehr dazu gekommen, seine Taschen vorher zu entleeren. Ich glaube, wir haben eine Menge zu besprechen. Warum machen wir es uns nicht gemütlich?«

»Sie haben völlig recht. Kommen Sie doch hier herein.«

Dodie führte sie in einen Raum, der wohl ihr Geschäftsbüro war, auch wenn er Peter eher an das gemütliche kleine Wohnzimmer seiner verstorbenen Tante Effie erinnerte. Neben einem Schreibtisch aus Eichenholz, der immer noch die letzten Reste seines ursprünglichen Lacks besaß, bestand die Zimmereinrichtung aus einem Drehstuhl, der höchstwahrscheinlich quietschte, einem Schaukelstuhl aus Ahornholz, einem Sofa mit abgenutztem Chintz-Bezug, einer langhalsigen Schreibtischlampe, einer jener spinnenartigen schwarzen Stehlampen aus Eisen mit vergilbtem Pergamentlampenschirm, wie sie jeder, der sich nichts Eleganteres leisten konnte, in den dreißiger Jahren zu haben pflegte, einigen alten Läufern und einer Unmenge von Fotografien, von denen einige gerahmt, andere dagegen mit Heftzwecken an den Wänden befestigt waren. Es gab sogar einen altmodischen schwarzen Eisenofen nebst Kohleneimer und dampfendem Wasserkessel. Auf dem Läufer vor dem Ofen lag ein Boston-Terrier, der um die Schnauze herum schon grau war und im Schlaf leise schnaufte.

»Tiger ist unser Wachhund«, erklärte Bill. »Fühlen Sie sich bitte wie zu Hause. Winifred, Sie nehmen den Schaukelstuhl, auf dem hat Ihr Großvater immer am liebsten gesessen. Er war ein interessanter alter Kauz, ständig hatte er neue Flausen im Kopf. Wir haben ihn immer furchtbar gern hier gehabt. Mein Gott, wie schön, Sie jetzt bei uns zu sehen, Winifred. Und Sie selbstverständlich auch – eh –«

»Oh, Sie müssen entschuldigen. Das ist Professor Shandy vom Balaclava Agricultural College, ein guter Freund von mir. Ich bin übrigens ebenfalls dort tätig, was Sie wahrscheinlich noch gar nicht wissen«, fügte Winifred gerade mit kindlichem Stolz hinzu, als die Tür aufging und noch eine Frau in einem gelben Overall, der wohl bei Golden Apples zur Standardkleidung gehörte, mit einer Handvoll Briefe ins Zimmer eilte. Sie war zwar nicht mehr jung, bewegte sich jedoch mit der Leichtfüßigkeit eines zehnjährigen Mädchens.

»Auf eine pflichtbewußte Briefträgerin ist immer Verlaß. Bei Regen, bei Schnee, bei Hochwasser, auch wenn sie sich die halbe Nacht um die Ohren geschlagen hat, um den Jungs die Säcke für den Sand aufzuhalten. Hier ist Ihre Post. Ach herrje, ich wußte gar nicht, daß Sie Besuch haben. Haben Sie übrigens schon gesehen, daß Elvira draußen am Empfang ausgestreckt auf dem Boden liegt und lauter schnarcht als Tiger? Vermutlich ist sie die ganze Nacht auf den Beinen gewesen und hat bei der Sandsacktruppe mitgearbeitet, auch wenn es ihr eigentlich gar nicht ähnlich sieht. Sie ist immer so etepetete. Sollten wir sie nicht lieber ins Zimmer holen und auf das Sofa legen?«

»Nein«, sagte Bill. »Wenn sie so erschöpft ist, wollen wir sie lieber nicht stören. Aber vielleicht sollten wir sie mit einer Decke zudecken. Dodie, vielleicht magst du das übernehmen, damit Mae ihrer Arbeit weiter nachgehen kann. Vielen Dank für die Post, Mae. Hoffentlich sind es nicht wieder nur Rechnungen.«

»Mae ist unser guter Geist«, erklärte er, nachdem die Dame wieder gegangen war. »Sie sorgt für uns wie eine Mutter, wirklich eine sehr nette Frau. Sie war von Anfang an bei uns. Schauen Sie mal, Winifred, hier ist ein Brief von Ihrem Anwalt. Haben Sie etwas dagegen, wenn ich ihn jetzt öffne?«

»Nein, ganz im Gegenteil. Ich nehme an, er bittet Sie lediglich schriftlich um einen Termin, da er Sie seit Tagen telefonisch nicht erreichen konnte.«

Bill öffnete den Umschlag mit einem etwas merkwürdig aussehenden Plastikbrieföffner, der ein herziges kleines Mädchen mit einer Schleife im Haar darstellte, das ein noch herzigeres Kätzchen mit einer Schleife um den Hals im Arm hielt. Er bemerkte Peters hochgezogene Augenbraue und grinste.

»Altes Familienerbstück. Meine Großmutter hat es während der Weltwirtschaftskrise bei einer Lotterie im Kino gewonnen und mit nach Hause gebracht. Sie war so versessen auf Ramon Navarro, daß Opa damals sogar versucht hat, ihn wegen Entfremdung der Ehepartnerin zu verklagen. Nanu? Was soll das denn?«

Seine Augen verengten sich zu Schlitzen, seine Kiefermuskeln verspannten sich. »Winifred, hier steht, daß Sie bei uns aussteigen wollen.«

»Wie bitte? Lassen Sie mal sehen.«

Selbst Winifreds gute Erziehung hielt sie nicht davon ab, den Brief an sich zu reißen. »Was soll das denn? Das ist ja eine Unverschämtheit! Was hat er sich dabei wohl gedacht? Peter, Sie waren dabei, Sie haben doch meine Instruktionen gehört. Ich hoffe doch sehr, daß ich mich klar genug ausgedrückt habe?«

»Klarer geht es gar nicht. Winifred hat sich am Samstag morgen mit Debenham, dem langjährigen Anwalt der Familie, und einem

Mann namens Sopwith, dem neuen Treuhänder für das Binks-Vermögen, getroffen«, erklärte Peter den Compotes. »Präsident Svenson und ich waren ebenfalls anwesend. Winifred hat dem College nämlich einen Teil ihres Vermögens gestiftet, damit wir eine Forschungsstation einrichten, zu der auch ein kleiner Fernsehsender gehört. Ihre finanzielle Lage ist daher auch für uns von großem Interesse, ganz zu schweigen von der Tatsache, daß sie eine gute Freundin ist und wir nicht wollen, daß man sie übers Ohr haut.«

»Und?« Bill Compote klang immer noch sehr argwöhnisch.

»Wir sind ihre diversen Beteiligungen durchgegangen, und sie hat Sopwith beauftragt, einige Aktien abzustoßen, die ihr Großvater an einer Firma namens Lackovites besaß, der Name wird Ihnen zweifellos ein Begriff sein, und die Gewinne in Golden Apples zu reinvestieren.«

»Ich habe diese Entscheidung getroffen«, fügte Winifred hinzu, »weil ich die Geschäftsgepflogenheiten beider Firmen eingehend studiert habe und feststellen mußte, daß Golden Apples zwar einen hervorragenden Ruf genießt, was Qualität und Lauterkeit betrifft, jedoch gewisse Schwächen aufweist, was die Verkaufsförderung betrifft, wenn Sie mir meine Offenheit verzeihen, während die Lackovites-Leute ausgezeichnete Verkaufsstrategien entwickelt haben. Aber da ihre Produkte ungenießbar sind, wollte ich mich auf der Stelle von ihnen trennen. Als ich erfuhr, wie groß meine Anteile an Golden Apples bereits sind, habe ich beschlossen, mich persönlich einzusetzen und eine offensivere Werbung anzukurbeln. Aus diesem Grund habe ich Mr. Debenham beauftragt, ein Treffen mit Ihnen zu arrangieren. Nichts lag mir ferner, als Sie zu bitten, mir meine Anteile abzukaufen, selbst wenn – ehm –«

»Selbst wenn wir das Geld dazu hätten, was wir natürlich nicht haben«, beendete Bill ihren Satz. »Ja, aber wie sollen wir dann diesen Brief verstehen?«

»Das weiß ich auch nicht. Und noch dazu Mr. Debenham! Ich – ich bin erschüttert. Bitte entschuldigen Sie.«

Winifred schniefte und wühlte verzweifelt in sämtlichen Hosentaschen. Dodie reichte ihr eine Schachtel mit Papiertüchern.

»Vielen Dank, Dodie. Es tut mir ja so leid. Wir haben bloß in der letzten Zeit schon so viel – sagen Sie es ihnen, Peter.«

Winifred vergrub ihr Gesicht in einem Taschentuch, Peter räusperte sich und hätte verflucht gern gewußt, was er ihrer Meinung nach erzählen sollte. Nachdem er Bill und Dodie auf ihrem eigenen Grund und Boden getroffen hatte, konnte er sich nur schwer vorstellen, daß sie in üble Machenschaften verwickelt sein könnten. Aber warum sollte er ihnen über den Weg trauen, wenn sich schon so viele andere Menschen als Verräter entpuppt hatten? Er konnte nicht einmal mit Sicherheit sagen, ob Tiger wirklich ihr Hund war.

Doch was sollte der ganze Unsinn? Falls diese beiden Leute die Fäden in der Hand hielten, bestand keinerlei Grund, warum er ihnen etwas verschweigen sollte, das sie sowieso schon wußten. Falls sie es aber nicht wußten, war es nur fair, ihnen endlich die Augen zu öffnen. Auf irgendeine Weise hatten auch sie mit der Sache etwas zu tun, er brauchte nur an die kleinen Zeichnungen in Emmericks Sachen zu denken, ganz zu schweigen von der schlafenden Schönen draußen auf dem Fußboden. Er fing mit Emmerick an.

Einige Minuten später kratzte sich Bill den roten Schopf wie eine Katze, die versucht, einen Floh loszuwerden. »Herr des Himmels! Wollen Sie damit etwa sagen, daß dieser Emmerick quicklebendig war, als er ins Netz ging, und mausetot, als er wieder herunterfiel? Einfach so?«

»Haargenau. Und als wir am nächsten Morgen die Firma, bei der er angeblich beschäftigt war, von seinem Ableben verständigen wollten, stellte sich heraus, daß man ihn dort nicht kannte.«

»Das hat man uns zumindest mitgeteilt.« Es war Winifreds Geschichte, und sie wollte unbedingt mitreden. »Inzwischen bin ich nicht mehr geneigt, noch irgendeinem Menschen Glauben zu schenken. Obwohl es relativ unwahrscheinlich ist, daß die Meadowsweet Construction Company vorgeben würde, Mr. Emmerick nicht zu kennen, nur weil er auf so groteske Weise ermordet wurde. Man hört zwar immer wieder Gerüchte über die unmöglichsten Vorkommnisse in großen Firmen, weil anscheinend alle ihr sogenanntes Image schützen wollen, aber Meadowsweet ist gar keine besonders große Firma.«

»Die Größe ist dabei unwichtig«, sagte Bill. »Hier bei uns in Briscoe ist vor einigen Monaten auch etwas Merkwürdiges passiert.«

»Also wirklich, Bill, ich glaube nicht, daß Winifred die Geschichte über den Eisenwarenladen hören will«, unterbrach Dodie. »Was ist dann passiert, Professor Shandy?«

Peter hätte zwar gern erfahren, was sich in dem Eisenwarenladen zugetragen hatte, doch vor allem wollte er von hier weg und

189

heim nach Balaclava. Er fuhr also fort, unterstützt von Winifreds zahlreichen Einschüben, schilderte Fanshaws Aussehen, seine Verhaftung, die Hypnosevorstellung im Gefängnis sowie die kurze Entführung von Viola Buddley und beschrieb schließlich die Kritzeleien, die darauf schließen ließen, daß auch die Compotes irgendwie mit der ganzen Geschichte zu tun hatten, da er es für angebracht hielt, sie wissen zu lassen, daß auch sie immer noch zu den Verdächtigen zählten. Schließlich berichtete er von Winifreds Entführung, Fanshaws Rückkehr in neuer Verkleidung und dem spannenden Finale, das zu ihrer Höllenfahrt auf dem Clavaclammer und dem heutigen Besuch bei Golden Apples geführt hatte.

»Menschenskind!« sagte Bill, als sie fertig waren. »Wenn das nicht ein Hammer ist! Was werden Sie als nächstes tun?«

»Gute Frage«, sagte Peter. »Wir haben die Polizei von Clavaton benachrichtigt und sie gebeten, herzukommen und den Schleppkahn abzuholen, weil wir dort einige interessante Beweisstücke entdeckt haben, unter anderem diverse falsche Pässe, die Fanshaw sich unter verschiedenen Namen in allerlei Verkleidungen ausgestellt hat. Angenommen, er ist letzte Nacht ein weiteres Mal entkommen, dürfte es ihm eigentlich nicht mehr möglich sein, das Land zu verlassen, wenn er nicht irgendwo noch einen weiteren Stapel Pässe versteckt hat.«

Peter zuckte mit den Achseln. »Aber das macht es auch nicht leichter, ihn aufzuspüren, befürchte ich. Ein Chamäleon wie Fanshaw könnte sich wahrscheinlich sogar in einer Telefonzelle verstecken. Die große Frage ist, ob er tatsächlich der Rädelsführer ist oder nur ein Bandenmitglied. Was den Sinn dieser rätselhaften Vorfälle betrifft, tappe ich allerdings genauso im dunkeln wie Sie.«

Kapitel 19

Also, ich glaube, ich wüßte da schon eine Antwort.« Bill Compote war stinkwütend. Seine grünen Augen blitzten wie die einer Katze, und er schüttelte seinen rotblonden Schopf, als er sich über seinen Schreibtisch beugte und seinen langen, knotigen Zeigefinger wie eine Pistole auf Winifred richtete. »Haben Sie mit irgend jemandem darüber gesprochen, daß Sie Ihre Lackovites-Aktien verkaufen wollten, Winifred? Vor dem Treffen, meine ich.«

Winifred dachte nach. »Wenn ich recht überlege, ja, es könnte sein, daß ich meine Absicht angedeutet habe. Natürlich habe ich nichts Genaues gesagt. Aber wir hatten in der Forschungsstation viele Besucher, die an Seminaren über Naturkostprodukte teilgenommen haben. Wir haben Erntemethoden, Zubereitung, Nährstoffzusammensetzung und dergleichen besprochen. Unweigerlich kommt man immer zu der Frage, welche Produkte, die auf dem Markt erhältlich sind, qualitativ gut sind und welche nicht, und ich habe die Vorzüge von Golden Apples gegenüber Lackovites immer sehr deutlich herausgestellt. Wie ich bereits sagte, habe ich mich außerdem eingehend über beide Firmen informiert, hauptsächlich, indem ich zu den verschiedenen Geschäften geradelt bin und die Angestellten ausgehorcht habe. Es würde mich nicht wundern, wenn einer der Vertreter von Lackovites davon Wind bekommen hätte, daß ich überall herumgeschnüffelt habe, und man einige meiner Kommentare an ihn weitergegeben hätte. Jeder, der wußte oder vermutete, daß das Binks-Vermögen auch in einigen Lackovites-Aktien steckte, war bestimmt clever genug zu erkennen, daß ich sie irgendwann abstoßen würde. Warum wollen Sie das wissen, Bill?«

»Weil Lackovites mit allen Mitteln und Wegen versucht hat, uns aufzukaufen. Man hat mit allen möglichen schmutzigen Tricks versucht, uns in die Knie zu zwingen, aber wir sind standhaft geblieben und gedenken auch jetzt nicht nachzugeben. Es scheint ganz so, als hätte Lackovites aufgegeben, uns weiter einzuheizen, und sich statt dessen an Sie herangemacht. Das würde auch mehr Sinn ergeben, schließlich sind Sie unsere Hauptaktionärin.«

»Mein lieber Bill«, erwiderte Winifred. »Sie wissen doch hoffentlich genausogut wie ich, daß es allein Ihre harte Arbeit und Ihre eisernen Prinzipien sind, die Golden Apples zu dem gemacht haben, was es heute ist, und daß ich nur aufgrund eines Zufalls etwas mit Ihrem Geschäft zu tun habe. Mit Ihrer Erlaubnis werde ich noch in dieser Woche Mr. Debenham« – sie wand sich vor Verlegenheit –, »ich meine, meinen Rechtsbeistand beauftragen, zwanzig Prozent meiner Holdings auf Sie und Dodie zu überschreiben. Dadurch wären wir beide zu fünfzig Prozent beteiligt, so daß wir als gleichwertige Partner miteinander arbeiten könnten, solange ich in der Lage sein werde, meinen Teil dazu beizutragen. Im Falle meines Ablebens oder meiner Geschäftsunfähigkeit fällt meine Hälfte automatisch an Sie. Es ist mir bewußt, daß ich meine Privilegien als Miss Geldbeutel immer noch aufs gröbste ausnutze, aber ich glaube einfach, daß ich mehr beitragen kann als nur mein Geld, und möchte es unbedingt versuchen. Außerdem will ich auf jeden Fall dabeisein, wenn es zum Zweikampf mit Lackovites kommen sollte.«

»O Winifred!« Dodie fiel der Miss Geldbeutel um den Hals, Bill schüttelte ihr die Hand, Tiger versuchte, auf ihren Schoß zu klettern. Peter stellte fest, daß er selbst strahlte wie ein frischgebackener Vater. Wenn die Compotes Schwindler waren, dann war er der verschollene Dauphin von Frankreich.

»Das wäre also geregelt.« Winifred nickte energisch, um ihre wahren Gefühle zu verbergen, und sorgte dafür, daß Tiger es sich auf ihrem Schoß bequem machen konnte. »Und jetzt möchte ich euch erklären, wie ich mir unsere neue Werbekampagne vorstelle.«

Was sie auch tat, mit klaren, nüchternen Worten schilderte sie ihre Pläne und untermauerte sie mit Fakten und Zahlen. Bill und Dodie hörten ihr so gebannt zu, als habe man sie hypnotisiert, warfen hin und wieder ein Wort ein, wenn es etwas zu klären oder zu erläutern gab. Sie waren hingerissen von Winifreds Vorschlag, im Fernsehprogramm von Balaclava kostenlos für ihre Produkte werben zu dürfen, und ein wenig überwältigt von ihrem Angebot, das Gebiet um die alte Brauerei von Landschaftsarchitekten neu gestalten zu lassen, um Golden Apples ein neues, imposanteres Image zu verleihen.

»Aber das wird ein Vermögen kosten«, warf Dodie ein.

»Das glaube ich nicht. Oder sollte ich mich irren, Peter?«

»Sie haben völlig recht, Winifred. Unser College ist immer darauf bedacht, den Studenten Jobs zu vermitteln. Wir könnten das Ganze in ein Projekt für angehende Landschaftsarchitekten verwandeln und Bäume, Sträucher und Sämlinge verwenden, die wir in unseren eigenen Baumschulen und Gewächshäusern gezogen haben und Ihnen zum Einkaufspreis verkaufen können. Die Gewinne gehen an unseren Stiftungsfonds. Die Studenten werden für einen angemessenen Stundenlohn arbeiten, verschiedene Fakultätsmitglieder werden ihre Leistungen überprüfen und das Ergebnis benoten. Cronkite Swope wird für den *Gemeinde- und Sprengel-Anzeyger* eine fortlaufende Serie schreiben, und Ihre Lokalzeitung wird sicher auch mitziehen. Wenn die Arbeiten beendet sind, veranstalten Sie ein großes Fest, und Winifred wird eine nette kleine Rede halten. Es wird eine wunderbare Werbung für Golden Apples sein und außerdem für die beteiligten Studenten eine gute Starthilfe für spätere Jobs.«

»Natürlich immer vorausgesetzt, daß die Schurken von Lackovites nicht ein paar Stinktiere zu unserer Party schicken.« Als vorsichtiger Yankee war Bill nicht gewillt, den Tag vor dem Abend zu loben. »Ich bin hundertprozentig mit allem, was Sie gesagt haben, einverstanden, Winifred, aber wie kommen wir aus unserer jetzigen mißlichen Lage heraus?«

»Finden Sie das Stinktier, das die Fäden in der Hand hält, und werfen Sie es aus dem Rennen«, sagte Peter. »Es steckt bestimmt ein führender Kopf dahinter, und ich glaube, Sie haben recht mit der Annahme, daß wir ihn bei Lackovites suchen sollten. Was wissen Sie über deren Geschäftsgepflogenheiten?«

»Hauptsächlich, daß die Lackovites-Leute eine Bande von Betrügern sind, aber ich nehme an, das wissen Sie bereits. Winifred hat recht, ohne ihre offensiven Werbekampagnen wäre die Firma längst eingegangen. Dodie und ich reden nicht gern schlecht über Konkurrenten, aber das Beste, was man über Lackovites sagen kann, ist, daß die meisten Produkte, die sie verkaufen, nicht völlig giftig sind.«

»Vorausgesetzt, man ernährt sich nicht zu lange davon«, warf Dodie ein.

Bill schnaubte. »Wenn man das täte, würde man entweder verhungern oder Skorbut bekommen. Lackovites hat übrigens schon Probleme mit der Gesundheitsbehörde, wenn Sie die Wahrheit wissen wollen, auch wenn es der Firma bis jetzt gelungen ist, dies geheimzuhalten. Meiner Meinung nach versuchen sie auch aus genau diesem Grund gerade mit allen Mitteln, sich Golden Apples einzuverleiben. Nicht daß ich uns über den grünen Klee loben möchte, aber wir sind bekannt für unsere erstklassigen Produkte. Die Lackovites-Leute können sich jetzt nur noch retten, indem sie Golden Apples schlucken und unter unserem Namen weitermachen. Es ist anzunehmen, daß sie versuchen werden, uns auf ihr Niveau herunterzuziehen, wenn sie uns erst einmal in der Hand haben. Ich habe den Haufen Vizepräsidenten, den sie uns neulich auf den Hals gehetzt haben, gefragt, warum sie nicht zur Abwechslung mal versuchen, anständige Produkte zu verwenden und Qualitätskontrollen einzuführen, statt sich immer wieder neue Wege auszudenken, gutgläubige Menschen zu betrügen, aber sie haben mich nur ausgelacht. Verflixt und zugenäht, ich würde Golden Apples eher niederbrennen, als untätig zuzusehen, wie diese Geier darüber herfallen.«

»Und ich würde neben ihm stehen und die Streichhölzer halten«, sagte Dodie. »Wir haben übrigens ebenfalls Nachforschungen über Lackovites angestellt. Soweit wir in Erfahrung bringen konnten, gibt es dort so viele sogenannte Geschäftsführer, die wie aufgescheuchte Hühner überall herumrennen, daß die meisten überhaupt keine Ahnung haben, was die anderen gerade tun. Doch denen scheint sowieso alles egal zu sein, solange der Rubel nur rollt. Wenn ihnen die Kunden weglaufen, starten sie einfach eine neue aufwendige Werbekampagne und preisen irgendein neues Wunderprodukt an.«

»Das aber in Wirklichkeit nichts anderes ist als das alte Zeug in einer neuen Verpackung«, knurrte Bill.

»Völlig richtig, Liebling, aber die Leute mögen nun einmal eingängige Werbung und wollen alles Neue sofort ausprobieren, und die großen Ladenketten reagieren auf dieses Verhalten, indem sie die neuen Produkte in ihr Programm aufnehmen, und so kommt eins zum anderen. Bisher hat es immer gut geklappt, doch inzwischen sind die Kunden nicht mehr ganz so gutgläubig, wie diese Ganoven glauben. Die Erfolgswelle von Lackovites beginnt allmählich abzuebben, und wenn die zigtausend Geschäftsführer immer noch nicht in Panik geraten sind, sollten sie das meiner Meinung nach schleunigst tun.«

»Winifreds Entscheidung, die Aktien abzustoßen, könnte für andere Aktionäre das Signal sein, es ihr nachzutun«, sagte Peter. »Jedenfalls würde Winifreds Finanzspritze für Golden Apples bei Lackovites gravierende Folgen nach sich ziehen, es sei denn, man reißt dort im letzten Moment noch das Steuer herum. Wann könnten Sie beide mit der neuen Verkaufskampagne und der Verbesserung der Verpackung beginnen?«

Bill lächelte. »In etwa zwanzig Minuten. Wir wissen seit langem, woran es bei uns hapert, und haben bereits einen Plan ausgearbeitet, für den Fall, daß wir je überraschend zu Geld kommen sollten. Als erstes wird unser Werbefachmann, den Sie hier vor sich sehen, eine Annonce entwerfen, in der wir mitteilen, daß wir expandieren wollen. Dann werden wir nach geeigneten Vertretern suchen.«

»Die meisten werden wahrscheinlich Frauen sein«, warf Dodie ein. »Unsere Verkaufsleiterin wird ein besonderes Trainingsprogramm durchführen, damit auch alle genau wissen, was sie verkaufen und wie sie es am besten vorstellen. Mit genügend Mitarbeitern und einer effektiven Werbung schafft Janice es sicher, Lackovites innerhalb eines Monats einen schweren Schlag zu verpassen. Was die Verpackung betrifft, haben wir bereits ein Design-Studio gebeten, verschiedene Entwürfe auszuarbeiten. Wollen Sie sie mal sehen?«

Selbstverständlich wollte Winifred. Sie wollte alles sehen, was mit Golden Apples zu tun hatte, bis hin zur Installation. Peter wollte lieber gehen als sehen. Er konnte sich nicht erinnern, je etwas mehr gewollt zu haben, aber andererseits wollte er Winifred nicht allein bei den Compotes zurücklassen. Er wußte selbst nicht, warum, es war einfach so.

»Eh – Winifred, ich will Ihnen nicht in die Parade fahren, aber sollten wir nicht doch allmählich an unsere Rückfahrt denken? Wir wissen nicht, wer in der Station ist und wie es Calthrop geht. Und auch nicht, wo Fanshaw abgeblieben ist, und das ist längst noch nicht alles.« Zu den anderen Dingen, die sie zu klären hatten, gehörte der merkwürdige Brief von Anwalt Debenham, doch wollte Peter nicht zusätzlich Salz in Winifreds Wunden streuen.

Ihre Tante hatte sie gut erzogen, als richtige Binks stellte sie ihre Pflicht über alles. Winifred hob Tiger vorsichtig von ihrem Schoß und übergab ihn Dodie.

»Sie haben recht, Peter, wir müssen uns unbedingt auf die Sokken machen, außerdem haben Bill und Dodie sicher genug zu tun. Ich werde mit Mr. Sopwith noch einmal über die Lackovites-Aktien sprechen, sobald ich zurück bin, und Gott steh ihm bei, wenn er sie immer noch nicht verkauft hat. Wissen Sie was? Ich rufe Sie morgen früh an, Dodie, damit wir einen Termin mit den Verpakkungsleuten und unserer Verkaufsleiterin vereinbaren können, was meinen Sie? Bei der Gelegenheit könnte ich dann auch meinen kleinen Rundgang machen, auf den ich mich schon sehr freue. Es war mir ein ausgesprochenes Vergnügen, meine neuen Partner kennenzulernen. Ich kann Ihnen gar nicht sagen, wie glücklich ich bin, bei Golden Apples mitmachen zu dürfen. Ich bin sicher, daß wir unsere Probleme schon bald lösen werden. Ach herrje, da fällt mir Elvira ein, glauben Sie, daß sie immer noch da draußen liegt und schläft? Wenn sie schon aufgewacht ist, könnte sie uns eigentlich gut ein Taxi rufen. Ich halte es für das beste, zurück zur ›Lollipop‹ zu fahren und nachzusehen, was Präsident Svenson macht. Meinen Sie nicht auch, Peter?«

»Sie brauchen kein Taxi zu rufen«, sagte Bill. »Wir haben heute sowieso eine Lieferung nach Wilverton, hätten Sie vielleicht Lust, in einem unserer Laster zurückzufahren?«

»Wie reizend! Ich wußte gar nicht, daß wir welche besitzen. Sie müssen ja geradezu entsetzt sein über meine Unwissenheit.«

»Aber Sie werden feststellen, daß sie äußerst schnell lernt«, sagte Peter.

Er wurde den Eindruck nicht los, daß Bill es merkwürdig eilig zu haben schien, sie loszuwerden. Aber vielleicht irrte er sich, immerhin waren die Angestellten heute zu spät zur Arbeit erschienen und würden sehr wahrscheinlich ihr normales Tagespensum nicht schaffen, außerdem gab es vielleicht auch noch Sturm- und Flutschäden.

Zudem war es irgendwie verständlich, daß die Compotes ein wenig überwältigt waren, daß Winifred so plötzlich ihr finanzielles Füllhorn über ihren nichtsahnenden Häuptern ausschüttete. Vielleicht fragten sie sich, ob sie genauso verschroben war wie ihr Großvater und ob man sich so ohne weiteres auf sie verlassen durfte. Sicherlich hatte Debenhams Brief sie zusätzlich verwirrt. Man konnte es ihnen nicht verdenken. Peter verabschiedete sich von Dodie und dem alten Terrier und folgte Winifred und Bill nach draußen.

Elvira war verschwunden. Die Decke lag schön ordentlich zusammengefaltet auf dem Schreibtisch, hinter dem eigentlich die wiedererwachte Dame sitzen müßte. Bill knurrte.

»Mae hat sie sicher ins Wohnzimmer gebracht. Na ja, vielleicht besser so. Schadet dem Ruf der Firma, wenn Angestellte sich mitten im Zimmer auf den Boden legen. Ich kann diese Hypnosegeschichte noch immer nicht begreifen. Wie ist es möglich, daß ein völlig Fremder daherkommt und so etwas mit einem anstellt?«

»Das gleiche ist zwei Polizisten namens Ottermole und Dorkin passiert«, sagte Peter. »Sie haben einfach nicht geahnt, was Fanshaw im Schilde führte. Viele Leute glauben, daß man nur willensschwache Menschen hypnotisieren kann, ich glaube jedoch, daß genau das Gegenteil zutrifft. Ich nehme an, Elvira verfügt über eine durchschnittliche Intelligenz?«

»O ja, dumm ist sie weiß Gott nicht. Sie hat sich um die telefonischen Bestellungen gekümmert. Soweit ich weiß, hat sie bis jetzt keinen Fehler gemacht. Außerdem kann sie recht gut mit Kunden umgehen. Ich hoffe bloß, daß die ganze Geschichte ihr nicht das Gehirn vernebelt hat oder so was.«

»Ottermole und Dorkin sind wieder ganz normal. Ich nehme an, bei Elvira wird es genauso sein.«

Danach sagte Peter nicht mehr viel. Winifred hatte zahlreiche Fragen, die die Firma betrafen, und Bill beantwortete sie mit einer Ausführlichkeit, die Peter ziemlich übertrieben vorkam. Er war erleichtert, als sie endlich in Wilverton ankamen und sahen, daß der Schleppkahn immer noch unterhalb der Sandsäcke vertäut war. Thorkjeld Svenson schritt an Deck auf und ab wie der Koloß von Rhodos.

Winifred konnte sich nur schwer von Bill loseisen. Peter ließ sie zurück und kletterte auf die Sandsäcke. »Ahoi, ›Lollipop‹!«

»Hat verdammt lange gedauert«, brüllte Svenson zurück.

»Winifred hatte mit den Compotes viel zu bereden.« Peter versuchte, Svenson alles zu erklären, während er die Leiter hinunterstieg. »Und ich mußte die Sekretärin enthypnotisieren. Ein Glück, daß ich die richtige Ausrüstung bei mir hatte.« Er faßte in Fanshaws Tasche und zog den goldenen Talisman an der Kette heraus. »Schauen Sie nur, Präsident. Hier ist das Vögelchen!«

»Sehr lustig.« Svenson warf einen verächtlichen Blick auf den pendelnden Adler. »Wasserschutzpolizei war hier. Hat mir einen Matrosen dagelassen.«

197

»Ach ja? Wo ist er denn?«

»Unter Deck. Macht Kaffee. Wollen Sie auch welchen?«

Peter schüttelte den Kopf. »Nein, danke. Ich habe meinen ›Riverboat Spezial‹ immer noch nicht ganz verdaut. Hat man Ihnen auch Treibstoff mitgebracht?«

»Alles startbereit. Ich bringe Sie wieder zurück. Klettern Sie an Bord.«

»Eh – gibt es keine andere Transportmöglichkeit?«

»Hab' mir gedacht, daß Sie das sagen würden«, knurrte Svenson. »Doch. Streifenwagen. Da drüben.«

»Ah. Da Sie ja bereits jemanden haben, der Ihnen beim Kochen zur Hand gehen kann, denke ich, daß Winifred und ich besser den schnelleren Weg wählen.«

»Aloa.«

»Ganz meinerseits. Fröhliches Schleppen.« Unendlich erleichtert sprang Peter wieder von den Sandsäcken und eilte zu dem wartenden Streifenwagen.

Kapitel 20

Ich hoffe, mein Wagen ist nicht weggetrieben.«

Peter wurde zunehmend nervöser, je mehr sie sich Clavaton näherten, denn einige Orte, die keine Sicherheitsvorkehrungen getroffen hatten, sahen nach dem Dammbruch katastrophal aus. »Ein Glück, daß ich weit genug von der Straße weg geparkt habe, auf einer Zementplattform hinter einem Gebäude, das aussah wie ein Lagerhaus, drüben bei den Docks.«

Der Polizist, der sie fuhr, nickte. »Ich glaube, ich weiß, welche Stelle Sie meinen. Höchstwahrscheinlich haben Sie Glück gehabt. Die Uferstraße hat es ziemlich arg erwischt, aber wir könnten den Weg über den Hügel nehmen.«

Der Mann hatte vollkommen recht. Peter hatte sogar daran gedacht, seine Autoschlüssel in Fanshaws Jackentasche zu stecken. Das Innere seines Wagens war trocken geblieben, und der Motor sprang nach ein paar Spotzern mühelos an. Nachdem er Winifred sicher verstaut hatte, dankte Peter ihrem freundlichen Fahrer und schaffte es sogar, die etwas komplizierte Wegbeschreibung zu befolgen und sicher die Straße nach Lumpkinton zu erreichen.

»Zuerst setze ich Sie ab, Winifred. Es sei denn, Sie möchten lieber mit mir nach Balaclava Junction fahren.«

»Vielen Dank für das Angebot, aber es geht nicht. Ich muß unbedingt herausfinden, was in der Station los ist, jetzt wo Knapweed außer Gefecht gesetzt ist und es Viola nicht gutgeht. Vielleicht ist sie heute gar nicht zur Arbeit gekommen. Man könnte es ihr nicht einmal übelnehmen, wenn man bedenkt, was sie mitgemacht hat. Meine Güte, ist das wirklich alles erst gestern passiert? Ich habe das Gefühl, als wären wir einen ganzen Monat weg gewesen.«

»Sind wir das etwa nicht?«

Im Binnenland war die Straße in keinem schlechteren Zustand als sonst, also trat Peter aufs Gas. Er war müde. Gott, was war er müde! Wurde er langsam alt, oder war sein Zustand nur die Folge von zu wenig Schlaf und zu viel Clavaclammer?

Donnerstag hatte er zum letzten Mal normal geschlafen, daran konnte er sich genau erinnern. Freitag früh war er in Topform gewesen, danach hatte er sein übliches Tagespensum mit Bravour bewältigt und sich schon auf die kurze Nacht mit den Eulen gefreut. Er hatte ein herzhaftes Abendessen zu sich genommen und sich voll Tatendrang auf den Weg gemacht, haargenau wie während der letzten zwanzig Oktober, Klemmappe gezückt, Fernglas einsatzbereit, mit der festen Absicht, kein einziges Exemplar der Gattung *Strigiformes* in seinem Zählbereich unregistriert zu lassen.

Als Junggeselle war Peter Shandy ein zwanghafter Zähler gewesen, doch inzwischen verfügte er über zahlreiche andere Möglichkeiten der Freizeitgestaltung. Bis zu jener Freitagnacht hatte er allerdings immer eine heimliche Genugtuung dabei empfunden, wenn er ein hübsches Sümmchen zusammenzählen konnte. Heute jedoch hatte er das deprimierende Endzeitgefühl, eine Eule zuviel gezählt zu haben.

Peter wußte immer noch nicht, wie der Trick mit dem weißen Federbündel funktioniert hatte. Er glaubte zwar nicht, daß dies sonderlich wichtig war, höchstwahrscheinlich war es ihm sogar ziemlich egal, sonst hätte er längst etwas zur Klärung unternommen. Der starke Regen hatte inzwischen sicher sowieso alle Spuren, die es vielleicht einmal gegeben hatte, fortgewaschen. Als er dies Winifred mitteilte, gab sie ihm recht.

»Es würde sowieso nichts ändern. Selbst wenn wir wüßten, wie sie den Eulentrick angestellt haben, würde das Mr. Emmerick nicht wieder zum Leben erwecken. Womit ich nicht sagen will, daß ich ihn vermisse, auch wenn das noch so schrecklich klingt. Selbst dieser Mann hat bestimmt irgend jemandem etwas bedeutet. Es beunruhigt mich allerdings ein wenig, daß wir immer noch nicht wissen, wer er wirklich war.«

»Falls die Polizei es inzwischen nicht herausgefunden hat, kann es nur eine Frage der Zeit sein.«

»Ganz bestimmt! Sie sind mir ein echter Trost, Peter.«

Winifred schwieg. Peter war sich ihres Schweigens bewußt, denn es war so beredt, daß man es schwerlich überhören konnte. Es stand so deutlich im Raum, daß man es regelrecht packen und in einer Kiste verstauen konnte. Da er nicht wußte, was er sagen sollte, wartete er.

»Peter«, sagte Winifred, nachdem sie ausreichend geschwiegen hatte. »Vielleicht halten Sie mich für naiv, wenn ich eine so dumme Frage stelle, aber ist Ihnen auch aufgefallen, daß sich Bill und Dodie, von dem herzlichen Empfang, den sie uns bereitet haben, einmal abgesehen, ziemlich zurückhaltend verhalten haben? Während unseres kleinen Gesprächs hatte ich immer wieder das merkwürdige Gefühl, daß das, was sie sagten, nicht dem entsprach, was sie dachten. Nicht daß ich sie für falsch oder heuchlerisch halte, aber irgendwie – ich weiß auch nicht. Sagen Sie mir bitte, daß ich mir das alles nur einbilde.«

»Mir ist es ganz genauso gegangen. Ich habe mir schon überlegt, wie ich es Ihnen am taktvollsten beibringen könnte.«

»Warum sollten Sie taktvoll zu mir sein? Ich dachte, wir sind Kollegen?«

»Meiner Meinung nach sollte man den Menschen gegenüber, die einem am nächsten sind, ganz besonders taktvoll sein. Wenn Sie wirklich wissen wollen, was ich über die Compotes denke, würde ich sagen, daß sie völlig durcheinander waren. Immerhin sind wir plötzlich unangemeldet hereingeschneit und haben Elvira in Rage versetzt, und dann haben Sie ihnen vollkommen unerwartet den Vorschlag gemacht, sie als gleichberechtigte Partner zu behandeln und ihnen die finanziellen Mittel zufließen zu lassen, auf die sie seit Jahren vergeblich gehofft haben, und schließlich flatterte ihnen auch noch dieser verrückte Brief von Debenham ins Haus. Da die beiden bisher nur mit Ihrem Großvater zu tun hatten, konnte ich mir den Gedanken nicht verkneifen, daß sie vielleicht befürchten, daß Sie – eh –«

»Daß ich genauso ein verrückter Vogel bin? Das kann man ihnen kaum verdenken, oder? Nun ja, ich nehme an, es wird nicht schwer sein, Bill und Dodie davon zu überzeugen, daß wir Binks zwar gelegentlich ein wenig verrückt sind, aber daß man sich auf unser Wort und unser Geld verlassen kann. Natürlich haben sie sich über den Brief aufgeregt, mir ist es ja genauso gegangen. Ich kann einfach nicht glauben, daß Mr. Debenham nach all den Jahren so etwas . . .«

Winifred schüttelte wütend den Kopf und putzte sich mit einem von Dodies Taschentüchern die Nase. »Ich muß mich auf jeden Fall zuerst mit ihm in Verbindung setzen und die Sache klären, bevor ich irgend etwas anderes in Angriff nehme. Im Moment fühle ich mich wie jemand, der in seinem eigenen Haus aufwacht und feststellt, daß man ihm den Boden unter den Füßen weggezogen hat.«

Woraufhin sie erneut in Schweigen verfiel. Peter unterbrach die Stille nicht. Was sollte er dazu sagen? Wenigstens war Winifred bereit, ihren Anwalt für seinen Verrat zur Rechenschaft zu ziehen. Und Peter Shandy war Teufel noch eins bereit, ihr dabei tatkräftig zur Seite zu stehen. Genau wie Disko Troop haßte er es, wenn er sich in einem Menschen getäuscht hatte – und Debenham hatte er wirklich für eine ehrliche Haut gehalten.

»Wir sind nicht mehr weit von der Station entfernt«, knurrte er nach einer Weile. »Ungefähr hier haben der Präsident und ich Viola an ihrem Baum gefunden. Was meinen Sie, warum wird sie wohl ständig an irgendwelche Bäume gefesselt?«

»Weil sie so viel herumhüpft, vermute ich.« Winifred versuchte, wieder etwas positiver zu klingen. »Viola erinnert einen irgendwie an einen losgerissenen Heißluftballon. Ich hatte selbst schon mehrfach das Bedürfnis, sie irgendwo anzubinden. Ich wüßte nur gern, ob sie heute zur Arbeit erschienen ist.«

»Irgend jemand ist jedenfalls da.«

Auf dem Parkplatz standen zwei Wagen. Peter hätte schwören können, daß der eine ihren Nachbarn, den Porbles, gehörte. Dr. Porble war Helens Chef in der Bibliothek, und seine Frau war eng mit Helen befreundet, also parkte er seinen Wagen direkt neben diesem und eilte ins Haus. In der Tat erspähte er eine vertraute, gern gesehene Gestalt am Schreibtisch, doch es war nicht Helen.

»Sieglinde! Was machen Sie denn hier?«

Helen wäre jetzt auf sie zugelaufen und hätte sie beide herzlich umarmt, doch des Wikingers majestätische Gemahlin ließ sich nur zu einem Hundertwattlächeln und einem huldvollen Nicken ihres goldgekrönten Hauptes herab.

»Thorkjeld hat mich angerufen, nachdem ihr euch auf die Suche nach den Goldenen Äpfeln gemacht habt. Er erwähnte, daß in der Station das Personal knapp würde, daher habe ich mir das Auto der Porbles geborgt und bin hergefahren. Schön, Sie zu sehen, Peter. Und Sie natürlich auch, Winifred. Wo ist denn mein Mann?«

»Irgendwo auf dem Clavaclammer, er bringt den Schleppkahn zurück«, erklärte Peter. »Ich vermute, der Präsident hat nicht zufällig erwähnt, daß er letzte Nacht ein wahres Wunder vollbracht hat, indem er uns heil und gesund in stockfinsterer Nacht den Fluß hinunter manövriert hat, nachdem wir abgetrieben sind und der Damm gebrochen ist? Ohne ihn hätten wir bestimmt Schiffbruch erlitten und wären ertrunken.«

»Nein, davon hat er keinen Ton gesagt. Er hat nur erwähnt, daß er die Segeltour genossen hätte, aber sehr viel lieber bei mir zu Hause gewesen wäre, was ich ihm gern glaube. Wundert mich gar nicht, daß er das Schiff wieder zurückbringt, Thorkjeld ist immer äußerst pflichtbewußt. Außerdem hat er nur selten Gelegenheit zu Bootsfahrten. Purvis Mink und Alonzo Bulfinch sind nach Hause gefahren, um sich ihren wohlverdienten Schlaf zu gönnen, aber Silvester Lomax ist noch hier. Er hat die Vögel gefüttert und nach Schurken gesucht. Bisher hat er zwar noch keinen gefunden, doch er gibt die Hoffnung nicht auf. Silvester ist ebenfalls sehr pflichtbewußt.«

»Das freut mich sehr«, sagte Winifred. »Ich bin sehr froh, Sie zu sehen, Sieglinde. Es ist reizend von Ihnen, daß Sie uns helfen. Viola ist demnach wohl nicht zur Arbeit erschienen?«

»Erschienen ist sie zwar«, sagte die Frau des Präsidenten und verzog dabei kaum merklich die Lippen, »aber ich habe sie auf der Stelle wieder zurückgeschickt, damit sie sich etwas Passenderes anzieht. Shorts zu dieser Jahreszeit sind absurd und führen nur zu Nierenleiden. Außerdem sollte man dicke rote Beine mit Speckwülsten zu keiner Jahreszeit öffentlich zur Schau stellen. Hosen hätte ich noch akzeptieren können. Wenigstens sind sie warm und praktisch, wenn auch nicht gerade schmeichelhaft für kräftig gebaute Frauen, wie ich selbst aus leidvoller Erfahrung und zu Thorkjelds großer Erheiterung weiß. Auch Pullover mit der Aufforderung, Bäume zu umarmen, die eine Nummer zu klein sind und auf bloßer Haut getragen werden, scheinen mir für eine Stätte des Lernens fehl am Platz. Ich habe ihr alles genau erklärt. Viola mag zwar die Richtigkeit meiner Argumentation nicht ganz begriffen haben, doch meine Autorität hat sie eindeutig erkannt. Sagen Sie mir die Wahrheit, Peter, hat Thorkjeld ein ordentliches Frühstück bekommen?«

»Keine Sorge, Sieglinde, wir waren klug genug, ihn gut zu füttern. Er hat einen Polizeibeamten an Bord, der ihm als Kombüsensklave dient. Ist sonst noch etwas vorgefallen, seit Sie angekommen sind?«

»Mr. Debenham hat eine Nachricht hinterlassen und will unbedingt mit Ihnen sprechen, Winifred. Es sind sogar zwei Nachrichten, eine von seiner Sekretärin und eine von ihm. Er hat eben angerufen und schien völlig außer sich. Ich habe ihm versprochen, Sie würden ihn so schnell wie möglich zurückrufen.«

»Worauf Sie sich verlassen können«, erwiderte Winifred grimmig. »Hat er gesagt, ob er den ganzen Tag in seinem Büro erreichbar ist?«

»Er hat mir versichert, daß er sich nicht vom Fleck rühren wird, bis er den Klang Ihrer Stimme gehört hat.«

»In den Genuß wird er sehr bald kommen, allerdings nicht per Telefon. Peter, darf ich mich Ihnen noch einmal aufdrängen?«

»Sie drängen sich mir nicht auf, Winifred. Würden Sie gern etwas anderes anziehen oder sich frisch machen wollen, bevor wir losfahren?«

Winifred warf einen Blick auf ihre arg mitgenommene Hose und den Pullover, dem man ansah, daß sie darin geschlafen hatte. »Gute Idee. Ich werde mich beeilen.«

»Nehmen Sie sich ruhig Zeit. Ich möchte Helen schnell Bescheid sagen, daß wir wieder zurück sind, außerdem würde ich gern erfahren, wie es Calthrop geht.«

»Aber natürlich. Finden Sie heraus, ob er Besuch bekommen darf. Sie sagten doch eben im Wagen, daß er im Krankenhaus von Clavaton liegt. Vielleicht könnten wir kurz bei ihm vorbeischauen, nachdem wir –«

Sie ließ den Satz unvollendet, und Peter verstand nur zu gut, warum. Sieglinde suchte ihm die Telefonnummer des Krankenhauses heraus und schaffte es nach einigem Hin und Her, mit der Intensivstation verbunden zu werden. Calthrop war wieder bei Bewußtsein und konnte bereits Nahrung zu sich nehmen. Seine Vitalfunktionen waren soweit in Ordnung, und man versuchte, anhand diverser Tests die Schwere seiner Kopfverletzungen festzustellen. Zum jetzigen Zeitpunkt war keine Operation notwendig, doch er wurde genau beobachtet. Nur die nächsten Verwandten durften zu ihm.

Das waren gute Neuigkeiten. Peter rief die Polizei in Clavaton an. Der Mann, der sich Fanshaw nannte, war tatsächlich während des Sturms entkommen. Das war eine schlechte Nachricht, doch damit hatte er ja gerechnet. Er wählte die Nummer der College-Bibliothek und fragte nach seiner Frau.

Als es Peter endlich gelungen war, Helen zu versichern, daß er zum Abendessen wirklich und wahrhaftig zu Hause sein würde, selbst wenn es mit dem Teufel zuginge, war Winifred schon wieder unten. Diesmal trug sie statt Hose und Pullover ein elegantes enzianblaues Jackenkleid und hatte sich einen Schal mit Blumenmuster um den Hals geschlungen. Marineblaue Schuhe, Handtasche, Handschuhe und ein Filzhut mit einem kleinen Strauß aus blauen Eichelhäherfedern vervollständigten das Ensemble. Sieglinde war entzückt.

»Ah! So sollte ein würdiges Mitglied unserer Fakultät aussehen. Sie sind eine wahre Zierde für unser College, Professor Binks. Finden Sie nicht, Peter?«

»In jeder Beziehung«, erwiderte er galant. Winifred war zwar keine berauschende Schönheit, doch in dieser Kluft sah sie tatsächlich sehr beeindruckend aus. Vornehm, das war das richtige Wort. Warum trugen nicht mehr Frauen Hüte?

Sich für das Gespräch mit Debenham in Schale zu werfen war ein geschickter Schachzug, wie ihr wohl selbst klar war. Winifred kletterte selbstbewußt in Peters Wagen, legte den Sicherheitsgurt an und setzte sich kerzengerade hin, starrte nach vorn und hielt die neue Handtasche, in der sich zweifellos der fatale Brief befand, mit beiden Händen umklammert. Peter konnte ihr Gesicht nicht sehen, doch er hatte den Eindruck, daß ihre Nasenflügel bebten und ihre Lippen zusammengepreßt waren.

Debenhams langjährige Klientin befand sich fürwahr in einer prekären Lage. Für den Anwalt, der sich viele Jahre lang selbstlos für ihr Erbe eingesetzt hatte, war die Lage allerdings noch sehr viel prekärer. Winifred ausgerechnet zu dem Zeitpunkt zu verlieren, als es sich endlich lohnte, für sie zu arbeiten, war dabei noch lange nicht das Schlimmste. Debenhams Ruf als Anwalt stand auf dem Spiel. Falls bekannt wurde, daß er sich den Wünschen seiner Klientin widersetzt und mit der Lackovites-Bande gegen sie intrigiert hatte, würde er Glück haben, wenn man ihm nicht auf der Stelle seine Lizenz entzog.

Peter hatte Debenham für einen anständigen, vernünftigen Mann gehalten. War dieser Mensch tatsächlich dumm genug gewesen, sich von Schurken wie Emmerick und Fanshaw einwickeln zu lassen? War es ihnen gelungen, ihn davon zu überzeugen, daß Winifred einen furchtbaren Fehler beging, wenn sie die Compotes rückhaltlos unterstützte? Oder glaubte er etwa in seinem Wahn, sie vor ihrer eigenen Torheit schützen zu müssen? Oder hatte er neue, negative Informationen über Golden Apples in Erfahrung gebracht, die er ihr bisher nur noch nicht hatte mitteilen können? War dies der Grund für seine dringenden Anrufe gewesen?

Peter fiel ein anderer Grund ein, der zwar etwas weit hergeholt, aber immerhin möglich war. Wenn Debenham von Winifreds Entführung gewußt hatte, hingegen nicht wußte, daß sie ihren Entführern entkommen war, hatte er vielleicht mit seinen Anrufen nur vortäuschen wollen, daß er von ihrem Verschwinden keine Ahnung hatte.

Der Moment der Wahrheit stand jedenfalls unmittelbar bevor. Winifred rückte ihren Hut zurecht, betupfte sich die Lippen mit einem blaßrosa Pflegestift und fuhr sich zu guter Letzt mit einer Puderquaste über die Nase. Grundgütiger, sie ging wirklich aufs Ganze. Er hielt sich respektvoll ein bis zwei Schritte hinter ihr, als sie in das Büro des Anwalts rauschte, kampfbereit und auf alles gefaßt.

Im Vorzimmer saß ein junger Büroangestellter und suchte juristische Präzedenzfälle in dicken Wälzern. Obwohl sie im Zustand höchster Erregung war, vergaß Winifred ihre guten Manieren nicht.

»Guten Tag, Frank. Sie brauchen nicht aufzustehen, ich werde mich selbst anmelden.«

Doch das war gar nicht nötig. Der Anwalt stürzte ihnen bereits entgegen, sein Gesicht strahlte vor Freude.

»Miss Binks! Kommen Sie doch herein! Was bin ich froh, Sie zu sehen! Aber Sie hätten wirklich nicht eigens herzukommen brauchen, ich hätte doch zu Ihnen kommen können.«

Winifred erwiderte nichts. Peter nahm an, daß sie dazu momentan gar nicht in der Lage war. Sie eilte in Debenhams Büro und nahm Kurs auf den Stuhl direkt vor seinem Schreibtisch. Dies war zweifellos ihr besonderer Stammplatz. Da sie ihm zuvorgekommen war und sich bereits gesetzt hatte, ohne seine Aufforderung abzuwarten, gab sich Debenham notgedrungen damit zufrieden, noch einen zweiten Stuhl für Peter zu holen. Dann begab er sich hinter den Schreibtisch und setzte sich auf seinen Drehstuhl, er wirkte etwas beunruhigt und hatte auch allen Grund dazu.

»Wie schön, daß Sie gekommen sind«, fing er überflüssigerweise wieder an. »Wir müssen uns unbedingt darüber unterhalten –«

Inzwischen hatte sich Winifred wieder unter Kontrolle. Sie hatte ihre Handtasche geöffnet und hielt das fatale Schreiben bereits in der Hand. »Ich weiß sehr wohl, worüber wir uns unterhalten müssen«, unterbrach sie ihn. »Professor Shandy und ich waren zufällig heute morgen bei den Compotes, als deren Post kam. Mr. Debenham, können Sie mir erklären, warum Sie diesen ungeheuerlichen Brief verfaßt haben?«

Mit einer stolzen Bewegung ihrer blaubehandschuhten Hand reichte sie ihm das Schreiben über den Schreibtisch. Mr. Debenham griff nach seiner Lesebrille, rückte sie mühsam zurecht und überflog den Brief. Seine Kinnlade fiel herunter. Er riß sich die Brille von der Nase, rieb sie wie wild an seiner Krawatte, setzte sie sich wieder auf und las das Schreiben erneut.

»Um Himmels willen! Miss Binks, Sie glauben doch hoffentlich nicht, daß ich das geschrieben habe?«

»Wenn Sie es nicht waren, wer war es dann?«

Er öffnete die oberste Schreibtischschublade und nahm einen leeren Bogen Schreibpapier mit aufgedrucktem Briefkopf heraus. »Dies ist mein offizielles Briefpapier, das ich bereits seit siebenunddreißig Jahren benutze. Wären Sie so nett, mit dem Finger über die Schrift zu fahren und mir dann zu sagen, was Sie fühlen? Tun Sie es doch bitte einmal.«

Nach anfänglichem Zögern zog Winifred ihren rechten Handschuh aus und fuhr mit einer Fingerkuppe vorsichtig über den Briefkopf. »Ich fühle viele kleine Unebenheiten.«

»Genau. Gestochen, das heißt, die Schrift ist erhaben. Und jetzt sind Sie bitte so nett und berühren die Schrift auf dem Blatt, das Sie mitgebracht haben.«

Winifred folgte seiner Anweisung, diesmal weniger zögerlich. Schließlich überzog ein unendlich erleichtertes Lächeln ihr Gesicht. »Keine Unebenheiten!«

»Sehr richtig. Würden Sie mir auch noch den Gefallen tun und sich meine Unterschrift ansehen? Hier, nehmen Sie meine Lupe. Ich möchte Sie bitten, den Namenszug mit der Unterschrift auf diesen Rechnungen zu vergleichen, die ich gerade ausgestellt habe. Können Sie irgendwelche Unterschiede feststellen?«

»O ja! Und ob ich das kann! Der Schriftzug auf den Rechnungen sieht fest und entschlossen aus. Aber die Schrift auf diesem Brief wirkt unsicher und zittrig, und das *ham* sieht wirklich merkwürdig aus. Daraus können wir schließen, daß der Briefkopf fotokopiert wurde und daß es sich um eine gefälschte Unterschrift handelt.«

Die dunklen Wolken hatten sich verzogen, Winifred strahlte wieder. »Ich hätte es wissen müssen. Die einzige Entschuldigung für meine Begriffsstutzigkeit, die ich zu meiner Verteidigung anführen kann, ist die Tatsache, daß ich, soweit ich mich erinnere, noch nie einen Brief von Ihnen erhalten habe. Wir haben uns entweder immer persönlich getroffen oder am Telefon unterhalten. Und diese ungeheure Nachricht ausgerechnet in diesem Moment – Sie müssen wissen, Mr. Debenham, in den letzten Tage jagt ein unglaubliches Ereignis das andere. Wir sind allmählich nur noch auf das Schlimmste gefaßt. Können Sie mir jemals verzeihen?«

»Aber meine liebe Miss Binks, ich glaube, Ihnen könnte ich alles verzeihen. Ich bin mir nur zu sehr bewußt, mit wie vielen Schwierigkeiten Sie in der letzten Zeit zu kämpfen hatten. Ich muß gestehen, daß ich mir ernsthaft Sorgen gemacht habe, als ich heute morgen die Station anrief und eine fremde Frau sich meldete.«

»Das war Mrs. Svenson, die Gattin des Präsidenten. Man hat mich nämlich gestern am späten Nachmittag entführt und auf einem Schleppkahn gefangengehalten, der im Clavaclammer-Jachthafen vor Anker lag. Glücklicherweise haben mich Peter und Dr. Svenson befreit, einer meiner Entführer war übrigens jener Mr. Fanshaw, von dem Sie meines Wissens bereits gehört haben, diesmal hatte er sich als Schleppkahn-Annie verkleidet.«

»Herr des Himmels!«

»Das kann man wohl sagen«, stimmte Winifred ihm zu. »Als Fanshaw von der Polizei von Clavaton abgeführt wurde, hat er es irgendwie geschafft, das Boot loszumachen, und wir sind abgetrieben. Da es zu gefährlich war, das Ufer anzusteuern, hat Dr. Svenson das Steuer in die Hand genommen, wie man es wohl nennt, und wir sind die ganze Nacht den Clavaclammer hinuntergejagt, und so sind wir heute morgen auch bei Golden Apples gelandet.«

»Meine Güte, Miss Binks, was wird wohl als nächstes kommen? Wissen Sie was, ich mache Ihnen eine Tasse Tee. Ich habe allerdings nur Teebeutel.«

»Teebeutel sind durchaus akzeptabel, ich nehme Ihr Angebot dankend an.«

Schließlich war es die Geste, die zählte. Mr. Debenham schaltete seinen elektrischen Wasserkocher ein und nahm eine Schachtel Pfeilwurzplätzchen aus der Schreibtischschublade unten links. Die eben noch so gespannte Atmosphäre war einer heimeligen Gemütlichkeit gewichen. Peter gab sich im Geiste einen Tritt, daß er nicht schon viel früher auf die Idee gekommen war, der Brief könnte gefälscht sein; doch auch er hatte nie mit Mr. Debenham

208

korrespondiert. Er trank seinen Tee, aß ein Plätzchen und überließ das Sprechen Winifred.

Mr. Debenham hörte zu, wobei er sich auf seinem Drehstuhl zurücklehnte und die Fingerkuppen beider Hände nach echter Anwaltmanier gegeneinander preßte und von Zeit zu Zeit, wenn von besonders schändlichen Taten die Rede war, mißbilligend den Kopf schüttelte. Schließlich gab er seiner professionellen Meinung Ausdruck. »Miss Binks, so kann das unmöglich weitergehen. Dem muß Einhalt geboten werden.«

»Ich stimme Ihnen voll und ganz zu, Mr. Debenham. Peter, haben Sie einen Vorschlag?«

»Allerdings. Ich bin der Meinung, wir sollten uns auf der Stelle zur Bank begeben und ein paar Worte mit Mr. Sopwith wechseln. Wissen Sie zufällig, ob er die Lackovites-Aktien schon verkauft hat, Debenham?«

»Möglich wäre es. Um halb elf heute morgen hatte er allerdings noch nichts unternommen. Genau darüber wollte ich ja mit Ihnen sprechen, Miss Binks. Meiner Meinung nach erweckt Sopwith' unerklärliches Zögern, Ihre Anweisungen zu befolgen, erhebliche Zweifel daran, ob er wirklich der geeignete Verwalter des Binks-Vermögens ist. Es scheint mir erforderlich, daß wir uns auf der Stelle die Bücher anschauen. Soll ich ihn anrufen?«

»Können wir damit rechnen, daß er sich momentan in seinem Büro aufhält?«

»Da bin ich mir fast sicher.«

»Dann sollten wir lieber Peters Vorschlag befolgen und ihm unverzüglich einen Besuch abstatten.« Winifred zog sich die Handschuhe wieder an und schob ihren Stuhl zurück. »Sie zeigen uns den Weg, Mr. Debenham.«

Kapitel 21

Sie brauchten nicht weit zu gehen. Die Bank, in der Sopwith arbeitete, lag genau um die Ecke, in einem der großen viktorianischen Gebäude aus dunkelroten Ziegeln und grauem Granit, die man so häufig in den Städten Neuenglands findet, denen es gelungen ist, dem Fluch der Modernisierung zu entgehen, und die in Zeiten gebaut wurden, als Banken noch beeindruckend statt anbiedernd sein wollten. Debenham führte sie zu einem Treppenhaus aus poliertem Granit, das neben dem Eingang lag und ein schmiedeeisernes Geländer mit Knäufen und Schmuckplatten aus glänzendem Messing besaß, die in die verschlungenen Ornamente eingearbeitet waren.

Die Büros der Abteilung für Vermögensverwaltung befanden sich im oberen Stockwerk, hinter Eichentüren mit Scheiben aus geätztem Glas. Die Namen der Angestellten waren auf Messingplaketten eingraviert. Mr. Sopwith gehörte die dritte Plakette links. Seine Sekretärin bedauerte, ihnen mitteilen zu müssen, daß Mr. Sopwith sich in einer Konferenz befand.

»Dann holen Sie ihn eben heraus«, sagte Winifred. »Wie kann er in einer Konferenz sein? Ich kann hören, daß er telefoniert.«

»Es ist eine Telefonkonferenz.«

»Sagen Sie ihm, er soll gefälligst auflegen. Nein, warten Sie, ich sage es ihm am besten selbst.« Sie ging auf seine Tür zu.

»Aber Sie können unmöglich ohne vorherigen Termin zu ihm hinein.«

»Selbstverständlich kann ich das. Ich bin ziemlich entschlossen und weiß genau, was ich will.«

Peter begann, nach Fanshaws goldener Münze zu suchen, doch das war gar nicht nötig. Die Sekretärin wußte, wann sie besiegt war, zuckte mit den Schultern und drückte auf einen Knopf an ihrer Gegensprechanlage.

»Miss Binks ist hier und wünscht Sie zu sprechen, Mr. Sopwith.«

Sie hörten ein lautes Schlucken und sahen einen dunklen Schatten, der kurz hinter der Scheibe auftauchte. Dann wurde Mr. Sopwith etwas deutlicher. »Ich bin in einer Minute bei ihr. Bitte sagen Sie ihr, sie soll warten.«

»Ich habe keine Lust mehr zu warten.« Winifreds Stimme war laut und bestimmt. »Mr. Sopwith, öffnen Sie sofort die Tür. Falls Sie es nicht tun, schlage ich das Glas ein.«

»Das sollten Sie nicht tun, Miss Binks«, zischte Mr. Debenham. »Das würde den Tatbestand des Einbruchs erfüllen.«

»Und wie hoch ist die Strafe für Einbruch?«

»Da es sich um Ihre erste Straftat handelt, würden Sie wahrscheinlich für den Schaden und die Gerichtskosten aufkommen müssen und vielleicht noch eine kurze Bewährungsstrafe bekommen.«

»Na, dann nichts wie los.«

Winifred schlüpfte aus einem ihrer neuen Lederpumps, hielt ihn an der Spitze fest und holte genüßlich aus. Das Glas klirrte zufriedenstellend, und sie schob ihre behandschuhte Hand durch das entstandene Loch und griff nach dem Türknauf.

»*Voilà*, meine Herren. Sollen wir? Passen Sie auf, daß Sie nicht in das Glas treten. Mr. Sopwith, was in aller Welt machen Sie denn da oben?«

Die Räume waren lange vor der Zeit eingerichtet worden, als Büros mit Aussicht als Zeichen von Prestige galten. Die Belüftung wurde durch Oberlichter über den Türen und hohe Fenster in den Innenwänden, die in Luftschächte mündeten, gewährleistet. Vor einer dieser archaischen Belüftungsanlagen lag ein umgefallener Stuhl, über dem zwei Beine, die in ehrbarem Bankergrau mit dezenten Nadelstreifen steckten, wild um sich traten. Winifred blickte mit belustigtem Interesse zu ihnen hoch.

»Mr. Debenham, können Sie sich noch daran erinnern, wie Sie meine Tante und mich damals zu einer Vorstellung von ›Iolanthe‹ an der High School begleitet haben? Erinnert Sie das nicht auch an Strephon, der kein richtiger Elf war und sich beklagt, daß er zwar mit der oberen Körperhälfte leicht durch das Schlüsselloch paßt, aber mit der anderen Hälfte auf der falschen Türseite wild strampelnd steckenbleibt? Hören Sie auf, sich zu winden und zu krümmen, Mr. Sopwith, Sie machen damit alles nur noch schlimmer. Peter, wenn Sie bitte den anderen Stuhl herbringen würden« –

während sie sprach, stellte sie den Stuhl, den Sopwith umgestoßen hatte, wieder richtig hin –, »könnten wir ihn gemeinsam packen –«

»Erlauben Sie mir, Ihnen zu helfen, Miss Binks.« Sehr behende für einen Mann seines Alters sprang Anwalt Debenham auf den Stuhl. Peter bestieg den anderen, und gemeinsam griffen sie nach den Beinen in Nadelstreifen. An der Tür stand die entsetzte Sekretärin des Vermögensverwalters und starrte sie an.

»Fertig?« fragte Winifred. »Eins – zwei – drei!«

Sopwith kam zwar nicht ohne Gegenwehr herunter, aber er kam, landete unsanft auf dem Teppichboden und sah seine Retter wütend und undankbar an. »Das ist tätliche Beleidigung! Miss Ledbetter, rufen Sie sofort die Polizei!«

»Aber sie haben doch nur versucht, Ihnen zu helfen, Mr. Sopwith.«

»Mir zu helfen? Mir zu helfen?« Zur allgemeinen Verlegenheit rollte der Vermögensverwalter sich in die Embryonallage, schlug die Hände vors Gesicht und begann laut zu schluchzen. Es dauerte ziemlich lange, bis sie ihn wieder beruhigt hatten. Winifred bedauerte zutiefst, daß sie keinen Kamillentee hatte, Peter empfahl einen ordentlichen Schluck eines alkoholhaltigen Getränks. Die Sekretärin nahm eine Mischung aus Kulis und Stiften aus einem Keramikbecher auf Mr. Sopwith' Schreibtisch, holte eine Flasche Brandy aus einem Aktenschrank und goß den Becher halb voll. Der Brandy half ein wenig, doch es war die Bemerkung von Anwalt Debenham über Strafmilderung aufgrund eines Schuldbekenntnisses, die Sopwith schließlich wieder zum Leben erweckte.

»Eh – ähm. Könnte ich vielleicht noch ein winziges Schlückchen – vielen Dank, Miss Ledbetter. Ich – eh – hoffe, daß Sie keine falschen Schlüsse gezogen haben, was mein kleines – ah – Mißgeschick gerade eben betrifft. Ich hatte nämlich nur einen meiner Asthmaanfälle. Sie treten immer ganz unverhofft auf, urplötzlich, ohne jede Vorwarnung. Nicht wahr, Miss Ledbetter?«

»Um – ah – ja, genau. Einen Moment ist Mr. Sopwith noch fit wie ein Äffchen, und im nächsten Moment fängt er schon an, nach Luft zu schnappen wie ein Fisch auf dem Trockenen. Und dann springt er immer auf einen Stuhl und steckt den Kopf in den Belüftungsschacht, um wenigstens ein bißchen frische Luft zu erhaschen. Und ich muß ihn dann jedesmal wieder herunterziehen.«

»Ugh – er –« Sopwith warf ihr einen unheilvollen Blick zu. »Ja, es ist ein richtiges Spielchen zwischen uns. Miss Ledbetter, haben

wir inzwischen den Bericht über den Verkauf von Miss Binks'
Lackovites-Aktien erhalten?«

»Die – ihre Lackovites-Aktien, Mr. Sopwith?«

»Die Lackovites-Aktien, das sagte ich doch gerade. Ich habe Ihnen eigens die Anweisung gegeben, den Börsenmakler anzurufen
und eine Erklärung zu verlangen, warum sie nicht schon längst verkauft worden sind. Sie sind doch sonst nicht so vergeßlich, Miss
Ledbetter.«

»Nein, Mr. Sopwith. Ich vergesse nie etwas.«

Diese Worte klangen nicht so respektvoll, wie ein Vermögensverwalter der alten Schule es von seiner Untergebenen normalerweise erwarten würde. Sopwith wand sich wie ein Aal. Winifred
ließ sich die Gelegenheit nicht entgehen.

»Miss Ledbetter, ich habe nicht den Eindruck, daß Mr. Sopwith
Asthmasymptome aufweist. Er versucht vielmehr, Sie dazu zu
bringen, Ihren Kopf für seine eigenen Fehler hinzuhalten. Und Sie
werden die Sache dann ausbaden müssen, wie man so schön sagt.
Wenn Sie mit seinen Schurkereien nichts zu tun haben, wäre es
eine Beleidigung für Ihr Geschlecht, wenn Sie sich von einem
Mann in dieser hinterlistigen und erniedrigenden Weise manipulie-
ren ließen. Außerdem muß ich Sie darauf aufmerksam machen,
daß es Sie in eine höchst mißliche Lage bringen würde. Sind Sie
also bereit, die Wahrheit zu sagen, oder möchten Sie lieber das
Risiko eingehen?«

»Was für ein Risiko?«

»Schwer zu sagen. Bisher wissen wir lediglich, daß während der
Eulenzählung eine Person in einem Netz gefangen, auf einen
Baum gezogen und dann erstochen wieder heruntergeworfen
wurde. Eine weitere Person liegt mit diversen Verletzungen, unter
anderem einer Schädelfraktur, im Krankenhaus von Clavaton.
Eine dritte Person ist bisher zweimal entführt und jedesmal an
einen Baum gefesselt zurückgelassen worden, einmal in einem
Wald an einer einsamen Straße und einmal am Parkplatz der Forschungsstation des Balaclava College. Ich selbst wurde gestern
ebenfalls entführt und auf einem Schleppkahn gefangengehalten.
Danach wurde der Versuch unternommen, mich gemeinsam mit
Professor Shandy und unserem College-Präsidenten Dr. Svenson
zu ertränken. Es haben sich zudem noch andere Zwischenfälle ereignet, die weniger gewaltsam waren und auf die ich jetzt nicht
weiter eingehen möchte.«

213

»Aber warum?«

»Das ist ebenfalls eine Frage, auf die ich momentan nicht näher eingehen möchte. Allerdings haben wir einen ziemlich sicheren Verdacht, was das Motiv und die Täter betrifft. Mr. Sopwith kann Ihnen da sicher mehr erzählen. Nicht wahr, Mr. Sopwith?«

Es war ein Befehl, keine Frage, doch Mr. Sopwith' Lippen blieben versiegelt.

»Ah«, sagte Winifred. »Scheint ganz so, als wolle Mr. Sopwith lieber auf ein ordentliches Verhör bei der Polizei warten. Werden sie ihn hier in unser aller Beisein ausfragen oder in ihr Vernehmungszimmer schleppen? Wie läuft so etwas für gewöhnlich ab, Mr. Debenham?«

»Eine sehr gute Frage, Miss Binks. Wie Sie wissen, beschäftigt sich meine Kanzlei in der Hauptsache mit Zivilrecht, aber ich kann es leicht herausfinden. Miss Ledbetter, vielleicht sind Sie so freundlich und verbinden mich mit dem Polizeirevier in Clavaton. Bitte erklären Sie den Damen und Herren dort, daß wir hier jemanden haben, der versucht hat, sich durch einen Sprung in den Luftschacht das Leben zu nehmen, um auf diese Weise zu verhindern, für seine etwaigen kriminellen Machenschaften zur Verantwortung gezogen zu werden.«

»Außerdem haben wir hier jemanden, der vorsätzlich und mutwillig eine Tür eingeschlagen hat«, fügte Winifred mit einem kaum merklichen Augenzwinkern hinzu. »Beide Parteien müssen die gerechte Strafe für ihre Untaten erhalten, finden Sie nicht auch, Mr. Sopwith? Wie wäre es, wenn wir, statt hier untätig auf den Schlußakt zu warten, zu Fuß hinüber ins Polizeirevier gehen und uns stellen? Das würde der Bank eine Menge Peinlichkeiten ersparen und möglicherweise den Arm des Gesetzes dazu verleiten, ein ganz klein wenig milder mit uns umzugehen. Was meinen Sie dazu, Mr. Sopwith?«

»Miss Ledbetter, rufen Sie meinen Anwalt.«

»Es tut mir schrecklich leid«, sagte die Sekretärin, »aber ich bin völlig verwirrt. Wen soll ich denn jetzt zuerst anrufen: den Börsenmakler, die Polizei oder den Anwalt?«

»Vergessen Sie den Börsenmakler«, sagte Peter. »Sie wissen doch genau, daß Ihr Chef ihn gar nicht beauftragt hat, die Aktien zu verkaufen. Mr. Debenham kann die Sache selbst in die Hand nehmen, sobald Miss Binks sich für einen neuen Vermögensverwalter entschieden hat. Ich würde vorschlagen, Sie versuchen, den

Anwalt zu erreichen, während Mr. Sopwith sich den Mantel anzieht. Bitten Sie ihn, uns im Polizeirevier zu treffen. Sie kommen selbstverständlich auch mit.«

»Ich? Aber warum denn?«

»Als Zeugin für meine mutwillige Zerstörung«, klärte Winifred sie auf. »Und für Mr. Sopwith' Asthmaanfall. Nun machen Sie schon, Miss Ledbetter. Wir werden uns alle sehr viel besser fühlen, wenn wir unseren Pflichten nachkommen und das Ganze endlich hinter uns bringen.«

Die Sekretärin fuhr sich mit der Zunge über die Lippen. »Sie sagten eben, es sei jemand ums Leben gekommen. Wer war diese Person?«

»Das wissen wir selbst noch nicht genau. Der Mann nannte sich Emory Emmerick und behauptete, als Ingenieur bei der Meadowsweet Construction Company beschäftigt zu sein, aber dort ist er ein Unbekannter. Es wundert mich, daß Sie über den Zwischenfall nichts in der Zeitung gelesen haben.«

»Oh. Doch, ja, ich – ich glaube, ich habe tatsächlich etwas darüber gelesen. Aber ich wußte ja nicht – ich dachte, es wäre nur – ich hole eben meinen Mantel. Oder möchten Sie, daß ich vorher die Polizei rufe, Mr. Sopwith?«

»Nein! Rufen Sie sie nicht.« Sopwith rappelte sich langsam auf und ließ sich auf seinen Drehstuhl fallen. »Rufen Sie niemanden an. Ich werde alles sagen.«

Er trank noch einen Schluck aus seinem Stiftbecher und schauderte, weil der Brandy so scharf schmeckte. Er seufzte, fuhr sich mit den Händen übers Gesicht, nahm ein Taschentuch heraus und wischte sich über die Augen. Sie warteten. Schließlich überwand er sich und sprach.

»Miss Binks, ich schulde Ihnen eine Erklärung.«

»Reden Sie schon.«

»Als erstes möchte ich Ihnen versichern, daß niemand das Binks-Vermögen veruntreut hat. Wenn Sie unsere Bücher durchgehen, werden Sie feststellen, daß alles da ist, bis auf den letzten Penny. Ich mag korrupt sein, aber ich bin kein Dieb.«

»Immerhin etwas. Kommen Sie bitte zur Sache, Mr. Sopwith.«

Er stieß einen herzzerreißenden Seufzer aus und fuhr fort: »Es betrifft Lackovites. Ich – ich war in diesem Punkt nicht ganz ehrlich Ihnen gegenüber.« Er befeuchtete seine Lippen. »Was ich Ihnen am Samstag erzählt habe, stimmt in gewisser Weise. Die Firma hat sich in der Tat sehr schnell etabliert und einen riesigen neuen Markt für Bio-Produkte erschlossen. Wir dürfen diesen Beitrag zur Förderung einer gesunden Ernährung nicht so einfach übergehen, Miss Binks.«

»Was gibt es da zu übergehen, Mr. Sopwith?«

»Äh – ja. Genau das ist das Problem.« Sopwith kaute an seiner Unterlippe, als wolle er überprüfen, ob auch sie einen Beitrag zur gesünderen Ernährung leiste. »Ihre Produkte haben den – äh – hohen Anforderungen nicht immer völlig entsprochen. Infolgedessen kam es zu gewissen – äh – kleineren Problemen. Die Verkaufszahlen sind gesunken, die Verbraucher sind – äh – unzufrieden. Bisher ist es der Firma gelungen, nach außen hin durch – äh – offensive Werbekampagnen und einer – äh – kreativen Buchführung den Schein zu wahren.«

»Sie meinen, die Bücher sind frisiert worden?« fragte Peter.

»Nun ja – äh – wir benutzen in Bankerkreisen diesen Ausdruck nicht gern. Jedenfalls haben gewisse Regierungsbehörden begonnen, sich – äh – dafür zu interessieren. Die Umsätze des nächsten Quartals werden unweigerlich deutliche Verluste aufweisen, was sich zwangsläufig schädlich auf die Aktien von Lackovites auswirken wird. Daher sind die Geschäftsführer auf die Idee gekommen, die angesehene alteingesessene Firma Golden Apples aufzukaufen. Sie müssen wissen, daß man bereits seit längerer Zeit die Möglichkeit einer Übernahme erwogen hatte, mit dem Gedanken, mit Hilfe des ausgezeichneten Rufs von Golden Apples, was Qualität und Service betrifft, das – ähem – leicht angeschlagene Image von Lackovites zu verbessern.«

»Ja, das wissen wir bereits«, sagte Winifred ungeduldig.

»Das wissen Sie schon?«

»Ich hatte doch eben erwähnt, daß wir schon eine ganze Menge wissen, Mr. Sopwith. Aber ich denke, daß Ihre Bestätigung trotzdem ganz nützlich ist. Bitte fahren Sie fort.«

Sopwith räusperte sich. »Die Leute von Lackovites, deren Firmenpolitik offensiv, vielleicht sogar ein wenig zu spontan ist, wollten ihren Plan auf der Stelle in die Tat umsetzen. Doch die Tatsache, daß Ihr Großvater den größten Anteil an Golden Apples besaß und zudem – äh – für die notwendigen Verhandlungen nicht zur Verfügung stand, machte dies unmöglich, es sei denn, man hätte es geschafft, die Vermögensverwalter der Binks-Gelder zu bestechen oder dazu zu bewegen, in ihrem Sinne aktiv zu werden.

Da mein Vorgänger ein Inbegriff an Redlichkeit und Mr. Debenheam ein kluger und unbestechlicher Vertreter der Interessen sowohl des ursprünglichen Eigentümers als auch der späteren Erbin war, konnte dieser Weg nicht beschritten werden. Daher beschloß man abzuwarten.«

»Bis mein Großvater für tot erklärt worden war.«

»Und mein Vorgänger Mr. Allerton in den Ruhestand ging. Wenige Wochen, nachdem ich die Verwaltung des Binks-Vermögens übernommen hatte, wurde Mr. Binks – äh – offiziell für tot erklärt. Wenn Allerton gewußt hätte, wie schnell dies geschehen würde, wäre der alte Kauz bestimmt geblieben, und ich hätte nie eine Chance erhalten«, fügte Sopwith mit einiger Bitterkeit hinzu.

»Jedenfalls sahen die Lackovites-Leute jetzt ihre Zeit für gekommen, vor allem, als dann auch noch bekannt wurde, daß die Alleinerbin des Vermögens eine unverheiratete Dame mit – bitte verzeihen Sie mir – exzentrischen Gewohnheiten war, die über keinerlei Erfahrung in Geschäften verfügte. Die Tatsache, daß Sie dem Balaclava Agricultural College so großzügig Geld und Land zur Verfügung gestellt haben, Miss Binks, wurde von Lackovites als ein Akt höchster finanzieller Verantwortungslosigkeit gewertet, was natürlich genau das war, worauf sie gehofft hatten, und Ihr – äh – Interesse an umweltbezogenen Fragen bot den idealen Vorwand. Man ist an mich herangetreten, könnte man sagen.«

»Wer ist man?« wollte Winifred wissen.

»Ah – ich bin nicht bereit, diese Information weiterzugeben.«

»Warum nicht? Nun machen Sie schon, Mr. Sopwith. Ich mag zwar exzentrisch sein, aber ich bin alles andere als dumm. Entweder Sie sagen es uns oder der Polizei?«

»Nun ja – äh – also, um die Wahrheit zu sagen, ich habe ihren richtigen Namen nie erfahren. Sie hat gesagt, ich soll sie Toots nennen, also habe ich das auch – äh – getan.«

»Ach ja? Und wo haben Sie diese geheimnisvolle Toots getroffen? Hier in Clavaton?«

»Um Himmels willen, natürlich nicht! Ich war in Boston. Auf einer – äh – Geschäftsreise. Ich befand mich in einem – äh – Restaurant.«

»Ich vermute, Sie meinen damit eine Kneipe oder Spelunke. Sie hat Ihnen wohl schöne Augen gemacht?«

»Äh – ich vermute, so könnte man es nennen. Sie hat mir sozusagen einen Antrag gemacht.«

»Auf den Sie ohne Zögern eingegangen sind, nehme ich an?«

»Nach den ganzen Anspannungen des Tages habe ich versucht, mich – äh – etwas zu lockern.«

Was bedeutete, daß er betrunken, aber noch bei Bewußtsein gewesen war, schloß Peter. »Können Sie uns diese Toots beschreiben?« fragte er.

»Na ja – äh – sie war – ähem –«

»Ach ja? Ich vermute, sie trug eine Perücke und war – eh – ziemlich gut gepolstert und so weiter, daher hätte sie jedes Alter haben können. Sind Sie sich überhaupt sicher, daß es sich bei Toots um eine Frau handelte?«

»Ganz sicher.« Eine flüchtige Sekunde lang sah Sopwith zufrieden aus wie eine Katze, die sich über den Sahnetopf hergemacht hat. »O ja, absolut sicher.«

»Sind Sie und Toots sich danach nähergekommen?«

»Äh – ja und nein. Das heißt, in Ihrem Interesse bedaure ich sehr, daß ich nie erfahren habe, wer sie wirklich war. Jedenfalls kam es zwischen ihr und mir zu einem – äh – Gespräch, in dessen Verlauf sie mich gefragt hat, was ich beruflich mache, und ich – äh – habe es ihr gesagt. Später ist mir klargeworden, daß sie es die ganze Zeit schon gewußt haben muß und mir – äh – regelrecht aufgelauert hat. Wenn ich wirklich die Wahrheit sagen soll, muß ich zugeben, daß ich sogar dumm genug war, mich auch noch irgendwie geschmeichelt zu fühlen.«

Kapitel 22

D as ist anderen Männern auch schon passiert«, sagte Peter. »Diese moderne Mata Hari hat Sie also dazu gebracht zuzugeben, daß Sie der Vermögensverwalter von Miss Binks sind. Und dann?«

»Wir haben einige Belanglosigkeiten über die Binks-Saga ausgetauscht, wie sie sich auszudrücken pflegte. Dann hat sie mir gestanden, daß sie mit einem der Geschäftsführer von Lackovites befreundet sei, zweifellos hatte sie wohl schon zu diesem Zeitpunkt ihre eigenen Interessen im Sinn. Von diesem Freund habe sie erfahren, daß die Firma – äh – sehr erpicht darauf sei, sich die maßgebliche Beteiligung an Golden Apples zu sichern.«

»Mit anderen Worten, sie wollten die Firma einfach schlucken.«

»Äh – so in etwa. Toots ließ durchblicken, daß es sich für mich sehr wohl als lukrativ erweisen könne, wenn ich Miss Binks in meiner Funktion als Vermögensverwalter dazu bewegen könnte, sich von Golden Apples zu trennen. Sobald sie sich zum Verkauf entschlossen hätte, würde sofort ein williger Käufer zur Stelle sein. Diese Person wäre natürlich ein Strohmann gewesen, und ihre Anteile wären umgehend auf Lackovites übergegangen. Die ausdrückliche Weigerung der Compotes, sich auf Geschäfte mit ihren Konkurrenten einzulassen, mache diese List nötig, sagte man mir.«

»Die beiden hatten mit ihrer Entscheidung vollkommen recht«, sagte Winifred. »Ich halte große Stücke auf die Compotes und freue mich zu hören, daß ich mich nicht getäuscht habe. Hatte Toots' Freund weitere Pläne, was mit meinem Geld geschehen sollte?«

»Ich sollte Sie überreden, die Profite vom Verkauf von Golden Apples in Lackovites zu investieren und außerdem weitere Aktienkäufe zu tätigen. Auf diese Weise hätten die Lackovites-Leute das

Geld zurückbekommen, das sie für den Ankauf benötigten, und weitere Investitionen Ihrerseits – beträchtliche, wie man hoffte – hätten geholfen, die Verluste auszugleichen, die das – äh – Abstoßen der Aktien durch diverse vorübergehend enttäuschte Aktionäre, deren Zahl rapide zugenommen hatte, mit sich brachte. Außerdem hätte man dadurch genügend Zeit gehabt, das angeschlagene Firmenimage durch eine massive Public-Relations-Kampagne, die nach dem Erwerb von Golden Apples gestartet werden sollte, wieder aufzupolieren.«

»Wie menschenfreundlich von mir!«

»Oh, Ihre Interessen wären selbstverständlich ebenfalls gewahrt worden, Miss Binks. Golden Apples hat bisher nicht viele Gewinne abgeworfen, wie Sie selbst wissen, wohingegen die Lackovites-Aktien nach der Übernahme von Golden Apples enorm gestiegen wären. Sie hätten somit beträchtliche Gewinne gemacht. Zum damaligen Zeitpunkt – äh – schien mir diese Überlegung recht sinnvoll.«

»Ach, tatsächlich? Hat Toots Ihnen diesen genialen Plan auseinandergesetzt?«

»Nein, ich glaube, ihre Rolle bestand hauptsächlich darin, mein – äh – Interesse zu wecken. Die Einzelheiten des Plans wurden mir in verschiedenen Gesprächen mitgeteilt, zuerst traf ich einen Junior-Vizepräsidenten von Lackovites namens Emory, später den Senior-Vizepräsidenten Mr. Dewey.«

Peter und Winifred schauten sich an. »Doch nicht zufällig George Dewey?« erkundigte sich Peter. »Etwa meine Größe und Statur, mit Vollbart?«

»Ja, genau. Er war sogar so angezogen wie Sie, wenn ich mich recht entsinne. Kennen Sie ihn?«

»Ich glaube, Miss Binks und ich haben beide Herren kennengelernt. War Emory ein blonder, gesprächiger, reichlich überschwenglicher Mann? Glattrasiert, modisch gekleidet, jünger als Dewey? Stets bereit, jedem mitzuteilen, was er zu tun und zu lassen hatte und wie er es zu tun hatte?«

»Genau. Er hatte eine etwas zu forsche Art und war nicht immer klar in seinen Äußerungen. Ich muß zugeben, daß ich seinetwegen fast nicht auf den Handel eingegangen wäre, da er mir nicht sonderlich vertrauenswürdig erschien. Mr. Dewey war ganz anders, älter, bedeutend verantwortungsbewußter, zurückhaltend im Umgang mit anderen, dabei erfahren und hervorragend informiert.

Mr. Dewey hat mich sehr beeindruckt. Er hat mich vollkommen davon überzeugen können, daß das Arrangement niemandem schaden und allen Beteiligten nützen würde.«

»Er ist ein überzeugender Mann«, sagte Peter. »Und worin bestand Ihre Beteiligung an dem Geschäft?«

»Professor Shandy, ich hoffe inständig, daß Sie nicht etwa annehmen, ich wäre so korrupt gewesen, mich bestechen zu lassen?« Nachdem er sich selbst erniedrigt hatte, versuchte Sopwith auf recht pathetische Weise, wieder zurück auf sein hohes Roß zu steigen. »Ich sollte einhundert Lackovites-Aktien erhalten, sobald es mir gelungen war, Miss Binks zum Verkauf ihrer Golden-Apples-Anteile zu bewegen, und weitere hundert Aktien, sobald das für den Kauf der Firma benötigte Geld in Lackovites-Aktien umgewandelt und an Miss Binks zurückverkauft worden wäre. Weitere Zuwendungen dieser Art hingen davon ab, wie viele weitere Aktien Miss Binks noch erworben hätte. Mit anderen Worten, ich hätte lediglich die Provision eines Verkäufers erhalten. Jedenfalls wurde mir die Sachlage von Mr. Dewey so dargestellt«, fügte Sopwith etwas weniger hochtrabend hinzu, nachdem er den Gesichtsausdruck seiner Zuhörer gesehen hatte.

»Dann haben Sie bisher noch gar nichts erhalten?« fragte Winifred.

»Rein gar nichts«, erwiderte Sopwith bedrückt. »Es gab nur das Gentleman's Agreement mit Mr. Dewey.«

»Verstehe. Dann war meine Entscheidung, die Lackovites-Aktien abzustoßen und den Gewinn in Golden Apples zu investieren, wohl ein schwerer Schlag für Sie.«

»Sie sagen es.«

»Und Ihre mir unerklärliche Weigerung, meine Anordnungen zu befolgen, war in Wirklichkeit nur der verzweifelte Versuch, das vielversprechende Gentleman's Agreement nicht zu brechen.«

»Äh – ähem –«

»Aber dann haben Sie erkannt, daß alles vergebens war, und versucht, sich in den Luftschacht zu stürzen.«

»Nein, so war es nicht.«

Da Miss Ledbetter die ganze Zeit schweigend an der Tür verharrt hatte, waren die Anwesenden etwas überrascht, daß sie sich plötzlich wieder bemerkbar machte. »Er hat sich nur an etwas erinnert. Mr. Allerton, der früher in diesem Büro gearbeitet hat, war nämlich ein leidenschaftlicher Pfadfinder.«

»Aha«, sagte Peter. »Das erklärt natürlich alles.«

»Allerdings. Mr. Allerton war stets auf alles vorbereitet, und zu den Dingen, auf die er besonders vorbereitet war, gehörten Brände. Damals durften die Angestellten noch im Büro rauchen, und es ist oft genug vorgekommen, daß jemand den Inhalt seines Aschenbechers mitsamt brennender Zigarette in den Papierkorb gekippt hat, woraufhin der Papierkorb anfing zu brennen. Meistens hat man das Feuerchen mit einer Tasse kalten Kaffees gelöscht oder mit einem Telefonbuch, einem Mantel oder sonst was erstickt. Aber Mr. Allertons Präventivmaßnahmen gingen weiter. Ihn beunruhigte die Vorstellung, es könnte einmal ein Feuer im Vorzimmer außer Kontrolle geraten, und er und seine Angestellten hätten hier im Büro in der Falle gesessen. Er ließ daher unterhalb der Ventilatoren in den Luftschächten Stahlleitern anbringen und veranstaltete jeden Morgen gymnastische Übungen, damit die Angestellten nicht etwa zu dick oder zu schlapp waren, dort hochzuklettern. Nach Mr. Allertons Pensionierung hörte der Drill auf, und Mr. Sopwith ist seitdem in mehr als einer Hinsicht nicht mehr in Form. Sie haben anscheinend die vielen Extrakalorien vergessen, als Sie versuchten zu fliehen, nicht wahr, Mr. Sopwith?«

»Ich sagte doch bereits, daß ich einen Asthmaanfall hatte!«

»Sie haben viel gesagt, Mr. Sopwith. Sie haben mir beispielsweise aufgetragen, Miss Binks und Mr. Debenham mit jeder Lüge, die mir gerade einfiel, abzuwimmeln, falls sie wieder anrufen und sich nach den Lackovites-Aktien erkundigen sollten.«

»Das kann ich mir lebhaft vorstellen«, schnaufte Winifred. »Mr. Sopwith, Sie sind selbst als Schurke eine Niete.«

»Ich weiß«, murmelte er, jetzt vollends geschlagen.

»Und was sollen wir Ihrer Meinung nach jetzt mit Ihnen anfangen?«

»Mich den Wölfen zum Fraß vorwerfen. Etwas anderes bleibt Ihnen ja wohl kaum übrig.«

»Ich sähe da einige Alternativen. Mr. Debenham, was meinen Sie? Ist es nicht vernünftiger, bei einem Schurken zu bleiben, den man kennt, als sich auf einen Schurken einzulassen, den man noch nicht kennt?«

»Miss Binks, sind Sie etwa bereit, mit Mr. Sopwith weiterhin geschäftlich zu verkehren?«

»Warum nicht? Da ich mich inzwischen mühsam an ihn gewöhnt habe, sehe ich nicht ein, warum ich mich an jemand anderen gewöhnen soll, zumal wir viel wichtigere Probleme anzugehen haben. Außerdem weiß er jetzt, daß er einen miserablen Gauner abgibt, daher halte ich es für sehr unwahrscheinlich, daß er noch einmal versuchen wird, mich zu hintergehen. Wie denken Sie selbst darüber, Mr. Sopwith? Wären Sie bereit, das Binks-Vermögen weiterhin zu verwalten, allerdings ohne faulen Zauber, oder sollen wir Sie lieber in der Forschungsstation einsetzen? Sie könnten dort beispielsweise Eschen für uns pflanzen.«

»Ich würde natürlich lieber hier bleiben, aber geht das überhaupt noch? Miss Ledbetter –?«

»Sie können sich abregen, Mr. Sopwith«, erwiderte die Sekretärin. »Ich werde den Mund halten. Ich kündige sowieso. Ich wollte mir schon immer eine Stelle als Heizungsinstallateurin suchen, aber meine Mutter hat es mir nie erlaubt. Erst jetzt, dank Professor Binks' beflügelndem Beispiel, finde ich endlich den Mut, die Fesseln der Konvention abzuschütteln.«

»Dann – bin ich wirklich aus dem Schneider? Und kann mein Büro behalten? Ach, Miss Ledbetter! Ach, Miss Binks! Morgen früh werde ich sofort wieder die Gymnastikübungen einführen!«

»Eine weise Entscheidung, Mr. Sopwith«, sagte Winifred, »und Ihnen herzlichen Glückwunsch, Miss Ledbetter. Bevor Sie gehen, möchte ich Sie allerdings noch bitten, den Börsenmakler anzurufen und ihm auszurichten, Winifred Binks wünsche, daß er auf der Stelle sämtliche Lackovites-Aktien verkaufe, ganz egal zu welchem Preis. Es ist mir vollkommen gleichgültig, ob dies dem Firmenimage schadet oder nicht, die Schurken haben eine strenge Lektion verdient. Und Ihnen wünsche ich alles Gute für Ihre zukünftige Tätigkeit, Miss Ledbetter. Ich bin sicher, Sie haben die richtige Entscheidung getroffen. Der wichtige Satz ›Nur eines gilt: Dir selbst sei treu!‹ trifft auf Heizungsinstallateure genauso zu wie auf Bankangestellte, meinen Sie nicht auch, Peter?«

»Zweifellos. Erlauben Sie mir, Ihnen ebenfalls meine besten Wünsche für Ihre Zukunft auszusprechen, Miss Ledbetter. Und was Sie betrifft, Sopwith, jetzt, wo Sie wieder auf der richtigen Seite stehen, lassen Sie uns noch einmal kurz auf Toots zurückkommen. War sie eine kräftige, gesunde Frau, großgewachsen und – eh – ziemlich üppig?«

»Ja, so könnte man sie durchaus beschreiben.« Sopwith erinnerte sich sehr lebhaft an die Dame, wie das kurze Aufflackern in seinen Augen verriet.

»Trug sie zufällig Khaki-Shorts und Wanderstiefel?«

»Was für eine merkwürdige Frage, Professor Shandy. Nein, sie trug etwas mit Rüschen, sehr feminin und – äh – enganliegend. Grün, soweit ich mich erinnere. Hellgrün, ungefähr von der Farbe eines nagelneuen Fünfzig-Dollar-Scheins.«

»Und die Farbe harmonierte hervorragend mit ihrem rotblonden Haar?«

»Sehr richtig. Woher wissen Sie das?«

»Grün ist bei Rotschöpfen besonders beliebt. Hatte sie einen blassen oder eher dunklen Teint?«

»Oh, einen dunklen. Sie sah sehr gesund aus, als würde sie den größten Teil ihrer Zeit draußen verbringen. Auf dem Golfplatz, habe ich damals angenommen, oder vielleicht bei der Fuchsjagd. Das war auch einer der Gründe, warum ich mich sofort zu ihr hingezogen fühlte. Außerdem besaß sie eine ausgesprochen herzliche, man könnte sagen überschwengliche Art. Hier in der Bank ist niemand überschwenglich, wissen Sie. Von einem Vermögensverwalter erwartet man, daß er stets eine diskrete Zurückhaltung an den Tag legt und jederzeit Abstand wahrt. Außer am Wochenende natürlich, doch selbst dann müssen wir äußerst vorsichtig sein. Falls die Vizepräsidentin der Vermögensabteilung mich je an einem Sonntag mit den feinen Pinkeln bei der Fuchsjagd erwischen würde, wäre sie schon am nächsten Morgen hier, um die Bücher zu prüfen. Aber ich will mich natürlich nicht beklagen«, fügte Sopwith tapfer hinzu. »Besser ein unterbezahlter, vertrauenswürdiger kleiner Vermögensverwalter als ein verachtungswürdiger, hinterhältiger, steinreicher Handlanger einer korrupten Firma.«

»Eine sehr lobenswerte Einstellung, Mr. Sopwith«, sagte Winifred. »Peter, nach dieser Neuigkeit, die wir gerade erfahren haben, sollten wir besser sofort zur Station fahren.«

»Ganz Ihrer Meinung. Sopwith, Sie kommen am besten gleich mit. Vielleicht brauchen wir Sie als Zeugen. Debenham, könnten Sie uns in Ihrem Wagen nachfahren?«

Debenham konnte später Sopwith wieder zurück nach Clavaton bringen, Peter hatte allmählich die Nase voll davon, den Taxifahrer zu spielen. »Miss Ledbetter, haben Sie die Angelegenheit mit dem Börsenmakler geklärt?«

»Ja, Mr. Shandy. Er sagt, die Lackovites-Aktien seien heute ohnehin schon um acht Punkte gefallen, und der Verkauf der Binks-Aktien könnte ihnen den Rest geben.«

»Hervorragend. Könnten Sie uns vielleicht noch einen letzten Gefallen tun? Wären Sie so nett, in der Balaclava Forschungsstation anzurufen? Falls Mrs. Svenson noch da sein sollte, sagen Sie ihr bitte, wir seien auf dem Weg dorthin. Und Ihnen wünsche ich – eh – fröhliches Installieren.«

Kapitel 23

Der Kombiwagen der Porbles stand immer noch auf dem Parkplatz; Viola Buddleys roter Flitzer stand direkt daneben.

»Das ist ja merkwürdig«, sagte Peter. »Ich frage mich, warum Sieglinde noch hier ist. Ich hätte gedacht, daß sie es nicht erwarten kann, nach Hause zu eilen, um vor der Heimkehr ihres Wikingers noch schnell ein paar Heringe kleinzuhacken.«

»Aber es scheint ihr gutzugehen«, sagte Winifred. »Ich kann sie sehen, sie sitzt an meinem Schreibtisch und trinkt Tee. Jedenfalls nehme ich an, daß es Tee ist. Meine Güte, ist das etwa Viola? Und wer ist die grauhaarige Dame da drüben? Soll ich als erste ins Haus gehen, Peter?«

»Ja, warum nicht? Sopwith, können Sie durch das Fenster etwas erkennen?«

»Nein, ich scheine dummerweise nur meine Lesebrille bei mir zu haben.« Sopwith tastete vergeblich seine diversen Taschen ab. »Wie ärgerlich.«

»Dann können wir genausogut den Damen Gesellschaft leisten. Gehen Sie ganz langsam, und halten Sie den Kopf gesenkt, damit man Ihr Gesicht nicht sofort erkennt.«

Winifred war jetzt im Empfangsraum, begrüßte Sieglinde und machte sich mit der grauhaarigen Dame bekannt. Viola stand, wie Peter durchs Fenster sah, im Hintergrund und blickte selbstgefällig drein. Sie hatte sich tatsächlich umgezogen und trug jetzt ein rüschenverziertes enganliegendes Kleid in dem gleichen Grünton wie ein nagelneuer Fünfzig-Dollar-Schein. Das Zusammentreffen mit ihrem ehemaligen Bekannten konnte man angemessen mit dem Wort elektrisierend beschreiben. Sobald sie das Haus betreten hatten und Sopwith nahe genug war, um Viola zu erkennen, reagierte er, als wäre er mit nackten Füßen auf ein Starkstromkabel getreten.

226

»Toots!«

»Ach, grüß dich, Malcolm. Was machst du denn hier?« Viola war genauso vom Donner gerührt wie ihr Gegenüber, versuchte dies jedoch mit allen Mitteln zu überspielen. »Hallo, Professor Shandy. Mrs. Svenson kennen Sie ja wahrscheinlich. Und das hier ist meine Vermieterin, Genevieve. Ich habe sie mitgebracht, damit sie uns ein bißchen aushilft.«

»Wie nett von Ihnen«, sagte Peter.

Er sah sich die Vermieterin genau an. Sie trug einen frisch gebügelten schwarzen Rock und ein smaragdgrünes T-Shirt, das sie falsch herum unter einem dunkelroten Pullover angezogen hatte. Sie besaß eine verdächtig üppige Haarpracht, und ihr Gesicht war auffälliger zurechtgemacht, als man es bei einer älteren Dame, deren Füße in Gummistiefeln steckten, erwarten würde. Als sie Anstalten machte aufzustehen, drückte Peter sie unsanft zurück auf den Stuhl, zog ihr die graue Perücke über die Augen, stemmte sein Knie auf ihre gut gepolsterte Brust und packte ihre wild um sich schlagenden Arme mit festem Griff.

»Nicht schlecht, Fanshaw. Halten Sie still, oder ich muß andere Saiten aufziehen.«

»Loslassen! Lassen Sie mich sofort los, verdammt noch mal!«

Fanshaw fluchte und kratzte, Viola sprang in Peters Rücken und versuchte, ihn fortzuziehen. Sopwith stand händeringend da und stieß Protestrufe aus. Winifred und Sieglinde schritten zur Tat.

Peter konnte nicht sehen, was die beiden mit Viola machten, doch es war zweifellos effektiv. Als er Fanshaw endlich mit einer kräftigen Ohrfeige ruhiggestellt hatte, hatten die beiden Damen die junge Frau bereits auf den Boden verfrachtet und mit dem Seil, das die sparsame Winifred von Violas zwei vorangegangenen Fesselaktionen aufbewahrt hatte, wie eine Weihnachtsgans verschnürt. In bewundernswerter Teamarbeit verschnürten sie danach auch Fanshaw. Als Debenham eintraf, war bereits alles überstanden, und die Gefangenen konnten nur noch schreien.

Was sie auch aus Leibeskräften taten. Als sie endlich begriffen, daß sie ihr Spiel verloren hatten, waren sie nur allzu bereit, sich gegenseitig die Schuld in die Schuhe zu schieben. Da beide gleichzeitig brüllten, konnte man kein Wort mehr verstehen. Obwohl die Anwesenden sich nach Kräften bemühten, das saubere Pärchen solange zum Schweigen zu bringen, daß man eine Verständigung mit ihnen versuchen konnte, hatte der Lärmpegel unerträgliche Ausmaße erreicht, als der Streifenwagen der Polizei von Clavaton, in dem auch Thorkjeld Svenson saß, endlich vorfuhr.

Peter lief zur Tür. »Präsident, kommen Sie schnell! Sagen Sie den Polizisten, sie sollen sich beeilen, es gibt Arbeit für sie.«

»Menschenskind, Shandy! Schon wieder Fanshaw?«

»Allerdings. Und auch sein Boss, wenn ich mich nicht irre.«

»Da laus mich doch der Affe!« Svenson war im Nu aus dem Auto gesprungen und ins Haus gerannt. Doch zunächst hatte er nur Augen für eine einzige Person.

»Weib!«

»Gatte!«

Die Svensons ließen sich ausnahmsweise sogar zu einer ziemlich keuschen Umarmung hinreißen, doch sofort danach ging Sieglinde wieder zur Tagesordnung über. Diesmal brauchte sie nicht einmal laut zu werden. Sobald das Pärchen die beiden Polizisten und die ehrfurchtsgebietende Gestalt des Präsidenten erblickt hatte, herrschte nämlich Totenstille.

»Gut, daß Sie hier sind. Wie Sie sehen, gibt es genügend zu tun. Die Person zu meiner Rechten ist übrigens ein Mann, lassen Sie sich durch den Rock nicht täuschen. Er hat viele Namen und eine Menge auf dem Kerbholz. Zu meiner Linken sehen Sie die angebliche Assistentin unserer hochgeschätzten Kollegin Professor Binks. Sie nennt sich zwar Viola Buddley, hört aber auch auf den Namen Toots.«

»Einen Moment noch«, wandte sich Winifred an die beiden Polizisten. »Um Sie nicht noch mehr zu verwirren, sollten wir uns vielleicht kurz vorstellen. Ich bin Professor Binks, und die Dame drüben am Schreibtisch ist Mrs. Svenson, was Sie sicher bereits erraten haben. Die beiden Herren hier sind Präsident Svenson und Professor Shandy, dies hier ist mein Vermögensverwalter Mr. Sopwith, und dieser Gentleman ist mein lieber Freund und langjähriger Anwalt Mr. Debenham. Jetzt können Sie fortfahren, Sieglinde.«

»Vielen Dank, Winifred. Sicher hat mein Gatte, der sehr wohl in der Lage ist, sich klar auszudrücken, wenn er nur will, Sie bereits über die Geschehnisse der vergangenen Tage informiert. Ich möchte daher nicht ausschweifen. Als er mich heute morgen aus Briscoe anrief, hat er unter anderem gesagt, daß sich möglicherweise niemand um die Forschungsstation kümmern würde, darum bin ich hergekommen. Zuerst war ich allein, doch dann erschien

Miss Buddley in einem reichlich unziemlichen Aufzug, woraufhin ich sie wieder nach Hause geschickt habe, um sich etwas Passenderes anzuziehen, was sie leider immer noch nicht getan hat.«

»Ich habe Ihnen doch schon gesagt, daß es das einzige Kleid ist, das ich besitze«, protestierte Viola.

»Das haben Sie, und ich habe Ihren Versuch auch zur Kenntnis genommen, selbst wenn ich das Resultat für beklagenswert und Ihre Beweggründe für wenig glaubhaft halte. Noch weniger glaubhaft erschien mir allerdings die Person, die Miss Buddley mitgebracht und als ihre Vermieterin vorgestellt hat. Mir war klar, daß die beiden erwarteten, daß ich sie allein lassen würde, denn sie planten, sich an unserer verehrten Winifred zu rächen, sobald sie zurückkehrte.«

Einer der Polizisten hatte begonnen, sich Notizen zu machen. Er schaute von seinem Notizbuch hoch. »Woher wußten Sie das, Mrs. Svenson?«

»Die beiden haben sich unterhalten, während ich Kaffee kochte. Wahrscheinlich haben sie geglaubt, ich könnte sie nicht hören, was jedoch völlig absurd war. Sie haben sich zu viel auf ihre eigene Schlauheit eingebildet und alle anderen unterschätzt. Das war ihr großer Fehler. Sie nahmen an, Mr. Debenham würde Winifred zurückbringen, wie er es immer tut, wenn sie in Clavaton ist, und glaubten, daß sie ihn leicht überwältigen könnten. Was natürlich ebenfalls ein Fehler war. Jeder, der Augen im Kopf hat, sieht ihm an, daß er ein überaus kluger Mann ist und den Mut eines Löwen besitzt. Nicht wahr, Winifred?«

»Das habe ich auch immer schon gedacht, Sieglinde.«

Grundgütiger, dachte Peter, jetzt ist sie tatsächlich rot geworden.

»Also«, fuhr Sieglinde fort, »habe ich mich taub gestellt und bin geblieben. Mein Gatte wußte, daß ich zur Forschungsstation fahren würde. Ich nahm an, daß er sofort nach seiner Ankunft in Clavaton bei uns zu Hause anrufen würde. Falls ich nicht dort sein sollte, würde er sicher auf dem schnellsten Weg herkommen, was er ja auch getan hat, und dann hätte ich ihm die beiden überlassen. Es tut dir bestimmt leid, liebster Gatte, daß du den Kampf verpaßt hast, doch laß dir versichern, daß diese beiden Gauner sowieso keine angemessenen Gegner für dich sind. Zudem wäre es unziemlich gewesen, mit einer Frau zu kämpfen, die unmoralische Neigungen und einen schlechten Geschmack hat. Was die zweite Person betrifft, wurde mir sehr schnell klar, daß es sich nur um einen verkleideten Mann handeln konnte. Außerdem habe ich sofort gesehen, daß Sie seinen Anzug tragen, Peter, der Sie übrigens nicht sonderlich gut kleidet. Thorkjeld, hast du daran gedacht, Peters Kleidungsstücke vom Schleppkahn mitzubringen?«

»Das habe ich, Weib. Haben die beiden geredet?«

»Ununterbrochen. Leider hat man nichts verstehen können, weil sie nicht geredet, sondern gebrüllt haben, und zwar gleichzeitig und mit den unflätigsten Schimpfwörtern. Vielleicht können die beiden Polizisten sie jetzt festnehmen und abführen.«

»Den Gefallen tun wir Ihnen gern«, sagte der Mann, bei dem es sich nach den Streifen auf seinem Ärmel zu urteilen um einen Sergeant handelte. »Welcher Straftatbestand?«

»Gute Frage. Welcher Straftatbestand, Peter?«

»Tja, mal überlegen. Der Mann mit den Gummistiefeln wurde am Samstag von Polizeichef Ottermole aus Balaclava Junction als Mr. Fanshaw festgenommen. Unter diesem Namen hatte er sich bei seinem ersten Besuch in der Forschungsstation vorgestellt. Zu diesem Zeitpunkt gab er noch vor, bei der Meadowsweet Construction Company angestellt zu sein und nach einem Mann namens Emmerick zu suchen, der in der vorhergehenden Nacht ermordet worden war, wie Sie sich bestimmt erinnern werden. In Balaclava Junction wird er demnach als entflohener Häftling gesucht. Als Präsident Svenson und ich ihn auf dem Schleppkahn fanden, wo er gemeinsam mit einem Kumpan Professor Binks gefangen hielt, nannte er sich Annie Brennan. Ihre Wasserschutzpolizei hat ihn wegen Entführung festgenommen, doch er ist leider ein zweites Mal entwischt. Haben Sie den anderen Kerl übrigens sicher hinter Schloß und Riegel?«

»O ja. Er behauptet, dieser Bursche hier heiße Dewey.«

»Dann hätten wir also bisher drei Namen und drei Tatbestände. Ich vermute, Sie könnten ihn auch wegen Hochstapelei belangen, oder wie auch immer man das nennen mag, obwohl mir dies fast überflüssig erscheint. Wie wäre es mit versuchtem Mord? Man kann sehr wohl davon ausgehen, daß er gehofft hat, wir würden ertrinken, als er das Boot vom Ufer losmachte. Was zweifellos auch der Fall gewesen wäre, wenn Professor Svenson sich nicht als so ein ausgezeichneter Steuermann erwiesen hätte.«

»Dazu kommt noch Vorbereitung einer Straftat«, fügte Sopwith hinzu. »Ich muß gestehen, daß ich eine Weile gebraucht habe, um seine Verkleidung zu durchschauen, aber damals, als er in einer Angelegenheit an mich herangetreten ist, die ich – äh – momentan lieber nicht näher erläutern möchte, ohne den Rat meines Anwaltes einzuholen, trug er einen Bart. Ich kann ihn inzwischen jedoch eindeutig als jenen George Dewey identifizieren, der damals behauptet hat, einer der Vizepräsidenten von Lackovites zu sein. Die – äh – Dame in seiner Begleitung war ebenfalls an der Vorbereitung der Straftat beteiligt.«

»Wenn ich mich nicht irre, war die – eh – Dame sogar die treibende Kraft«, sagte Peter. »Mr. Sopwith, würden Sie uns freundlicherweise mitteilen, ob Sie an dem Samstagmorgen nach dem Gespräch, in dem Miss Binks Sie beauftragt hat, gewisse Aktien abzustoßen und die Gewinne in eine – eh – andere Gesellschaft zu investieren, von Miss Buddley angehalten wurden, die Pläne Ihrer Kundin unter allen Umständen zu vereiteln?«

»Ähem – äh – dazu möchte ich mich lieber nicht äußern.«

»Das reicht schon. Haben Sie Miss Buddley daraufhin mit dem Wagen ein Stück mitgenommen, als Sie sie allein an der Straße stehen sahen, und dann an einem Baum gefesselt allein zurückgelassen?«

»Sie hat mich dazu gezwungen!«

»Kann ich mir lebhaft vorstellen. Hat sie damit beabsichtigt, sich selbst glaubhaft als unschuldiges Opfer darzustellen, um nicht als Komplizin der Verbrecher entlarvt zu werden, die in der vorhergehenden Nacht in einen Mordfall verwickelt wurden?«

»Ich – äh – habe keine Ahnung.«

»Haben Sie sie damals schon als die Frau erkannt, die Sie vor einiger Zeit in Boston unter dem Namen Toots kennengelernt hatten?«

»Ich hatte meine Brille nicht dabei.«

»In Clavaton haben Sie uns heute nachmittag mitgeteilt, daß Sie von einem gewissen Mr. Emory kontaktiert wurden, nachdem Sie Miss Buddley, die Sie nur als Toots kannten, kennengelernt hatten. Sie hielten ihn für einen Geschäftspartner von Mr. Dewey, richtig?«

»Ich hatte gute Gründe für diese Annahme.«

»Wußten Sie, daß der Herr, der sich Ihnen als Emory vorstellte, sich hier in der Station als Emory Emmerick ausgab und behauptete, Ingenieur der Meadowsweet Construction Company zu sein?«

»Nein!«

»Sie haben ihn also nicht aufgrund der Mitteilungen in der Presse als den Mann identifiziert, der Freitag nacht ermordet wurde?«

»Natürlich nicht, er hat doch mir gegenüber einen anderen Namen benutzt!«

Peter ging nicht näher auf dieses Problem ein, denn Sopwith sah wieder aus, als könne er jeden Moment in Tränen ausbrechen. »Um noch einmal auf Miss Buddley zurückzukommen: Als Sie sich Samstagmorgen hier mit Miss Binks und den übrigen Personen getroffen haben, brachten Sie einen gewissen Mr. Tangent mit, den Sie uns als den für das Binks-Vermögen zuständigen Buchhalter vorstellten. War diese Angabe richtig?«

»Absolut. Er arbeitet seit vielen Jahren in unserer Bank.«

»War er an der vorgetäuschten Entführung von Miss Buddley beteiligt?«

»Nein, Tangent hat mit alldem nicht das geringste zu tun. Folgendes ist passiert« – Sopwith wollte zwar nicht reden, konnte aber anscheinend nicht anders –, »kurz nachdem wir mit meinem Wagen losgefahren waren, kam Miss Buddley aus dem Wald gelaufen und hielt uns an. Sie hat behauptet, sie müsse dringend nach Whittington, und bat mich, sie mitzunehmen. Da Tangent in Whittington wohnt, habe ich mich bereit erklärt, sie mitzunehmen, und Tangent zuerst zu Hause abgesetzt.«

»Weil Sie glaubten, daß Miss Buddley mit Ihnen allein sein wollte, um etwas mit Ihnen zu besprechen, das Ihr gemeinsames Unterfangen betraf?«

»Sie hat mir zu verstehen gegeben, daß ihre Absichten eher – äh – persönlicher Natur waren.«

»Aber Sie wußten doch, was sie wirklich von Ihnen wollte«, sagte der Sergeant.

Das war zuviel für Sopwith. »Ich weigere mich, dieses Verhör weiter über mich ergehen zu lassen, bevor ich nicht mit meinem Anwalt gesprochen habe. Debenham, Sie sind doch Anwalt, können Sie mir nicht beistehen und dieser Nötigung ein Ende bereiten?«

»Ich sehe nicht ganz, worin diese angebliche Nötigung bestehen soll, Mr. Sopwith. Außerdem kann ich Sie sowieso nicht vertreten, da ich bereits die Interessen von Miss Binks vertrete.«

»Aber ich kooperiere doch in ihrem Interesse. Ich habe schließlich freiwillig Informationen geliefert.«

»Das ist immerhin Ihre Bürgerpflicht, Mr. Sopwith. Ich bin sicher, Miss Binks hat nichts dagegen, wenn Sie ihr Telefon benutzen, um Ihren eigenen Anwalt anzurufen.«

»Natürlich nicht«, sagte Winifred. »Telefonieren Sie ruhig, Mr. Sopwith. Je schneller, desto besser, würde ich sagen.«

»Äh – ähem – vielen Dank.« Der äußerst geknickt wirkende Vermögensverwalter schlich zu dem Stuhl, den Sieglinde inzwischen für ihn frei gemacht hatte.

»Und jetzt«, fuhr Winifred energisch fort, »zurück zu den anderen beiden. Wie wäre es, wenn Sie uns endlich Ihren richtigen Namen verraten würden, Mr. Fanshaw? Oder soll ich lieber Miss Atakuku sagen?«

»Halt bloß den Mund, Chuck«, fauchte Viola. »Du sagst denen gar nichts.«

Peter lächelte. »Dann sind Sie also der Kopf der Bande, Miss Buddley. Der Gedanke ist mir bereits bei Ihrer ersten Entführung gekommen, ganz sicher war ich mir dann, als wir heute morgen Ihrer Schwester begegnet sind, die Sie als Sekretärin bei Golden Apples eingeschleust hatten, um alle Nachrichten, die Ihnen gefährlich werden konnten, von den Compotes fernzuhalten. Eine ziemlich hysterische junge Dame, finden Sie nicht? Ich nehme an, deshalb haben Sie sie auch von Fanshaw hypnotisieren lassen.«

Er nahm die Goldmünze und ließ sie an der Goldkette unmittelbar über ihren Köpfen hin und her pendeln. »Sehen Sie mal, Fanshaw, ich habe Ihren kleinen Glücksbringer gefunden. Schauen Sie genau hin, Fanshaw. Schauen Sie genau hin, Miss Buddley. Konzentrieren Sie sich, Fanshaw. Konzentrieren Sie sich, Miss Buddley. Sehen Sie genau hin. Hin und her, hin und her. Sie werden müde, Fanshaw. Entspannen Sie sich, Miss Buddley. Ihre Augenlider werden ganz schwer. Sie wollen nur noch schlafen. Schließen Sie die Augen, schlafen Sie. Sie schlafen tief und fest.«

Grundgütiger! Es funktionierte tatsächlich! Die Augen der beiden Gefangenen fielen zu, sie atmeten tief und regelmäßig. Ob sie ihnen nur etwas vormachten? Peter pendelte vorsichtshalber weiter und redete mit leiser Stimme auf sie ein. Nein, es klappte wirklich. Sieglinde und der Präsident beobachteten seine Vorstellung andächtig, Winifred und Debenham ebenfalls. Auch die beiden Polizisten von Clavaton waren fasziniert, obwohl der Gesichtsausdruck des einen Beamten ein klein wenig Ähnlichkeit mit dem von Ottermole und Dorkin am Samstagmorgen hatte. Peter hielt es für das beste, die nächste Phase anzugehen.

»Können Sie mich hören, Fanshaw?«

»Ja, ich höre Sie.« Die Stimme klang schläfrig, entspannt.

»Wie heißen Sie wirklich?«

»Chuck Smith.«

»Sind Sie mit einem gewissen Fred Smith verwandt, der bei Golden Apples arbeitet?«

»Nein. Hier wimmelt es nur so von Smiths. Ich hasse es, Chuck Smith zu sein. Ich möchte lieber Francis Fanshaw sein. Oder George Dewey, ich möchte lieber –«

»Das genügt. Wir verstehen, was Sie meinen.« Peter hatte keine Lust, die ganze Nacht zuzuhören, wie dieses menschliche Chamäleon sein Rollenrepertoire abspulte. »Erzählen Sie uns, was Freitag nacht passiert ist, Fanshaw. Welche Rolle haben Sie dabei gespielt?«

»Ich bin mit dem Bus von Clavaton nach Hoddersville gefahren. Dann habe ich ein Taxi nach Balaclava Junction genommen und bin zu der Stelle gegangen, wo Emory seinen Mietwagen geparkt hatte. Der Schlüssel lag unter dem Sitz. Es war spät. Ich bin irgendwohin aufs Land gefahren und habe die restliche Nacht im Wagen verbracht.«

»Sonst nichts? Sie hatten mit den Ereignissen bei der Eulenzählung nichts zu tun?«

»Nein, gar nichts.«

»Aber Sie wußten, was dort passieren würde?«

»Nein. Als Viola mich engagiert hat, sagte sie nur, wir würden die Erbin kidnappen und sie versteckt halten, bis sie sich bereit erklärt hätte, ihre Golden-Apples-Aktien zu verkaufen, aber ich habe gesagt, nur ohne Gewalt, ich bin ein Schwindler und Hochstapler, aber kein Schläger. In Ordnung, hat sie gesagt, dann denk dir einen schönen Schwindel aus. Und das habe ich auch gemacht.«

»Geschah dies alles im Auftrag von Lackovites?«

»Ja. Es war ein wunderbarer Schwindel, er wäre die Krönung meiner Laufbahn geworden. Aber Viola hat alles verdorben, indem sie Gewalt angewendet hat. Ich hätte es wissen müssen.«

»Dann hatten Sie Samstagmorgen, als Sie hier aufgetaucht sind, tatsächlich keine Ahnung, daß Emmerick ermordet worden war?«

»Sie hätte gar keine Gewalt anzuwenden brauchen. Ich war wie vor den Kopf geschlagen.«

»Tut mir leid für Sie. Sie sagten eben, Viola habe Sie engagiert. Dann war sie der Boss?«

»Sie hatte die richtigen Beziehungen.«

»Wieviel hat sie Ihnen gezahlt?«

»Es ist unfein, über Geld zu reden. Sie hat von zweihunderttausend Dollar gesprochen, aber vielleicht war es ihr damit auch nicht ernst. Ich traue ihr nicht mehr.«

»Wer war der angebliche Anwalt, der auf dem Polizeirevier aufgekreuzt ist?«

»Violas Bruder Herman. Früher war er auf Postbetrug spezialisiert, aber dann hat er eine Allergie gegen die Briefmarkengummierung bekommen, deshalb setzt sie ihn jetzt für Gelegenheitsarbeiten ein.«

»Warum haben Sie Samstag morgen nach Emmerick gesucht?«

»Das gehörte zu unserem Plan. Sopwith traf sich mit der Erbin. Ich hatte ihn bearbeitet, er tat, was ich wollte. Emmerick hatte hier eine Wanze installiert, ich hatte vor mitzuhören, um sicherzugehen, daß sie die Golden-Apples-Aktien auch wirklich verkauft und statt dessen ihr Geld in mehr Lackovites-Aktien investiert.«

»Dann wären Sie aber enttäuscht gewesen.«

»War ich auch. Viola hat mich angerufen.«

»Wo waren Sie zu diesem Zeitpunkt?«

»Auf dem Schleppkahn. Ich bin hingefahren, nachdem ich die beiden dämlichen Bullen außer Gefecht gesetzt habe. Sie sagte, mein Plan sei gescheitert. Jetzt würde Keech die Erbin entführen und herbringen.«

»Wer ist Keech?«

»Ihr Freund. Sie haben ihn auf dem Boot kennengelernt. Viola steht auf hirnlose Muskelprotze.«

»War er an Emmericks Ermordung beteiligt?«

»Ja. Das hat er mir auf dem Boot erzählt, kurz bevor Sie gekommen sind. Er hat die Eule simuliert. Sie bestand nur aus einem Bündel Federn, das an einer langen Angelleine hing, die er zwischen die Bäume gespannt hatte. Er hat sich zwischen den Büschen versteckt und Ihnen aufgelauert. Emmerick hatte Sachen an, wie sie die Erbin normalerweise trägt, Hose und Damenpullover. Er sollte sie in das Netz locken und bewußtlos schlagen, sobald die Kracher losgingen und Sie in Panik gerieten. Viola wollte sie dann hochziehen. Sie hatten eine schwarze Plastikrutsche gebastelt, die Keech festhalten sollte, während Viola mit der Erbin herunterrutschte. Dann wollten sie sie mit dem Tandem wegschaffen. Emory sollte sich fallen lassen und so tun, als sei er sie, und dabei einen verstauchten Knöchel oder so was vortäuschen, damit die anderen mehr Zeit für die Flucht hatten. Aber dann ist er versehentlich selbst in das Netz geraten.«

»Und Viola saß allein oben im Baum. Dann hat sie ihn erstochen.«

»Sie mußte ihn mundtot machen, bevor er losschreien konnte. Viola wird immer handgreiflich, wenn ihr jemand die Tour vermasselt.«

»Verstehe«, sagte Peter. »Viola, können Sie mich hören?«

»Ich höre Sie.«

»Haben Sie Emmerick erstochen?«

»Ja. Es hat richtig Spaß gemacht.«

»Was haben Sie dann getan?«

»Ihn fallen gelassen, um Sie abzulenken. Die Plastikrutsche heruntergerutscht und dann vom Baum weggezogen. Mit Keech auf dem Fahrrad weggefahren.«

»Hat Fanshaw Ihnen und Keech dabei geholfen, Miss Binks am Sonntag zu entführen?«

»Nein, er war auf dem Boot.«

»Wer hat Knapweed Calthrop niedergeschlagen, Sie oder Keech?«

»Das war ich. Mit einem Stück Feuerholz. Er war ein Spion.«

»Für wen?«

»Für Golden Apples. Meine Schwester Elvira hat es mir gesagt. Die Compotes hatten Angst, daß Binks sie – hey, Moment mal! Was läuft hier eigentlich? Chuck, wach auf! Er hat deine Goldmünze!«

»Höh? Um Gottes willen!« Fanshaw öffnete die Augen und starrte mit ungläubiger Miene die beiden Polizisten an. »Nehmen Sie den Mann sofort fest! Er hat meine Münze gestohlen! Und meinen Anzug!«

»Das hat er keineswegs«, sagte der Polizist, der die Notizen machte. »Ich würde sagen, er hat sich die Sachen lediglich geborgt. Würden Sie das nicht auch sagen, Officer Musgrave?«

»Selbstverständlich, Officer Yerkes. So, Leute, Zeit fürs Abendessen, ihr habt alle einen anstrengenden Tag gehabt, also warum verhaften wir nicht einfach Miss Buddley und Mr. Smith, damit wir alle endlich unsere Ruhe haben? Wollen Sie den beiden ihre Rechte vorlesen, Officer Yerkes?«

»Gern. Dann können Sie sie festnehmen. Mal sehen, bei ihr war es Mord, Überfall, Entführung und Vorbereitung einer Straftat. Bei ihm Entführung, Vorbereitung einer Straftat, Flucht aus Polizeigewahrsam, Behinderung der Polizei bei der Ausübung ihrer Pflicht durch rechtswidrigen Einsatz von Hypnose. Sind damit alle einverstanden?«

»Klingt gut«, sagte Peter. »Was meinen Sie, Winifred?«

»Sehr schön, würde ich sagen. Was meinen Sie, Präsident?«

»Urgh.«

»Ich schließe mich der Meinung meines Gatten an«, sagte Sieglinde.

Sopwith wurde nicht gefragt und hatte auch keine Lust, sich zu äußern. Mr. Debenham stellte eine technische Frage.

»Bitte verzeihen Sie mir meine juristische Haarspalterei, aber da wir uns in Lumpkinton befinden, wäre die Festnahme da nicht Sache der hiesigen Polizei?«

»Ach, die Jungs haben bestimmt nichts dagegen«, sagte Officer Musgrave. »Wir haben hier so eine Art inoffizielles Abkommen in Balaclava County, da die Gefangenen sowieso alle zur Vernehmung zum Clavaton County Courthouse gebracht werden. Wollen Sie Mr. Smith seinen Anzug zurückgeben, Professor Shandy, oder sollen wir ihn in Frauenkleidern mitnehmen?«

»Ich würde mich gern umziehen, wenn Sie so nett wären und mir meine Sachen aus dem Wagen holen würden. Ich plädiere allerdings trotzdem dafür, Mr. Smith und Miss Buddley so mitzunehmen, wie sie sind, einschließlich der Fesseln. Außerdem würde ich vorschlagen, Smith auf keinen Fall seine Münze auszuhändigen.«

»Keine Angst, die konfiszieren wir sowieso als Beweisstück. Hätten Sie vielleicht zufällig einen Briefumschlag für uns, Professor Binks? Okay, dann lese ich Ihnen jetzt Ihre Rechte vor.«

Was er dann auch sehr eindrucksvoll tat, wie alle Anwesenden zugeben mußten. Da die Füße der Gefangenen zusammengebunden waren, trug Präsident Svenson Smith zum Streifenwagen, während sich die beiden Officer um die geifernde, sich windende Viola kümmerten. Smith machte keinerlei Versuch, sich zu wehren. Peter hatte den Verdacht, daß er vorhatte, sich durch ein Geständnis aus der Affäre zu ziehen, ähnlich wie Sopwith, der inzwischen von seinem Rechtsbeistand abgeholt und fortgefahren worden war, um dem Staatsanwalt vorgeführt zu werden, und danach entweder eingelocht oder entlassen wurde, je nachdem.

Der Schläger Keech hatte bereits seine Beteiligung an der gewaltsamen Entführung von Winifred Binks gestanden, wie sie erfuhren, und dabei Viola und Chuck Smith nach Strich und Faden belastet, außerdem hatte er eine genaue Augenzeugenbeschreibung abgegeben, was Violas Mordversuch an Kenneth Compote betraf, denn genau um den handelte es sich bei dem jungen Mann, den sie nur unter dem Namen Knapweed Calthrop kannten.

»Deshalb waren die Compotes heute morgen auch so nervös«, meinte Winifred. Sie hatte keine Lust, ihre Freunde so schnell wieder gehen zu lassen, daher blieben Shandy, die Svensons und Debenham noch ein bißchen und hielten mit Winifred eine kleine Siegesfeier ab, auch wenn es sie noch so sehr heimwärts zog. »Ich denke, wir sollten es ihnen nicht übelnehmen, daß sie versucht haben herauszufinden, was ich mit Golden Apples vorhatte. Der arme Knapweed, der er wahrscheinlich immer für mich bleiben wird, hat wirklich keinen sonderlich guten Spion abgegeben. Mir fällt ein Stein vom Herzen, daß er wieder bei Bewußtsein ist. Morgen schwinge ich mich aufs Rad und bringe ihm ein Sträußchen Labkraut. Die Geschichte mit Viola nimmt ihn möglicherweise arg mit. Ich habe nie genau herausfinden können, ob er nur von ihr fasziniert war oder Angst vor ihr hatte, aber in Herzensangelegenheiten kenne ich mich nun einmal nicht gut aus.«

»Warum starrt Mr. Debenham Sie dann an wie ein Lamm auf der Schlachtbank?« verlangte Sieglinde zu wissen. »Sie sind doch wohl nicht etwa verheiratet, Mr. Debenham?«

»O nein. Ich –« Debenhams ehrliches Gesicht überzog sich mit einer warmen Röte. »Ich bin seit vielen Jahren verwitwet. Doch es trifft tatsächlich zu, daß ich im Laufe der Zeit eine zunehmende Achtung vor dem Mut, den hohen Prinzipien und dem unerschütterlichen Humor meiner Klientin empfunden habe.«

»Drucksen Sie doch nicht herum. Sie lieben sie.«

»Ich – ich nehme an – ich – ja, ich muß gestehen, daß ich sie zutiefst verehre.«

»Oh, Mr. Debenham.« Winifred war ebenfalls errötet. »Aber warum haben Sie denn nie etwas gesagt?«

»Wie konnte ich? Sie, die Alleinerbin eines riesigen Vermögens, und ich, ein verknöcherter alter Anwalt, der lediglich über ein bescheidenes Einkommen verfügt, das er sich durch jahrelange unermüdliche Arbeit im Dienst seiner Klienten erworben hat. Ich hätte es nie über mich gebracht, etwas zu sagen, wissen Sie. Es wäre ein Verstoß gegen mein Berufsethos gewesen.«

»Pah! Berufsethos!« rief Sieglinde. »Was ist so ehrenhaft daran, die arme Winifred ganz allein und schutzlos in der Wildnis leben zu lassen, wo sie Spionen und Ganoven ausgesetzt ist, nur weil ein Rechtsverdreher Angst hat, man könnte ihm unterstellen, auf ihr Vermögen aus zu sein? Seien Sie doch vernünftig, Mr. Debenham. Helfen Sie lieber Winifred dabei, das Geld ihres Großvaters für möglichst viele gute Zwecke einzusetzen. Dann könnten Sie beide glücklich und zufrieden von Ihrem bescheidenen Auskommen leben, und alles wäre gut.«

»Also – also – Gott sei mein Zeuge, dann werde ich es versuchen.« Mit energisch vorgeschobenem Kinn und festem Blick wandte sich Debenham an seine Hauptklientin. »Miss Binks – Winifred – wollen Sie – können Sie – fühlen Sie sich in der Lage, mich Alaric zu nennen?«

Peter nickte Sieglinde zu. Sieglinde nickte Thorkjeld zu. Hier gab es nichts mehr zu tun, sie konnten sich also getrost auf den Heimweg machen.

Nachwort

Retiarius‹ nannte man in Rom die Sorte Gladiatoren, die für die tödlichen Kämpfe mit dem ›rete‹ – einem Netz – und mit Harpune oder Dreizack und einem Dolch ausgestattet waren. Einen solchen wähnt der gebildete Professor Peter Shandy im nächtlichen Wald von Balaclava County im ländlichen Massachusetts unterwegs, als der angebliche Ingenieur Emory Emmerick, der weniger als eine Minute vorher an ihm vorbeigestürzt war, plötzlich in ein Netz verschnürt und erstochen vor ihm liegt.

Wie man sieht, hat Charlotte MacLeod auch diesmal (»An Owl Too Many«, 1991) keine Mühe, ihre Balaclava-Saga farbig fortzuspinnen. Zum einen erfahren wir nach dem Murmeltier-Tag (»Stille Teiche gründen tief«, DuMont's Kriminal-Bibliothek Band 1046) von einem weiteren ländlich-sittlichen Brauch an der renommierten Landwirtschaftlichen Hochschule von Balaclava, der alljährlichen Eulenzählung. Flächendeckend schwärmen quantitativ wie qualitativ sorgfältigst ausgesuchte Teams durch die Wälder, um möglichst exakt nach Art und Zahl alle Striges der einheimischen Wälder zu erfassen. Und ausgerechnet beim hochkarätigsten, kleinen aber feinen Zählteam um Präsident Svenson ereignet sich der mysteriöse tödliche Zwischenfall.

Zugleich wird die im vorangehenden Roman (»Wenn der Wetterhahn kräht«, DuMont's Kriminal-Bibliothek Band 1063) begonnene Geschichte um Miss Winifred Binks fortgesetzt, die nicht zufällig Mitglied dieser Elitetruppe ist. Sie hatte vor einigen Monaten Professor Shandy und seinem jungen Reporterfreund Cronkite Swope das Leben gerettet, als diese sich plötzlich gezwungen sahen, in den Wäldern von Massachusetts wortwörtlich unterzutauchen. Miss Binks, die, teils auf Baumhäusern, teils in Erdwohnungen, von den Früchten und Wurzeln des Waldes lebte, entpuppte sich als niemand Geringeres als die Enkelin und Alleinerbin eines

240

gewaltigen Vermögens, das ihr exzentrischer Großvater hinterlassen hatte, an das sie aber nicht herankam, weil in einem letzten Anfall extremer Exzentrik besagter Großvater sich hatte tieffrieren lassen, um seiner Auferstehung in einer wissenschaftlich fortgeschritteneren Zeit entgegenzuschlummern. Ein allzu gewissenhafter Richter hatte ihn daraufhin für potentiell lebend erklärt und den Anspruch der Enkelin kostenpflichtig abgewiesen. Seitdem lebte sie völlig mittellos auf dem riesigen Grundstück der Familie ihre Eich- und Erdhörnchen-Existenz, bis ein kleines Erdbeben einen Stromausfall herbeiführte und Großvater vor der Zeit auftaute. Als man das entdeckte, war er übrigens ein wenig grünlich geworden, worauf in unserer Fortsetzung gelegentlich mit aller Diskretion angespielt wird.

Inzwischen ist sie nicht nur unangefochtene Erbin des Binks-Vermögens, sondern auch bereits Mitglied des Lehrkörpers der Landwirtschaftlichen Hochschule von Balaclava: Sie hat die Binks-Ländereien dem College als Außenstation gestiftet, wobei Gebäude und Personal von ihrem Vermögen bezahlt werden. Eine Fernsehstation, die ausschließlich Bildungsprogramme zu Umweltfragen senden soll, wird bald errichtet, doch die neuernannte Professorin, die die heimische Fauna und Flora wie niemand sonst aus eigener Anschauung kennt, lebt bereits dort draußen mit einer Sekretärin und einem Doktoranden als Assistenten.

Daß Peter Shandy, der als Zufallsdetektiv begann (»Schlaf in himmlischer Ruh'«, DuMont's Kriminal-Bibliothek Band 1001) und in der Zwischenzeit der Sherlock Holmes von Balaclava County geworden ist (außer den schon Genannten »...freu dich des Lebens«, »Über Stock und Runenstein«, »Der Kater läßt das Mausen nicht«, Du Mont's Kriminal-Bibliothek Bände 1007, 1019, 1031), einen Fall aufzuklären versucht, über den er wortwörtlich gestolpert ist, versteht sich von selbst, zumal dies unter den Augen des hünenhaften Präsidenten geschah. Die – wie die Auflagenziffern zeigen – zahlreichen Fans von Charlotte MacLeod werden es begrüßen, daß sie in diesem Roman wieder eine angemessene Rolle für den Wikingersproß bereithält, dessen Großvater ein Walfänger und dessen Großmutter ein Mörderwal gewesen sein soll und der – wohl großmütterlicherseits beeinflußt – gern in Nullwortsätzen kommuniziert.

Galt der Angriff des ›retiarius‹ vielleicht gar nicht dem gräßlichen Emory Emmerick, der sich taktlos, aber erfolgreich in dieses

Team gedrängt hatte, obwohl er offensichtlich eine Eule nicht von einem Ufo unterscheiden konnte? Wäre Miss Winifred Binks nicht das geeignetere Objekt einer – dann wohl gräßlich fehlgeschlagenen – Entführung? Da Professor Binks bei ihrem raschen und großen Einsatz für das College noch gar nicht dazu gekommen ist, ihr bzw. ihres Großvaters Geld zu zählen, war der von der Presse hervorgerufene Eindruck, sie habe ihr Vermögen dem College gestiftet, vielleicht falsch, und bei ihr privat ist doch noch einiges zu holen.

Für diese Annahme sprechen jedenfalls die sich auf der einsamen Außenstation geradezu überstürzenden Ereignisse. Es stellt sich nicht nur heraus, daß der – wenn auch ermordete, so dennoch gräßliche – Emmerick eine falsche Identität hatte, sondern die tätlichen Angriffe häufen sich, bei denen die Sekretärin Viola Buddley regelmäßig an Bäume gefesselt wird. Vielleicht trägt ihr T-Shirt die Schuld daran, auf dem in großen Lettern über ihrem üppigen Busen prangt: »Haben Sie heute schon einen Baum umarmt?«

Als Detektiv hat Peter Shandy die Methode, in jeder gegebenen Situation alle Optionen blitzschnell lückenlos durchzuspielen, so absurd sie auch sein mögen. ›Jeder ist verdächtig‹ ist die generelle Devise im Detektivroman, und erst als Professor Winifred Binks tatsächlich entführt ist, verengt sich der Verdacht, und es bleibt nur noch die Frage, ob es sich um eine allgemeine oder eine gezielte Erpressung handelt.

Der – nicht zuletzt durch ihr jahrelanges Überlebenstraining in den Wäldern – reaktionsschnellen und blitzgescheiten Winifred gelingt es, in ihr in Gegenwart der Kidnapper gegebenes telefonisches Lebenszeichen eine Botschaft für Professor Shandy und seinen Präsidenten einzuschmuggeln – eine literarische, versteht sich, eine Anspielung auf populäre amerikanische Kinderbuchgestalten, die, von beiden richtig dekodiert, zu ihrer Befreiung führt.

Daß die extrem aktionistisch gerät, versteht sich von selbst. Schließlich lesen wir einen Roman von Charlotte MacLeod, und die im Text selbst als Eideshelfer herbeizitierten Vorbilder sind die Thriller-Autoren Childers, Buchan und Sax Rohmer sowie der Charlie-Chan-Erfinder Earl Derr Biggers. So läßt sie mittels Dammbruch einen erfundenen Nebenfluß des oberen Connecticut River zum reißenden Strom werden, auf dem nur noch der Wikinger-Walfänger-Killerwal-Sproß Svenson sich zu behaupten vermag, indem er nach stürmischer Nachtfahrt sein Boot praktisch dort festmacht, wo das Geheimnis verborgen ist – in der Nähe einer der Firmen, deren Aktien sich neben vielen anderen in Winifred Binks' Portefeuille befinden.

Das geplante Wirtschaftsverbrechen oder, angenehmer ausgedrückt, die ›kreative Transaktion‹, die von Anfang an geplant war und die vom Aktionismus nur verdeckt wurde, läßt sogar Winifred Binks' Anwalt und ihren Vermögensverwalter verdächtig erscheinen, wie übrigens auch ihre Partner bei der Firma »Golden Apples« durch ihr Verhalten auf Winifred wie Peter höchst verdächtig wirken. Doch diesen Verdacht mag der Leser des amerikanischen Originals nicht zu teilen, hat Charlotte MacLeod dem Gegner der »Golden Apples« doch den sprechenden Namen »Lackovites« gegeben. Man kann es sowohl als ›Mangel an Vitaminen‹ als gleichzeitig auch als ›Mangel an Vitalstoffen‹ übersetzen – und beide Firmen konkurrieren miteinander auf dem Gebiet der biodynamischen, holistischen Vollwertnahrung. Indem Charlotte MacLeod das Skurrile mit dem Aktuellen, das Aktionistische des Thrillers mit der Wirklichkeit der ›feindlichen Übernahmen‹ aus dem täglichen Wirtschaftsteil verbindet, setzt sie ihre ebenso spannende wie zwerchfellerschütternde Saga aus dem heutigen Balaclava Junction, Massachusetts, USA überzeugend fort.

Volker Neuhaus

DUMONT's Kriminal-Bibliothek

»Knarrende Geheimtüren, verwirrende Mordserien, schaurige Familienlegenden und, nicht zu vergessen, beherzte Helden (und bemerkenswert viele Heldinnen) sind die Zutaten, die die Lektüre zu einem Lese- und Schmökervergnügen machen. Der besondere Reiz dieser Krimi-Serie liegt in der Präsentation von hierzulande meist noch unbekannten anglo-amerikanischen Autoren.«

Neue Presse/Hannover

Band 1001	Charlotte MacLeod	**»Schlaf in himmlischer Ruh'«**
Band 1002	John Dickson Carr	**Tod im Hexenwinkel**
Band 1003	Phoebe Atwood Taylor	**Kraft seines Wortes**
Band 1004	Mary Roberts Rinehart	**Die Wendeltreppe**
Band 1005	Hampton Stone	**Tod am Ententeich**
Band 1006	S. S. van Dine	**Der Mordfall Bischof**
Band 1007	Charlotte MacLeod	**»… freu dich des Lebens«**
Band 1008	Ellery Queen	**Der mysteriöse Zylinder**
Band 1011	Mary Roberts Rinehart	**Der große Fehler**
Band 1012	Charlotte MacLeod	**Die Familiengruft**
Band 1013	Josephine Tey	**Der singende Sand**
Band 1016	Anne Perry	**Der Würger von der Cater Street**
Band 1017	Ellery Queen	**Sherlock Holmes und Jack the Ripper**
Band 1018	John Dickson Carr	**Die schottische Selbstmord-Serie**
Band 1019	Charlotte MacLeod	**»Über Stock und Runenstein«**
Band 1020	Mary Roberts Rinehart	**Das Album**
Band 1021	Phoebe Atwood Taylor	**Wie ein Stich durchs Herz**
Band 1022	Charlotte MacLeod	**Der Rauchsalon**
Band 1023	Henry Fitzgerald Heard	**Anlage: Freiumschlag**
Band 1024	C. W. Grafton	**Das Wasser löscht das Feuer nicht**
Band 1025	Anne Perry	**Callander Square**
Band 1026	Josephine Tey	**Die verfolgte Unschuld**
Band 1027	John Dickson Carr	**Die Schädelburg**
Band 1028	Leslie Thomas	**Dangerous Davies, der letzte Detektiv**
Band 1029	S. S. van Dine	**Der Mordfall Greene**
Band 1030	Timothy Holme	**Tod in Verona**

Band 1031	Charlotte MacLeod	**»Der Kater läßt das Mausen nicht«**
Band 1033	Anne Perry	**Nachts am Paragon Walk**
Band 1034	John Dickson Carr	**Fünf tödliche Schachteln**
Band 1035	Charlotte MacLeod	**Madam Wilkins' Palazzo**
Band 1036	Josephine Tey	**Wie ein Hauch im Wind**
Band 1037	Charlotte MacLeod	**Der Spiegel aus Bilbao**
Band 1038	Patricia Moyes	**»… daß Mord nur noch ein Hirngespinst«**
Band 1039	Timothy Holme	**Satan und das Dolce Vita**
Band 1040	Ellery Queen	**Der Sarg des Griechen**
Band 1041	Charlotte MacLeod	**Kabeljau und Kaviar**
Band 1042	John Dickson Carr	**Der verschlossene Raum**
Band 1043	Robert Robinson	**Die toten Professoren**
Band 1044	Anne Perry	**Rutland Place**
Band 1045	Leslie Thomas	**Dangerous Davies … Bis über beide Ohren**
Band 1046	Charlotte MacLeod	**»Stille Teiche gründen tief«**
Band 1047	Stanley Ellin	**Der Mann aus dem Nichts**
Band 1048	Timothy Holme	**Morde in Assisi**
Band 1049	Michael Innes	**Zuviel Licht im Dunkel**
Band 1050	Anne Perry	**Tod in Devil's Acre**
Band 1051	Phoebe Atwood Taylor	**Mit dem linken Bein**
Band 1052	Charlotte MacLeod	**Ein schlichter alter Mann**
Band 1053	Lee Martin	**Ein zu normaler Mord**
Band 1054	Timothy Holme	**Der See des plötzlichen Todes**
Band 1055	Lee Martin	**Das Komplott der Unbekannten**
Band 1056	Henry Fitzgerald Heard	**Das Geheimnis der Haarnadel**
Band 1057	Sarah Caudwell	**Adonis tot in Venedig!**
Band 1058	Phoebe Atwood Taylor	**Die leere Kiste**
Band 1059	Paul Kolhoff	**Winterfische**
Band 1060	**Mord als schöne Kunst betrachtet**	
Band 1061	Lee Martin	**Tod einer Diva**
Band 1062	S. S. van Dine	**Der Mordfall Canary**
Band 1063	Charlotte MacLeod	**Wenn der Wetterhahn kräht**
Band 1064	John Ball	**In der Hitze der Nacht**
Band 1065	Leslie Thomas	**Dangerous Davies … Auf eigene Faust**
Band 1066	Charlotte MacLeod	**Eine Eule kommt selten allein**

*Bitte beachten Sie auch folgende Veröffentlichungen von
Charlotte MacLeod:*

Band 1001
Charlotte MacLeod
»Schlaf in himmlischer Ruh'«

Weihnachten ist auf dem Campus einer amerikanischen Kleinstadt immer eine große Sache, und besonders, wenn die ›Lichterwoche‹ auch noch eine Touristenattraktion von herausragender finanzieller Bedeutung ist. Als Professor Shandy eine Dame der Fakultät während der Feiertage tot in seinen Räumen findet, ist daher den örtlichen Behörden sehr schnell klar, daß es sich nur um einen Unfall handeln kann...

Charlotte MacLeod ist eine der großen lebenden amerikanischen Autorinnen auf dem Gebiet des Kriminalromans, deren Prosa von der amerikanischen Presse als »elegant, witzig und mit einem liebenswert-warmen Touch« beschrieben wird.

Band 1007
Charlotte MacLeod
»...freu dich des Lebens«

Nachdem er Helen Marsh geheiratet hat, verläuft das Leben von Professor Peter Shandy in ruhigen Bahnen. Nach einer Einladung seiner Frau an die Hufschmiedin des College, Mrs. Flackley, und den Lehrbeauftragten für Haustierhaltung, Professor Stott, überstürzen sich jedoch plötzlich die Ereignisse. Ist die Entführung der besten Zuchtsau des College nur ein Studentenstreich? Was haben der Diebstahl eines Lieferwagens und der Überfall auf eine Silbermanufaktur mit dem verschwundenen Schwein zu tun? Als Mrs. Flackley ermordet gefunden wird, hält das niemand mehr für einen Studentenulk. So hat Peter Shandy alle Hände voll zu tun, den Mörder zu stellen, denn der Hauptverdächtige in diesem Fall ist sein Freund Stott.

Band 1019
Charlotte MacLeod
»Über Stock und Runenstein«

Dieses ist der dritte Roman aus der ›Balaclava‹-Reihe, in dem Peter Shandy, Professor für Botanik am Balaclava Agricultural College und Detektiv aus Leidenschaft, mit analytischem Denkvermögen ein Verbrechen aufklärt.

Der Knecht Spurge Lumpkin wird von der Besitzerin der Horsefall-Farm, Miss Hilda Horsefall, tot aufgefunden. Für die Polizei ist der Fall klar: ein tragischer Unfall. Peter Shandy aber kommen bald die ersten Zweifel, und als ein Kollege und ein junger neugieriger Reporter ebenfalls fast die Opfer mysteriöser Unfälle werden, sieht er sein Mißtrauen bestätigt.

Band 1031
Charlotte MacLeod
»Der Kater läßt das Mausen nicht«

Für Betsy Lomax, die erprobte Haushaltshilfe von Professor Peter Shandy, fängt der Tag wahrlich nicht gut an. Bestürzt muß sie feststellen, daß ihr Kater Edmund ihrem Untermieter Professor Herbert Ungley das Toupet geraubt hat. Ihre Bestürzung wandelt sich in Entsetzen, als sie Ungley tot hinter dem Clubhaus der noblen Balaclava Society findet... Da der Chef der Polizei sich weigert, den Tod Ungleys als Mord anzuerkennen, gibt es für Betsy Lomax nur einen, von dem sie Hilfe erwarten kann – Peter Shandy, seines Zeichens Professor für Botanik am Balaclava Agricultural College. Dieser stößt bei seinen Ermittlungen in ein Wespennest – einflußreiche Persönlichkeiten in Balaclava Junction schrecken offenbar auch nicht vor Mord zurück, wenn es um Geld und Politik geht.

Band 1046
Charlotte MacLeod
»Stille Teiche gründen tief«

Präsident Thorkjeld Svenson vom Balaclava Agricultural College nimmt es recht gelassen hin, als beim traditionellen Winterwendefest eine Leiche auftaucht. Und auch auf die Ermordung eines alten Ehepaares im nahen Dorf reagiert er gefaßt. Doch die Behauptung, der grundsolide Stifter des College habe vor 100 Jahren das Wasserreservoir von Balaclava, einen Teich, bei einer Wette verloren, geht entschieden zu weit! Peter Shandy, Professor für Botanik, steht eine aufregende Zeit bevor, bis er alle Verbrechen aufgeklärt und die Existenz des College gesichert hat.

Band 1012
Charlotte MacLeod
Die Familiengruft

Es beginnt mit einem Familienkrach: Großonkel Frederik möchte auch im Tod nicht dieselben Räumlichkeiten mit Großtante Mathilde teilen. Auf der Suche nach einer passenden letzten Ruhestätte wird die seit 100 Jahren nicht benutzte Familiengruft der Kelling-Dynastie geöffnet. Der jungen Sarah Kelling fällt die undankbare Aufgabe zu, das Begräbnis vorzubereiten. Bei der Öffnung der Gruft lernt sie Ruby Redd, eine einst berühmte Striptease-Tänzerin von sehr zweifelhaftem Ruf kennen. Mehr als die Rubine in Rubys Zähnen beeindruckt Sarah aber die Tatsache, daß die Tänzerin seit mehr als 30 Jahren tot ist . . .

Band 1022
Charlotte MacLeod
Der Rauchsalon

Für eine Lady aus der Bostoner Oberschicht ist es auf jeden Fall unpassend, ihr Privathaus in eine Familienpension umzuwandeln, um ihren Lebensunterhalt zu verdienen. So ist der Familienclan der Kellings entsetzt, als die junge Sarah, die gerade auf tragische Weise Witwe geworden ist, ankündigt, sie werde Zimmer vermieten. Doch selbst die konservativen, stets die Form wahrenden Kellings ahnen nicht, daß Sarahs neue Beschäftigung riskanter ist, als man annehmen sollte – mit den Mietern hält auch der Tod Einzug in das vornehme Haus auf Beacon Hill... Kein Wunder, daß die junge Frau froh ist, daß ihr der Detektiv Max Bittersohn beisteht, der mehr als ein berufliches Interesse daran hat, daß wieder Ruhe und Ordnung in das Leben von Sarah Kelling einkehren.

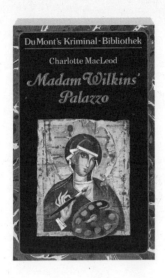

Band 1035
Charlotte MacLeod
Madam Wilkins' Palazzo

Sarah Kelling sagt nur zu gern zu, als der smarte Detektiv in Sachen Kunstraub und Fälschung, Max Bittersohn, sie zu einem Konzert in den Palazzo der Madam Wilkins einlädt, ein Museum, das für seine exquisite Kunstsammlung berühmt und für den schlechten Geschmack seiner Besitzerin berüchtigt ist. Doch Bittersohns Einladung steht unter keinem guten Stern: Die Musiker sind schlecht, das Buffet läßt zu wünschen übrig – und einer der Museumswächter fällt rücklings von einem Balkon im zweiten Stock des Palazzos. Als Bittersohn dann noch entdeckt, daß die berühmte Kunstsammlung mehr Fälschungen als Originale enthält, steht eines zumindest fest: Mord sollte eben nie nur als schöne Kunst betrachtet werden!

Band 1037
Charlotte MacLeod
Der Spiegel aus Bilbao

Nachdem die hübsche Pensionswirtin Sarah Kelling in den letzten Monaten von einem Mordfall in den nächsten gestolpert ist, fühlt sie sich mehr als erholungsbedürftig. Ihr Sommerhaus am Meer scheint der ideale Ort für einen Urlaub, zumal Sarah hofft, daß sie und ihr bevorzugter Untermieter, der Detektiv Max Bittersohn, sich noch näherkommen... Zu ihrer Enttäuschung wird die romantische Stimmung jedoch durch einen Mord empfindlich gestört – und statt in Sarahs Armen landet Max zu seinem Entsetzen als Hauptverdächtiger in einer Gefängniszelle. Schon bald stellt sich eines heraus: Ehe nicht das Geheimnis des alten Spiegels gelöst ist, der so plötzlich in Sarahs Haus auftauchte, wird es für die beiden kein Happy-End geben.

Band 1041
Charlotte MacLeod
Kabeljau und Kaviar

Nach seiner Hochzeit mit Sarah Kelling würde Detektiv Max Bittersohn am liebsten jede freie Minute mit seiner Frau verbringen. Doch Sarahs überspannte Verwandtschaft verwickelt ihn gleich in einen neuen Fall: Erst wird Sarahs Onkel Jem eine wertvolle Silberkette, das Wahrzeichen des noblen Clubs des ›Geselligen Kabeljaus‹ gestohlen, dann ereignet sich ein fast tödlicher Unfall, und schließlich stehen auf einer Party neben Champagner und Kaviar auch kaltblütiger Mord auf dem Programm . . .

Band 1063
Charlotte MacLeod
Wenn der Wetterhahn kräht

Der Botanikprofessor und »Sherlock Holmes der Rübenfelder« Peter Shandy und seine kluge Frau Helen sind wieder auf Verbrecherjagd. Es gilt nicht nur, einer ganzen Bande von Wetterfahnen-Dieben das Handwerk zu legen, sondern auch, den Verantwortlichen für den Brand einer Seifenfabrik zu finden. Haben die spektakulären Diebstähle mit integrierter Brandstiftung etwas mit den mysteriösen Überlebenskämpfern zu tun, die sich bei näherem Hinsehen als schießwütige paramilitärische Wehrsportgruppe entpuppen? Peter und Helen lösen nicht nur auf brillante Weise den Fall, sondern treffen auf die skurrilsten Typen und geraten in die erstaunlichsten Gefahren.